KUWEI
酷威文化
图书 影视

委托人

DOCTOR

上

福禄丸子

著

四川文艺出版社

图书在版编目（CIP）数据

委托人 DOCTOR／福禄丸子著．— 成都：
四川文艺出版社，2018.9（2019.11 重印）
ISBN 978-7-5411-5105-7

Ⅰ.①委… Ⅱ.①福… Ⅲ.①长篇小说－中国－当代
Ⅳ.① I247.5

中国版本图书馆 CIP 数据核字（2018）第 164108 号

WEI TUO REN DOCTOR

委托人DOCTOR

福禄丸子 著

出 品 人	张庆宁
出版统筹	刘运东
特约监制	王兰颖
责任编辑	李淡宁　周　轶
特约策划	杨　洁
责任校对	汪　平
特约编辑	王　蕾　苗玉佳
封面设计	WONDERLAND Book design 微信 QQ:34581934
封面插画	君　翎

出版发行	四川文艺出版社（成都市槐树街2号）
网　　址	www.scwys.com
电　　话	028-86259287（发行部）　028-86259303（编辑部）
传　　真	028-86259306

邮购地址	成都市槐树街2号四川文艺出版社邮购部　610031		
印　　刷	北京市松源印刷有限公司		
成品尺寸	145mm×210mm　1/32		
印　　张	14.5	字　　数	375千字
版　　次	2018年9月第一版	印　　次	2019年11月第三次印刷
书　　号	ISBN 978-7-5411-5105-7		
定　　价	49.80元（全2册）		

CONTENTS

目录

CHAPTER 1

枉念旧时

她永远记得当初趴在他背上时看到他
鬓边流的汗，她的心口是热的，有点
紧张，就像现在一样——怕他听到自
己剧烈的心跳。

莫澜觉得今天脚上这双新鞋不太合脚。

她喜欢赢一场官司就给自己买一双新鞋。上个案子赢得漂亮，她买的鞋也特漂亮，镶嵌水晶的细跟小羊皮，蒂凡尼蓝，并不是那么奢华，却又挡不住耀眼。

只是现在看来，有点不妙。

她从电梯里出来，走了两步就不得不停下来揉脚踝。脚跟处那块皮肤更是一碰就火辣辣地疼，大概已经磨破了。

前面不远处就是胸外科，形形色色的病患、家属和医护人员从她身旁匆匆而过——都是见过大世面的人，她这点小小的疼痛，没人会放在眼里。

为生计，或仅为求生——在医院里生命的内核无非就这两样，简单直白。

她今天是为生计来的。

要找的人不在，护士长对她还算客气："林主任不在办公室，要不你改天再来？"

莫澜笑道："前天也是这么说的，所以我改今天来了啊！他今天也不进办公室？"

"不好说，要来也得下午了。"

"那不要紧，我就在这儿等他来。您去忙，不用招呼我了。"

她说完就迤迤然在长椅上坐下，护士长欲言又止，走开了。

双脚终于得以解脱。莫澜从包里翻出两个创可贴贴在磨破了皮的脚后跟，然后摸出粉饼和唇膏补妆。

职场如战场，战场当然不会囿于那一米见方的办公桌，总是交织着彷徨、焦灼、兴奋、算计，以及各式各样的等待。

她预料到会有这样的等待，似乎也已经习惯了，到了饭点就拿出买好的麦当劳套餐开始吃。

等人就怕错过，她连午餐时间也不愿意冒险。

坐她旁边的一个小女孩从刚才就一直盯着她，开始可能是因为好奇，这会儿肚子饿了，看到有人吃东西，眼神就不太一样了。

六七岁的孩子，坐在医院病房外无人照看，三餐不继。大多就是至亲生病住院，且病得不轻，没人顾得上管她。

人情冷暖看得太多，很容易就磨掉人的同情心。莫澜全当没看到，慢慢啃完了手里的香芋派，又吃掉了一整盒麦乐鸡块和炸薯条，剩最后一个嫩鸡汉堡的时候才慢条斯理地拆开包装纸，掰下一半递过去："要不要？"

小女孩盯着汉堡使劲咽了咽口水，却没有立马伸手接，反倒是别开了眼。

有戒心和羞耻心不是坏事。莫澜道："你看到刚才那个护士跟我说话了吗？他们都认识我，我不是坏人。肚子饿了就要吃东西，你不要我就吃了。"

小女孩这才重新看过来，却喃喃说了一句："我还没洗手呢……"

"没关系，吃完再洗。"

"可是……可是，你也还没洗手呢！"

莫澜愣了一下，哂笑道："不干不净，吃了没病，懂吗？你看这么多病房里都住满了病人，可没一个是因为吃汉堡不洗手住进来的！"

不领情就算了，还挑剔她的毛病。莫澜收回手，在那半个汉堡上狠狠咬了一口，又自顾自地吃起来。

小女孩有点委屈，看了看她，又低头看着自己的手指道："……是程医生说的，吃东西前一定要洗手。"

莫澜下意识地问："哪个程医生？"

不该问的，她明明知道，这偌大的胸外科，只有一位姓程的医生。

她只要转头就能看见，她身后这间病房的主诊医生一栏也写着程东的名字。

于是在静谧的叹息中，有遥远的往事迎面撞上来。以前每次她等不及要尝他刚烧好的菜，都会被他拍开爪子："去，洗手去！"

那个人，不管有没有穿着白大褂，永远都那么爱干净。

小女孩最终还是接过她另外那半个汉堡，并且告诉她，程医生值班的时候就在斜对面第二个房间休息。

那是医生值班室。

她终于笑了笑："我知道。"

午饭时间过后，林主任回来了，把办公室门一关，仍然不理会莫澜。

护士长肖若华有点抱歉地朝她笑笑："今天有科室检查，我看主任一时半会儿是没空了，要不你找个地方边休息边等。"

莫澜看向不远处的那道门："我能不能到值班室看看？"

"可以啊，今天中午刚好没人在。你跟我来。"

她们站在医生值班室门口，莫澜第一次真正感觉到节同时异，物是人非。

值班室的门从里面打开，她下意识地往后退了一步，但走出来的只是保洁员。

肖若华看了看她："进去吧，现在医院的硬件条件可比过去好多了。"

　　的确是好多了，住院大楼里外都做了新的修葺，更气派更宽敞了。值班室里不仅有床，还配备淋浴间，床和床之间有帘子，可以隔开相对私密的空间。

　　医生们写病历、问诊有另外的办公区域，高级别的医生有单独的办公室，值班室只是休息睡觉的地方。

　　程东经常一台手术站五到八小时，手术完成后困极了，会在公用的医生值班室里睡一觉。

　　岁月更迭，但人的某些习惯还是很难改掉。

　　莫澜看到矮柜上放着的马克杯，在这个仅供医生睡觉休息、几乎没有任何个人物品的房间里，桌上那一只杯子非常显眼。

　　程东有轻微洁癖，不管到哪里都要带自己的杯子喝水。他喜欢黑白菱格如棋盘的花纹，就像这个马克杯一样。

　　她看了杯子一眼，逼着自己调转视线，终于还是忍不住问："程东今天不在吗？"

　　肖若华说："大清早就上手术去了，还没结束。他现在有单独的办公室了，不过还是喜欢睡这里。"

　　她抚着那只杯子没再说话，肖若华也就不忍心再多说什么。

　　当年莫澜跟程东结婚的时候，肖若华也收到请柬，高高兴兴去参加了婚礼。见新娘子几乎没有娘家人，也没有什么要好的朋友，就帮她拦门、封利是，教她怎么点烟和应付闹洞房。然而谁能想到那时好得蜜里调油似的小两口，这么快就分道扬镳了？

　　肖若华这份无声的体贴莫澜心领了，朝她笑了笑："肖姐，您去忙吧，不用管我，我在这儿等一会儿就好。"

　　肖若华点头，病区仿佛永远有处理不完的事情，她不可能陪她在这里等。

　　"那你就在这里先等一会儿，主任有空了我就过来叫你。"

　　莫澜点头。

肖若华关上了门，不知是有意还是无意的，把门从外面反锁了。等莫澜发现的时候，她已经出不去了。

她拉住把手使劲晃了晃，听到门和锁之间哐哐作响的声音，心里的不安就像洪水一样漫上来，堵得她呼吸都困难。

她这不算是真正意义上的幽闭恐惧症，但当她被独自禁锢在一个无法自由进出的空间时，真的有很多不好的回忆汹涌而至，那种感觉就好像把那些糟糕的事情又重新经历了一遍，让人本能地想要躲避和保护自己。

她其实是有脱下高跟鞋砸锁的冲动的，但她不敢。肖护士长说今天有科室检查，那八成是故意将她困在这儿的，如果她大张旗鼓地又砸又喊，就算是出去了，也没法好好跟林主任坐下来谈正事儿了。

她强迫自己冷静下来，强迫自己分散注意力去想点别的事情，可医院里非蓝即白的色调，干净得过分的房间和空气里消毒药水的味道像黑洞似的吸噬了她的思绪。她目光所及的地方，只能看到角落矮柜上的那个马克杯。

她把杯子紧紧抓在手里。杯子洗得很干净，可上面好像还留有她熟悉的气息。

程东当年用的杯子全是她送给他的，杯底都刻了他俩姓氏缩写"M&C"的字样，算是她小小的恶趣味，但他好像从来都没发现过。

她把这个杯子翻过来，杯底什么都没有。看来她送的东西，他全都换过了。

没有惊喜，却还是让她安下心来。

莫澜不知道自己是怎么睡着的，醒来的时候还抱着那个马克杯。

她抬头看了看钟，知道今天正事儿八成是办不成了。刚坐起来，就听到门口有人拿钥匙开门，她第一反应竟然是把鞋子踢到床底，伸到床边的腿也悄悄缩了回来。

门口传来男人扬高的声线："我不吃了，你们先去吧！"

这个声音清朗好听却略显疲惫，因为在手术台上大半天时间没喝过一口水，还带了一丝沙哑。

莫澜的心脏咚咚跳得飞快，她有点害怕他一进门就会找杯子喝水，而他的杯子还在她手里。

还好，程东进门只脱掉了白大褂，换了一双拖鞋。他贴身的衣服几乎全部被汗水浸湿，后背尤其明显，湿乎乎深色的一大块。他毫不犹豫地把这件也脱下来，露出身上麦色的肌肉线条。

莫澜这才明白他是打算冲凉。

这下就算门没有反锁，她也走不了了。

她跪坐在床上，从柜子的缝隙间看着程东精赤着上身走进淋浴房，里间很快传来哗哗的水声。

洗澡对爱干净的人来说是享受，但他向来都洗得很快。

程东换好了干净的衣服出来，矮柜上放着他的马克杯，而他刚刚进来的时候，它明明还不在那里。

值班床在柜子后面，床边还有帘子，他看不清里面的人，却看到床边浅蓝色小羊皮的高跟鞋，又细又高的鞋跟足有六七厘米。

医生不会穿这样的鞋来上班。他沉声问："谁在里面？"

莫澜走出来，哎呀一声，笑道："我还以为你不会发现我呢！"

程东看到她，竟然也没有表现得太过惊讶，垂下眼睑道："你到这儿来干什么？"

"来找你啊，听说你今天有台人手术，我早早就在这儿守着了。你还没吃饭吧，我请你吃饭啊？"

"我不饿。"

"饿过头的人才说自己不饿，就像你以前喝醉了也总说自己没喝醉，趁机占我便宜。"

程东有条不紊地把换下的衣服收拾好，然后停下看了她一眼："你到底来干什么？"

莫澜笑了笑，好吧好吧，她承认，他严肃起来还是挺有压迫感的。

她故意撩了撩长发："我是说真的呀，我回国也挺长时间了，还没跟你碰过面，你就一点儿都不想我？"

她暧昧地凑近他，在幽闭狭小的空间里的，孤男寡女挨得这么近，假如对方也有意，靠鼻子闻也能闻出点什么来。

然而程东身上只有淡淡的水汽和皂香味，他不喜欢沐浴露滑腻的触感和做作的香气，从来不肯用。

他明明没有变，还是很多年前她爱的那个男人，只不过对她已无动于衷。

她又退回来，依旧笑着，说："既然你这么不待见我，那带我去见见你们林主任呗！之前住你们这儿36号床的那位老爷爷的案子可不能再拖了。"

程东终于微微变了脸色："那案子你接了？"

"是啊，定金都收了，受人之托，终人之事嘛！"

程东又不说话了，默默收拾好自己的东西往外走，拒人于千里之外。

"程东。"莫澜在身后叫他。

她也不知道叫住他还能说些什么，但就是沉不住气，甚至难得地带了丝急切。

他停住脚步，像是想起什么来，转身走回她身边，拿走了桌上放着的马克杯。

夜里，莫澜难得地失眠了。

她平时加班任务不少，常常开夜车到午夜一两点，第二天早晨起来还要赶去开庭，一分钟都迟到不得。从来都只有睡不够，哪会睡不着呢？

都怪程东，男人无情起来，真是连鬼都害怕。

她没想过其实就是白天那一觉睡多了，补足了之前缺失的睡眠。

实在睡不着，她只好起来给自己热了杯牛奶，捧着豹纹的马克杯又想起白天的不期而遇，自嘲地笑了笑，坐在床畔慢慢地把奶喝完，到后半夜终于困了，一觉睡到日上三竿。

她从松软且凌乱过头的大床里爬出来，披了套丝缎长睡裙，揉了揉满头乱发，打着哈欠拉开房门，被客厅里的人影吓了一跳。

"吓死我了，你怎么进门都没声音的？"

唐小优正用笔记本啪啪打字，她戴时下最流行的黑色大圆框眼镜，梳满头非洲人似的辫子，皮肤却是白皙光洁的奶油色，热辣背心箍紧年轻的身体，隐约露出肩头一角看似红玫瑰花瓣的文身。

"我看你还没起床，就没叫你。你给我设指纹不就是为了不打扰你休息？"唐小优十指在键盘上翻飞，看也没看她。

莫澜这间高端公寓就她一个人住，大门的指纹锁却设了不止她一个人的指纹，备份钥匙也放在助理唐小优那里。

她不用朝九晚五天天去律所点卯报到，但工作是一天都不能落下的。她不在办公室的时候，唐小优就到公寓来跟她汇合。开始是她嫌开门麻烦干脆给助手设了指纹锁，后来唐小优觉得她这儿的 Wi-Fi 和打印机比办公室的还好用，在莫澜上庭或者会见当事人不用她跟的时候就直接来她公寓办公了。

莫澜也不顾及刚起床的邋遢形象，长舒口气，打开冰箱拿了罐咖啡出来，还没来得及打开就被唐小优抽走了。

"人清早就别吃垃圾食品了，餐台上有刚冲的咖啡，牛奶也热好了，你自己兑。"

莫澜看向餐台的咖啡机，果然有半壶现成的咖啡。难怪刚醒就闻到咖啡香，她还以为是幻觉。

她这位辣妹助理真没得说，不仅工作上很当用，生活里的琐事也一径包揽，为她分忧。

她恍惚了一下，曾经也有这么个人，想她所想，早晨起来不让她喝冷饮，冒着上班迟到的危险也要为她煮一碗热腾腾的面条。

"喂，你没事吧？"唐小优动手冲了杯拿铁递给她，"你看起来不太对劲，不是说昨天去医院跟林主任谈好，今天就去找委托人谈吗？你怎么都不去办公室？"

"我没见到林主任。"莫澜回过神来答她，一眼瞥见她手指，"哇，换了新指甲油啊？这颜色好漂亮，哪儿买的？"

唐小优见怪不怪地从包里掏出一个纸袋给她："猜到你会有这种反应，给你也买了。不用谢我，买三瓶才能有赠品，你那是顺带的。"

莫澜欢欢喜喜地接过来，坐在她对面就开始往指甲上刷。

她不想谈某个事情的时候才会这样东拉西扯，唐小优也不多问。

等到把十个手指都涂得差不多了，咖啡也喝掉大半，莫澜才悠悠地说："这两天我不在办公室，有什么人和电话找我吗？"

小优打开手机上的备忘录，一条一条念给她听，都是些常规工作上的事，只有一条："有人打电话来问你要不要参加高中同学聚会，说是岐门中学百年校庆，机会难得。"

高中同学聚会？莫澜微微一凛，不由感到好笑，真没想到高中还有人记得有她这号人的存在，还神通广大地弄到了她办公室的电话。现在想想那时仿佛能锁得住青春的学校大门，那些黑色的铁栅栏和灰白色石柱在脑海里竟已只是一个模糊的印象，很多曾以为会永远鲜明如昨日的记忆早就变得面目不清了。

那所灰扑扑的学校都已经屹立百年了吗？

"莫律师？"小优见她出神，抬手在她眼前晃了晃。

莫澜从思绪中抽身："要是再有人打来要我去参加同学聚会，你就帮我回绝。"

"理由呢？"

"忙，忙着出差、开庭、泡男人。"

小优噬笑一声："你有男人？"

莫澜十个手指的指甲油都涂好了，作势要掐她："没见过吧？我故意藏起来不让你们见的。他外表高大威猛，内心细腻温柔，好到天上有地下无！"

唐小优自然是不信的。这世上大概也就唯有她自个儿坚信，她的盖世英雄依然爱她，终有一天会踩着七彩祥云回到她身边。

莫澜出门打了个车去会见当事人。车子停在一个老式住宅区门外，街道两旁植满郁郁葱葱的樟树，四周都是拔地而起的新楼，不乏负有盛名的天玺、豪庭、河岸等高端楼盘，随便一套都能卖令人咋舌的高价。旧楼逐渐被新贵包围，久而久之大家也就习惯了，不会觉得有违和感。

这样的老住宅区附近大概有两三处，在住房还靠分配的年代，也曾是香饽饽，一房难求，住的都是受人尊敬的专家和知识分子。

如今这里走出去的年轻一辈奉行人往高处走的人生准则，攒钱也好贷款也好，都赶着住进周围那样新起的高楼。老式的小区成了城市中怀旧的点缀，留下的住户也大多是老人了。

给莫澜开门的阿姨是钟点工，指了指屋里："王老在里面下棋。"

"我是他的律师。"莫澜换上拖鞋，"他自己跟自己下棋？"

"不是，今天有客人来。"

莫澜穿过饭厅往里走，五十多平方米的房子本身也不大，还没走进客厅，她已经看到坐在阳台边对弈的两个人。

除了她案子的当事人王登学，另一个居然是程东。

"王老，您这步好像走得太急了。"

"年轻人有信心是好事，但这都已经兵临城下了，我看你还是早点认输比较好，不至于输得太难看。"

程东不动声色地举棋吃掉一子："我下面可就要将军了。"

王老"咦"了一声，盯着棋盘搓了搓手："你是孤军深入啊……"

这时程东已经看到了站在门口的莫澜，没说话，也没有跟她打招呼的意思，目光很快回到棋盘上，仿佛刚刚只是看到了一团空气。

莫澜就是喜欢他这种爱搭不理、冷冷淡淡的劲儿，心里已经调戏了他一百遍，面上却还要装作镇定自若，不嗔不怒地在客厅沙发上坐下，等他们下完这盘棋。

她眼睛不知往哪儿看，干脆就盯着程东的手瞧。外科医生的手常年泡消毒水照理不会很光滑，可他却保养得很好，恰到好处的白皙肤色，指节修长匀称，不论是执棋或是拿手术刀都那么好看，曾经在她身体里里外外流连的力道也拿捏得刚刚好。

只是曾经戴在无名指的戒指已不知去向，取下的时间太久，连戒痕都看不出来了。

她目光太热烈，看得自己都干渴起来，忍不住舔了舔嘴唇。钟点工倒了杯水给她，她接过来轻声说了句谢谢。

程东的手在半空犹疑了一下才放下，终于尘埃落定。

"将军！"王老大笑起来，"哈哈，你还说我走得急，你看你这才是欲速则不达啊！"王老已88岁高龄，赢了棋还是像个孩子一样高兴。

"我棋艺不精，跟您没法比。"程东一边收拾残局，一边谦逊地说。

"胡说，我看你下棋跟治病一样厉害，但是到后面心不定，才赢不了。"

明明是大好的局面，都因为分心，被最后两个臭招给毁了。

王登学看向莫澜，似乎直到这时才留意到家里多了位不速之客，问道："你来有什么事吗？"

"我是您的代理律师，来了解下情况。王老您身体好一些了吗？已经可以下床走动了吗？"

"你不是已经看到了吗？你们是不是都巴不得我病得下不了床？"

莫澜不知道他口中的"你们"指的是谁，但显然不包括程东，他对程东的态度比对她亲和多了。

她还是保持微笑，说："您住院的时候，情况确实不是太好。"

"那你要不要问问医生我现在能不能下床？"王老没好气儿地说，"程医生就是我的主诊医生，刚好他今天也在，你可以问他我恢复得怎么样。"

莫澜仰头看了程东一眼，他站起来真的很高。这屋里光线不是太好，所以尽管他半弓着身子整理棋盘，影子还是几乎遮住了她眼前的光亮。

她知道程东也在看她，但这样逆着光，她辨不清他眼里的含义。

她笑了笑，对王老道："原来他就是您的主诊医生，可您不是要告他吗？"

"我要告的不是他，是那天给我翻身的值班医生！况且也不是我要告，是、是……"

王老话没说完就激动得咳嗽起来。程东连忙上前稳住他的身体，为他顺气之后扶他在躺椅上躺下。

钟点工端着水和药来服侍老人吃药，程东才放开手，蹙紧眉头对莫澜道："你出来一下。"

客厅旁边的阳台摆满盆栽花草，其中有一盆水仙花长得特别好，郁郁葱葱的，想必初春开花时黄蕊白花一定更加喜人。

地上还有好几摞高高的书堆，有的翻开来摊平，有的就这么堆着，书页都有些泛黄甚至打卷，看起来都已经有些年头了。

莫澜就站在书堆里，手指碰了碰水仙的花瓣，像是自言自语，又像是跟程东说话："你看这花多漂亮，咱们以前也种过的，怎么就养不活呢？"

真的，她也有喜欢花花草草和小动物的少女心。养过吊兰、水仙和碗莲，一样都活不了，更别说养小动物。那时还不流行养多肉，程东用他们都爱吃的火龙果皮给她种出两盆小小的刺球，她喜滋滋地拿去放在办公桌上，要不是后来程东接手，也差点难逃厄运。

后来那两盆刺球去哪里了？有没有真的结出火龙果来？她一点都

不知道。

因为那之后不久，他们俩就离婚了。

程东像是没听到她的话。他站在堆满了书和花草的阳台，整个人有浓浓的书卷气，开口却还是冷冰冰的："你在这儿见到我好像一点都不惊讶。"

"为什么要惊讶？"莫澜笑道，"你总会想办法解决遇到的难题的，不然就不是我认识的那个程东了。"

"既然知道，你还来干什么？"

"一码归一码啊，你是好医生，我也要做好律师。王老是我的客户，维护他的权益是我的职责所在，不能因为他要起诉的人是你们就消极怠工嘛！"

程东冷笑道："你真是一点都没变。"

莫澜耸了耸肩膀："你指哪方面，尽忠职守还是唯利是图？"

程东抿紧唇沉默了半晌，说："你回去，我会说服王老跟医院和解。"

"和解？要不是撕破脸，谁想闹上法庭？王老已经快九十的人了，住院期间你们的值班医生为他翻身导致他锁骨骨折，怎么看责任都在你们。要是有和解的意愿就罢了，咱们可以坐下来谈。可是你也看到了，我去找林主任好多次，根本连他的面都见不到。这要说起来，是你们不想和解。"

程东说："我们早就提过和解，该负责的我们会负责。但出了事之后，家属就把他扔在医院不闻不问两个月，不理任何费用，这不是解决问题的态度。"

"那么你们林主任连见我一面都不肯，是解决问题的态度吗？"

程东仰头深吸口气，像是无奈，又像是自嘲："我早该明白的，跟你谈这些也不会有结果。"

他不再理会她，帮着钟点工把阳台的书收进来，又把王老书柜里另外的一部分书搬到阳台去，趁着日头好，放在阳光下暴晒防霉。

王老对莫澜这个理应是"自己人"的代理律师没好脸色，对程东却亲切又信赖。

莫澜想帮忙也插不上手，只好找个话题聊。她发现那些古旧的书本里有几本书名下方印着"王登学著"，于是问道："王老，这些书是您写的吗？"

"嗯，好多年前的东西了，现在谁还看这些。"老人似不太在意，在物质生活尚不发达的年代，他已著书立说，然而知识的发展也是日新月异的，那时留下的东西早已蒙上历史的尘埃。

程东却拿了一本封面鲜亮的新书过来，说："不是还有这个？加印了好几次，我看要迈入畅销书的行列了。"

王老把书本捧在手里，用一种很珍惜的口吻道："是啊，都是贞仪的功劳……"

莫澜不解地抬头看程东。他似乎忘了刚刚两人间的龃龉，解释道："贞仪是王老的夫人，已经去世了。这本书写的是他们的故事。"

"十五年啦！"王老感慨地念叨，"一转眼，贞仪已经走了十五年啦……"

莫澜觉得稀奇："我可以看看吗？"

书是如今市面上已不多见的线装书，纸张是故意做旧的米黄色，内容不只有文字，还有老照片和二老的字画。从那个时代的书香门第走出的老一辈人大多有这样的修为，像王老会画水墨的人物和山水，而王老夫人则写一手漂亮的蝇头小楷。

文字是质朴而真挚的，写尽两人携手一生的珍贵回忆，以及失去伴侣之后的痛心和思念。

莫澜翻了翻书，问："这本可以给我吗？我出钱买。"

"你喜欢？"老人还挺意外的。

"嗯。大概是因为我从小在单亲家庭长大，自己的婚姻也经营得不好吧，特别喜欢看别人伉俪情深的故事。"她依旧笑着，像在说发生于别人身上的事。程东却敛下眼眸，不知道在想什么。

王老似乎直到这时对她才和蔼了些："你喜欢就拿去看，不要你的钱。"

"那就谢谢了，您人真好。"莫澜炫耀似的拿书朝程东晃了晃，才欢欢喜喜地放进包里。

走的时候外面下雨了，两人一前一后走在即使白天也黑漆漆的狭窄楼道里，莫澜问程东道："我今天没开车来，能搭你的顺风车吗？"

"不能。"他头也不回地答道。

"小气。"她在身后咕哝了一句。

他终于停住脚步回过头来。莫澜没想到他会突然停下，楼道里太黑也看不清楚，身体随着惯性撞到了他身上，脚下的高跟鞋踩不稳往下滑，要不是程东手快扶住她，她就得从楼梯上滚下去了。

两个人以很别扭的姿势紧紧挨在一起，程东身上的体温让莫澜有种不真实的感觉。

时光回溯十年，他们第一次挨那么近的时候，好像也刚下过雨，天气湿热。她没吃午饭，也没有干净的运动服和运动鞋可换，在下午的体育课上被罚跑圈，眼前发黑晕倒在操场。程东刚好经过她的身边，他还差最后半圈就能满分完成一千米的测验，却还是停下来料理她这个病号，掐人中、轻拍她的脸，嘴里一直唤她"同学、同学"。

十六岁已有人情冷暖，新的学校，新的环境，她朝夕相处的同学们却并不喜欢她。见她晕倒大多惊呼一声，围拢来看看就算了，没人真的援手帮她。可能是不懂急救的技巧，也可能不愿担这个责任。只有程东一直在，当她是中暑，解开她衬衫的扣子降温，让她顺畅呼吸，最后也是他背她去学校的医务室。校医说她只是低血糖。她看到他松了一口气，然后默默转身离开。

是不是从那时开始，他已经展露出成为医者的天分？有位诺奖得主曾说，只有道德高尚的人才能成为医生。

她永远记得当初趴在他背上时看到他鬓边流的汗，空气里不仅有雨后潮湿的气味，还有两个年轻身体挥发出的汗水的微酸。她随他的步伐轻轻颠来颠去，心口是热的，有点紧张，就像现在一样——怕他听到自己剧烈的心跳。

"我是不是胖了？"莫澜没来由地问了一句。程东这时才意识到他的手臂压在她胸前，熟悉的曲线贴着他的皮肤，是即使隔着衣物也无法忽视的触感。

他放开她，确定她可以站稳，冷声道："你自己回去，别再跟着我。"

莫澜噘了噘嘴："摸都摸过了，也不肯载我一程？"

恍惚间，程东仿佛也被回忆的流弹击中，那杀伤力太大，他身体微微一僵，终于头也不回地走了。

雨越下越大，他蹚过小区院子里一洼洼的积水去取车。他的车就停在路边，关上门，就与外面的世界相隔绝，风声轻了，雨声也小了。

他发动车子，看着细密的雨点打在挡风玻璃上，越积越多，汇成小溪般一股股流下去，直到雨刷摇摆一次，把水渍都抹掉。

他应该就此转动方向盘离开的，可是他没有。他一直看着前方，像在等待一个永远都不会出现的人。

莫澜果然没再跟着他，过了好一会儿才走出来，把几千块买来的皮包顶在头上挡雨，站在路边东张西望地打车。

她一定是没带伞，程东想。这女人就是不管旱季还是雨季，从来都不知道要在包里放一把雨伞，以备不时之需。所以只能在屋檐下等，等到她觉得这雨一时半会儿停不了，才冒着雨另外想办法。

她包里都装了什么呢？唇膏、粉饼、睫毛膏、镜子、梳子……有时还装着食物、漫画、笔记本、书，就像王老今天给她的那一本。

他想到她把书拿在手里时那个有点耀武扬威的表情，仿佛还是当年那个穿着松松垮垮的校服却化了妆的女孩子。霸占了他自行车的后座，边嚼口香糖边扬起精致的下巴说："背都背过了，载我一程呗。"

她明明是为体育课上的事来道谢的，却又那么理所当然地向他提要求，完全不理会他冷若冰霜的臭脸，跟在他自行车后面慢慢走了两站地。

程东闭了闭眼睛，好像已经不能理解十六岁的自己为什么没有骑上他的山地车飞速离去，反而跟她一前一后走了那么远。

如果那时他骑上车走了，是不是就不会有后面这十多年的恩怨纠葛？

他心烦意乱，一脚油门把车子开出去老远，最终却又在路口掉头。

他在莫澜面前停下，溅起的水花打湿了她的鞋面。

"上车。"

CHAPTER 2

忍顾归路

程东是最好的，可他眼里没有别人。
他们一直都属于彼此，其他人感觉不
到，这是独属于他们俩的秘密。

车子里开了冷气，温度适宜，已经感觉不到外面那种潮湿闷热。

莫澜笑嘻嘻地说："你看，我鞋子都湿了，这鞋很贵的，要不是看在你肯让我搭车的分上，我一定叫你给我重新买一双。"

她坐在副驾驶座，脱了鞋子，用纸巾擦脚背和鞋面的水，白生生的十个脚趾灵活地动来动去。

程东只瞥了一眼，当作没看到，问她："你去哪里？"

"噢，我回家，前面路口要右转的。"

程东开着车，她已经怡然自得地从包里拿出王老那本书来，随手翻看起来。

路上有点堵，车在红灯路口走走停停就是过不去。莫澜边翻书边念出声："啊，原来王老不止现在的三个子女啊，有一个夭折了，有一个前几年去世……他们夫妇还到上海和北京生活过，你听这段：彼时上海租界已成孤岛……"

程东没有回应，雨势渐渐小了，他仍盯着车头前方，随着车流一点点往前挪。但莫澜很快就感觉到他逼视的目光，抬起头来，问："嗯？怎么了？"

忍顾归路

"坐车的时候看书,你不怕眼瞎?"

莫澜愣了一下,咯咯笑出声:"我早过了会得近视眼的年纪了,再说你开得这么慢,不要紧的。"

他怎么不说他自己冷着脸不理人呢?堵车的时候,两个人肩并肩坐在密闭的车厢内没一点话题,实在很尴尬哎!

她继续看她的书,开始还热热闹闹的,不知看到了什么,脸色变了变,就沉默下去,只听哗哗的翻书声,听不到她说话了。

程东看她一眼,蹙着眉头道:"王老住院期间就喜欢跟我下棋,他很随和,不喜欢别人故意让招,但自己也从不赶尽杀绝。他的手术很成功,术后本来恢复得不错,如果不是锁骨又意外骨折,他精神会比现在更好一些。这场纠纷是我们有错在先,王老却能够谅解;闹到现在这个局面,不是他本人的意思。"

"嗯,是他子女们的意思,找上门来委托我做代理人的就是他的小女儿。"

程东眉头蹙得更深了:"你知道?"

莫澜笑笑:"我怎么会不知道?做人家代理律师的首要任务,就是弄清楚客户真正想要的是什么。他的儿女能把老人家丢在医院两个月不闻不问,要的就不是公道,他们要的是钱,或者一间免费的养老院。"

程东不说话了,他唇线绷直往往就意味着正酝酿怒气。

莫澜倒已经见怪不怪,她等着他发作,把她和她的工作贬得一文不值。

然而他并没有,过了半晌再开口,出奇地冷静:"只要你能说服他们和解,我会请林主任跟你们谈。"

莫澜的住处到了,她朝他笑:"好啊,下周,可以吗?"

"嗯。"

她解开安全带,临下车前问他:"对了,高中同学聚会你会去吗?岐门中学百年校庆,你这种模范生肯定会被邀请吧?"

程东不置可否："我去不去，跟你有什么关系？"

"你去我就去啊，你不去的话我去干吗？"

程东回过头看她："那你还是不要去了。"

两人绕口令似的说了半天，莫澜好像已经有了主意，下车关上门，还朝他挥了挥手。

程东脚踩油门开出去好远，她还站在雨里，忽然想起刚刚她只说回家，却忘了告诉他现在的详细住址，可他还是准确无误地把她送回来了……

　

唐小优把一杯牛奶放在莫澜桌上，发现她还在挑灯夜读，看了眼封面，是本线装的闲书，于是问道："你在看什么？"

"回忆录，传记，whatever（诸如此类）。"莫澜捏了捏眉心，"这回代理的老爷子那案子，突破口大概就在这本书里了。"

时间不早，小优本来打算回去了，听她这么一说又来了兴趣，拉把椅子在她旁边坐下："怎么说？"

莫澜翻开一页，把做过记号的文字给她看："喏，这里，王老写他十几年前摔过一跤，磕断了一颗门牙和锁骨，是老伴儿照顾他住院和起居的。"

"那他的锁骨……本来就骨折过？"

"嗯，否则不会那么脆弱，翻个身就断。"

小优不解："那为什么在他的病历里没有反映出这一条？"

莫澜道："因为那几年他们老两口还生活在北京，王老太太去世后他才搬到儿女们工作的南城来住。异地就医的病历信息是不联网、不相通的，何况已经过去十几年，时间太久了。"

"这是对我们不利的证据。"小优沉吟，"可是对方未必掌握了。"

"等他们掌握，我们就输定了。要真上了法庭，提交证据、质证、开庭，一审完还有二审，那么长的时间，拖来拖去他们总能发现的。

毕竟白纸黑字就摆在这里，还是畅销书，谁也不是傻瓜。趁现在手里还有谈价的筹码，争取和解吧！"

"王老那几个子女会同意吗？我看他们齐心协力不达目的不肯罢休的样子，都不是省油的灯。"

莫澜眼里闪过一抹狡黠："那就让他们内讧，没法那么团结。"

"你打算怎么做？"

要瓦解有共同目标的人，最好的办法就是让他们感觉利益分配不均。莫澜略施小计，让王老的子女们以为父亲百年后遗产全都留给生活最拮据的大女儿；而假如这回跟医院的官司败诉，风险却都要由小女儿承担；中间的二儿子无可无不可，也就没什么兴致掺和这事儿了。

王家三儿女果然炸了锅，究竟打不打这场官司也出现了意见分歧。莫澜劝他们和解，至少现在来看还是他们占理，不要得理不饶人。心不齐的三方终于松口同意了，说得好好的，临到谈和解的当天，当着老人的面又你一言我一语地吵了起来。

莫澜就漠然地坐在一旁看他们吵，直到老人都气得发抖，她才掷出一支笔，对他们道："吵够了没有？你们现在还没搞清楚状况是吗？你们隐瞒了王老的病史，医院方面现在还愿意跟我们谈完全是为了息事宁人，拿不拿得到赔偿另说，搞不好你们还得倒付钱呢！别忘了王老两个月的住院费用都没结清，你们谁想付？"

三人果然都愣了，不约而同地问："什么病史，我们隐瞒什么病史了？"

"你们果然不知道啊，"莫澜冷笑，"王老这回骨折不是偶然的，十五年前就摔断过锁骨。只不过那时候老太太还在，有人照顾他，你们就不闻不问。老太太就是那之后才病倒去世的吧？"

王老悲从中来："贞仪那时候不让我告诉他们，过了这么久，我以为没事了……"

"不关您的事，您这个年纪骨折后本来就很难完全复原了。"莫澜安慰他道，"说白了，这回骨折也有意外的成分。"

"你说意外就是意外啊，你能保证拿到赔偿吗？就算我爸以前摔过，但这回入院是因为纵隔肿瘤，锁骨又骨折一回就是医院的责任！我们花钱不是让你找对我们不利的证据的，要是你没本事打赢我们就请其他律师！"

"好啊，你们尽管换人好了，我反正前期该收的费用已经收了，你看看接手的律师有没有本事帮你们把赔偿要回来！"莫澜把长发甩到身后，"我告诉你们，除了我，你换其他人来连坐下面对面好好谈的机会都没有！你们就等着上法庭好了，等着对方律师把你们隐瞒的病史当作证据提交上去，你们一分钱都拿不到。然后诉讼费用自理，误工费用自理，欠医院的几万块住院费结清，再落个不孝顺老人的恶名。这样的风险你们愿意担，OK，解雇我好了，你们另请高明！"

几个人没声儿了，王老在一旁说："事情发生在我身上，我没说换律师，你们谁都别自作主张。"

"爸，我们也是为你好……"

"你们要真为他好，就多回家看看他。你们以为王老为什么打官司？他感激这里的医生和护士都来不及，为什么非追究到底不可？"莫澜接话道，"他是为了多见见你们，只有顺着你们的意思才能跟你们有多一点相处的时间！子女当成这样也是没谁了，就算闹到法院，法官也不会同情你们的。"

王家人都是一怔，心里大概各有滋味，已年过花甲的大女儿先低声啜泣起来。

莫澜吁了口气，会议室的门从外面被推开，程东跟在科主任林忠德和医务处张处长后面走了进来。

气氛有种说不上来的尴尬，程东看了莫澜一眼，像是问她又在搞什么花样。

她此时此境收敛起平日里嘻嘻哈哈的模样，往几位穿白大褂的人对面一坐，翻开笔记本道："几位领导想好和解的方案了吗？趁今天大家都在这里，好好商量一下。"

她有凌厉的一面，程东并非不了解，但在这种情况下展露出来，总让他想起很多不愉快的往事。

在手术台上他可以独当一面，唇枪舌剑却不是他的强项。在谈判桌上擅长做主导的人是莫澜，因此他的注意力很难不集中到她的身上。

当事人一家的态度其实他是早有预料的，反倒是她的情绪，有点不太对劲。

几番你来我往，和解还是达成了。为了避免夜长梦多，医务处的处长立马就回办公室去打印和解书来让双方签字，林忠德下午还有手术，意味深长地拍了拍程东的肩膀，也先离开了。

会议室里又只剩下王家人，莫澜觉得闷，走到外面楼梯间去透气。她用手掌把垂下的头发往后理，心里有种说不上来的烦躁，从包里拿出一个小瓶，哗啦哗啦往手里倒白色药片样的东西。

"你吃什么药？"程东不知道是什么时候站在她身后的，眼睛盯着她手里的小瓶。

"吓我一跳。"她心情不好，回头看了他一眼，硬邦邦地说，"不要你管。"

身后的人没动也没说话，莫澜即使背对着他也能感觉到他冷冷看着她的眼神。

以前她要小性子，他有的是办法把她治得服服帖帖，但现在不过是这样冷淡的对峙，她自己就先绷不住了，回头又恢复了嬉皮笑脸的模样，拿着瓶子在他跟前晃了晃，"那你觉得是什么？降压药，抗抑郁药，还是……避孕药？"

程东不理会她，走近两步，抬手要夺过来，被她躲过。

"咦，你也想要啊，那你来追我，追到我就还给你。"

就像他们上学的时候那样，她抽走了他的错题本，夸张地叫道："原来你连这个题都会做错呀，不是就书上的例题换了个形式吗？啧啧啧，咱们的学习委员徒有虚名……喂，别抢，想要回去就来追我，追到就还你！"

她似乎热衷于你追我赶的幼稚游戏，但他反应敏捷，还没等她跑，就上前两步拎着她的校服领子把她给揪了回来。他个子高，手长腿长，轻而易举就夺下她手里的东西；只是两个人挨得近，他的手臂和身体圈住她，隐隐就像拥抱。

教室里没有其他人，他是留下来一边做题一边帮老师批改试卷的好学生，她是被罚打扫教室的顽劣分子，嘻嘻哈哈这样闹一场，时光的沙漏仿佛就走得更慢一些。

他现在没有耐心陪她闹了，直接抓住了她的手腕："你出国深造三年，就为了回来帮这些人打官司？"

"这些人，什么人？"莫澜瞥一眼不远处的会议室，"噢，你说王家这几个啊，不肖子孙嘛，但至少现在问题解决了啊，你应该感谢我才对。"

程东冷笑道："你还真是一点都没变。"

他手上加了力道，莫澜感觉到手腕处的钝痛，却好像还是很享受这片刻的肌肤之亲，凑近他道："其实你是关心我，怕我吃亏吧？"

"你自作多情的毛病也没变。"

"你不喜欢吗？"

她踮起脚，额头到他鼻尖，他微微别开脸把她推开。莫澜揉了揉手腕，把瓶子里倒出来的东西放进嘴里："别紧张，就是柠檬片而已，很酸很酸，用来提神醒脑，不是药物依赖。"

那种酸酸甜甜的淡淡香气，也是回忆里曾有的味道。

程东蹙着眉："我看完了王老那本书，原来他十五年前锁骨就骨折过。"他一边说一边留意莫澜的反应，"看样子你已经知道了。"

"当然，知己知彼，百战不殆嘛！"

"你是因为这样才肯和解？"

"不完全是，不过也差不多。"她含糊其辞，也瞪大了眼睛观察他的表情，"你既然知道了，为什么刚才没提出来？"

"假如谈不拢，我当然会提出来。"不过难得大家达成一致，就没必要再进一步扯破脸了。

他只是不忿，她不会看不出来王家三个子女是为什么纠缠不休，这么不孝的一家人，她竟然也肯为之争取到底。

莫澜嚼着柠檬片，敛起笑容："我爸妈死得早，我想孝顺他们都没办法孝顺，现在竟然肯帮这种不忠不孝的东西争取利益，你是想说这个吧？其实这个问题我觉得没必要再争论了，我就问一句，假如他们当中一个现在突发急病倒在你脚边，你救还是不救？"

程东沉默了片刻，张了张嘴，还没来得及出声，莫澜就打断他，自嘲般笑了笑："你不说我也明白，你肯定会说这不一样，你没得选择，而我可以选择。但实际上真的不一样吗？程东，你明明知道的，我从来就没有选择。"

纠纷终于有了不错的结果，两人却还是不欢而散。

唐小优问："王老能拿到多少赔偿？"

莫澜掰着手指算道："去掉滞留医院病房两个月的费用，大概还有个两万块钱。医院信誉很好，不会赖账，还送了些药给他，比起上了法庭打赢官司最后还得等强制执行的那些好多了。"

"我是指能到他手里，不会被子女瓜分占用的，能有多少？"

"这就不知道了，毕竟不是所有的故事我们都能看到结局。"

莫澜趴在 SPA 床上，舒服得忍不住哼唧。熟悉的按摩师问她："您好久没来了哦，最近很忙吗？要不要试试我们最近刚推出的能量热石疗法？可以排毒养颜，疏通经络的。"

莫澜是来者不拒的，什么都愿意尝试。跟她并排躺着的唐小优来不及阻止，而且闻不惯她新换的精油，问道："原来的玫瑰用得好好的，干吗换成迷迭香？"

Rose（玫瑰）变成 rosemary（迷迭香），从功效到气味都完全两个样。

莫澜却很享受，背上压着几块温热的矿石，被香氛包围着，懒洋洋地说："不懂了吧？迷迭香有塑身丰胸的功效，虽然我现在这样已经很好啦，但是再有女人味一点也不嫌多。"

唐小优失笑："你最近真的有情况啊，是不是有男朋友了？"

她比莫澜小好几岁，不太能想象她会找个什么样的男人，或者说什么样的男人才能配得起她。

"女为悦己者容，但也不完全是为悦己者容。我要参加同学聚会，百年校庆哎，当然要拿出最佳状态了。"

唐小优问："不是说不去吗，怎么又改变主意了？"

莫澜一笑："本来是不想去的，不过前几天遇见个老同学，发现他还是那么有意思，就想着大家那么久没见了，聚一聚说不定会有惊喜。"

"可我都告诉打电话来的人说你不能参加了。"

"没关系，我自己再打电话跟他们联系。"

负责组织聚会的人是当年班里的团支书吴为，莫澜跟他只同班过一年就去了文科班，连他长什么样子都不太能记得起，以至于看到一个白白胖胖、发际线后移却没剃干净胡茬的中年人形象时差点误以为是当年的班主任。

吴为对她倒是很热情，先是初见大大惊艳了一番，握着她的手就不想松开，然后边引她上楼边说："做律师很辛苦吧？咱们同学里做律师的人可真不多，你助手说你要出差的时候，我还以为你来不了了……"

莫澜说些言不由衷的话敷衍他，到了饭店的二楼目光就在人群中巡睃。聚会的重头戏当然是晚餐，这里今晚被他们这一届包了场，但看来看去都没几张熟悉的面孔。

　　岁月是把杀猪刀不假，她也根本没把当年那些青涩面孔牢牢印在脑海里。也许因为她的青春也荒唐过，也许是十几岁就遭逢人世的不幸让她刻意想要遗忘；她中学阶段的回忆永远是模糊一片，历历在目的情景都只跟一个人有关。

　　这个人却没来，至少在这三三两两围在一起互相说着漂亮话的人群里没有程东的影子。

　　大概其他人也认不出她是谁了。同学聚会时你会发现最能让大家记得的永远是品学兼优的优等生和曾经最让老师头疼的捣蛋鬼，她两种都不是——她顽劣叛逆，却总能在以学习成绩定乾坤的简单世界里保持一个中不溜丢的分数，老师也就不怎么管她；她家庭情况特殊，发生了那场变故之后更是关闭心门，所有的管教和关心一时都近不得身。

　　至于高考突然发力，考进全国顶尖大学的法学院那都是后话了，除了班主任老师大概也没什么人关心。

　　看了一圈没见程东，失望几乎要写在脸上，这时身后有人拍她肩膀："咦，莫澜，你是莫澜吧？"

　　回头看到一张还算清秀的脸，上了淡妆，齐耳卷发，莫澜在记忆里搜索半天不得要领，还是吴为给她介绍："这是班长张欣欣啊，你忘了？"

　　真的是忘了，就同班一年，文理分科后这都是理科班的同学了她哪里还记得。但莫澜早已不是当年的莫澜，立马换上八面玲珑的笑脸："啊，班长……你好你好，真是好久不见了。"

　　寒暄几句，对方就问她："程东呢，怎么没见他人，你们不是一起过来的吗？"

　　莫澜心里咯噔一下，她跟程东的事儿他们全都知道？

　　他们结婚的时候很低调，事实上因为隔着家庭的阻挠，他们是想高调也高调不起来。除了彼此的同事和程东家里的近亲属之外，没请其他宾客，婚礼筵席还摆不满一个小礼堂，甚至他们有些朋友过了很久都不知道他们已经结婚了。高中同学她向来是没什么来往的，程东可能跟他们还有联系，就是不知道他们了解多少。

吴为见她明显愣了一下，补充道："联系上程东之后我才想起你们是夫妻啊，应该直接问他你能不能来，后来想想为了表示尊重还是另外打电话给你比较好。"

张欣欣笑着说："是啊，我也跟他讲，你们俩工作都那么忙，未必完全清楚对方的安排，还是分别联系比较好。不过你跟程东走到一起还真是……挺意外的，我们都没想到呢！上学那会儿你们好像没什么交集啊！"

女人之间就算隔了那么多年，就算当年也谈不上熟稔，乍一相见竟然还是能感觉到这种莫名嫉妒的情绪。莫澜笑了笑，内心却不知怎么的有种恶作剧般的开怀。

是啊，程东是最好的，可他眼里没有别人。他们一直都属于彼此，其他人感觉不到，这是独属于他们俩的秘密。

"他人呢，怎么没看见？"张欣欣还在左顾右盼。

"噢，他去找停车位了。楼下和学校里的车位都满了，他要到其他地方找，找不到……说不定就直接回去了。"莫澜半开玩笑地撒了个谎。

程东喜欢驾车的快感，但不喜欢绕着城市里总是满满当当的停车场到处找停车位，太浪费时间，而他是一个习惯了跟时间赛跑、分秒必争抢救生命的外科医生，最讨厌的就是浪费时间。

"噢，那就好，我就怕是我们这里出了什么差错就不好了。"

张欣欣跟吴为相视而笑。那种笑容里的含义莫澜很清楚，聚会总有一天会变成人在不在比来不来重要，离婚比结婚更容易激起他人八卦的好奇心。

假如大家都是同学，结婚了过得好也就罢了，万一离婚了再在这种场合相遇，那就很尴尬了。

看来高中同学的资讯也就更新到他们结婚时为止，离婚的事他们是不知道的。

其实莫澜不怕尴尬，跟程东在一起她从来不会觉得不自在，她就是想见他而已，冒着被旧时同窗耻笑的风险到这里来见他。她对其他人的寒暄叙旧都提不起兴趣，但有人问起还是会报上律所的大名，顺带递上自己的名片。

术业有专攻，说不定哪一天，他们当中的某某某会需要她的服务。

程东不来她连晚饭也不想留下来吃，正打算背上包走人，却见程东从楼梯口进来了。

吴为他们立刻把他拉过来："哎呀程东，好久不见，咱们班是这桌和那桌，莫澜是你家属，跟咱们坐一块儿啊！"

张欣欣笑道："程医生是大忙人，我们多怕你今天不来啊！"

"不会，说好了要来的，刚刚去停车了。"

程东看了莫澜一眼，见她弯起唇角，正边喝果汁边抿着嘴笑。

程东被拉到她身旁的位子坐下，两人还来不及说话，起哄的人就先围过来了，你一言我一语地打趣这对看似不可能的夫妻组合："我记得莫澜当初很叛逆的，程东你怎么搞定人家的？"

"喂，人家程东是学霸哎，体育又好，又高又帅，高岭之花啊，你们女生谁不喜欢他，啊？啊？谁不喜欢？说不定是莫澜搞定程东呢！"

"莫澜也很漂亮啊，才子佳人嘛！"

莫澜笑了："对啊，就是我搞定他的，先下手为强！谁让我就喜欢他这种高冷范儿呢？"

"噢噢，这是英雄难过美人关啊！"

"程东是美人还是莫澜是美人……你别推我啊哈哈哈！"

大家笑闹着，莫澜腻在程东身边，非常配合地跟大家说说笑笑，更得寸进尺地揽住他一条胳膊。程东直到这时才偏过脸看了看她，之前他表情始终淡淡的，即使笑也看不出情绪。

莫澜感觉到他警告的意思，反而更揽紧了他的手臂，用只有他们俩能听见的声音说："配合一下，别让无关的人看笑话。"

她嘴唇都没怎么动，温热的气息却清晰地拂过他的耳畔。他颈上仿佛起了一层栗，微微发麻，下意识地想要抓住什么，手里却是空的，终于明白为什么莫澜要紧紧抓着他的胳膊。而她的手就在这当口钻入他的手心，被他握住。

两个人都是一震，周围的人还在嚷嚷："……你们这保密工作做得太好了，当年都没请咱们喝喜酒，今天要补上啊！"

"对对对，要补上，喜酒不准不喝！"

程东也不含糊："好啊，就怕你们今天酒不够。"

他挣脱了莫澜，卷起衬衫袖子要跟大家喝酒，看得出他在同学中间不仅是十六岁时有实力有威信，现在也依旧受欢迎。他推杯换盏，应付自如，莫澜盖住他的酒杯，轻声问："你今天可以喝酒？"

他拨开她的手："今天不是我值班，为什么不能喝？"

旁边的同学起哄："哎哟，老婆大人管得严啊！要不莫澜你帮他喝？"

"我喝就我喝，"莫澜像是受了鼓舞，端起酒杯道，"不是喜酒吗？结婚也不是只有新郎官，你们别只灌他一个！"

哄笑的声音更大了，纷纷敬她是女中豪杰。

莫澜酒量是真好，一杯啤酒转眼就见底，干脆放开了拿起酒瓶喝。这回轮到程东压住她酒瓶，小声警告她："我来就行了，你别逞能。"

她巧笑倩兮："你刚喝了白的，不能再喝这个，容易醉。"

旁边的人大呼受不了："哎哎，照顾下我们的感受好不好？一言不合就秀恩爱……"

喝酒的火力果然都朝着莫澜去了，程东想拦也拦不住，你来我往间动作大了点，杯子里的白酒还洒在了衬衫上。

莫澜连忙拿餐巾帮他擦，一双手在他胸口摸来摸去："对不起啊，都怪我不小心。这儿弄湿了，要不要去洗手间。"

啊，这个触感好怀念！她的指尖"无意地"从他纽扣间穿过，碰到他温热的皮肤，很暖；还有他的肌肉，硬邦邦的，看来他仍然坚持锻炼，身材没有走样。

她上下其手地揩油，眼见他裤子上也洒了些酒，手就有意识地往下移。程东夺过她手里的餐巾，咬牙小声说："你差不多就行了。"

不行，这样怎么行呢？他在她眼里根本就不是什么高岭之花，是罂粟花啊——她对他仿佛有摆脱不了的瘾，见一面就想再见第二面，想触碰他，跟他说话……没完没了。

"做戏做全套嘛！"她也小声回应，呼吸仍然是热的，温度透过被酒沾湿的衣料直抵他胸口，闷闷的，像压了块无形的石头。

这时候他们无论做什么说什么在外人看来都是恩爱夫妻间耍花腔，有喝多了的男同学露出欣羡的目光，红着脸对莫澜表白："那时候觉得你漂亮……大家都素面朝天、穿一模一样的校服，你已经会化妆了，每天描眉毛和口红，经常不穿校服就来上课……"

大男人用手指比画她眉毛弯弯的样子，莫澜好笑，想说她那时化妆和不穿校服都是有原因的，说出来其实是挺悲伤的故事，绝大部分人都不会想知道。用现在的话说，她的豆蔻年华里充满了负能量，是友情和亲情的绝缘体。

那人离得太近，酒气袭人，莫澜往后退了一步。程东不知怎么的就跟她调换了位置，虚扶了那同学一把："你喝多了。"

"没有……我很清醒，莫澜真的很好，你看她现在都做律师了，律师好哇……"

程东没吭声，吴为和其他人这才上来把人拉开："真是喝多了，别闹啊，人家老公在这儿呢！"

　　吴为其实也喝了不少，挤开其他人，勾肩搭背揽住程东，大着舌头说："哎，程东你别说啊，我也羡慕你，年轻有为、受人尊敬、父母能给你助力，跟莫澜感情又这么好……不是人人都能像你这样的，你可千万要珍惜。"

　　程东笑得有点无奈："你这么想？"

　　"当然啊，难道不是吗？你可别身在福中不知福啊，好多人跟你没法比的。比如像我……唉，不说了不说了，来，喝酒！"

　　他跟程东碰杯，一口就把酒倒进嘴里，涨红的脸露出有点痛苦的表情，还想再说什么，整个人已经扶着桌沿歪倒下去。

CHAPTER 3

烈酒过喉

原本以为爱一个人，就是要用尽毕生
慷慨来对她好的，如今却全都化作一
见面就针锋相对的尖酸。如烈酒过喉，
苦而不言，喜而不语，悲欣交集。

"老吴……喝多了吧这是？老吴！"周围看到这一幕的人纷纷过来帮手想要扶他起来，都以为他是多喝了几杯醉晕过去了。

程东拦住大家："别动他，躺平，让他躺平！"

他的手搭在吴为的脉搏上，又趴在他胸口听了听，就扯开他衣扣，冲旁边的人喊道："打电话，打'120'，叫急救车过来！"

原本吵闹的人群一下子安静下来，大概都被吓住了。程东不理他们的反应，已经单膝跪在地上，交叠起双手帮吴为做心肺复苏。

莫澜拨开人群走过来，问道："怎么回事啊，吴为他怎么了，刚才不还好好的吗？"

程东急了："听不懂我说话吗？'120'打了没有，快点让救护车送他去医院！"

他一个人做心肺复苏坚持不了多久，每耽误一分钟吴为都可能丧命。

莫澜拿出手机，一旁的张欣欣按住她，抖着声音说："已经打了，救护车在来的路上。老吴……他怎么样了？"

"意识丧失，脸色苍白，听不到心音，怀疑是酒精中毒引起急性心梗。都别在这儿围着了，散开，散开，留空间让他透气！"程东声线也不稳，做心肺复苏要很大力气，就算是受过专业训练的医生，做了一会儿也颇为吃力。

莫澜蹲在他身旁道："换我来吧，我做过医学规范和急救培训，CPR（心肺复苏）我也会做。"

程东专注于看吴为的反应，似乎没听到她在说什么。

莫澜态度坚决地大声重复一次："CPR 我也会做，让我来帮你换换手，你一个人受不了的，我们要坚持到救护车赶到才行！"

程东额上已经渗出密密的汗水，抿紧了唇，收回手道："换你来。"

莫澜屏住呼吸挪到他刚才跪的位置，手摁下去时还有一刹那的迟疑。程东拉住她的手搁在正确的位置，两个人的眼神略一交汇，什么都不必说已胜似千言万语。

莫澜多少年没做过这样的力气活，每一下按下去好像都用尽了全力。手底下仿佛能摸到热腾腾的心脏，其实不过是感觉到不软不硬的肌体有节奏地回弹，好似把她的力道又返还一部分到她体内。这样她就可以继续，一下又一下，保持一定的频率阻止生命流逝。

她也不知道自己为什么会去学这个，可能是因为曾见程东做过。他那时还在急诊科，每天都面对危重病人，常常都会用到心肺复苏术。她去医院等他下班的时候就见过好多次，有时是他一个人做，有时几个医生轮番做，甚至不得已要电击除颤。最后有的病人能救回来，有的就由值班的医生宣布死亡。

直面死亡的感觉是很无力的，莫澜很小就经历过，一直在经历着，但看到程东抬头看钟宣布死亡时间还是从内心里觉得难受。他们坐在露天的大排档里吃夜宵，她点的都是他爱吃的东西，他却什么都吃不下去，只喝一点点啤酒，想要稀释掉整天忙碌的疲倦和无力回天的遗憾。夜里他抱着她，把仅有的精力全都倾注到她体内，两个人的汗水和喘息在昏暗的光线里融合。她心疼他心疼到不行，摸着他的面颊问："我能帮你做点什么？什么都可以。"

她甚至想过她当年为什么不干脆留在理科班，报考医科大学跟他做同行，也许可以更好地体会他的心情，分享彼此的感受。

然而程东只是抓住她的手放到唇边轻吻，一直说不用，这样就很好了。

他后来跟她提过，CPR 是最常用到的急救方式之一，很多危重病人只要在倒地的四分钟之内能得到心肺复苏术的救治，送医之后的存活率就会大大提升。莫澜记下了，离婚之后，到国外读书之前，她参加了培训学习简单的急救术，这大概是她在最伤心、最想念程东的时候唯一还可以做到的事情。

再往前，不知道妈妈去世的时候有没有经历过急救。消防员和警察赶到看到自杀的妈妈时，是不是也曾像这样用力地摁下去，一下一下，企图恢复她的心跳，抢回她已流逝的体温……

吴为的身体还有热度，心跳还在继续，只是跟死神擦肩而过的这趟抗争让大家都比较辛苦。莫澜的手已经有了脱力的感觉，开始发软不听使唤。程东在一旁叫她："可以了，让我来，急救车马上就到。"

她却像没听见，汗水顺着发鬓流下来，明明已经使不上力气却还像没有自我意识的永动机一样用力按压着病人的胸腔。

不知是不是医者的天性使然，程东永远是第一个看到她内心伤口的人。别人都觉得她坚强甚至冷漠，只有他知道她不是不疼，她只是疼得太久所以麻木了。就像被催眠的人总有一个指令，一个开关，可以让人在被催眠的和真实的世界里切换。莫澜的这个开关是很随机的，但他只要看一眼就能分辨。

心口还是疼，练习无数次仍没法对一个人无动于衷，他都不晓得这算不算是一种病。尤其在这种危急时刻，他不懂要怎么掩饰，只能略带粗鲁地把她推开，换手自己来。

莫澜坐在地上喘气，两只手颤抖不停。程东回过头来看了她一眼，两个人的目光又汇集到一处，心头却是另一种滋味。

救护车终于来了，急救医生和担架员把吴为抬上车，一路鸣笛呼啸着往医院赶。

程东和莫澜站在急诊室门外，张欣欣也跟车一道来了医院，医生问起病史的时候才哽咽道："他前段时间体检才发现心脏不太好，血压也有点高，医生开了药，他都没好好吃……"

程东问她："他家里人呢，通知了家属没有？"

"通知了，应该很快就会到的。"

张欣欣抹了下眼泪，又站在诊室门口往里面看了一眼就悄悄走了。莫澜扭头看她背影，没有说话。

程东跟她并排坐在椅子上，两个人的手都有些发抖，莫澜抖得更厉害一点。

程东问她："你还好吗？"

"好啊，没什么，躺在急诊室里的又不是我。"她又打起精神来，似乎这样就很满足了。

程东低头看了看她的手："第一次救人的感觉怎么样？"

"你怎么知道我第一次救人？"

他哼笑道："要不是第一次，那之前被你救的那家伙该有多倒霉。你做 CPR 不观察病人反应的吗？一味地用蛮力，就不怕把人骨头按断了造成另外的伤害？"

莫澜笑了笑："按断了不是还有你吗？胸外科专家。"

"这种事不好笑。"

莫澜说："我也觉得不好笑，是你一直在逼问我。我知道我做得不好，但是程东，世上不是只有你们医生才救人的。"

"救命才是救人，还有什么比命更重要吗？"

这样的争辩没有意义，莫澜仰头看天花板，再说下去两个人又要争吵起来。

她站起来走到诊室门口，看着里面各种仪器上亮着的她看不懂的数字，还有吴为情况稳定下来后医生和护士脸上松了口气的表情，自己也有点晕陶陶的，不知是喝多了上头，还是做 CPR 的时候用力过猛。

吴为的妻子金钰红和小舅子来了，一脸焦急地拉住穿白大褂的人问病人在哪里。莫澜好心迎上去："你是吴为的太太吧？他在这边诊室，医生给他用了药，已经稳定下来了，别太担心。"

金钰红看她的眼神有点奇怪，顿了一下才问："请问你是谁？"

"我是他高中同学，我们今晚有聚会。"莫澜不介意她语气生硬，有问有答。可她没再搭理莫澜，一头冲进诊室去看吴为的情况。

莫澜摊手，问坐在椅子上的程东道："你回去吗？我送你啊！"他今天喝了不少酒，让他一个人回去她还真不放心。

"不用，我等会儿自己回去。"他还想再看看吴为的情况。

金钰红很快从诊室里出来了，红着眼圈，二话不说就一个巴掌掴在莫澜脸上，"啪"的一声脆响，把莫澜都给打懵了。

"……什么同学聚会，都是借口，都是骗局！你这狐狸精……也不看看你把他害成什么样子了！他不要这个家了，现在连命都不要了吗？"

医院的急诊科大厅这时人也不多，但一见这种疑似原配手撕小三的戏码还是喜闻乐见，纷纷起了看热闹的心思，朝他们这边看过来。

莫澜没搞明白是怎么回事，但心里其实已经气炸了，捂着脸道："你他妈把话给我说清楚，否则我跟你没完！"

金钰红抖着唇，眼泪断了线似的往下掉，已经说不出话来。她的弟弟看起来也像是憋了一肚子火要帮姐姐出头，伸手就要来推莫澜。

"不要动手动脚的，这里是医院！"程东不知什么时候起身挡在他们中间的，隔开了莫澜和金钰红姐弟，将她挡在自己身后，"你们再动手打人，别怪我不客气。"

程东身材高大，冷着脸不怒自威，站在两方中间完全是一副护着身后人的架势，生人勿近。

金钰红的弟弟气不过，指向莫澜说："那你问她，跟我姐夫勾搭在一起，借着同学聚会的名义悄悄见面约会，当我们都是傻子吗？"

程东看都没看莫澜，只问他们："证据呢，捉奸捉双，证据在哪里？"

对方说不出来，嗫嚅道："我姐有聊天记录……只知道他们是高中同学，那女的姓郑，或者姓张。"

"那你们还真是傻子，连人都没认清就敢动手。"程东冷笑说，"她既不姓郑，也不姓张，更不会跟吴为聊天。今天要不是我们给他做心肺复苏，现在可能人都没了。"

金钰红愣了一下，显然刚才医生也跟她提过了，病人在送到医院之前多亏有人为他及时做了急救。

"那你们……"

"我叫程东，她叫莫澜，是我太太，等吴为醒了你可以问问他。至于你们夫妻间的事，留给你们自己去说清楚。清者自清，她没必要跟你解释什么，我们走。"程东不理会金氏姐弟的语无伦次，拉起莫澜就走。

她被动地跟着他的脚步，脸上火辣辣的疼痛到了门外仿佛就被清凉的夜风给吹散了，脑海里只听到一个声音重复着他刚刚说的话：她叫莫澜，是我太太……

回到她的住处，程东见她脸上被掌掴的地方微微红肿，就从冰箱里拿了冰袋给她敷脸。

她脸上喜滋滋的，眼神却在放空。程东在她脸上略微用力按了一下，她才哎哟轻叫出声。

"你在想什么？"他冷淡地问她。

"噢，没什么，嘿嘿。"

程东抬眼打量她："你是缺心眼吗？还是外星生物，刚来地球不懂被人打就是挨欺负是吗？脸都肿了，还瞎乐什么。”

莫澜撇了撇嘴："那不然怎么样啊，难道打回去吗？疯狗咬你一口，你是不是也回咬它一口啊？"

见程东又不说话了，她身体倾向他道："那个……你刚才说的话再说一遍来听听。"

"什么话，我不记得了。"

"就是那个啊——我叫程东，她叫莫澜，是我太太……"莫澜学他说话的腔调，惟妙惟肖。

"当时那种情形不这么说怎么摆脱麻烦？"

她又凑近一点："真的只是为了摆脱麻烦？不是因为你心里还认定我……"

"你别想多了。"程东不耐地打断她，"从离婚时起，我就跟你没有关系了。"

"婚姻只是个法律关系，说明不了什么问题的。你看吴为那两口子，就算没离婚，感情不也名存实亡？"她说起来又感到愤懑，摸着脸吸了口气道，"小三是可气，可这种没脑子的原配也真是够了，连情敌是谁都没搞清楚，不分青红皂白上来就呼巴掌。"

她说着说着又看程东一眼："喂，你不会真的以为我跟那吴为有什么吧？自从高中毕业后我就再没见过这人，今天要不是他自我介绍，我都想不起他是谁了。"

"你不用忙着解释，"程东收拾好桌面上的东西，没看她，"就算你真的跟他有什么，也不关我的事。我说了今天只是权宜之计，你要是非要误会，那我跟你道歉。"

莫澜气不过他这种急于撇清的姿态："是吗？那你现在是在干吗，不关心我还帮我敷脸？"

程东平静地说："你不也说了，我是医生，救死扶伤是习惯。"

"你！"莫澜气得噌一下站起来，指着他道，"那你现在出去还来得及，我不是什么伤病号，用不着你程医生伟大的习惯！"

她急着去拉开大门把人轰出去，没承想走太急，光着脚丫踢到茶几腿，顿时痛得脑子里一片空白，人也站不稳往前扑跌在程东身上。

她发誓她不是故意投怀送抱的，可程东肯定已经这么想了。她想解释，看到他的眼睛却又一句话都说不出来，连脚上钻心的疼痛都顾不得了，只有贴着她身体的体温和气息是真实而熟悉的。

她大概还是觉得疼，不管是脚趾或者别的地方，那种牵拉着的钝痛让她不得不紧紧抓住眼前人，像是溺水的人抓到救命的浮木，一开口连声音都是沙哑的："程东……"

她有太多话要说，却不知从何说起，他瞳仁里映出的自己太狼狈，狼狈得她都不忍心多看一眼。

于是她仰起头吻他——接吻时他总是习惯闭上眼睛的。

程东来不及推开她，唇上已经有熟悉的触感覆上来。他怔了怔，身体在刹那间绷紧，仿佛刺猬遇到天敌时竖起浑身的刺，戒备到极点，却使不上一点儿力。

他任由她抱着，由一开始奇怪别扭的姿势到她的手臂绕至他肩膀和颈后，呼吸被封堵，气力也被她一点一点地吸走，只能听到两人唇舌撕咬的动静和咻咻的喘息声，空气中还有一丝若有若无的酒精气味。

他们今晚都喝了酒，一别经年，他甚至已无法揣度她的酒量深浅。也许她是喝多了，他也是，所以才这样意乱情迷，她面对面坐在他身上，拉扯着彼此的衣服，他都没法推开她。

他忍耐着，压抑着，逼迫自己的手不去碰她，因为他知道眼下她身体的每一寸都是滚烫的，灼人的温度能让他的血液沸腾，直至他没法控制自己。

情不自禁，像曾经的第一次，像曾经的每一次。

可他忘了嘴唇也是身体的一部分，那样的辗转厮磨已经泄露了他的隐忍和渴望。

往前走，不要回头看那已成废墟的索多玛，你会变成盐柱。

他还是忍不住回头了。

他们离得太近，气息里的一点变化都逃不开彼此。莫澜感觉到了，稍稍退开一些，在他唇间模糊地说："……你是在乎我的。程东，你还在乎我的……"

他们已经衣衫不整，她宽松软滑的衬衫褪到一半，露出深凹的锁骨和圆润的肩头，跨坐在他腿上似嗔似笑地跟他说话。尽管他们再火热、再坦诚的纠缠也有过，但现在在这样的情形还是像梦一样遥远而不真实。

他知道这样是不应该的，也害怕看到火焰燃到最后，只剩灰烬。

他终于清醒，捉住她摁在他胸口的手将她从身上掀了下去。

错愕，难堪，还有避无可避的伤感，他都在莫澜脸上看到了，继而是一丝释然的笑，不得不承认自己失败的自嘲……跟他当年亲历离婚时的一连串反应简直一模一样。

他们还真是像，难怪不做冤家，就做夫妻。

莫澜比他更火爆些，朝他扔出一个沙发抱枕，指着门口道："程东你给我滚，滚！"

他没再看她，扣好衬衫的扣子往外走，脚步竟有些虚浮踉跄。他刚乘电梯下去，莫澜就打开门追出来，冲着空无一人的楼道哽声喊道："程东，你算什么男人？你根本不是男人！"

她关上门滑坐在地，眼泪立刻就流下来。

程东回到家里，天已经蒙蒙亮了。他跌坐进沙发里，就再也没有起身的力气。

他的躯壳是回来了，心却不知遗失在了哪里。这种想寻又寻不回的疲惫，日子无论怎么过都没法完整的缺憾，在偶尔的放纵过后尤其折磨人，比任何一台手术和加班都更让他感觉累。

他盯着偌大的客厅里那盏昏黄的小灯，大概已经为他亮了整夜。

他知道那不会是莫澜，莫澜一个人长大，从不为人留灯等门。但以前不管他回家多晚，上床后她一定第一时间滚到他怀里来抱住他；他想吃夜宵的时候，她即使睡下了也穿衣服起来陪他去喝酒撸串儿。

知己不一定成夫妻，夫妻未必是知己。他曾以为自己够幸运，娶了知己做太太；直到她站在他的对立面，他才意识到她都没有来过他的世界，甚至吝于尝试，殊途终不能同归。

然而即便是这样，他仍然还是会想她。刚才回来的这一路上，他一直都在想她。

秦江月从楼上走下来，关切道："怎么现在才回来啊，不是说昨天不值班吗？又有病人？"

"妈。"程东叫了她一声，稍稍直起身解释道，"我们昨天同学聚会，一个同学喝多了，突发心梗，我送他去了趟医院。"

"同学聚会？"秦江月立刻警觉起来，"什么同学啊，初中、高中、还是大学同学来了？"

程东没回答，她追问道："难不成是高中同学？那个莫澜来了没有，你又跟她见面了？"

"妈……"

"她怎么这么阴魂不散呐，啊？都离婚了还不肯放过你，要纠缠到什么时候去？"秦江月正襟危坐，语重心长地劝，"程东啊，你犯过一次糊涂可要汲取教训了，不要一而再地栽在这女人身上，不值得的。以你的条件要找什么样的好女孩儿没有，何必非卿不可？她以为做律师就出息吗？她有哪点配得上你，她妈妈不过是……"

"妈！"程东打断她，"别说了，我不会再跟她见面的。没什么事的话，我先上去洗澡。"

秦江月松了口气，还想再说什么，门铃响了。钟稼禾头发花白，却一身运动服、运动鞋，精神矍铄地站在门口，拎着手里热气腾腾的豆浆油条，说："早餐外卖到！程东回来啦，正好，来吃早饭，今天我去得早，没排队。这油条刚出锅的，又热又脆，正好吃。"

程东缓下神色，跟他打招呼："老师。"

钟稼禾乐呵呵地换了鞋进门，站在秦江月身旁道："你看我说什么来着，程东是大人了，做事有分寸的。现在孩子回来了，你可以安心了吧？先吃点东西再去补觉。程东，你也是，整晚在外头现在肯定也饿了，陪你妈妈吃点东西。你昨晚没回来，她担心了一整晚。"

程东勉力笑了笑："不了，老师你们吃吧。我昨晚喝了酒，现在没什么胃口，先去睡一会儿。"

"噢，那行，你先去睡啊。厨房里还有白粥，等你睡好了起来再吃，养胃的。"

程东点点头，转身上了楼。

秦江月看着他的背影，不无失落地说："老钟，儿子还是跟我疏远了，他是不是还怪我？"

钟稼禾拢了拢她的肩膀："别胡思乱想了，程东是我看着长大的，他什么品性我还不清楚吗？孩子大了，总有自己的烦恼和心事，不可能事事都跟家里交代的。你放宽心，他自然也能宽心一些。"

秦江月哽咽道："我像他这么大的时候，也整天三班倒地值班、做手术，再苦再累都是希望两个孩子能过得好。现在倒好，我跟他们爸爸分开了，两个孩子也一前一后离了婚，我怕他们是跟我怄气……是我没给他们做个好榜样……"

钟稼禾叹口气，说："儿孙自有儿孙福，这怎么也能怪你呢？你跟老程将就了大半辈子，好不容易孩子们大了，也是时候该过点自己想要的生活，谁真要怪的话就怪我好了。但事实上，程东跟雯雯都是好孩子，你要相信他们比你想象得更懂事，也能处理好自己的生活，别想太多了。来，擦擦眼泪，这么大个专家教授，怎么还像孩子似的，说哭就哭呢？"

"你还说我，你不也是这么大个专家，还大清早跑去排队，就为买几根刚出锅的油条？"

秦江月就着他递过来的纸巾拭泪，终于破涕为笑。钟稼禾却看着程东房间的方向，若有所思。

莫澜睡到日上三竿，终于补足了精神，脸上消了肿，酒也彻底醒了。

她对着镜子把眉峰画得很高，又挑了支耀眼的正红色唇膏，化了个漂亮精悍的妆容，换上干净整洁的套装和"恨天高"的高跟鞋，开车往医院去。

吴为还在急诊科留院观察，由于心内科住院部病床满员不能收治，他只能暂时待在这里，只不过换了个房间。莫澜门也没敲就闯进去，鞋跟敲击地面嗒嗒作响。吴为抬头看到她，还来不及开口，就被她一把揪住衣襟："心脏好点儿了吧？好点儿咱们就把话说清楚，谁也别想揣着明白装糊涂。你老婆昨天给了我一巴掌，这疼不能白挨了！"

他倒吸一口气，有点尴尬地说："我、我听说了，真对不起，是她误会了，我代她向你道歉。"

莫澜也不是得理不饶人，尤其吴为那个窝囊样子，她多看一眼都觉得生气，撒开手道："就你这德行还敢偷吃？你没被老婆打进医院已经算走运了。"

吴为抬不起头来："我都不知道已经露馅儿了，其实我也只是一时鬼迷心窍……"

莫澜冷笑："每个出轨的人都这么说。不想离婚是吧？家里红旗不倒，外面彩旗飘飘，是不是觉得特骄傲啊？都这样了还想着把日子将就过下去呢，你有没有想过你老婆和孩子的感受啊？小三儿是张欣欣吧，我早猜到了，就是不相信你能 hold 住那样的女人。"

她早就看出端倪，张欣欣要只是个没有故事的女同学，怎么会连他体检的结果和医生开的什么药都知道，还泪水涟涟地跟到医院来。

吴为苦笑："我也不敢相信，高中那会儿我就当她是女神了。后来再遇见，虽然我已经结了婚，但跟她在一起真的很放松，好像回到十几岁的时候，没有那么多杂七杂八的压力，生活好像也变得容易了。"

"你十几岁的时候没压力？升学考试、学生工作不是压力？那你怎么考上大学的？我记得你那大学还挺不错的，985院校，别告诉我你靠的是天赋啊！噢，转眼毕业工作，成家立业了，压力就要靠出轨来调剂了，你咋不上天呢？逃避就说逃避，给自己找什么借口啊，生活哪有容易的？"

吴为又笑了，表情有点微妙，莫澜感到莫名其妙，问道："你笑什么？"

"你这话——生活哪有容易的，程东也说过一模一样的。你们还真是心有灵犀。"

莫澜咯噔了一下："谁跟他心有灵犀了，我只是就事论事。"

"你们真的挺像的，话也能说到一块儿去。不像我跟我老婆，已经很久没好好说过几句话了。"吴为有几分欣羡，又有几分怅惘，"其实婚姻挺不靠谱的，有了问题的两个人还非得生活在同一个屋檐下。抬头不见低头见，见了面就吵，问题解决不了，不逃避又能怎么办？"

莫澜怔了怔，他又接着问："难道你跟程东没遇到过这种情况吗？他没有背着你在外面找其他人？那你们为什么离婚？"

莫澜瞪大眼睛："你……你怎么知道我们离婚了？"

吴为笑笑："这几年溜须拍马的事儿没少干，整天看人脸色多少也练出点眼力来了，我也是会观察的。刚才跟程东说起，他也承认了。"

"他今天来过？"

"嗯，他真的是好人，知道床位困难我住不了院，来替我联系想办法。昨晚多亏你们救了我，真的很感谢。你放心，你们的私事不想让其他人知道，我不会乱说的。"

莫澜啐他："别拿他跟你相提并论，我们的事儿跟你这个完全不一样。"

她从急诊大楼出来，正好遇见吴为的太太金钰红跟程东一起走进来。金钰红大概是给吴为送换洗的衣服来刚好遇到程东，不知他跟她说了什么，她不时点头，乍一见莫澜显得有点意外，也很不好意思，红了红脸道："对不起，昨天是我没搞清楚状况，实在对不起。"

莫澜没接不要紧之类的客套话，只是漠然地看看她。

金钰红更尴尬了，也不好再多说什么，点了点头就要错身走过去。

"等一下。"莫澜叫住她，从皮夹里取了一张名片递过去，"我是律师，虽然主要业务做医疗纠纷，但婚姻家庭的案子我也接。有需要的话可以找我，保证不让你吃亏。"

金钰红错愕，继而反应过来，又涨红脸说了声谢谢。

等她走进病区，莫澜好像才留意到程东似的，上前几步说："你放心，我今天不是来找你麻烦的。"

"我没这么说。"程东道，"你来看吴为？为什么给他太太留名片？"

"不是只有你会做好人的，只不过我们方式不太一样。"莫澜笑了笑，"男人出轨后可以六亲不认，万一要离婚，女人单枪匹马容易吃亏，不如找个好律师，未雨绸缪。"

程东难得认同她的观点，没再接话。莫澜眼看两人就这样陷入无话可说的境地，不知怎么的又想到他昨晚的匆匆而别，心头又腾起火来："怎么了，没话跟我说，却把我们离婚的事告诉老同学，你就这么迫不及待地要跟我划清界限？"

"要划清界限也不用等今天，我说过，从离婚那天开始我们之间就没有关系了。其他人迟早会知道，又何必隐瞒？"

"噢，是吗？"莫澜带了丝挑衅地看他，"那昨晚算什么，是不是非得做完全套你才肯承认自己有感觉？"

程东说："那是意外，我们都喝多了。"

他也一直是这么告诉自己的，之所以动情，是酒精的作用，是一个意外。

意识清醒的情况下听他亲口再说这样的话，莫澜难免感到灰心。昨晚的一切或许真的只是她的错觉，毕竟她也这样骗自己说程东还爱着她，他们之间还有希望，一骗就是好多年，骗得连她自己都要相信了。

吴为说得有道理，婚姻也挺不靠谱的，她跟程东夫妻一场，到头来竟然看不透他对她的感情。有时她想，她跟程东如果是像吴为他们那样有第三者插足导致感情不睦反倒简单了，她可以潇潇洒洒地走，没有一点留恋，绝不拖泥带水。

可事情偏偏不是这样，所以她总是看到自己的软弱和委曲求全。

程东见她抿紧唇低着头，也不知在想什么，蹙了蹙眉说："还有事吗？没事我先走了，我还要去交接班。"

莫澜摇了摇头，没再抬眼看他，心灰意懒地转身往台阶下走。

程东知道她心不在焉的时候下楼最容易摔跤，一直站在原地盯着她，果不其然见她踩空失了重心，他连忙上前要扶。

谁知有人比他更快一步，就在她身旁伸手托住她的胳膊，关切地问："你没事吧？"

"我没事……"莫澜勉勉强强站稳，抬头看清"好心人"的脸，惊诧道，"孟检察官？你怎么会在这里，来看病？"

孟西城笑了笑："好久没见面，也不用一见面就这么咒我吧？到医院来也可以是为了工作，跟你一样。"

有的男人适合穿制服，有的男人适合穿西服，孟西城就属于后者。南城的初秋，艳阳当空时依然很热，他却西装革履，领带都一丝不苟，然而站在那里并不显突兀。

莫澜一扫刚才的低落情绪，兴冲冲地拉住他："有案子吗？有劳你孟检亲自出马的一定不是一般的案子吧？"

孟西城没回答，看了一眼她抓着他衣袖的手，莫澜就赶紧放开了，笑嘻嘻地跟他商量："要真是不能说的案子就算了，我对这医院挺熟的，你想看什么我陪你去啊！"

程东蹙紧的眉头就没松开过，默默地在旁边看着两人互动。他不认识孟西城，也从没听莫澜提起过，不过听她口中的称呼，这位应该是名检察官。

莫澜一般是不接刑事案件辩护的，从业至今最多也就接触过一两次。程东不知道她跟孟西城是怎么认识并熟稔到这样的程度的，甚至情绪都能轻易受他影响。

孟西城比他们年长好几岁，笑起来眼角有细细的纹路，儒雅而沉稳，发觉程东盯着他们瞧，也抬头迎上他的视线："你是胸外科的程东程医生？"

程东道："你认识我？"

莫澜也有些好奇："你们之前见过？"

孟西城依旧笑着，对程东道："你大概不认识我，不过在我经办的案子里，你曾经做过证人，提供了证言，只不过没有出庭罢了。"

程东沉吟片刻："是一年前急诊科伤人的那个案子？"

"嗯。"

"我记得那案子已经宣判了。"

"对，但还有后续的事情没有了结。"

两个男人你来我往，像高僧在打机锋，只有莫澜完全在状况之外："你们在说什么呀，到底什么案子？"

孟西城又笑了笑，虚扶她一把："你不是要跟我去了解情况吗？去了就明白了。"

莫澜的斗志被激发出来，整理了下衣裙，一扬下巴："那还等什么，走吧！"

她的脚刚才扭那么一下，没受伤也多少有点疼，要回身上台阶，就勾住孟西城臂弯借了把力。这回他没再示意她放开，只好笑地轻轻摇了摇头，看她的神色就像长辈对晚辈的宠溺。

程东觉得胸口微微一紧，说不上来那是什么样的感觉。莫澜上学的时候是很酷的，都很少笑。后来他们恋爱结婚，她眼里只有他，以至于他都差点忘了她对其他人也是会有那种明媚生动的表情的。

莫澜跟孟西城并肩走了一会儿，她的手不知什么时候已经松开了。孟西城回头看了看，见程东已经离开，才问她："刚才那是你男朋友？"

她摇头："前夫，怎么了？"

"哦，原来就是他啊……"他意味深长地笑，"那看来你们是余情未了啊，直觉告诉我，他对我有敌意，可能是吃醋了。"

她撇了撇嘴："吃醋不是应该拦下我们，然后喂你一记老拳，跟你打上一架吗？他这也叫吃醋啊？大叔你现在直觉不太准了呢，办案的时候千万别挂在嘴边，小心领导不买账。"

孟西城笑道："小丫头还是这么伶牙俐齿。"

"不小了，婚都离过一次了，不像大叔你还是钻石王老五。"

孟西城笑容淡了些，绅士地为她拉开门："别贫了，到了，进去吧！"

一年前的一个深夜，急诊值班医生接诊一位夜半遇上车祸的富二代，全身多处骨折，多脏器受损，几个科室的医生会诊抢救了整夜，好在伤者年轻底子好挺了过来。伤者家属都不在本地，也没法了解更多详细信息，陪床照顾他的是两位自称他朋友的打工仔。本来以为就是普通的车祸，没想到第二天医生交接班的时候发现好不容易从死亡线上救回的人已经身中数刀，鲜血从病床一路漫延到门口，这回他没能再挺过去。医院的多个摄像头都拍下了案发时的情形，凶手就是他其中的一位"朋友"。事实上从车祸开始这就是一场因为感情纠纷而起的仇杀。这个年轻人躲过了命丧车轮的厄运，却没躲过紧接而来的尖刀。

案子并不复杂，凶手也很快落网，经办的检察官就是孟西城。

"动手的主犯判了死刑，他那个掩护他的朋友是从犯，也判了七年。一穷二白的两个人，因为主犯的女朋友去了被害人的公司工作后就提出了分手，于是迁怒到人家身上，觉得有钱有什么了不起，我有的是办法让你无福消受。到头来除了一条命，什么赔偿也拿不出来。"孟西城感慨道，"其实有钱的确是没什么了不起，多少钱能买得回一条人命呢？"

更不用说那几个从此支离破碎的家庭和若干无辜受牵连的人生。

莫澜一直平静地听他讲完，才问："那现在呢，凶手已经服判了，还有什么事没了结？"

孟西城道："是被害人的父母，他们决定提起另外的诉讼。"

"诉求呢？"

"让医院承担责任。"

莫澜并不感到意外，这样的想法也是常情——儿子死了，希望没了，凶手死不足惜，但总还要有人站出来为这件事负责。

她问孟西城："那你现在还要做什么？"

"这周犯人就要被枪决了，我到医院来看看，还原一下当时的情形，看还有没有什么建议可以给被害者的家人。"

莫澜心头震动："你……是怕他们到医院来闹吧？"搞不好又酿成其他的悲剧。

孟西城苦笑："已经闹过了，昨天刚劝回去，不知道还会不会来。"

"这么多年了，你做事的风格还是这样。"莫澜的声音里有了异样的情绪，深吸口气振奋起来，"我能帮你吗？这几年我接的大大小小的医疗纠纷也不少，留学也主攻这块领域，你要是不嫌弃的话可以让我试试的。"

孟西城笑道："我刚才在台阶上遇见你的时候就想，说不定这就是天意，在我进退维谷的时候，正好有一位擅长这方面的美女律师从天而降。受害人那边还没有正式委托民事律师，你愿意的话就再好不过了。"

他毫不吝啬地夸她，她竟然难得地脸红了。

孟西城像发现了新大陆似的低头去看她："咦，看不出来，你还会脸红啊？"

他认识她的时候，她才不到十六岁，穿一套洗得发白的校服，嚼着口香糖用鼻尖看人，又酷又拽，像所有他见过的不良少女。不同的是她眼底一片清澈，却像受伤的幼兽一样充满戒备，对陌生人说着无关痛痒又言不由衷的话，整张脸都写着别来烦我四个大字。

他翻过她的作业簿和试卷，看穿了她刻意隐藏的聪慧和锐利。这世上除了学霸、学渣和看似学霸实则学渣的学酥之外，他不知应该怎么定义她这种装成学渣的学霸。

总之她是一个惊喜，也是一个奇迹，很快从原生家庭的悲剧里走出来，成为优秀的律师，有了今天这番成就，甚至都可以帮他排忧解难了。

孟西城感到欣慰，也不忘提醒她："对方代表的是医院，你会不会不方便？"

"有什么不方便？"

孟西城又笑："那位程医生啊，你的前夫。你要相信我身为男人的直觉，看你们俩这样子，要完全做到公事公办可不容易。你如果要顾及他的感受，我能理解的。"

"你也说了，是前夫，从离婚开始就没有瓜葛了。"她赌气地援引了程东的话，"我就专做医疗纠纷的，要是每个案子都要顾及他的感受，那岂不是要失业了。"

孟西城摇了摇头："当然不是这个意思，但他毕竟是医院的医生，而且这个案子他也是关键人物。"

莫澜想起他刚才确实提到程东是这个案子里的证人，于是不解地问："怎么个关键法？"

"事发当晚他值班，是参与抢救和手术的医生之一，而且他当时就发现了蹊跷，后来给警方破案提供了重要线索。"

"什么蹊跷？"

"你不觉得奇怪吗？"孟西城道，"一个富二代深夜被送进医院，陪护的两个所谓朋友却是连费用都垫付不出来的打工仔，又不是偶然经过车祸现场的目击者，他们怎么会成为朋友的呢？"

仔细分析起来的确是这样的道理，可程东当时要集中精力做手术和抢救伤者，竟然还能注意到这样的细节，一定非常有心。

他向来都是这样，比一般人聪明，还比一般人更用心。

孟西城见莫澜脸色凝重，问道："怎么，想到什么了？"

莫澜沉吟："嗯，我是在想，如果当时就有医护人员留意到这种不对劲，那就已经尽到了注意义务，还想让医院负责恐怕就难了。"

孟西城点头："没错，但受害人家属情绪上很难接受，所以……要不是有难度，也用不着聘请你这么优秀的律师了。"

她恢复了笑脸："喂，你今天一直这么夸我，就不怕我骄傲吗？"

"你不是一直挺骄傲的？我夸不夸你都没什么区别啊！"

莫澜抿唇笑，他低头看她，心头轻轻一跳。

"走吧，我请你吃饭。"他掩饰似的抬手看了看表，"想吃什么，随你挑，别太远就行，等会儿我还要回单位加班。"

"哎，别，你今天这么夸我，怎么也该是我请你吃饭啊！何况你还给我找活儿干，我还得谢谢你。"

孟西城也不推辞，跟她一起往医院门口走去。

唐小优在大门口等莫澜，看到她身旁的孟西城愣了一下。莫澜为她介绍道："怎么了，不认识啊？这是市检察院的孟检，南城杰出青年法律工作者，我们以后说不定还要跟他在法庭上见面的。"

孟西城伸手："你好，我叫孟西城，其他的你就别听她胡诌了。"

唐小优回过神来，握住他的手说："孟检你好，我是莫律师的助理。"

孟西城还在等她介绍自己姓甚名谁，手机却响了。他接听之后对莫澜道："不好意思，有点急事我要先走，不能跟你们一块儿吃饭了。

下回补上，我来请。"

"行啊，没问题，你快去吧，别耽误了正经事。"

孟西城的风度没得说，莫澜拍拍小优的肩膀："他已经走了，放松一点。我刚才只是开玩笑，我不接刑案，不太会跟检察官有交集的。"

"嗯，我知道。其实我无所谓，你接什么案子对我来说都是一样的工作。"她推了推眼镜，问她，"不是要去吃饭吗？吃什么？"

不用请客吃饭，莫澜就带小优去吃医院食堂。唐小优一见大堂里人头攒动就忍不住皱眉："这人也太多了。"

莫澜指了指楼上："吃职工食堂呗，没那么挤。"

"职工食堂只对医院的员工开放的，咱们没有饭卡怎么吃？"

莫澜扬了扬手里的东西："谁说没有，走吧，跟着姐吃香喝辣！"

医院二楼的职工食堂菜品丰富，掌勺的大厨手艺不错，所以饭菜的口味也很好。虽然没有楼下食堂那么拥挤，但正好饭点，人也不少，吃饭的座位刚好坐满。

莫澜买好饭菜，一眼望过去，不偏不倚正好看到程东。他不是一个人，似乎还有个年轻的姑娘跟他一起来，可能是一块儿值班的同事。他先买好就找地方坐下了，对面还有两个空位。

莫澜赶紧拉着唐小优快步走过去，把餐盘往桌上一放，就在他对面坐下了。

程东顿了一下，抬眼发现是她，声音就冷了几分："这个位子有人了。"

莫澜把头发甩到身后："咦，食堂吃个饭还要占位子的吗？难道不是谁先抢到就谁坐吗？"

小优见怪不怪，默默在一旁低头吃自己的。

程东忍耐着，向周围看了看，确实没有其他空位，他想换也没得换。

莫澜观察着他的表情，有点小小的得意，故意问他道："跟你一起来的是什么人啊，新女友？是医生吗，还是护士，还是医药代表？"

　　她似乎已经忘了今天早些时候两个人刚闹得不欢而散，一心关注他身边的是什么人。

　　她并不是占有欲很强的那种人，她只是敏感。过去她从来没怀疑过程东对她的感情，两人眼里只有彼此是完全可以感知到的。只不过她不像程东那样在优渥的环境中一帆风顺地长大，她早早就懂得"世间好物不坚牢，彩云易散琉璃脆"的道理。她离开他身边的这几年，他又经历了什么事，又遇到些什么人，她其实都无从得知。

　　他那么优秀，自然会受异性青睐，她甚至都还无法确定他身边是不是有了新人。

　　孟西城所谓男人的直觉准不准她不知道，反正她自己的直觉告诉她，她现在就正在吃醋。

　　程东低着头吃饭，轻笑一声问她："哪一种理由能让你把座位让出来？"

　　莫澜还认真想了想："都不能。"坐都坐下了，说什么都不让。

　　"那我为什么要告诉你？"

　　莫澜喊了一声，见他抬起头看向她身后，也忍不住扭头去看。原来跟他一起来的女孩儿打好了饭，见他这边没位子，就走到旁边去等了。

　　程东朝她抬手笑了笑，算是回应。

　　就这么一个简单的表情和动作，激得莫澜心里更酸了。

　　他都多久没这样对她笑过了？她几乎快要忘记了，他笑起来也是阳光和煦，自带光环的。

　　她不是滋味儿地用筷子戳着米饭，红烧肉喂进嘴里也像嚼橡皮。唐小优见两人这样相对无言也挺尴尬的，就主动跟莫澜聊起来："你刚才说的那个急诊科伤人致死的赔偿案，确定要接了吗？"

　　"啊？嗯……"莫澜边吃边说，"还不知道，要跟当事人见见面再说。这案子孟检很上心，我也不想让他失望。"

　　她有意无意地看了程东一眼，他像是无动于衷，但莫澜看得出来，他其实把她们的对话都听进去了。

这案子程东也是关键证人之一，届时她还要来拜访他的，不急在这一时，吊吊他的胃口也不错。

唐小优吃得不多，很快就吃完了。莫澜没什么食欲，也只草草吃了几口就放下筷子，瞥了一眼已经在另一个大桌找位坐下的年轻女孩儿，对程东道："那是实习医生吧？我看到她的胸牌了。我现在吃完了，你要不要叫她过来坐？"

明知她是开玩笑，程东却很认真地看着她，语气郑重地说："把东西还给我。"

莫澜有些莫名："什么东西？"

"别装傻，这是职工食堂，你能坐在这里吃饭，难道不是因为拿着以前我给你的那张饭卡吗？以前你是医护人员家属，怎么用都没关系，现在再用已经不合适了，所以最好别再有下次。"

他工作总是很忙，大部分时间都在医院食堂解决三餐。以前莫澜有时会来陪他一起吃，有时等不到他下手术却已经过了饭点，他干脆就把自己的饭卡给她，让她饿的时候先去吃饭，不要苦等。职工食堂的环境和菜品都更好一点，他舍不得让她去楼下跟人摩肩接踵地抢一份盒饭。

至于他自个儿，其实无所谓，通常他想起来吃饭的时候，食堂已经没人了。

爱过，疼过，缠绵过，婚姻的结合是水到渠成，然而离婚却很匆忙，他放在她那里的东西有很多都没来得及要回来。

他想过的，有的也许永远都要不回来了。

莫澜这时反应过来，脸色红了又白，好半晌才找到自个儿的声音："怎么，觉得我白花你的钱了？"

她不知是在讽刺他还是讽刺自己，反正心里挺难受的，不仅仅是被冤枉的感觉，而是觉得他在感情世界里真的是赶尽杀绝，连一丁点美好的感动和回忆都不肯让她保留。

程东说："不是钱的问题，只是不合适。"

莫澜望天轻笑一声："那我是不是还应该说对不起啊？闯入了你的领地，冒充医护人员家属，罪大恶极。"

程东抿紧了唇不说话，唐小优看不下去了，拉起莫澜要走："有什么了不起的，饭卡还给他，咱们以后不来就是了。"

莫澜却回头瞪了她一眼，咬牙道："什么还给他？他的东西我早就全都还回去了！这张饭卡是我妈的，是她留给我为数不多的一点东西！程东，我到底有多对不起你，连这些你都要拿走吗？"

每个人心底都有些禁区是不能触碰的。她气得发抖，拎起包就往外走。

程东追上来拉住她："什么还给我了，你把话说清楚！"

莫澜看着他，讽笑道："现在才清算旧账不嫌太迟吗？当年家门的钥匙、结婚戒指、你送我的首饰、我们各种各样的联名卡，我都全部送到你家去了。我知道你不想见我，东西我是亲手交到你妈妈手上的。不管是她还是你健忘，你都最好找她本人核实一下。"

说完她用力挣脱他的手，噔噔下楼去了。

程东怔在原地，唐小优从他身旁经过，冷淡地说："真没想到，澜姐喜欢过的男人，竟然对她这么苛刻。"

真替她不值。

是啊，苛刻。从什么时候开始的呢？原本以为爱一个人，就是要用尽毕生慷慨来对她好的，如今却全都化作一见面就针锋相对的尖酸。到底是什么让他竟然要担起这苛刻二字，不是对病患，不是对学生，不是对陌生人，而恰恰是对他最爱的那个人？

程东回到家里，迫不及待地翻箱倒柜。秦江月听到动静，推开房间门问他："你在找什么呢？"

程东直起腰，道："妈，我的房子有三套钥匙，是不是有一套在你那里？"

秦江月也愣了一下，继而欣喜地说："怎么，终于想通要卖掉那房子了？我说呢，早该卖了。不过现在出手也不晚，正好房市行情好，那房子地段和环境都不错，又有学区，肯定能卖个好价钱。"

程东却不接她的话，只一味问她："钥匙呢，你放在哪儿了？"

秦江月带他到自己的房间，打开梳妆台下方一个带锁的抽屉，拿出一个大信封来，伸手从里面拿出钥匙给他。

程东却一直盯着那个信封看，牛皮信封的右下角有小小一行字，是当年莫澜供职的律所名称。莫澜没说谎，这个信封就是她拿给母亲的那一个。

他一把将信封抢过来，捏在手里问道："这信封是莫澜送来的？"

秦江月听到这名字就没好脸色："没错。我看过了，里面都是属于你的东西，我就收起来了。"

程东无奈："妈……"

"你想说什么，觉得我不尊重你？"秦江月仰视着高出大半个头的儿子，"你当年是被鬼迷了心窍，好不容易下决心走出来了，就该断个干干净净！都要离婚了，她还想借着送东西的名义纠缠你，这是好人家的姑娘该做的事儿吗？你看看她写的那些东西……原来她高中就在打你主意了，啊？一个小太妹，整天妖妖娇娇的，读书的时候心思都没放在正途上，净想着高攀不属于自己的东西，就这样还把你的魂儿给勾走了，你……"

到底是高级知识分子，实在不擅长骂人。说到气头上，秦江月都不知该用什么词句来形容自己的鄙薄。

程东却真的觉得身体里好像有什么东西被抽走了，哑声道："她写的什么东西？她还给我写了信……信在哪儿？"

他看了信封，里面并没有。

"我撕了，那种东西你还是不要看的好。"

程东连话都说不出来了，他攥紧了信封，扭头就走。

"程东！"秦江月在身后叫住他，厉声道："你果然是又去见那个莫澜了是不是？当年丢脸丢得还不够吗，嗯？别忘了你是下了多大的决心才走到这一步的，你要还想跟那种女人在一起，今后就别认我这个妈！"

这话似曾相识。程东仰头长吁一口气，回头道："妈，你有空的话，接雯雯回来住几天，她离开家也挺久了。"

妹妹程雯雯遇人不淑，婚姻自是千疮百孔，但当初不顾一切离家嫁到北京去的心情，程东现在全明白了。

信封里的东西哗啦一下全都倒在桌面上，印有医院标志的那张饭卡赫然就在其中。莫澜在背面用圆珠笔在程东两个字旁边添上了自己的名字，潦草的字迹，经年累月，已经只剩淡淡发黄的印记。

他用手指摩挲着那两个模糊不清的字迹，仿佛摸到心上的伤口，心口顿时像被针尖挑弄般疼痛，迟来的叛逆被这种疼痛给唤醒。

然而他早已过了为所欲为的年纪，有再多的不甘和疑惑都只能暂时压在心底。

究竟是什么时候呢？她究竟什么时候来过？他竟一点线索也没有——他从没有哪个时刻是真的对她避而不见的。他只得不停地想象着莫澜当时送这些东西过来时是什么样的心情，又到底写了什么想让他看到？

……

莫澜没日没夜地加班。急诊科伤人致死案的民事诉讼部分已经正式委托她为代理律师，受害人家属的情绪比她想象的要强烈，案情比她想象的要复杂，就连案卷资料都比她想的要厚，有足足三百多页。

在办公室干扰太多，做不完的事情她晚上带回家继续，唐小优也跟到她的住处一起加班。

"喝杯咖啡再看吧！"小优递过来一杯热美式。

莫澜笑了笑："再喝就是第四杯了，这玩意儿没用的，这时候最好是有酒。"

小优在一旁的懒人沙发坐下，自顾自地说："你没听过借酒浇愁愁更愁吗？何况冰箱里也没有酒了。"

"谁说我要借酒浇愁了，这不是为了提神嘛！"

"别骗我了，我又不是小孩子。"小优撇了撇嘴，"那个程医生，就是你前夫？"

她本来还不确定，但后来听到他们的对话就不难猜了。莫澜离婚单身并不是什么秘密，但她的前夫是什么样的人却一直挺神秘的，她也没见莫澜在人前那么生气过。

不，应该说伤心才对。

莫澜知道她在想什么，笑了笑说："不是你想的那样，他没有对不起我。我们之间的事儿，说不上谁对谁错。"

她暂时离开电脑放松片刻，席地而坐，怀里抱个抱枕，对小优说："我在英国读书那会儿去意大利旅游了一趟，在罗马被偷了钱包，那张饭卡就在钱包里。我翻遍了附近所有的垃圾桶，好不容易才找回来，因为那是我妈留给我的东西。她以前是程东他们医院的护士，我考高中的前一年，她自杀了。"

小优恻然："为什么？"

莫澜道："医疗事故，她压力太大，顶不住，就自杀了。当时我在午睡，她把我反锁在屋里，自己从六楼跳了下去。我听到楼下警笛响才醒，已经太迟了。本来不是她一个人的责任，但她自杀以后事态的确平息了。医院给了七万块钱，我靠这笔钱撑到读大学。"

"……"

"我是单亲家庭，我妈从小拉扯我长大，日子一直过得紧巴巴的。钱送到我手里的时候，有的人觉得我妈就算活着也未必有足够的积蓄

供我读大学。但我宁可不要这笔钱，我宁可她活着，她活着就可以看
到我读最好的大学，住最漂亮的房子，爱最好的男人。"

"所以你选择做医疗诉讼，跟医院打对台是因为他们当初在你妈
妈出事的时候让她做替罪羊？"

莫澜笑了笑："你这么想？"

小优摇头，她知道莫澜不是这么狭隘的人。

"我妈当年工作上确实出现了疏忽，只是罪不至死。他们的工作
太特殊，稍不留神，就是人命官司。病患也是受害者，哪个家庭都不
希望失去家人。我常常想，病患也好，医院也好，无论哪一方，当年
如果有专业的律师引导，寻求正常的解决途径，也许我妈妈就不会死。
我后来代理谁，都是巧合，法律的天平上没有孰轻孰重。"

她话里话外都是不悔——对自己的选择不悔。她只是遗憾，母亲
一跃结束生命，看不到她后来未尽的人生。

小优想安慰她，又不知从何说起，沉默片刻道："程东不知道？"

"他知道，很早就知道了。他对我好，说不定一开始是出于同情。"
他父母都是医学专家，父亲中途下海从商，家境优渥。莫澜母亲的事
当年在医院闹得沸沸扬扬，他多少是听说过的。初见她这个孤女，也
许同情心泛滥才给予她关注。

"不会。"小优斩钉截铁地否认她这种说法，"他不会出于同情跟
你在一起。"

"这么肯定？你才认识他几天？"

小优道："可我认识你够久的了，你们明明就是一样的人，那么骄傲，
才不会允许自己因为同情而跟什么人纠缠不清，还一纠缠就是十几年。
他很爱你吧？"

"很爱。"莫澜喝了口咖啡，烫得差点流出眼泪，"我也很爱他。"

烈酒过喉，苦而不言，喜而不语，悲欣交集。

小优不在的夜里，她加班加到实在打不起精神，还是出门找地方

喝酒。她不知道该去哪里，只是凭着感觉随便走，再抬头的时候看到熟悉的招牌，竟然是她曾经跟程东一起常来吃夜宵的地方。

这里离她住的地方还是有点距离的，她不知不觉居然走了这么远。

CHAPTER 4

当年何年

即便是现在坐在她面前，他仍然能看得见她脸上那样生动的表情，仿佛时光流去，她在他记忆里却是永恒的。

　　来都来了，干脆就在这里吃点东西。

　　莫澜随便找了张露天的桌子，等她点的盐水花生和烤串儿上桌。

　　她抬头张望，好多年没来，这里还是叫那个店名，但招牌换过又旧了，餐牌还是永远油腻腻的，卷着边儿，东西全都涨过价，但依旧亲民实惠。点菜和端茶倒水的小妹已经换了不知第几茬，在烟熏火燎的烤炉前忙活的却依然是老板本人，让她想起《泰囧》里做葱油饼的王宝强最经典的台词：秘方就是我亲自做。

　　这里的卤味也很好吃，尤其是卤的猪下水，处理得很干净，特别香。

　　以前白天路过的时候时常看到老板娘在厨房用一盆水、一盆盐和一盆面粉揉洗猪大肠。这么多年过去，老板还是原来的模样，老板娘却变富态了，坐在柜台后头收钱催单，想必已经不必亲自动手洗猪肠。

　　不见得是多么体面的生意，她却羡慕这样相濡以沫的平凡夫妻。

　　程东走到店门口的时候，莫澜点的盐水花生刚刚上桌。她专注地动手剥花生喂进嘴里，没有留意周围。

　　她怡然自得，程东倒怔住了，实在也没想到会在这里遇见她。

　　莫澜见到他却没有特别惊讶，笑了笑并朝他招手，说："这么巧，你也过来吃夜宵？"

相请不如偶遇，程东在她桌旁坐下："你怎么会到这里来？"

莫澜指了指盘子里的东西："就想念这一口儿，别的地方都吃不到。"

烤串儿里有肥肠，是卤透之后再烤的，炭火让已经被卤香由里到外包裹起来的肥肠带了一点烟熏的味道，吃到嘴里有点像小时候过年吃腊肉和排骨时的隆重感。加上辣椒和孜然的加成，这种刺激从口腔很快深入到血液里，夜间对食物的渴望就从这一口下去的惊艳开始。

有肉、有鸡翅膀、有肥肠，再配一碟小清新的盐水花生，这样一顿夜宵还有什么不满足？

现在多了一个人，莫澜豪气地朝店里的伙计扬声道："再来二十串羊肉，十串肥肠！"

程东说："不用帮我点，我吃不下。"

"客气什么，难不成你还减肥？"她故意眼神轻佻地打量他，"我觉得不用啊，前不久刚看到上半身，挺好的，很匀称。你要觉得腻，肥肠留给我好了，你吃肉就行。"

他已经习惯她胡说八道，淡淡地说："不管腻不腻，这些东西都要少吃。而且现在已经这么晚了，你就不怕肠胃受不了？"

莫澜手撑着下巴看他："你来这儿不是吃东西的吗？那你来干什么？"

程东沉默了一刹，对服务员说："来两瓶啤酒。"

莫澜笑了："这才对嘛，我请你吃肉，你请我喝酒。有来有往，谁也不欠谁。"

这话多少有点孩子气。他们心里都很清楚，走到今天，他们已经很难真正互不相欠了。

莫澜喝啤酒不喜欢用杯子，直接拿酒瓶跟程东的碰了一下，说声"敬你"，就仰头灌了一大口。

程东却不喝："敬我什么？"

温凉的酒液从喉咙淌过，抚平了她原先心头的那些焦躁。她扬扬眉毛，也想不到什么贴切的说辞，信口道："唔，敬你……就当致青春吧！"

是的，青春。他第一次带她到这儿来吃东西时他还不知道她爱吃什么、不吃什么，装作老道却又有点忐忑地把每样东西都点了一遍。

肥肠是最先上桌的，他就更忐忑了，生怕她挑剔说不吃这个，甚至露出厌恶的表情。

他不是一定要请什么人吃饭的，照他那十几岁时的心性，说不定会直接起身甩脸子走人。

可她什么都没说，等到点的菜都上齐了，才问了一句：可以吃了吗？

油滋滋的肥肠隐没在各式各样的烤串儿里不再显得那么可疑，却成了当天最受欢迎的主角。他有点意外地盯着她瞧，她就笑："你看我干什么，怕我吃穷你？"

"不是，只不过……女生很少吃这个。"

"谁说的，偏见！"她辣得直哈气，还眼明手快地抢走了他面前的最后一串肥肠。

这样的友谊有点奇怪，他甚至都不记得是因为什么事带她来吃饭，但她似嗔似笑的表情却定格在他的脑海里。

即便是现在坐在她面前，他仍然能看得见她脸上那样生动的表情，仿佛时光流去，她在他记忆里却是永恒的。

但也仅仅是在记忆里了。

烟熏得他眼睛有点酸胀，只好拿起酒瓶也喝了一口。

他们心中所想几乎是一模一样的场景，然而坐在一起却没什么话好聊。

莫澜看着他欲言又止的样子，问他："有话跟我说？"

一瓶酒已经喝掉大半，程东却越来越清醒。他是想问她，当初送来的那个信封里，她是不是还放了一封信，信上到底写了什么？为什么她有话不肯当面跟他说，就算要写信也可以发短信、发邮件给他，为什么送到他家里去？他发誓当时不知道她来过，否则一定不会错过两个人最后一面。

那之后，她就启程去了英国，很多年没有音讯。

可他现在却问不出口，喝醉了倒好，意识越清醒越是不知道该从何说起。如果问了，他都可以料想到她的反应，一定是不屑一顾地撇嘴一笑，把这当成是已经过去的事，提都不愿再提。

那就成了他一个人的执念了。有的事应该让它过去，有的人应该学会忘记，为什么会过不去又无法忘记……他的自尊都不愿意让他想明白这个答案。

莫澜却误以为他是因为那天在食堂吃饭的事想要跟她道歉，笑道："哎呀，行了，我又没逼着你说对不起。你会误会也很正常，毕竟我妈留了什么东西给我你也不知道。那张饭卡本来在她过世之后就该由医院收回去的，他们大概是忘记了吧，我就一直留着了。现在时不时往医院跑，偶尔用用，倒也挺方便的。"

她避重就轻从来都是高手，程东没吭声。

莫澜说："我回来以后去公墓看过我妈妈。我不在的这几年好像一直有人去为她扫墓呢，你知道是什么人吗？"

程东仰头喝酒："我怎么会知道。"

"奇怪了，我家在南城又没什么像样的亲戚，难不成是医院的领导或者旧同事？也不会啊，当年我妈出事儿的时候他们可是一个个都生怕撇不清呢……"

"莫澜。"程东打断她，"你是不是还对当年的事耿耿于怀，才非要跟医院作对？"

"没有啊，你觉得我像那样的人吗？"

程东无声地看着她，答案不言而喻。

她向来是人敬我一尺，我敬人一丈。当年她妈妈的事给她的冲击太大，过早尝尽人间冷暖，有时真不知是好还是不好。

莫澜只笑了笑："没想到过了这么长时间，你还是不明白。随你信不信吧，我不管代表谁打官司，都没有报复的意思。你不能理解法律的要义，可能就跟我不懂人体解剖是一个道理。我不强求你什么，但至少别把这些跟我妈妈的事儿混为一谈。当年的事我只替她不值，活着多好啊，什么事儿熬不过去呢，为什么要寻死？"

她喝光了瓶子里的酒，还觉得不过瘾，又扬手道："老板，再来一瓶啤酒。"

程东看着她："你不能再喝了。"

"谁说的，我这才刚开了个头，你让我喝尽兴了，否则不上不下的，回去又难受。"

想想她从十六岁开始肆意妄为，可真正放开怀抱好像都是在程东面前。他到底是有什么魔力呢，对她好的时候让她弥足深陷，对她不理不睬又让她不能自拔。或许是她从没真正走出来过吧，她这孙猴子，怎么也逃不出他的五指山。

程东不想看到她这个样子，既然问不到自己想要的答案，他留在这里也没意义。他起身去买单，老板娘还认得他，一努下巴："新的女朋友啊？行了行了，那瓶酒不收你的。以后带她常来啊！"

程东笑了笑。也许莫澜变得太多，老板娘都认不出来了。其实他从来没带其他女孩子来这边吃过饭。

没变的人大概也只有他。

他付完钱要走，却见莫澜佝偻着身子伏在桌上，五官痛苦地拧到一起，忍不住问道："你怎么了？"

她一手撑着身体，一手捂着胃，虽然挺难为情的，但还是不得不告诉他："我……我胃疼。"

程东长长吁了口气，他刚才怎么说来着，这女人从来就不肯好好听他一句！

"起来。"他伸手拉她胳膊，"趁着还没疼到不能走，我送你到医院去。"

"我不要去医院。我就是吃多了点，休息一会儿……就好了。"

程东耐着性子说："你能有点医学常识吗？要是肠胃炎，你趴在这儿变成灰也不会好的。"

莫澜快哭了："谁要变成灰了，你别咒我行不行？我就趴一会儿，一会儿就好，我不要去医院，这点小毛病去什么医院呐！"

她执拗起来，九头牛都拉不回来。

程东蹙眉瞪了她半晌，像是想起什么，说："跟我去医院，症状不严重的话，不一定要打针。"

"谁、谁说我怕打针了？"

"对，你不怕，那现在就跟我走。"

莫澜垮下脸："真的不用打针吗？那光是开药的话，你也是医生啊，告诉我要吃什么药，我去药店买不就行了？"

好吧，她认怂。可能是天生对疼痛敏感，又从小跟着当护士的妈妈值班看了太多小朋友打针鬼哭狼号的情形，她对打针真的有发自内心的恐惧。中学时集体打防疫针，她宁可缺席不去上课也不肯去医务室，最后还是被程东给揪回来，冷着脸问："你不想拿毕业证了？"

后来结婚前她得了一场重感冒，不得不输液，他把他值班的床让给她睡，哄着她、守着她，很温柔地用手摸她的额头，轻声说："快点好起来，你不想穿漂亮的婚纱了？"

这样的小事瞒不了最亲近的人。两人如胶似漆的时候，他在这些事上的体贴足以溺毙沉浸于爱情中的女人，然而等到针锋相对时，她总感觉好像被人拿捏住了弱点。

她不服输也没办法，生理上的不适让她想要强也要不起来，再这么绞痛下去，她大概真要迈不开步子了。

程东只得妥协，扶起疼得直抽气的莫澜："跟我来。"

没多远的路程，他还是打了个出租车把她塞进后座。下车的时候莫澜疼得有点恍惚了，弯着腰问："你带我来的是哪儿啊？"

片刻异样的安静过后，程东讽刺道："你才离开几天，连这儿是哪里都不记得了？"

她这才仔细看了看，原来是她跟他婚后住的地方。

她怎么能想到他会带她到这儿来呢？她以为他早就把这里给卖了。

程东说："药店关门了，你又不肯去医院，先在这里休息，吃完药再走。"

当时也不知是有意还是无意的，买新房打算结婚的时候，看的都是附近的楼盘。离吃夜宵的这条小街很近，离岐门中学也近，周围的环境全是他们熟悉的。

房子还是那个房子，甚至连进门之后所有的陈设都没有变化。虽然内饰是开发商统一精装修的，但这屋里从窗帘到地毯，从锅碗瓢盆到墙上一幅小小的装饰画，都是她跟程东亲自去挑选采买的，倾注了两人的心血和感情。所以再冷不防回来这里，她就像被拉入回忆的旋涡，不得不倚在墙边支撑住身体的重量。

程东给她倒了杯水："你坐一会儿，我给你拿药。"

不仅是陈设，连那个总是装满常用药的家用药箱也照旧。

他把手放到她跟前，掌心里是两粒小小的白色药片。

"温水吞服，每次两片，早晚各一次。"

他慷慨地把整瓶药都给她了。她伸手接过，碰到他的手掌，干净温暖，却只是跟她轻轻一触就很快收回。

她牵了牵嘴角："你还住这里？"

他不答，命令道："先把药吃了。"

在医生面前，吃药没有讨价还价的余地。她乖乖把药片吞下去，程东接着说："还有一种药，过半小时再吃。"

"还要吃啊？"她有点无奈，"我撑不住了。"

不知是困还是累，她现在只想躺下好好睡一觉，说不定一觉醒来病痛就全部消失了呢。

"那你就躺一会儿，到时间了，我叫你。"

他忽然这么温情，莫澜反而不习惯了，盯着他的眼睛，像要看到他心里去。

"别想太多了，你现在是病人，我不能把你扔出去由着你乱来。"他太了解她，知道这个时间她不肯去医院就只会硬扛。

"我也没说什么呀！"她语调轻快起来，"那你等会儿叫我啊，不然我可能就睡到明天大清早了。"

她拉了个靠枕在沙发上躺下，没有一点灰尘的味道，干干净净的，是回家的感觉。

程东出去了，她撑起上半身看了看，客厅角落的植物架上空空如也，不见他当初手把手教她种下的火龙果。

两盆小小的刺球长到现在应该也很大了，说不定已经开花结果，做了祖母。

所以还是有变化的，很多东西消弭于无形，她不过自欺欺人一回罢了。

程东给的药很快起效，胃部的绞痛渐渐消失了，困意袭来，她没怎么挣扎就睡了过去。

她的手还搭在胃部，因疼痛蹙紧的眉头却已经松开了，呼吸均匀绵长。她能睡着就代表没那么难受了，程东在沙发边坐下，给她盖了薄毯，静静地看着她。

这世上怎么就没一种药能治治她的倔脾气呢？如今医学昌明至此，他能为人的心脏换瓣膜、放支架，甚至做完整的心脏移植，可她心里想什么，他却看不透也摸不着。

大概她也是一样。两个曾经相爱的人有朝一日分开了，说什么、做什么都只得猜来猜去，再不肯坦诚交心。

第二天大早，莫澜醒来发现自己睡在卧室的床上，床头柜上摆着她应该在"半小时后"吃的药。她看了看另一侧平整的床铺，程东昨晚没有睡在这里。

空气里有白粥的香气，她光脚踩在地板上，跟踪香气进了厨房。

程东把白粥从锅里舀出来，听到她的动静，头也没回地说："还有哪里难受？床头柜上的药你看到没有，昨晚你睡熟了我就没叫你，等会儿喝了粥还是要把药吃掉。"

莫澜没吭声，他又问一遍："你听到我说的了吗？"

还是没听到回答，他刚要转身，腰上围拢来两条手臂，整个人已被她从身后拦腰抱住了。

他握着粥勺的手停在半空，顿了一下，问道："你这是干什么，松手。"

"嘘，别这么大声，让我抱一会儿……就一小会儿。"

莫澜的声音还带着刚睡醒时的惺忪沙哑，很用力地抱着他，乱七八糟的头发和脸颊都贴在他背上。

她的脸很凉，他背上却很暖。他身上的味道永远是干净清爽，不像她现在这么邋遢，还满脸病容。

两人一时都没说话，屋里安静极了，只听到火上的白粥沸腾的咕嘟声。

"昨天是你抱我到床上去睡的？"她问。

"嗯。"程东没有否认。

"为什么不叫醒我？不是说还要再吃一次药？"

"你能睡着就让你好好休息，对身体康复有好处。症状没有加重的话，消炎的药可以视情况吃或者不吃。"

她抬头在他背上蹭了蹭，笑道："你就不能承认是关心我吗？那你现在为什么又给我煮粥？"

"谁说这粥是你的？我给自己做早饭，反正一个人也吃不了，才顺便让你也吃一点。"

她手揽得更紧了，闭上眼道："我不管，我就当你关心我。"

如果病一回能让她再窥见他的真心，她再多病几次也甘愿。

程东去掰她的手，说："把衣服穿好，洗手间里有新的牙刷和毛巾，你去收拾一下再出来。"

他跟她这样站在厨房里，周围的一切都是熟悉的，家常的，仿佛又回到以前双休日她拖着他赖床，揽着他脖子撒娇耍赖的日子。

她怀念那样的日子。从小到大，她信奉的是愿无岁月可回头，直至她遇到程东——她觉得她这辈子唯一真正快乐幸福的时光都是跟他在一起度过的。

"程东……"她有问题想问他，就算要抛开她的自尊，她也要问。

可是话到了嘴边又不成形，只好又咽回去，斟酌再三，却被门铃声打断了。

这个时间会有什么人来？莫澜一凛："……谁啊，不会是你妈吧？"

程东没回答，箍在他腰上那双手终于放开了。他走去开门，门外是一张年轻鲜活的面孔："师兄！"

莫澜有点愕然地看着来人，正是那天在医院食堂跟程东一起的实习医生。对方也看到了她，视线粘在她身上，话却是问程东的："啊……你有客人？"

"是以前的同学。"他显然也愣了一下，但很快反应过来，轻描淡写地说一句，把人让进门，"进来坐。刚下夜班？我煮了早饭，一起吃一点。"

"好啊，我还怕你没吃，从食堂买了糕点和牛奶带过来。正好，我们拼餐好了，口味多一点。"

林初蕊才二十出头，到底是年轻，身体底子好，即使值完大夜班脸上也不见倦容。她在麻醉科做实习医生，平时下了手术就常跟外科的医生护士一起打饭拼餐，可以多吃几个菜，已经成了习惯。

程东接过东西放在餐桌上，也没有任何不自在，说："你先坐，我去厨房把粥盛出来。"

"好。"

两人你来我往，似乎忘了这屋里还有其他人的存在。程东没有介绍莫澜的意思，或者他刚刚那句"以前的同学"就已经说明了问题。

莫澜站在那里，生平第一次这么明显地感觉到被排除在他的世界之外。

林初蕊倒是对她很客气，拉开椅子邀她坐："你是上回在食堂跟师兄一起吃饭的美女吧？先过来吃点东西吧，我们医院食堂的糕点很好吃的。"

她从袋子里拿出一个大而圆的面包，一分为二，递给她一半。

莫澜笑了笑："我不吃了，我肠胃炎，还没好。"

她回头又看厨房一眼，默默走了。

程东端了粥出来，饭厅里只剩林初蕊，他问："她人呢？"

"走了啊！"

他不作声，默默把粥碗放在桌上，问她："你怎么来了？"

"不是你说今天不去医院，让我帮你开点药吗？我以为是你病得走不动路了呢，下班就赶紧过来看看。"林初蕊一边啃面包，一边从包里拿东西给他，"呐，你要我带的药。遵你医嘱，进口胃药，一百多一盒，给钱。"

"我没记错的话，你上个月找我借的六百块还没还。"

"那怎么一样啊？那是我找你借的，江湖救急！喂，你不是想赖账吧？我这规培期一个月就两千块钱，还不够吃饭呢，一百块对我来说是大数目。快快快，走支付宝或者微信，你自己挑。"

程东道："那走你舅舅好了。我把这一百交给钟老师，你把欠我的六百也给他，让他替咱们互相转交，怎么样？"

林初蕊一听就蔫了："求你了，千万别告诉我舅舅。他管我就算了，回头上我妈那儿参我一本，说我钱不够花，好不容易实施的独立计划又泡汤了。我妈非逼我把刚租的房退了不可！我可不要回去住了，听我妈唠叨都耳朵起茧，你别坑我啊！"

算他狠，这一百块就先抵扣借款吧！

程东把她那碗粥推到她面前："那快吃饭，吃完就回去休息。"

林初蕊凑近他问："那你呢，你不去追？"

"追什么？"

"还装傻呢？病人都跑了，你让我送药来不是白送了吗？亏我还以为是你病了，下了班就火急火燎地去拿药，怕你是饿出来的胃病，连早餐都给你备好了。原来是我自作多情啊！你这叫什么……欲擒故纵？刚刚还跟我装亲昵，冷落人家，不会是为了让她吃醋好对你死心吧？"

程东结婚的时候林初蕊还在外地求学，没能赶回来参加他婚礼，但莫澜的照片她是见过的。后来两家的长辈结了亲，她的亲舅舅不再仅仅是程东的恩师，更直接成了他的继父。他跟莫澜的事是家族的逸闻，听得就更多了。

程东不说是也不说不是，林初蕊猛推他一把，笑道："不会吧，还真被我说中了啊？你好老套啊你，哈哈哈！"

程东被她这一推，碗里的粥都洒了出来，脸上闪过可疑的红晕，扯了张纸巾擦完扔向她："喝你的粥！"

他进屋去换衣服，看到昨晚莫澜睡过的那半张床，枕头上还留下了几根她的长发，心里忽然涌上一些凄凉。

莫澜从法庭出来，唐小优把车开到门口等着她，问道："怎么样，法官怎么说？"

"还是老样子，我们的诉求和证据都没问题，但法官还是倾向于主张调解。"

小优低语道："也对，本来主要责任也不在医院。凶手都死刑了，医院就算要赔也赔不了多少钱，这么大费周章的……"

"章家不缺钱，但孩子就这么莫名其妙被人砍死了，心理上肯定是过不去的，也可以理解。这回我们从消费者权益理应受到保护的角度出发，主张受害人是消费者，医院是服务提供方也完全得到法院认可，不存在冤枉谁。我在英国读书的时候，有位以前当大法官的老师常常说 law is law，法律就是法律，这就是最好的印证。"

"嗯。"唐小优点头，看了看她，道："你脸色好差，是不是肠胃还没好，吃药了吗？"

"吃了，没事。"

程东给的药，她有一顿没一顿地在吃。她用药习惯不好，以前有个头疼脑热的有程东这么好的医生照顾她，当然好得快一些。现在大概不复年轻，他也不想再管她了，她就随便应付。

见唐小优一脸不信的样子，她笑道："真的没事，过两天就好了。你没听过病来如山倒，病去如抽丝吗？病程总有几天的，没那么快，有点耐心，啊？我保证不会倒下，否则谁来给你发工资？"

小优干笑了两声，说："那我们现在去哪儿？"

"医院吧，章家夫妇自从儿子出了事之后，还没亲自去过。我跟他们说要调解，他们提出想先去医院看看，也算是迈出一大步，不容易了。"

章氏夫妇文化程度不高，属于改革开放后白手起家的企业主，从一个小服装厂把生意渐渐做大，遭遇横祸的章家泽是家里唯一的孩子。他难得不像一般的富二代一样忙着炫富和享乐，而是很有干劲地接管了父母在南城的分公司，时不时往近郊的工厂跑，亲自视察业务。

据员工反映，这位少东没有什么骄矜脾气和大架子，对员工也很随和，需要赶工的时候也跟他们一起加班加点。

也许问题就出在太随和上面，凶手偶然看到女友跟他一同出入，就联想这个富二代是仗着自己有钱挖墙脚来了，对女友要分手的解释也完全听不进去，这才抡起屠刀，酿成惨剧。

千错万错其实都是凶手的错，但最后凶案确实是发生在医院，根据《消费者权益保护法》医院在提供医疗服务的同时需要保证患者的人身安全，而在这个个案里院方很遗憾地没有做到。

章家泽在医院死亡后，章氏夫妇从外地赶来料理后事，却一直没有勇气踏进这个医院多看一眼事发现场。今天他们过来，医院也是高度重视，派医务处处长、法务和分管行政事务的执行长陪同，态度很明确——能谈尽量谈，不排斥和解。

但同时门外也来了许多保安，大概是怕他们一言不合又闹起来。

莫澜笑了笑："你们不用这样的，我在这里，就是为了不让他们演变成医闹。"

张处长道："他们之前已经来闹过一次了，影响很不好啊！"

"那是因为他们不了解南城这边医院的情况，被职业医闹有机可乘，做了错误的委托。今天有我在，你们可以放心。"

张处长并非不信任她，但他更信任程东，于是叫下属去把程东找来。

章太太毕竟是做母亲的人，即使隔了一段日子，面对儿子的遭遇仍然是极其脆弱的，从跨入医院大门就一直在抹泪。那间溅满血的急诊病房在走廊的尽头，走过去没有几步路，她却走得极为吃力，到门口的时候两股战战几乎要软倒在地上。

丈夫章守礼劝她："……要不我们别看了，回去吧！"

她摇头："我想看，孩子就在这里没的，他走的时候……我们都没来看他，现在怎么也要看一眼。"

很难有人经历这样的场景不为之动容。

莫澜伸手搀扶她："我陪你进去。"

水磨石的地板早已洗刷干净，墙面也重新粉刷过了，病床、被褥全都换了新的，就像当初的惨剧没有发生过一样。然而做母亲的人仿佛能够感知到些什么，望着那张病床低声啜泣，腿脚就像生了根，怎么都挪不开步子。

这时医务处的人进来说了一句："张处，程医生到了。"

几人同时回头，章太太也回过神，问道："程医生是谁？"

"是小章当晚车祸送进医院后为他主刀的医生之一。"莫澜解释道，"当时两个凶手送他进来并主动陪护，就是他提出了怀疑。"

章太太愣了一下，整个刑案的流程已经走完，她显然已经从检方那边知道有这么一位证人，只是没有见过本人。她吸了吸鼻子，红着眼睛问："他人呢，在哪里？"

程东从门口走进来就看到莫澜和身边悲痛欲绝的夫妇二人，不用介绍也已经明白是谁。他只是搞不懂今天为什么叫他过来，做证的义务他已经尽到了，说的全部是事实，医院需不需要补偿、以什么名义补偿都不是他分内的工作。

最重要的是，这样的场合见到莫澜，是他最不想面对的。

"你就是程东？"章太太走到他面前，哭得眼神都已经有点恍惚，"是你说……家泽不会三更半夜跟两个那样的朋友在一起？"

程东点头："嗯，我当时也只是觉得有点奇怪，伤者开很好的车，撞成那样，送他来的两个人……"

"为什么不坚持？"

"什么？"程东的话被她打断，一时有些反应不过来。

"既然觉得可疑，为什么不坚持一下……为什么不直接让保安把那两个人赶走？"章太太激动起来，"你为什么不救他……你都帮他做完手术了，为什么不救他到底？"

程东尽力维持冷静："我尽力了。"

"骗人，你们只是不想承担责任！凶手……你们都是凶手！"她抓住程东白大褂的衣襟，情绪失控地哭喊，"家泽是在这里死的，你们都是帮凶！为什么不救他……你们为什么不救他？"

程东抿紧了唇，隐忍地抓住她的手试图挣脱她。莫澜见状也上前拉住她道："阿姨，我知道你很难过。但他们是医生，救死扶伤才是他们的责任，他们已经尽力了！你冷静一点……冷静一点！"

章守礼和其他人也过来劝解，章太太崩溃大哭，终于松开了紧拽着程东的手，但随即就脸色发青朝后倒在地上。

或许是出于职业本能，程东最先反应过来，扶住倒地的章太太观测呼吸心跳，一边做心肺复苏一边对门外喊："快叫急诊的医生过来！"

他跪地实施抢救，动作利落，有条不紊，只是周围的人一下都紧张起来。莫澜带了丝焦虑地问："她怎么样？"

他没回答，一心全都扑在于他眼前倒地的病人身上。

他知道，就刚才这么一刹那，他们的身份已发生了微妙的变化——家属也好，原告也好，从倒地的那一刻起就都是他的病患，他是必须救死扶伤的医者。

程东和急诊的值班医生简单问了下章守礼关于她太太的病史，结合检查的结果就已经有了初步的诊断。

章守礼紧张地问："我老婆怎么样，要不要紧？"

"只有立马手术才能救回一条命，你说要不要紧？"急诊的医生了解到刚才发生的事，替程东不平，语气很冲。

"我知道，我知道……"他两手紧紧交握着，脸上露出痛苦的表情，"我们这回到南城来也是为了这个手术。手术风险很大，她怕上了手术台就下不来，所以才想来孩子出事的地方看看……没想到她这么快就撑不住了。"

"不是快不快的问题，只是她知道自己有病，就该控制自己的情绪，不能那么激动。"

"她以前都控制很好的，病情都很稳定，要不是这一年多以来孩子出了事，也不至于这样……医生，我求求你们救救她，她才四十八岁，我已经失去了儿子，不能再失去其他亲人了。"说着说着，这位传说中身家过亿的男人竟老泪纵横。

莫澜上前一步，递给他纸巾，无声地安慰。

程东看了她一眼，终于取下口罩说："拖不了了，尽快进行手术吧！你能签字的话，我们马上就能做。"

"程医生！"张处长和医院执行长立刻出声叫住他。前面的纠纷尚未解决，他们显然对这样的病患没有信心。

"我不勉强，南城的三院、南大附属医院都可以做这个手术，病人之前也在三院就诊过，现在就可以办手续转到那边住院。"程东道，"只是病人再也拖不起了，我只提供最优方案，其余的事你们商量决定吧！"

章守礼看看程东，又看了看医院的领导，最后看向莫澜。他想让妻子在这里做手术，他知道这家医院的胸外科在全国都名列前茅，曾经的学科带头人钟稼禾号称南城外科第一把刀。这样的手术，他们不仅能做，而且应该是省内做得最好的。

莫澜明白他心中所想，将他拉到一边："您跟阿姨商量一下吧，毕竟有小章的事在前，她未必肯在这里做手术。"

"莫律师……"他惘然地看着她，"这里的医生很好吗？"

"嗯，很好。"莫澜想都没想就点头，"他们是最好的。"

"嗯。"他像是下定某种决心，"那我们就在这里做手术吧，其他的事都不重要了。"

死者已矣，还有什么比在世的人活得好更重要的呢？

莫澜沉默片刻，说："医院不是一定要接收病患做手术，您应该明白吧？如果你们要在这里手术，官司最好就不要继续了。"

"我明白，明白的。"章守礼又哽咽了。其实他跟妻子心里都很明白，儿子的死不关医生的事，要不是医生全力施救，在遭遇车祸之后人就没了，根本都不会让歹徒有第二次动手的机会。

他们只是太伤心了，伤心到忍不住内疚自责，唯有去责备别人才能转移这样的情绪，让自己好受一点。

程东夜里在书房挑灯夜读。

钟稼禾敲了敲房间门，把一碗糖水放在他桌上："我特地煮的核桃芝麻糊，你跟你妈妈一人一碗，先趁热吃了再看书。"

"嗯。"

程东把书放在桌上，钟稼禾瞥了一眼书名："明天的手术有疑问？"

"急诊收治的病人，没有太多时间准备，情况也比预计的要复杂。"他把章氏夫妇的事详细说了一遍。

"嗯。"钟稼禾沉吟一会儿，从书架上找出几本书，"看看这几本期刊，应该对你有帮助。"

等钟稼禾一一翻开，才发现相应的文章处已经做了批注、贴了标签。

"好小子啊，原来都已经看过了，我还怕你找不到呢！"他赞许地说。

程东谦逊地笑了笑："我好歹是您的学生，要是连文献都找不全，不是丢人吗？"

最新的学术动向、重要的文章文献看过之后都要在脑海里留下印象，要翻阅的时候甚至能记得是在哪本期刊的哪个栏目，前后各是什么文章。这样的独家绝技是程东入门多年，由钟稼禾培养出来的。

师徒俩讨论了一会儿，程东已是茅塞顿开。钟稼禾问："现在没问题了吧？"

"嗯。听君一席话，胜读十年书。"

钟稼禾哈哈一笑："你不如说家有一老，如有一宝。"

"您还不老。"

"徒子徒孙都能独当一面了还不老啊？只是日子过得快，当年带你们上手术的情景好像还在眼前似的。我还记得我一刀下去，心包里的血溅了你一脸，你们几个那傻不愣登的样子，哈哈哈……"

程东也笑，只应："是啊。"现在不会了，现在轮到他精准下刀，站在身后的实习同学被溅一脸血。

"没事了吧？没事早点睡，休息好了，明天手术才能顺顺当当的。"钟稼禾烟瘾犯了，忙着到外头去抽烟。

程东心里忽然涌上些心酸，叫住他道："明天的手术……您也来吧，让大家学习学习。"

钟稼禾身子一顿："还学习什么呀，我都退休了，现在是你们年轻人的天下了。"

"退休了，也是医院返聘的专家。"

钟稼禾摆摆手："那做不得主啦，也就发挥下余热，手术台还是留给你们。噢，对了。"他像是想起什么，另起话题道，"那个小辣椒好像回来了吧，她是不是还在做律师啊？你们……有没有再约个会什么的，有没有复合的可能啊？"

他一直管莫澜叫小辣椒，程东垂下眼，回答："没有。"

"没有什么，没有做律师了，还是没有见面约会？"

"没有复合的可能。"程东道，"您别道听途说的，当心被我妈知道。"

"她知道也不要紧，有我帮你兜着呢，你照自己的心意来就是了。你也老大不小了，总不会想把全部精力都奉献给医学事业吧？这我可不赞成，该结婚结婚，该生孩子生孩子。有些事啊，站在不同的立场没有谁对谁错的。何况都过去这么久了，我都不介意了，你们怄气是不是也得有个限度啊？"

"我跟她不是怄气……"

"你心里还放不下人家，不找其他人，又不肯跟她复合，这不是怄气是什么？"

见程东不说话了，钟稼禾这才拍了拍他的肩膀："好好，我不说了。明天手术谨慎点啊，别丢我的脸！"

程东深吸了口气，不由想到白天看到莫澜时的情形，心头紧了紧。

手术当天，莫澜也来了，一直跟在章守礼身旁。

程东见她脸色不好，多看了两眼，才转头问："都准备好了吗？家属签字都签好了没有？"

实习医生道："都准备好了。"

莫澜知道他要上手术台了，避开章家人悄悄问他："今天的手术，你有把握吗？"

程东道："这个问题你让我怎么回答？我要是说没把握，手术还做不做了？"

"那就是有把握呗！"她笑起来，"我知道什么都难不倒你。你放心大胆地做你的手术，我保证这回没有后顾之忧，你下了手术台还有好消息等着你。"

章家撤诉对双方来说怎么也算得上个好消息吧？

"是吗？正好，做完手术我也有话跟想你说。"程东看着她，又忍不住蹙了蹙眉："你脸色怎么这么差，肠胃炎还没好？"

"啊？噢……是还有点不舒服，要不回头你帮我检查检查？"

她眉眼儿俏，话尾的语调往上挑，检查这词儿说得暧昧极了，显然是有弦外之音。

程东没理她，拉上口罩，只剩一双深邃黑亮的眼睛露在外边，又看她一眼才离开。

手术进行得很顺利，只是从上午做到下午，又拖过了午饭的时间。莫澜不经饿，胃里又翻江倒海地难受起来。

"手术还没结束？"

身后冷不丁冒出一句话，她回头一看，竟然是钟稼禾。他手里拎个保温桶，笑眯眯地看看手术室上方的红灯，又看看她："你也等很久了吧？要不要先吃点东西？"

不久之后，手术门终于打开了，床车从里面推出来，大家看到程东一脸平静，才都松了口气。

最后还是由他宣布："手术很成功，好好静养，很快可以恢复正常生活。"

章守礼千恩万谢，程东道："不用谢，你儿子的事，是人祸，我救不了他，你太太的病在我力所能及的范围内，我一定会尽力。希望你们都能明白，我们医生也只是人，不是神。"

对方愣了一下，反应过来，眼眶发红，非要请他们吃饭："……走走走，一起去吃饭！大家都来……我请客！"

"吃饭就不用了，你好好照顾病人，我还有其他事。"程东四下望了望，没看到莫澜，于是问了句，"你的律师呢？"

程东匆匆从手术室回到科室，护士长肖若华见了他就朝会议室指了指："老主任来了，莫律师也在。"

他愣了一下，忽然觉得脚下像有千斤重。

上回这两个人面对面是什么时候？三年前，四年前？他都记不太清楚了，反正那之后，他原本平静的生活就天翻地覆。

会议室的门虚掩着，科室的医生护士有时中午会在会议室吃饭，他们都认得老主任钟稼禾，见他来了就很自觉地把会议室让出来。程东走到门口就听到他爽朗的笑声，一推门，面对面坐着的两个人一起抬头看向他。

莫澜捧着个小小的碗，一边吃粥一边还不忘招呼他："哎，你来啦？手术结束了？快来吃点东西，钟老师炖的鱼片粥可太好喝了！"

空气里满是食物的香气。钟稼禾笑道："过来吃饭呀！怎么了，又饿过头，傻了？"

程东走过去："您怎么来了？"

"不能来啊？你今天不是有大手术吗？我跟你妈妈说你肯定又赶不及正点吃午饭，正好早上的白粥还有，就滚了点鱼片进去给你送过来。没想到小辣……小莫也在这里，也没吃饭，就让她先吃一点嘛！"

钟稼禾说得合情合理，莫澜在一旁附和点头，咬唇看着程东笑。

他看一眼她面前已经见底的粥碗："那现在吃完了，可以走了吗？"

话是对莫澜说的，钟稼禾却站起来："啊，好了好了，我是该走了，下午还陪你妈去逛超市呢！你们聊啊，程东，晚上回家记得把保温桶带回来，别忘了。"

他依旧是拍了拍程东的肩膀就走了，却问也没问他手术的情况，想来对他有足够的信心。

会议室里只剩下莫澜和程东两个人，她拿另一个碗给他盛粥："饿了吧，快吃一点垫一垫。"

程东脑海里那根绷紧的弦终于放松下来，在她对面坐下："你跟钟老师说了些什么？"

"没什么呀，就闲聊呗！钟老师都没怎么变，还是那么逗，所以显年轻。这一点上你怎么没跟他学学呀？别老那么严肃嘛，将来上了年纪要怎么永葆青春，老当益壮？"

她就没几句正经的，也从不像其他人那样拘谨地称呼"钟教授""钟主任"，一直是跟着他叫老师，那么多年过去了，习惯已然改不了了。

程东默默舀着碗里的粥，莫澜凑过来道："刚才上手术之前你说有话要跟我说的，是什么？"

程东瞥她一眼，冷嘲道："你怎么不问问手术的情况？病人是你的客户，你难道不应该表示一下关心？"

她巧笑道："行家一出手，便知有没有。钟老师说你虽然还年轻，但也已经是这大外科的无冕之王了，有你出马我还担心什么呢？再说我还不知道吗，要是手术有问题，你哪有心情这么好端端地坐在这里吃东西？"

其实手术刚结束，章守礼就给她打过电话了，难掩喜悦之情，并且正式请她代为撤销先前对医院的诉讼。

这样的好消息她还没来得及跟程东分享，她现在也开始学会沉住气，听他把要说的话先说完。

程东却更在意她苍白的脸色和明明没有胃口却要装作津津有味的那个模样："你要是不舒服，就先去前面门诊挂个号，把病治好了我们再谈。"

莫澜嘿嘿一笑："啊，这都被你看出来了啊？既然知道我不舒服，那就快点说嘛，说完我就滚了。"

她确实觉得难受，胃里空空如也的时候翻江倒海，吃点东西又反酸，总觉得胃里不管装了什么都一阵阵上涌，非要攥紧了手才能忍回去。她手心里已经满是汗水，坐姿也有点僵硬，生怕一动就要吐。

程东敛眸不看她，尽可能简洁地说："其实也没什么，只是抢救你这位委托人的时候，我想起你上回接王老那案子的时候问过我的一句话。"

"什么话？"

"你问我，假如那些不依不饶、非要闹事的家属有其中一个倒在我面前，我救还是不救。"

"噢，这个啊……"莫澜笑了笑，"那看样子你现在是有答案了？"

她隐约记得那是在两人都很生气的情况下问出口的。大约在要离婚那会儿，他们吵得最厉害的时候，她也质问过类似的话。只不过当时还是太年轻气盛，她甚至觉得她并不是真正想要他的答案，或者说他的答案是什么都无关紧要。

她只是气他的不理解、不体谅，他也一样。

他们都没想过假设会有成真的一天，她这乌鸦嘴，算是一语成谶了。

程东道："我没法不救，因为已经是本能了。我没办法看着活生生的人在我面前死掉而无动于衷。"

虽然他不想承认，但有些问题她的确比他更早知道答案，不需要凭借自身临场的反应就能做出判断。

莫澜释然一笑，他问："怎么，你觉得很滑稽？"

她摇摇头，身体又趋前一些，拖长了语调说："我只是在想……你跟我说这些是什么意思——是想说对不起呢，还是重修旧好呢，还是其他什么？其实我都 OK 的，只要你再多一点诚意，比如这个时候过来抱抱我，亲一下什么的。"

她虽然是半开玩笑的，却紧张得心脏都像真的要跳出来一样。她不知多少次幻想过他有一天能想明白，两人的立场不同只是因职业使命不同，跟人品秉性无关，跟爱不爱对方更加无关。他那么聪明，那么爱她，只要想通了，就一定会重新审视他们的关系，回到两人以前那种亲密无间的日子。

然而程东眼里却没有波澜："你以为这样我们就能和好，回到从前？"

她笑了一下："不行吗？"

是的，不行。程东脸上的神情已经替他做了回答。她却还是固执，执拗地等着他把话说出来。

她知道两个人彼此爱着，要向前走总不会太难，然而要回到过去就不是那么简单的了。连张爱玲也说，爱不是热情，也不是怀念，不过是岁月，年深月久成了生活的一部分。他们在一起的岁月多到两人都无力抗争，停下来固然不行，要往回走就更加艰难了。

"你以为我们分开只是因为这个吗？"他问她，"进过监狱的人，不管他有没有真的犯过罪，你以为他出来以后还能像什么都没发生过一样生活吗？"

"程东……"

"我知道你现在也许很得意，我终于明白了一些你早几年前就已经看透的道理，可这并不能说明你的选择就是对的。刚才你跟钟老师坐在一起也聊了这么久，你真的以为他还像以前那么年轻吗？他的头发都是染过的，早在他被当年那桩纠纷闹得不得不提前退休的时候，他的头发就全白了。"

他一直以为一夜白头只是传说，直到看见待他如亲生儿子般的恩

师在一个月内满头白霜，仿佛一下苍老了十岁。他不知道该怎么形容
那样的心情，满腹辛酸无处可诉，因为一向坚强干练的母亲也悄悄垂
泪，而他唯一爱过的女人，他最信赖的妻子，此时却站在他的对立面，
是对方全权委托的代理律师。

他劝过她的，请她不要接这个案子，即便这是当时影响广泛的案件，
对她的前途有莫大的裨益，也请看在他们一家人的分上不要插手。

那时钟稼禾还没有正式跟母亲结婚，但她明明知道这其中千丝万
缕的联系，却仍然一意孤行。然后事态就滑向了失控的边沿，他的恩
师勤勤恳恳一辈子，挽救了无数人的生命，最后却狼狈地从工作岗位
上退下来，几乎被流言蜚语淹没。

最令人尴尬的就是她在整件事情中扮演的角色，别人刻薄起来，
都说钟稼禾这么个大教授、拿特殊津贴的医学专家，一辈子未婚最后
却娶个半老徐娘，得个便宜儿子，还被儿媳给断送了前程。

他再淡泊，也能感受到人言可畏。无论是值班、出诊还是上手术
台，都有人在背后指指点点，议论纷纷，已经严重影响了他的正常工作。
有那么一段时间他甚至想过辞职，逃离旋涡，说不定一切就过去了。
然而又能逃到哪里去？哪怕是回到家里也不得安宁，他跟莫澜两个人，
大概把这辈子要吵的架都吵完了。

莫澜沉默着，其实她很清楚程东说这样的话时心里想到了什么。
不愉快的事总是横在那里，横在他们中间，羁绊太深，即使时间也无
能为力。

"我不是要说这个，"她勉强撑起笑意，"我想告诉你的是，章家
已经决定撤诉了，不会再因为儿子的事情找医院麻烦。我……也算做
了件好事吧，对不对？"

意料之中的事，程东也没表现出任何惊喜："你想说的，就是这个？"

莫澜点头，站起来道："还有……最近的洗手间在哪儿，我想吐。"

程东这才一惊，见她歪歪斜斜往外走，刚站起来打算扶她一把，

她已经往外跑了出去，在门口撞上个人，哇的一声，吐了人家一身。

孟西城顾不得衣服上的污糟，错愕地稳住她："莫澜？这是怎么了，不舒服吗，怎么吐了？"

莫澜泪花乱闪，捂住嘴示意还有呕意，他赶紧架住她，看向她后的程东道："不好意思，请问……"

程东知道他想问什么，抬了抬手道："右手边第二间就是。"

"谢谢。"

莫澜由孟西城扶着去了旁边的洗手间，她腿脚发软，几乎是嵌在对方怀里，脚步踉跄。

隔着不远的距离，程东还能听到她呕吐的声音，和陌生男人细碎的抚慰声一起撞击着他的鼓膜。

刚刚斩钉截铁说过的那些话忽然一下子全都远了，他甚至都想不起来他对她具体说了些什么。硬是包裹起来的铁石心肠成了躁动不安的兽，哗哗冲撞着他的胸口，有什么东西鼓噪着像要跳出来似的，又像是有一股酸意从身体深处涌上来。

他不懂这是感同身受还是别的什么，一时措手不及，怔愣地站在那里。

肖若华听到动静赶过来，见状也吓了一跳："这是怎么了，谁吐了？"

程东这才回过神，木然地摇了摇头："护士长，麻烦你去叫清洁工过来把这里打扫一下。"

"噢，好。是莫澜不舒服吗？要不要给她拿点药？"

程东还是摇头："先不急，她恐怕要做个详细检查。你先给她抽次血，我看看血象再说。"

莫澜伏在水池边，吐得胃都像掉了个个儿才感觉稍稍舒服一些，喘着气对孟西城道："谢谢你孟检，我没事了。你……你怎么会在这儿？"

"你看你，吐成这样还说没事？生病就别强撑着了。章守礼给我打了电话，说他老伴手术很成功，他们打算撤诉，不再跟医院纠缠了，我过来看看情况。没想到一见面你就送我这么一份大礼。"

"对不起啊，把你衣服弄脏了。我赔你一件，或者你脱下来，我送去洗，呕……"

她说着说着又难受起来，孟西城眉头打成死结："你还是先顾着自己吧，其他都是小事。还好这里就是医院，有什么不舒服的就地解决，要不我先陪你去看看？"

"不用了，我有药的，吃药就好了……"

"不行。"程东不知什么时候走过来，面色不豫地打断她，"你有药也不会好好吃，拖这么长时间了，今天彻底做完检查再说。"

莫澜的脸色一阵红一阵白，忍不住呛声："你别管我行不行，我的身体我自己知道！"

程东碍于有其他人在，不好发作，抿紧唇忍了又忍，拉起她的手腕道："你先过来抽血。"

"哎，你放开我！"

莫澜此刻没力气，挣不开他，被直接拖进了值班室。她衣服上也沾了些呕吐物，知道自己这会儿味道不太好，主动远远拉开跟程东的距离，一脸戒备地说："你拉我到这儿来干什么？"

肖护士长正好端着药盘进来，程东道："抽血化验。"

莫澜一看见注射器头发都要竖起来了，想也不想就拒绝："我不要！"

肖若华笑了笑："怎么了，怕疼啊？不要紧的，一点点血，很快就好了。"

莫澜还是摇头，咬牙瞪着程东，一副随时要转身逃走的架势。

孟西城手里拎着被弄脏了的西服外套站在门口，问道："需要我帮忙吗？"

莫澜连忙跑到他身边，像抓住救命稻草："孟检，我不想抽血。我只是吃坏东西嘛，哪用得着这么小题大做的？你刚才不是说陪我去看病吗，我们现在去好了，反正……反正我不要在这里抽血。"

程东垂在身侧的手握紧又松开："你去哪个科室看都逃不掉这一针。你不要以为扭头开溜就万事大吉，要是拖久了病得更严重些，你要挨的针还多着呢！"

莫澜的手使劲攥着孟西城的衣袖，他终于开口道："我觉得程医生说得对。你还是乖乖抽血化验，早点把病治好，免得受更多罪。"

莫澜委屈地说："连你也不帮我。"

他好笑地拍了拍她："我现在就是在帮你。行了，别孩子气，去吧，不会很疼的。"

莫澜没办法，只好坐到凳子上，撸起袖子给护士长扎针抽血。

程东看到她一脸视死如归的表情，心里不忍。他知道那针尖埋入她血肉的时候他也会疼，怕自己情不自禁，干脆对护士长说："你先帮她抽，我去开个化验单给她送检。"

"嗯，好。"

他别开眼，逼着自己快步走出去，经过孟西城身边时，被他叫住："程医生，如果可以的话，帮她找一件干净的衣服吧！"

她胸前弄脏的部分刚才用水擦了下，一大片湿漉漉地贴在身上，连内衣轮廓都看得一清二楚，实在很尴尬。

这种事情还需要他提醒吗？程东却只看他一眼，什么都没说。

他到办公室，飞快地打开电脑填好一张化验单，大概是太心急，按键盘的手都有些不听使唤，然后到护士站去问值班的护士谁有干净换洗的衣服。

林初蕊刚好趴在护士台跟人说说笑笑，见状问他："衣服我有，外套就行是吧？你要拿来给谁穿啊？"

"你在这里干什么？"

"我？跟你一样刚下手术啊，听说我舅舅来了就过来看看能不能碰见他老人家。你又是在干什么，做完手术也不休息。"

程东懒得跟她多说，拿过她臂弯里的衣服："别问这么多，借用一下，过两天还你。"

林初蕊跟莫澜身高差不多，她的衣服莫澜应该合穿。只是当他拿着衣服回到值班室门口的时候，血已经抽完了，肖若华刚刚把针头拔出来，嘱咐莫澜按好止血的棉球。他看到莫澜的侧脸，面色苍白没什么血色，眼眶却微微发红。

她还是那么怕打针，怕黑，怕被关在密闭的空间里，怕自己一个人。这次她身边有孟西城陪着，年长持重的男人像高山大树一般给她倚靠，可以想见刚才她怕疼扭过头的时候，一定是埋首在他怀里的。

他以为他和莫澜都是寂寞惯了的人，现在看来是他错了。

程东紧紧攥着手里的那件风衣，像要把布料拧出水来，眼见护士长端着药盘往门口来了，才局促地背转身就走。

林初蕊就在他身后，本来是好奇跟来看看什么事，没想到他突然掉转头，差点撞上她。

他也没搭理她，手里那件风衣又回到她怀里，连同一张刚打印好的化验单。程东言简意赅地说："交给里面的人，让她自己去处理。"

"哎？"

她还没反应过来是怎么回事，程东已经消失在走廊的拐角处。

林初蕊在值班室门口探头探脑张望了一番，发现莫澜在里面，心里了然。

只要面对的人是她，程东会有什么举动和情绪都不足为奇。

林初蕊屈指在开着的房门上敲了敲："嗨，程医生让我送干净衣服过来，我可以进来吗？"

她看着莫澜，莫澜也看着她。

"噢，麻烦你了。"孟西城站起来，又对莫澜道，"你先换衣服吧，我去外面等你。"

她点头。

　　林初蕊关上门，问道："你生病了吗，是不是很难受？要不要我帮忙？"

　　莫澜摇了摇头，脱掉自己身上一团污糟的真丝衬衫，只剩黑色的内在美，把林初蕊借她的风衣直接贴身裹在身上。

　　林初蕊仔细打量她一番，笑道："你皮肤真白，身材也好，难怪了。"

　　"难怪什么？"

　　"难怪程东啊，这么多年了，还念念不忘。"还有刚才这位风度翩翩、英俊儒雅的男士，看来也是裙下之臣？

　　莫澜听出她熟稔的语气里多少有点挑衅的意思，眼下虽然没有精力跟她针锋相对，却还是说："你好像跟程东很熟？"

　　三番五次地碰见他们在一起，相信不仅仅是巧合。

　　"是啊，虽然我比他小几岁，但跟他也算得上是青梅竹马吧！"

　　听到青梅竹马这个字眼，莫澜系纽扣的手顿了顿："噢，是吗？"

　　"是啊，我从记事开始就知道他了，同辈人里的榜样嘛！而且我们两家长辈关系也很好，我舅舅现在是他继父。"

　　莫澜穿衣服的动作再次停住，她刚才吐得猛了点儿，脑袋还有点晕乎乎的，但现在听她这么一说，总算理清楚了他们之间的关系。

　　林初蕊一直小心地观察着她的表情，抱着手道："其实我们两边的长辈一直有意撮合我们在一起。你跟程东的事我都知道，这样吧，我跟你打个商量，要是你觉得跟他复合没什么希望的话，不如把他让给我吧，怎么样？"

CHAPTER 5

今夕何夕

直到转眼就咫尺天涯，她才意识到，
那些看起来过去了的、不起眼的小事，
其实是挺重要的。

怎么样？非常不怎么样！

莫澜觉得要是这会儿那个药盘还没端走，她一定拿注射器狠狠扎这女人。

她的眼神太有杀气，林初蕊无奈摊手道："我知道你不乐意，但不乐意也没办法啊！程东他妈妈最操心的事儿就是他的婚事，时不时就要叫他去相亲。他这么好，与其便宜其他人，不如跟我在一起。至少我们三观一致，又有共同语言，这叫肥水不流外人田嘛！"

莫澜倒是从没忘记程东家里有位固执己见的母亲，当年程东的妹妹程雯雯嫁到北京去她就不同意，硬是闹到女儿跟家里断绝关系都不松口，就这么僵持着，一转眼就是好多年。捧在手心里的小女儿是这样，寄予厚望的长子就更是这样。在儿女的婚事上，她是不甘愿让步的，当然媳妇如果是她看中的人选那就另当别论。

要是放在十年前，甚至五年前，莫澜不会把父母之命这回事放在眼里。然而现在她经历了各种各样的世态人情，明白婚姻从来就不只是两个人的事，而是两个家庭的事。得不到家人祝福和认可的婚姻即使以爱情为基石也是前途艰险，要天长地久地走下去实在不容易。

胃部一阵痉挛的疼痛，她弯着腰撑过去，朝林初蕊笑笑，说："你跟我说这些，程东肯定不知道吧？等你有勇气当面跟他说这些的时候，才有资格跟我讨论他这肥水该往哪儿流。否则他就一直在我这里，哪儿也不会去。"

说她自作多情也好，自欺欺人也罢，曾经她对两个人的感情的确是有这么强大的信心，然而她现在已经不再那么肯定了。尤其是程东刚毅然决然地告诉她两人不可能复合，她心里像被大火烧过一遍似的，看不到生机，只余下灰烬。

然而输人不输阵，面对强敌她还是选择先亮出兵器，击退对方再说。她管不了那么多了。

入了秋的天气，下过雨之后天空还是灰色的。病房窗外本来还隐隐会飘来桂花的香气，经雨水一打，几乎也闻不到了。

莫澜因为上吐下泻得厉害，乖乖住在医院病房打了两天吊瓶，到第三天实在坚持不住了，百无聊赖地坐在病床上，拉着唐小优的手一个劲儿地说："……小优你最好了，赶紧想想可以去哪儿。不用太远，这附近就行。"

小优任她摇着手臂，一脸无动于衷："不是我不肯让你出去，待会儿要做胃镜检查，预约好了的，你难道想临阵脱逃？"

"我知道呀，我是说做完以后，做完以后咱们就去呗，好不好？"

唐小优心想你做完还有力气和心情再说吧，胃镜可难受着呢！

这时孟西城正好拎了个漂亮的果篮进来，笑道："你们在说什么呢，你要去哪里？"

小优一见他来就自动退后。他把果篮放在床头柜上，莫澜夸张地扑过去抱住："啊，水果！"

孟西城好笑："这是馋了几天了？医生连水果也不让吃吗？"

"岂止是水果啊，连饭都不让吃，油腥也不让沾。要不是怕我饿晕，大概每天三顿清得像水一样的稀粥也省了。"说起来都是泪，莫澜哭诉道，"本座辟谷多日，已经快要羽化升仙了。孟居士你大仁大义心肠好，赏我顿饱饭吧！"

"饱饭没有，不过苹果还是能吃一点的。我刚问过你的主管医生了，他说看症状应该就是肠胃炎，顶多还有点慢性的胃炎，都是常见的都市病，不用太担心。这两天症状已经基本消失了，吃点有收敛作用的水果不要紧的。"

孟西城从果篮里翻了个苹果出来，打算帮她削皮。她寡淡了几天，嘴里肯定淡得没味儿了，先让她解解馋也好。

"看见没看见没？孟检都这么说了！"莫澜激动地对小优抗议，"我就说我已经好了嘛，你们还不信。"

唐小优却拦住他："孟检，她等会儿要做胃镜。"

"噢？"他看她一眼，放下手里的苹果和水果刀，"那还是算了，等你做完再说。那玩意儿可不太舒服，要休息静养一阵的。"

"你做过？"

"嗯，胃不好，十几年的老病号了。"他轻描淡写地带过，莫澜和唐小优则各有所思。

"所以别紧张，听医生的总没错的，你看我现在不也好好的。"孟西城道，"你们刚才说要出去是要去哪里，不会是想着要出去吃大餐吧？"

"她想喝咖啡。"这回小优抢了先，参了她一本。

"我不喝，我只是想闻闻味儿嘛……"莫澜小声嘀咕道，"再说咖啡馆也不止卖咖啡呀，很多都供应简餐的，比如意面啊、罗宋汤啊、薯茸薯角啊，还有甜品，像北海道戚风、巧克力熔岩什么的……"

哎，不能再说了，再说口水都要滴下来了。

孟西城好脾气地笑了笑："这可就过分了啊，你说的这些东西，你目前这个状况一样都不能吃啊！还是等彻底好了再说吧，只要医生说没问题了，我就让你去。你不是还欠我一顿饭吗？不吃顿好的怎么行！"

他都这么说了，莫澜也没法再坚持。胃镜的过程其实不像以前那样艰难，可以实施麻醉减轻痛苦。

麻醉医生身边跟着林初蕊，口罩上方露出一双年轻而狡黠的眼睛，带几分耀武扬威地看着她。

莫澜悲愤起来，她还有好多未了的心愿，真怕一个不小心就交代在情敌手上。

好在实习麻醉师既不开处方也不上手操作，只做助手和见习。

静脉滴注的麻药很快起效，莫澜再怕疼再恐惧也抵不过药物的作用，渐渐失去知觉。

在最后意识模糊的边缘，她听到低醇的男人声音："……怎么样，开始了吗？她情况还好吗？"

像是程东，她不敢肯定。然而除了他又会是谁呢，这里不是医生根本进不来。

何况这声音很熟悉，嘘寒问暖时让人感觉舒心，她从十六岁起就有体会，一定不会认错。

体育课上她坐在看台动也不动，他捡球经过她身边，皱着眉头问："你又没穿运动鞋？"

她没有父母亲人照料，生活拮据，就一双运动鞋，常常来不及刷洗晾干；她干脆就不穿，常常被罚跑圈之后就出列，站在一边看大家上课。程东碰见过好几次，包括他们"不打不相识"他送她去医务室的那一回。

她嫌他烦，顶他一句："对啊，你要送我一双吗？"

其实她只是例假来了肚子疼，获准在一旁休息。这是女生的特权，他八成是不知道。

他当时什么都没说，抱着球扭头就走了。然而后来他真的送了她一双运动鞋，很朴素的款式，一点也不出挑，却是崭新的，就放在她课桌的抽屉里，用薄薄一层纸和一层塑料袋裹着。没有落款，什么都没有，但她就是知道是他送的。

"你是笨蛋吗？我是肚子疼，生理期，懂吗？我有鞋子穿，不要你给我送。"她有些赌气地拿着鞋子去还给他，自己也不懂究竟在气什么。

程东却说："我知道。那天我看到了，但也看到鞋子边上都磨开了胶。马上就期末了，你穿这样的鞋子怎么参加体育考试？"

她下意识地缩了缩脚，有说不出的窘迫。

原来有些东西是她用妈妈留下的胭脂口红也遮掩不了的。

每个女孩子都应该有一双干净、别致又称脚的鞋，关乎体面和尊严。

她的那双鞋，是程东送给她的。

"那你现在好了吗，肚子还疼不疼？"他脸不红心不跳，推着车走在她身边，"这种事你以后不用不好意思说，我妈就是妇产科医生，我从小听得多，都麻木了。"

他少年老成，心中多少还是羞涩，寄望于自己伪装得好，她看不出来。

她有窃窃欢喜，回家却闷头哭了一场，万般辛酸涌上来，把枕头都哭湿了。

程东此时抱手站在床边看胃镜的显示，却不得不留意到她闭着眼睛也流出的泪来。

他悄悄伸手，用指腹轻轻替她擦掉。

林初蕊也看到了，扯了两张面巾纸递给他，低声道："没事，正常的。"

检查的结果也很正常，医生的诊断还是浅表性胃炎，平时注意休养和饮食习惯就不会有太大的问题。

他跟着她回到病房，她还没有醒，静脉滴注已经换上其他药水。他适当调慢了滴注的速度，碰到她的手，冰凉一片。

他想到她今天还没吃过东西，见桌上有果篮，挑了一个苹果，仔细地削起皮来。红色的苹果在他手里缓缓转动，他动作麻利，力道均匀，果皮一圈一圈都不会断开，也没有垂下来，仍然好好地笼着果肉。

他知道她很快就会醒，醒了会饿，削好皮的苹果放在旁边，她拿起来就可以直接吃，果肉有果皮盖着也不至于很快氧化。

只是她不需要知道是他，今天操作胃镜的医生是他医学院的师弟，已经打过招呼，不会告诉她他来过。

没想到的是，在病房门外居然碰见孟西城，很有礼貌地跟他打招呼："程医生，这么巧。"

是不是巧，其实他们心里都有数。

孟西城问："莫澜怎么样了，醒了吗？"

程东道："她还没有醒，醒了就可以办理出院手续。"

孟西城点头："好，我会去帮她办。我跟她很早的时候就认识了，她不仅是同行和朋友，也像我的半个家人，我会好好照顾她。"

程东没说话。

孟西城笑了笑："你不问我们是怎么认识的？"

"没必要。"程东漠然道，"你也用不着跟我解释，你们是什么关系都跟我无关。"

"可你是特意过来看她。"

"不是，我只是顺便。"

孟西城笑了笑，他有这么多年的司法工作经验，形形色色的人见了成千上万，即使不是犯罪嫌疑人，他也辨别得出哪些是真心话，哪些是谎言，哪些是伪装成谎言的真心话。

面前的年轻人，言不由衷。

他又问："她还没醒，等她醒过来，你有没有什么话要我转达？"

"不用。"程东看着他，"我只是过来找其他医生有工作上的事，不是特地过来看她。请你不要告诉她我来过，免得她多想。"

此刻他是医生，她是病人，他要关心她那是天经地义的事，然而等到出了医院这道门，就另当别论了。

孟西城说："也好。"

简短的两个字多少有点释然的意思，程东也是男人，他能体察到孟西城这句"也好"背后大概已经有了新的考量。

他斩钉截铁地跟莫澜说不能复合，那么各自有新的人生就是应有之义。可一切都来得那么快，当他真正面对的时候，才发现他也不如自己想象得决绝和潇洒。

莫澜一出院就迫不及待地带上唐小优请孟西城吃饭，地点就在离医院不远的一家咖啡店。

她乐陶陶地说："听小优说这家咖啡店的西餐和蛋糕都很好吃，冷萃咖啡也是一绝，还上过美食节目推荐。我好不容易痊愈，我们一起好好庆祝一下。"

孟西城笑道："你不是说请我吃顿好的吗？我以为是鲍参翅肚呢！"

"唉，你看我这个月又是病又是关 case，都没个像样的案子让我开张，囊中羞涩，只能先请你吃这个，鲍参翅肚以后还有机会的。"说着又拍拍他的肩，"唉，老同志，胃不好也是要多注意保养的，那些高嘌呤、高胆固醇的东西不适合你，清淡饮食比较好。"

她所谓的清淡饮食是龙虾意大利面和奶油蘑菇浓汤。孟西城看着自己面前那份鹅肝直摇头："说好的清淡不要胆固醇呢？"

莫澜嘴里嗦进一根面条："喂，大叔，这几样都是这里的招牌哎！又不是天天吃，怕什么。我记得你以前很爱吃鹅肝的啊！"

唐小优把刚上桌的自己那份菲力跟孟西城的盘子调换："我这份也是招牌，跟你换。"

孟西城深深看她一眼，一脸惆怅地说："我是不是真的很老了？"

"噗！"莫澜差点把面条呛进鼻孔里去，一边喝水一边说："大叔你的幽默感呢，怎么开玩笑的话你也当真？别说你不老，就算真的年纪大一点，男人四十还一枝花呢！不信你问小优，现在的小姑娘们就喜欢成熟大叔，事事包容又懂得疼人，对吧？"

不像她爱的那一个，从十几岁开始就那么拧的臭脾气，总是惹她生气。

唐小优低着头切鹅肝，嗯了一声算是回答。

孟西城笑道："别以为给我戴高帽子就不会说你。你身体刚好一点，这些东西可不能多吃，尝尝味道就行了，啊？"

"知道了。"莫澜很少服人，在他跟前却难得的听话温顺。她愤愤地用叉子戳盘里的龙虾肉，假想每一下都戳在程东身上，又裹起酱汁来塞进嘴里，用力地嚼。

也许是想得也太用力，看到程东从咖啡店门口走进来的时候，她还以为自己是看错了。

"那不是程医生吗？"孟西城也看到了，"原来他也到这儿来吃饭？"

莫澜收回视线，神情如常："你可别误会啊，我可不知道他会到这儿来吃饭。"

"嗯，这店开了没多久。"唐小优也知道莫澜不可能料到程东会到这儿来，毕竟到这儿来吃饭是她的建议。不过程东工作的医院就离这儿不远，就算会在这里遇见他也不稀奇。

他似乎约了人，熟稔地坐到吧台的位置，清甜可爱的老板娘亲自招呼他。

莫澜心里酸了酸，撇嘴嘟囔道："桃花眼，招蜂引蝶……"

程东这时也看到了她，稍稍一怔，大概也有些意外。再看到她那一桌子的食物，眉头又皱了起来。

彼此都没有打招呼的意思，正好装作是陌生人。

莫澜的意大利面才吃了一半，却没了胃口，心不在焉地把面条卷在叉子上，随便吃几口又放下，不由自主地拿眼睛去瞄程东那边。

他约的人来了，居然是个女孩子——个子不高，中等样貌，很拘谨地在他身边坐下，先为迟到道歉，然后认真拿过餐牌看起来。

程东很绅士，为她拉开椅子，怕她个头矮坐吧凳吃力，还伸手扶了她一把，然后主动请服务生倒了一杯柠檬水来给她。

莫澜看着他修长白皙的手指，感觉被他握在手里的不是装了水的玻璃杯，而是她的心脏。

他手握得越紧，她心房也收缩得越紧，好像快要喘不过气。

他居然真的在相亲啊？

孟西城不知什么时候把她面前水杯里的水换成了温水："是不是吃得口渴？别总贪凉，喝点热的蜂蜜水吧！"

她扭过头来看他，正好瞥见他眼中的了然和温柔。

"我没事，吃东西吧！"

她稳下心思，耐着性子把意面吃完，刚放下叉子，程东那边的相亲竟然就结束了。女孩子意兴阑珊地起身，说了几句客套话，拎着个小盒子就走了。他好像也没有相送的意思，还坐在位置上一口一口喝他的冷泡茶。

这相亲八成是没戏，莫澜心里又欢喜起来，贪婪地嗅了嗅空气中的咖啡香气，语调欢快地说："好饱，可以上甜品了吧，我都等不及了！"

咖啡她不能喝，闻闻味道就好，蛋糕还是能吃的。

她抬手叫服务员，老板娘亲自走过来："你好，需要什么？"

"可以上甜品了，我点的是巧克力熔岩蛋糕，稍稍加热一下再上吧！"

老板娘回头看了看放甜点的玻璃柜，脸上露出为难的神色："啊……不好意思，巧克力熔岩没有了，最后一份已经刚刚被那位小姐买走了。"

噢，原来刚才她手里提的那个小盒子就是蛋糕啊！

有没有搞错啊？跟程东相亲都不说了，还买走了最后一块她心心念念要吃的蛋糕，这简直是专业给她添堵。

"怎么能这样，明明是我先点的呀！就算我不要求马上上桌，也不该卖给其他人啊！"

"对不起，对不起，是我没交代他们要保留……"

年轻的老板娘显得有些手足无措。她大概跟唐小优差不多大年纪，脸上却满是与年龄不相符的稚气，眼神也单纯得过分。很漂亮可爱的姑娘，智力发育上却是出了一点问题的。

莫澜他们都看出来了，也不忍心再为难她，退而求其次道："那还有什么热烤的蛋糕，随便来一份吧！"

"好。"老板娘脸上露出笑容，"我们的百香果椰蓉蛋糕也很好吃的，我送给你们吃，不要钱！"

"哎，不用不用，只要下回再来的时候你给我留一个熔岩蛋糕就行了，我爱吃那个。"

"没关系的，下次给你留，这次是我不对，蛋糕就送给你们吃。"她有她的坚持。

孟西城劝莫澜道："人家这是表示知错能改的心意，你就别再推辞了。"

莫澜不好再多说什么。本来她自认不是个感情特别充沛、富有同情心的人，但这毕竟是个看脸的世界，眼见一个开咖啡店的白富美有这样的缺陷就像看到缺了手臂的维纳斯，多少也会替她惋惜。自立已是不易，还要开门做生意，他们这些身体健全的人怎么好意思占人家便宜。

莫澜看着她绕到操作台后面，又给程东加了一回茶，然后才端起盛蛋糕的盘子往他们这桌走过来。

大门上挂的小兔响起欢迎光临的声音，店门被推开，进来的人步伐大而快，跟她撞个满怀。

"怎么这么不小心？端着东西就走慢一点。"

莫澜眯了眯眼睛，这么不客气，一个大男人是打算欺负女人吗?

她盯着盘子里的蛋糕，要是蛋糕翻了、碎了，她就有理由出声教训他了。

"对不起。"老板娘连声道歉，等看清了来人，兴奋地笑起来，"敬之！"

骆敬之拨开她抓住他衣服的手，看着她手中的盘子："我说过多少次了，这种事你不要亲自做。"

"没关系，我能做好的。你看，蛋糕没摔，盘子也没摔。"她献宝似的把盘子捧到他面前，他却只是漠然地别开眼。

莫澜不知道这两人是什么情况，但莫名被那个眼神给伤到了。

程东冷漠起来，也是用这样的眼神看她。

"敬之，这边。"程东在不远处抬了抬手，骆敬之微微点头，朝他走了过去。

这竟然也是他约的人？

真是物以类聚，人以群分，他的朋友看起来跟他还真像。

"你没事吧？"莫澜的蛋糕终于上桌了，她看到老板娘工作服胸前口袋的搭口处用黑色绣线绣的名字，问道："你叫殷长安？"

"没事。"她摇头又点头，依旧笑眯眯的，"嗯，你叫我长安就好。"

"这名字真好听。"莫澜抬了抬下巴，"刚才那个凶巴巴的，是你什么人？"

"敬之不凶的，"长安连忙摆手替他辩护，"他只是关心我，怕我做不来店里的事。他一直对我很好的，他是医生，很好的医生。"

原来也是医生。莫澜道："是你老公？"

"嗯。"长安点头，脸上浮现着羞涩的绯红，转身跑回操作台去了。

"看来是我们杞人忧天了。"孟西城看穿莫澜的心思，"也许每对夫妻的相处之道都不太一样。"

"倒不如说她这样的人比较容易快乐。"唐小优出奇冷静地插话道，"我只是实话实说，不是歧视。"

孩子的天真和宽容超乎想象，倘若一个人永远都是孩童心性，也就体会不到成人世界的残忍和缺憾。

莫澜说："但愿只是我想太多。"

甜品上齐，唐小优吃了几口就起身道："我晚上还要上课，先走了，你们慢慢吃。"

孟西城随口问她："上什么课？"

"跆拳道。"

她多看莫澜一眼，欲言又止。莫澜挥手说："知道了知道了，我保证不喝咖啡，这块蛋糕吃完今天就不吃也不喝了。放心吧，快去，别迟到了。"

小优走后，孟西城才笑道："现在的女孩子厉害了啊，能文能武。你这助理找得不错，既关心你的身体，又操心你的终身大事。"

"什么意思？"

"你没发现她是有意给我们制造独处的机会吗？"他察觉好多次了，只要他来找莫澜，如果恰好唐小优也在，她总是尽可能地降低自己的存在感，或者干脆悄悄消失。等他们反应过来，就已经只剩他跟莫澜两个人了。

莫澜却不以为意："小优是不错，打着灯笼也难找这样的好助手。不过你别想多了，她只是不习惯跟你这样的大人物相处，不是要做红娘。"

孟西城失笑："我这样的大人物？"

莫澜敛去笑容："小优以前是个叛逆的不良少女，后来失手伤了人，被送进工读学校两年。她改好了，考上大学，读了法律，但还是做不了律师，只能做助理。"

孟西城沉吟，她解嘲地说："我比她幸运，至少我没有案底。"

程东隔着 段距离，听不清莫澜他们的对话说了些什么，但也能看得出她跟孟西城相谈甚欢。

他杯子里的茶见了底，骆敬之拦住他道："有酒就别喝茶了。"他朝殷长安招手:"把我昨天放在这里的那瓶酒拿来。"

程东笑了笑:"虽然这是你的地盘,不过毕竟是咖啡馆,公然喝酒是不是不太好?"

骆敬之不置可否,拿过那瓶白兰地倒进杯子里:"这是我有个朋友从他澳洲的酒庄带回来的,跟我们平时喝的欧洲酒不太一样。"

两人碰杯,水果经年累月发酵后的纯冽香气冲击着程东的感官,他喝了一口,问道:"这次回来,不走了?"

"嗯。"

程东抬头又打量一番这爿小店:"安居乐业,挺好的。"

骆敬之道:"不是我想要的,有什么好?"

"至少还是能拿手术刀,公立医院的平台也更大一些,适合你施展拳脚。"

他跟骆敬之是差不多同期进入同一家医院的医生,骆敬之还长他两岁。两人同属外科系统,又是同期医生里最被看好的两把刀。程东专攻胸外,骆敬之则偏向肿瘤治疗,两人惺惺相惜成了好朋友,后来又同时获得公派留学的机会。然而骆敬之却因为某些原因放弃了,他则去了日本,等他回来遇上莫澜,恋爱结婚,敬之已经比他快了好几步,早已为人夫了。

这几年骆敬之在其他医院发展,到北京天津等地进修和挂职锻炼,勤奋加上天赋使然,也已是业内小有名气的年轻专家。

当年跟他们同进同出的不少人已经不做医生了。

骆敬之笑了笑:"平台大,矛盾也多。说起来,我还有事想请你帮忙。"

"什么事?"

"你有没有擅长医疗纠纷方面的律师可以介绍?听说你太太好像就很厉害,方便引荐一下吗?"

程东一愣:"怎么,刚回来就遇到麻烦了?"

骆敬之摇头:"不是我,是其他人。"

程东无言，不自觉地将目光投向莫澜。她蛋糕吃到一半，大约是奶油沾到了嘴角，孟西城隔着桌子用餐巾替她擦，不知说了句什么，两人都笑起来。

孟西城正好回头，两人视线相触，程东有些狼狈地回神，喝下去的酒仿佛在胃里鼓酸冒泡。

骆敬之叫他，他才一字一句地说："没错，她是这方面的律师。不过我们已经离婚了。"

"这个我也有听说，会不会让你很为难？不方便就算了。"

程东没来得及回答，他又笑了下，接着道："当初钟主任那件事闹得挺大啊，没想到你们固执己见到最后，还是分开了。你比我果断，都说婚姻是围城，你倒来去自如。"

程东轻轻蹙了蹙眉头，忍不住看了看操作台后面忙碌的殷长安。她虽然有缺陷，但当着她的面公然说这样的话，总是太伤人。

长安却无知无觉，扬起脸朝他们笑。

这样的笑容让他心头微微一滞，不由想到另一张脸。他拒绝她，冷待她，她也总是笑着。

他暗自叹口气，道："不说这个了，你先告诉我是什么案子，你要帮谁找律师？"

骆敬之看了看长安，似乎有顾忌，但还是拿出一张照片放在程东面前，指着中间一张面孔道："还记得她吗？"

"记得，高薇，当年带教老师一直说她怎么取了这么个名字还当医生，高薇……高危。现在好像在生殖遗传科，也是年轻骨干了。你们还有联系？"

骆敬之缓下神色："嗯，她是我大学同学。"

程东能感觉到他话里话外的那种微妙。再看那张照片，是当年在医院实习时他们几个关系比较要好的年轻人一起拍的，高薇站在中间，身旁就是骆敬之，两人挨得很近。其实他们应当不只是同学，但有的事当年没好意思问，现在也就不好再问了。

程东等他继续。

骆敬之道："现在不孕不育症常见，这几年做试管婴儿的人越来越多，她在这个科室本来是前途无量的。但是最近有一对夫妻偶然发现通过试管好不容易怀上的孩子不是亲生的，闹到医院里来；一查才发现，是当年跟另一对同时做试管婴儿的夫妻把胚胎弄错了。"

程东一怔："有这样的事？"

"嗯，另一对夫妻是外地人，其实胚胎移植一直没做成功，没有孩子，知道这件事后也赶到南城来。现在情况很尴尬，医院和科室都承担了相当大大的压力。当年负责这两对夫妻的医生去年移民去国外了，有孩子的这对夫妻在怀孕前挂高薇的号看过一次，现在就缠上了她，已经闹得她没法正常上班了，这几天都在休假。"

"所以你想请律师帮她？"

"因为涉及孩子的抚养权，很可能会闹上法庭。不管是哪个环节出了问题，这件事医院肯定有责任。高薇没经历过这样的事，我怕她会受不了。"

程东沉思片刻，问道："一定要找她吗？"

骆敬之笑了笑："我想帮这个忙是看在过去的情分上，今非昔比，我也不希望太多人知道这件事。程东，我可以信任的人不多，你是其中一个。所以你看重的人，我也信得过。如果你觉得为难就算了，我再想其他办法。"

程东定了定神："没关系，我帮你跟她联系。"

他再看向莫澜坐的位置，发觉她已经不在位子上了。刚刚孟西城出去接了个电话，回来跟她低语了几句就往外走。他本来以为是因为工作上或者别的什么事必须提前离开，还为莫澜突然落单而莫名有种幸灾乐祸的感觉。谁知她很快也收拾东西出门跟了上去，门外有汽车发动的声响，这个时间……难不成她还要孟西城送她回家？

其实莫澜没叫孟西城送她回家。孟西城总是很忙，手机一响她就有不祥预感，果然通话结束就说他要走。她一个人坐在咖啡馆也没什么意思，而且被程东看到她落单肯定又要暗自笑话她，干脆就跟孟西城一起出来了。

孟西城没开车，她主动请缨开车送他到单位去，半小时的车程她二十分钟就开到了。

"没想到你开车这么野，"孟西城故作惊魂未定的模样，"你这一个月得吃不少罚单吧？"

"放心，城里的线路我都跑得很熟了，哪里有限速我心里有数。"

"嗯，记性好，车技也不错。"他赞赏道。

"那还用说！"

孟西城笑了笑，临下车前对她说："今天太匆忙了，还让你开车送我，该我补偿你一回。过几天你生日快到了吧，我请你吃饭。"

生日？他不提莫澜都忘了，还真是。

"又老一岁……"她啧的一声，"吃饭庆祝可免，不过生日礼物我还是来者不拒的。"

孟西城允诺："好啊，万一我出差什么的，人不到礼也一定到。"

"嗯。"

说起来，她真的好几年没过生日了。妈妈在世的时候她还小，生日虽然也是母难日，但有奶油蛋糕吃，还有新裙子或者新玩具，她每年也总是盼着那一天的。母亲去世后，生活天翻地覆，她的整个世界都变了，不要说生日，连生存都变得很奢侈。周围其他同学别攀比似的请客过生日，她从来不参与，所以她也没什么人缘，交不到朋友，只在生日那天给自己煮一碗面条。

很巧，那年她的农历生日跟程东公历生日是同一天，但境遇却是一个天上，一个地下。

程东是班里成绩最好、人缘也最好的那一个，即使不大张旗鼓地请客庆祝，也有人记得他生日，甚至有其他班级的女生悄悄来给他递礼物。十六七岁的年纪，没人不喜欢那样的热闹，莫澜只得用嗤之以鼻的态度来掩盖自卑和失落。

他换了新的山地车，应该是家里人送的礼物，很贵，够她独自一个人过两个月。他把书包甩到背上，骑上车扬长而去，却在僻静处踩在车上拦下她："我过生日，晚上他们都到我家来吃饭，你去不去？"

他期望的答案一定是"去"，甚至他根本没有跟她商量的意思，毕竟没人会拒绝他的邀请。

然而她却想也不想就回绝了："不去。"

他看了她好一会儿，才同样冷冷地说："不去拉倒。"

他家那时就住复式的大房子，跟她住的那个又旧又小的一室户老房子不过两个街区的距离，隔得并不远。

十六岁的莫澜是想去的，可是她不能去。

她大概又花了差不多十年的时间才跨过这段距离，走到他身边。

程东走了就没再折回来，但第二天他递给她一个信封："这个给你。"大约是怕她自尊心作祟不肯要，又补充一句："借书证，免费的。"

南城新建的图书馆，宽敞明亮，空调冬暖夏凉。那时气候还不像如今这么极端，但南城的冬天也总有那么一段时间，冷得难熬。她有这张借书证，周末和寒暑假可以到图书馆里去享受空调。

他说："你别误会，昨天来我家的每个人都有。"

他撒谎，她后来周末拿着借书证到图书馆去自习的时候，从来没遇到过其他人。只有他在那里，埋头看书做题。

她总觉得那是他有意送给她的生日礼物，婚后也向他求证过，他只是笑，不肯承认。她用她的方法"严刑逼供"，专挑敏感地带下手，撩得他声音都变了，挣脱她后反过来压住她，拨开她的头发边吻她边喘道："……都过去那么久的事了，重要吗？"

意乱情迷的时刻，她也觉得不重要。他们还有一辈子的时间相爱相守，她有他的承诺说今后的生日都由他来陪她过。直到转眼就咫尺天涯，她才意识到，那些看起来过去了的、不起眼的小事，其实是挺重要的。

她只剩这些回忆了。

她还一直记得那个信封搭口翻开来，内侧有他龙飞凤舞的字迹，写着她的名字：莫澜。

隐蔽的心意，年轻的尊重。

除此之外，还有另一份礼物，每年在她生日准时送到。有时是个新书包，有时是钢笔，通过她的班主任转送到她手里，卡片上写着陌生的落款——孟西城。

孟西城是负责她妈妈那桩医疗事故案的检察官，医疗责任事故罪当时对她来说是个全新的名词，他找她谈过一次话，给她做了详尽的解释。她是不是从那时起就对法律产生了兴趣不好说，但孟西城确实跟其他人不太一样，改变了她对司法者固有的刻板印象。

这个案子，在她妈妈死亡之后，检方决定不起诉，她以为两人从此不会再有交集，没想到他会成为她的"长腿叔叔"。

他那时多大？不过也就二十来岁，凭着一腔热情和正义感就想管天下不平事似乎还天真了点。可他一坚持也坚持了十年。

先哲说，给我一个支点，我就能撬动地球——他对刑案悲剧里的孤儿和少年犯们的关注就是他的支点。

如今他还记得她的生日，十六岁的莫澜却已经长大了。

肖若华打电话给莫澜说有事请她帮忙，莫澜于是赶到医院里跟她见面。

才几天没见，肖若华显得憔悴很多，也没穿护士服。两人没说两句，莫澜的电话就响了，来电显示是程东。

这可稀罕了，这还是她回国后程东第一次主动给她打电话。不过她也不急着打回去，这么难得主动打给她肯定是有不得不找她的要紧事儿，她正好摆摆架子。

她果断按拒绝后关机，对肖若华笑道："不好意思，我们刚刚说到哪儿了。"

肖若华有点歉疚地说："不好意思，是不是耽误你的正事儿了？"

"没关系，朋友的事也是正事。"

肖若华苦笑道："谢谢你，这时候还肯当我是朋友。"

这样的情景有种似曾相识的感觉。莫澜心头忽然浮现出妈妈曾经绝望的神情，不由严肃起来："你先别胡思乱想，你说工作上出了问题，到底是出了什么问题，跟我好好说说。"

肖若华这才说："我来胸外科之前，在生殖遗传科待过一段时间，就是做胚胎移植、试管婴儿。这个科室工作强度大，有时要加班到晚上九点、十点，但效益很好，奖金发得高。那个时候我女儿刚上学，私立学校学费很贵，我又刚刚跟孩子的爸爸闹离婚，就想再多攒点钱，将来不会那么辛苦。也不知是不是工作太累出了纰漏，弄混了两对夫妻的胚胎，其中一个还成活了……"

莫澜一惊："成活了？你是说其中一对夫妻把孩子生下来了，但不是他们亲生的，而是另一对夫妻的？"

肖若华点头。

天哪，莫澜不由感慨，真是大千世界无奇不有，科技这柄双刃剑她可算是见识了。

"我们本来都不知道有这回事，是生了孩子的这对夫妻偶然发现亲子血缘有问题，找到医院来，我们才知道是弄错了。"

"那现在是什么情况，对方有什么要求？"

肖若华摇头："我也不知道，可能会认定为医疗事故，因为孩子确实是弄错了。当初负责的那位医生已经移民去了国外，患者现在只能找我和帮他们看过诊的另一位年轻医生。医院还没有做出具体的处理，但我们最近都被要求暂时停职休假了。"

莫澜声音发紧:"所以你打算背这个锅?"

肖若华道:"谈不上背锅,如果真的是我的疏忽,我愿意承担相应的责任。我只求不要影响到现在的科室和我的家人。莫澜,我知道你很能干,这方面也很有经验,我想请你帮帮我……我实在也不知该去找谁了。"

她抬手拭泪,莫澜心中轻轻一揪。

"你别这么说,"她安慰道,"天无绝人之路,我们一起想办法,问题总能解决的。"

莫澜匆匆赶回住处,随手换了舒服的衣服和鞋子,就打开电脑开始搜索和打印相关的资料。试管婴儿虽然技术已相对成熟,却还是方兴未艾的新事物,法律领域有许多空白和灰色地带,这样的案例她也是第一次碰到,需要国内外的案例和文献给她提供参考。

媒体的作用也不可小觑,她输入关键词查找新闻报道,发现果然已经有媒体在采访报道这件事。她心头稍稍有些乱,总觉得时间不够,怕事态发酵太快让肖若华承受不了压力而做出什么冲动的事情来。

她盘腿坐在椅子上,十个手指把长发全都抓到脑后,一卷再卷,随手拿了支铅笔固定起来,正想着打个电话让小优过来帮忙,门铃就响了。

她以为这小妞已经跟她心有灵犀到了这样的地步,兴冲冲地跑去开门,谁知门一打开,外边站的人居然是程东。

"为什么不接电话?"他开门见山地问她,紧拧的眉心隐隐透出的不知是担忧还是无奈。

"啊?噢……我下午去见委托人就关机了,大概忘了开。"

莫澜的心思完全没在手机开没开这个问题上,想的全是他怎么挑这个时间跑来,瞧她这都穿的什么鬼,头发也好乱……

程东仔细看她神色:"你现在不方便?"

难不成家里有人？他想到那天孟西城跟她一起离开咖啡馆，极有可能送她回家。有些事有一就有二，他现在会不会就在她家里？

想到这样的可能性，程东垂在身侧的手都紧握起来。她这样随性慵懒的家居模样毫无保留地呈现在另一个男人面前，是他过去想都没想过的事。

莫澜不知他想到这一层，只顾摇头，问他："你找我啊？有什么事？"

他又深深看她一眼："我们一定要站在这里说话吗？"

她也倚在门边看着他，像是想到什么，似笑非笑地说："噢，抱歉，进来说吧！不过你确定你要进来吗？"

她若有所指地低头看着自己身上粉色棉质的长睡衣，长度盖过腿根，本来是春夏穿的衣服，被她拿来应付南城的深秋。因为房间里铺着长绒地毯，也并不觉得冷，脚上拖鞋也没穿，光着脚丫就跑出来，脚背光滑白皙，圆润的十个脚趾都涂上了亮色的指甲油。

她这个样子，让男人进门，孤男寡女，很容易就演变成干柴烈火。

程东深吸口气："你现在不方便就算了，我明天再打电话给你。"

莫澜感到莫名其妙，叫住他道："喂，你怎么这样啊，说话说一半是现代十大酷刑之一知道吗？今天有事今天说完不就行了，干吗还等到明天？"

来都来了，怎么能让他就这么走？

他抬手看表："一刻钟，我说完就走，不会耽误你太多时间。"

莫澜侧身让他进来，心头的雀跃简直按捺不住。看来白天不接他电话是明智的，这不，他直接上门来找她了。

程东还是第一次真正踏进她这个住处。她刚回国不久，他们以前买婚房时认识的中介就打电话给他，说是给她相中了一套不错的房子，问他要不要也过来参考一下。想来也是了解他们夫妻以前的相处之道，知道这种事向来是他大包大揽拿主意，莫澜只凭个人喜好和一时冲动，怕做不得准。他反应了一会儿，才淡漠地说了句：是吗？她回来了？

中介都混得人精似的，一听这话已经窥见端倪，随便闲扯了几句就挂断电话。那个地址却在他脑海里留下深刻印象，开车经过的时候他特别留意了一下，地段、环境都不错的公寓楼，即使单身女人一个人住也很安全。

现在看这屋里的陈设，猩红色沙发、白色地毯、色彩浓烈的抽象装饰画，甚至挂在椅背上飘飘荡荡的一只长丝袜，都是莫澜的风格。

不过还好，没有其他访客，也不像有男人留宿的样子。

她也发觉了屋里的凌乱，一边招呼他，一边随手收拾从进门开始就被她随处乱扔的鞋子、衣服和包包。

"不好意思啊，有点乱……你喝点什么？"她把收起的东西统统塞进身后的壁橱里。

"不用了，我很快就走。"

她却还是递给他一瓶冰过的苏打水，关上冰箱的时候，程东看到门上挤挤挨挨放满各种瓶装水和饮料。

她还是这样，吃喝贪凉图方便，肠胃受得了才怪。

莫澜在他对面坐下，跷起腿问："说吧，什么事？"

程东放下手里的苏打水，像是斟酌了一会儿，才说："我有个朋友，遇到点麻烦，想请一位律师帮忙。"

莫澜用手指了指自己，他点头。

她忽然笑起来："怎么找我呢？市面上挂牌的律所这么多，选择可多着呢！"

"不是他自己的事，他不想大张旗鼓弄得人尽皆知。而且南城专做医疗纠纷的律师，并不是很多。"

她虽然年纪不大，却已经在业内小有名气，经手的案子赢得多输得少，又曾是"自己人"，实在没必要舍近求远。

莫澜目光炯炯："你这位朋友，就是那天在咖啡馆跟你见面的那个骆敬之？"

程东道："你认识他？"

"不认识，不过我不喜欢他。"

"……"

莫澜喜欢他这个神情，笑道："你怎么不问我为什么知道你跟他见面的事？那天在咖啡馆你也看到我了对不对，为什么装作不认识，都不打个招呼？"

"你不是也装作没看到？"

"那怎么一样呢，我是看你约了人相亲才没好意思打扰，女孩儿家心眼都很小的，万一误会了就不好了。"

程东忍不住讽刺道："是吗，我看是你自己不方便吧？那个孟西城看起来对你很不一般。"

"怎么，你吃醋啊？"

程东这才发觉话题已经扯远了，她总是有本事七拐八绕地把他绕进去，她的笑容和声音就是诱敌深入的陷阱。

他有些恼恨这样的自己，声音不由沉了几分："这个案子，你到底接不接？"

莫澜撇撇嘴："你都还没说究竟是什么案子，让我怎么回答？"

程东这才把骆敬之委托的前因后果详细地告诉她。

莫澜的食指一下一下轻轻叩着嘴唇，若有所思地说："原来是这么回事……那骆敬之是为了这个高薇才来拜托你的吧，是他什么人，小三？"

"有些人和事不是简单的一个词就能概括的，这跟你接不接这个案子有关吗？"

算是有关吧，她不喜欢骆敬之，不过挺喜欢他太太殷长安的。骆敬之在这件事上不愿大张旗鼓，其实就是不想让他太太或者太太的家人知道吧？

而且她跟肖若华有言在先，看来程东最近出门诊，还不知道自己科室的护士长也刚刚卷入这一场风波。

两全其美的法子不是没有，莫澜想了想，起身坐到他身边的沙发扶手上，亲昵地拨弄他衬衫领口的扣子，说："要我接这个案子没问题，不过你要先答应我一个条件。"

程东蹙眉拨开她的手："什么条件？"

"你先答应我，我才说。"

"你先说。"

"你先答应我。"

他霍地站起来："你别太过分了！"

他已经背转身，莫澜却看到他耳根发红，咯咯地笑出声来："哎，你想哪儿去啦？我就是想让你请我吃个饭呀，就是字面意思上的吃饭，不是要吃你。"

也不能怪他跑偏，她以前在床笫间可没少讨价还价欺负他，除了满足自己，也总是让他欲罢不能。

他曾用手指在她裸背上写字叫她猜，她想也没想就大喊：美女！他从身后抱住她笑，轻咬她耳朵：是欲女才对。

轮到她写他来猜的时候，他毫不含糊地念那三个字：我爱你。她就骑在他腰间亲他，让他再说一次，又一次……

缠绵悱恻，心醉神驰，爱情有千百种面目，最旖旎美好的那一种他们都已见识过，很难不去怀念。

程东回头："吃饭？就这么简单？"

"才不简单呢！"莫澜依然笑着，眼里的苦涩快到无法捕捉，"现在要跟你坐在一起吃顿饭，一点都不简单。"

程东的喉结上下轻轻滚动，仿佛有什么东西在心里发酵，终于下定某种决心，对她道："好，我答应你。"

莫澜为承接生殖遗传科的案子，连续跑了三回医院。唐小优开玩笑道:"三顾茅庐也不过如此了。"

莫澜笑笑:"谁让我名声在外呢,他们医院都怕了我了,以前横竖都是跟他们作对,这回突然主动上门求合作,人家心里没底呀!"

医务处的张处长看见她就直摇头,不过这回试管婴儿的案子影响太大,案情复杂,医务处内部光是应付媒体就已焦头烂额,为了避免事态继续扩大,确实是有必要请一位专业的律师了。

不是没接洽过其他律师,但都没有必胜的把握,有的甚至听完来龙去脉就摆手,不肯接这案子。莫澜在这时候找上门来,愿意代表医院方面,其实是求之不得的事。

"您放心,我不是对贵院的业务有什么野心和企图,只是两位涉事的员工都跟我有点渊源,我也是受人之托,终人之事。既然这件事是职务行为,那我不如就直接代表医院跟对方交涉,只要事情解决了,对高医生和肖护士长都好。"

张处长还有些踌躇不定,因为跟程东私交好,于是征求他的意见。
程东道:"假如把这个纠纷当作一个危重病人,你放心把病人交给我,就可以放心把纠纷交给她。"

莫澜知道后笑了,对他道:"你这是用你的医术为我作保,这么信任我?"

他不置可否,只说一句:"别让我失望。"

他可以为她舍弃所有最珍贵的东西,只要她别再舍弃他的信任,别再舍弃他。

莫澜正式接受医院委托处理试管婴儿的案子。

她让唐小优去做案情调查,自己则分别约见了弄错胚胎的两对夫妇。

生下孩子的袁氏夫妇是南城本地人,年近不惑,家境富裕,带孩子出门都有保姆陪着,奔驰车接送。由于孩子最近生病要输液,他们没说几句就匆忙赶到儿科去照顾,言谈虽然谈不上客气,还有些长期处于食物链上层的优越感和狂妄，但莫澜能感觉到他们是很疼爱这个孩子的。

他们只是愤懑、惊诧，难以置信这样的小概率事件会发生在自己身上。

是啊，为什么是我？为什么不是其他倒霉的、总也怀不上孩子的夫妻？

在此之前，他们已经取过三次卵子，培养了七次胚胎，前六次全部失败，只有最后一回成了。莫澜从生殖遗传科的专业医生那里了解到，年纪越大，精子和卵子的质量就越低，加上固有的一些客观因素，他们要受孕的概率不会比这个乌龙事件的概率更高。

而李氏夫妇是一个小县城的普通家庭，虽然结婚四年都没有孩子，但夫妻两人都很年轻，还不到三十岁。为了做试管婴儿，可谓举全家之力，甚至还借了外债。他们总共只取过一次卵子，培育的两个胚胎都成了，第一次植入失败之后几个月又来接受第二次移植，没想到这回却被植入了袁氏夫妇的胚胎，而他们培育成功的那一个被放进了袁太太的体内。

就这么阴差阳错的，这个孩子在另一个没有血缘的母体内成活了，经历十个月的艰难，终于来到这个世界。只不过孩子一出生就被查出患有先天性心脏病，不算非常严重，通过手术治疗可以治愈。正是在一趟一趟的检查中，夫妻俩才发现孩子的 DNA 跟他们都不相合。

莫澜感到头疼的是，这两对夫妻的诉求都很模糊，说不上来是什么。袁家非常富裕，根本不缺钱，只想要医院给个说法，然而在这个讨要说法的过程中惊动了孩子的血亲，这一下成了惊弓之鸟，就怕对方把孩子给抢走。李家虽然贫困，想要的也不是钱，两个妻子有个共同点——提到孩子就哭。所以莫澜也明白了，其实他们的初衷不变，仍然只是想要拥有自己的孩子。

袁氏夫妇年纪大了，连医生也说先前培育胚胎时就一而再地失败，即使如今再取他们的精子和卵子也很难再成功怀孕了。李氏夫妇的成功率则要大得多，毕竟胚胎的质量本身就很好，母体也还年轻，希望还是很大的，只是他们已经再拿不出钱来尝试了。

唐小优都感慨道："以前我被关在那个学校里，周围那些姐姐妹妹好多都堕过胎，有的甚至才第一次就不小心怀上了。我一直以为怀孕就是个再自然不过的过程，靠的是生物本能，不想要的时候都会有。现在才知道这世界原来这么奇怪，你弃之如敝屣的东西却是其他人梦寐以求的，想要都要不上。"

"是啊，"莫澜接话道，"就像等公车，等的总是不来，来的都不是你要的。"

"这么执着，花这么多钱，吃这么多苦，值得吗？"

"他们觉得值得。"莫澜道，"就像信仰，就像那些五体投地一路磕长头朝圣的人，你不能问自己他们值不值得。只要他们自己觉得值得，这件事就是有价值的。"

"那澜姐你呢？你有没有想过做了妈妈、有自己的孩子会是什么样子？"

莫澜心头狠狠一震，四肢百骸都麻丝丝的。

"没有。"她飞快地敛眸继续做自己的事，"我连自己都顾不好，肯定做不好人家的妈妈。"

晚上她到胸外科去找肖若华。案子进入正常处置程序之后，肖若华和高薇都回到了各自的工作岗位，只是心里仍然惶惶不安，记挂着事情的进展。

莫澜给她带了夜宵，陪她坐了一会儿，出来的时候，意外地碰见了程东。

他应该也是值夜班，穿着白大褂，听诊器折起来放在一侧的口袋里，从一间病房出来，又走进隔壁另一间。

她听到奶声奶气的说话声，忍不住走过去，就见他蹲在地上跟一个穿着病号服的小朋友说话。那个孩子她也认识，就是袁氏夫妇患有先心病的儿子。听肖若华说今天刚从儿科转过来，是打算要做心脏手术的。

小朋友大概就三四岁年纪，剪了个西瓜太郎似的可爱发型，看着程东问："医生叔叔，我什么时候才能回家？"

"病好了就能回家了。"

"那病什么时候才能好呢？我以前也感冒过，打完针就好了。"

程东摸摸他的头："你经常感冒？"

"嗯。"

"感冒了就常到医院打针？"

小脑袋点了点。

"那你想不想以后都不再打针？"

小朋友睁大眼睛："想啊，可以吗？"

程东笑了笑，把他抱到病床上，坐在他身边："可以，等我们把你心脏上的洞洞补好，你的身体就会跟其他小朋友一样棒了，可以对抗那些坏的细菌，不用再常常到医院来打针。"

小朋友似懂非懂："我的心脏在哪里？"

程东抓住他的小手放在胸口上，轻声道："感觉到了吗？像个小青蛙一样蹦蹦跳跳的，就是你的心脏了。"

小朋友笑了，问他："那叔叔你也有心脏吗？"

"嗯，我也有呀，每个人都有心脏。心脏要健健康康的，不生病，我们才能每天开开心心地生活。"

他拉着那只小手按在自己的胸口，隔着浅色的屏风，莫澜感到自己胸口也微微一热。

她或许不会是一个好妈妈，但程东一定会是个好爸爸。

孩子的保姆端着热好的牛奶进来，显得有点紧张，程东跟她简单说了几句，又安抚小家伙乖乖喝了几口牛奶，才从病房里出来。

他看到莫澜，轻轻蹙眉："怎么这么晚还没回去？"

她笑道："本来要走了，看到你在，又走不动了。"

他习惯了她没个正经，但这回没赶她走，而是跟她一起慢慢走到露台去吹夜风。

莫澜问他："那孩子怎么样，病得很重吗？"

"三联症，不算特别严重，现在也还在最佳治疗时间，家里有条件的话，手术治疗可以康复，以后可以跟正常人一样生活。"

"手术你来做？"

"嗯。"

莫澜笑了，他问她："笑什么？我的病人，手术当然归我做。"

"不是这个。我是在想，有什么你不会做的手术吗？心脏手术、食道癌手术、肺部肿瘤、纵隔肿瘤你都做过，开放式的外伤手术也有你的份，你是全能超人吗？"

"外科不分家，除了脑部的手术，我确实都能做。"

"接生也可以？"

"剖腹产？可以。"

莫澜又笑了，程东也扬了扬唇角。她盯着他看，也不知说给他听还是说给自己听："好久没见过你笑了……"

他笑起来真好看，像云开雪霁后的天空，温暖而干净。

她的眼睛也真厉害，脉脉的流光不见边际，程东别开眼道："手术我们会尽最大的努力，治好孩子的病以后，袁李两家的纠纷你会不会更有把握？"

能否像上回急诊科伤人案的章氏夫妇那样，化干戈为玉帛？

莫澜看着远处的城市灯火："这回恐怕没这么简单，要做的功夫还很多。尤其是袁家人，看得出对医院很不信任，要不是你们科室在南城乃至全国都数一数二，他们大概也不乐意让孩子在这儿接受手术。"

"医者父母心，我们跟家长一样不希望孩子出事。"

"我明白，可这个道理不是谁都懂。"

看刚才那位保姆就知道，必定是孩子的父母交代过要看好孩子，避免治疗失当，又或者被领走交给血亲父母，才会对医护人员都那么戒备。

莫澜摇摇头："算了，纠纷就交给我来处理。你集中精力给孩子做好手术就行，其他的就不用管了。"

"这不用你说，"他莫名有些生气，"你也不要去冲锋陷阵。"

莫澜的脸凑到他眼皮子底下："咦，你心疼啊？"

程东拉开跟她的距离："还有事吗？没事我回去上班。"

莫澜抿着嘴笑："唔……就想问问，你有没有想过自己当爸爸是什么样的情形？"

小优问她的问题，其实放到他身上，也让她倍感好奇。

程东似乎没料到她会突然问这样的问题，愣了一下才说："你问这个干什么？"

"噢，小优之前问我来着，有没有想过当妈妈是什么样的感受，我想不出来，所以问问你。我看你刚刚对那孩子挺好挺有耐心的，如果将来有了孩子也一定是个好爸爸。"

那还用说吗？好多年前，他们刚刚在一起的时候他就设想过的，等他工作没那么忙了，莫澜也愿意的话，他们就早点要孩子——要两个，一个哥哥一个妹妹，像他跟雯雯那样，从小打打闹闹又互相维护着长大。他会把最好的爱都给他们，给他们做好吃的，带他们去看世界，好好爱他们的妈妈。

然而现在这样，只能感慨一朝梦醒难承。

他肩膀稍稍一松，语调平平："什么样都没关系，至少我不会让孩子叫其他人爸妈，也不会让他做律师。"

莫澜扑哧笑出声："我就知道你要这么说。你明白就好，其实这事儿不管最后结果怎么样，这个孩子对两家人的打击都挺大的，换了是谁都很难接受。"

　　程东抿紧唇不说话。

　　她把包包甩到肩上："好了，你忙吧，我走了。"

　　"莫澜，"他忽然出声叫她，沉郁温和，"等这件事了结，我有事情问你。"

　　她倏地停下脚步，回过头来，笑着说："好。"

CHAPTER 6

谁 对 谁 错

她败给他，在这种销魂蚀骨的缠绵里，
在他们懵懵懂懂一路携手走来的感情
路上……她从来都不是他的对手。

　　唐小优的调查很快有了结果。

　　莫澜翻着手里的文件，问："……所以你是说袁家两口子当时植入胚胎的时候插了个队？"

　　"嗯。"小优指着纸上的一组数据，"生殖遗传科平时病人就很多，每逢寒暑假这样的假期更是人满为患。袁李两家恰好就是在暑期高峰的时候做的胚胎移植。我问过李家夫妇，等待的过程很痛苦，他们从县城赶过来，每次都要住上两天。那次住了三天，因为病人比平时多。"

　　莫澜的手指轻轻敲打纸面："姓袁的两口子是本地人，有钱有势，可能不想排长队等，托了点关系插队，刚好在李家前后，所以胚胎就弄错了？"

　　"没错，袁太太是一个私立幼儿园的园长，这种事请学生家长帮个忙实在太容易了。当时给他们帮忙的是医院化验室的一位高级化验师，孩子曾经就在那个幼儿园上学。我找她问过了，反正现在孩子毕业了也没什么好顾忌的，能说的都说了。"

　　莫澜笑了笑："本来也没什么稀奇，熟人之间卖个人情、插个队随处可见。一般来说也不违背公序良俗，大家都睁只眼闭只眼，只不过到了医院这里就出事了。"

小优道:"那现在怎么处理?既然能证明对方有过错,是不是就好办了?"

莫澜摇头:"虽然袁家有过错,但不能免除医院的责任。三查七对是医护人员最基本的守则。科技再发达,医术再昌明,就算看病能实现流水线般的操作,也不能连人都没搞清楚就上手。这回是放错胚胎孕育出错误的亲子关系还算好的,毕竟是新的生命,要是放错的是器官呢,那可能就要丧命了。"

她说得在理,小优也不知该怎么办了。

莫澜想了想:"还是我来跟两家人谈谈吧!"

晓之以理、动之以情其实并不是她的强项,她更擅长于把最坏的结果展现给当事人看,引导他们做利益最大化的选择。

但她想到程东那天在病房里跟孩子的喁喁细语,在露台叫住她时的温柔沉郁,又像是下定某种决心似的,打起十二万分的精神去找袁李两家。仍然是从诉求入手,问清楚他们究竟想要的是什么。

袁太太终于不再哭了,声音瓮瓮的:"我想要孩子手术成功,平平安安的。"

"孩子是指现在这个孩子,小安,对吗?"莫澜追问。出生就带着缺憾的孩子,以平安命名,可见即使不是血亲父母,也真的是倾注了爱和希望的。

对方红着眼瞪她:"你什么意思?你明知道我以后都不可能再怀上了,小安……小安是我生的,他就是我的孩子,谁也别想抢走!"

莫澜劝慰道:"放心,没人会抢走他。"

李家那边,还没见过这个孩子一面,一方面是袁家藏得紧,严防死守不让他们接近; 方面医院方面也觉得在事情有定论之前不让他们见面比较好,万一有了感情割舍不了,只会愈加麻烦。

莫澜却悄悄带他们到医院后花园远远看了一眼,小安下午出来活动，跟现在的父母在吹泡泡。李家小两口看着孩子就迈不动步了，女人先哭起来，男人也悄悄抹眼泪。

莫澜说："别看这孩子现在健康活泼，其实这周就要做心脏手术了。手术费用，将来康复的开销，是很大一笔钱。如果你们把孩子要回去，这笔钱就落在你们身上了，你们可能以后都没法再凑钱去做试管婴儿。假如你们还想要一个孩子，那势必就要牺牲小安了。因为先心病的治疗是有最佳时间的，错过了，手术成功的概率就会大大下降。你们考虑好了吗？是把小安带走，留在你们身边，还是继续加把劲再要一个健康的孩子？"

夫妇俩贪婪而仔细地盯着那个小小的身影，他虽然多病偏瘦，发育得却很健全，脸上满是笑容；脚上的鞋子、脖子上挂的金锁、手里抱着的玩具都价格不菲。本来出生就要跟着他们吃苦的孩子阴差阳错投生在另外的人家，含着金汤匙出生，能得到最好的医治和照顾，将来还会得到最好的教育……

李家夫妻挣扎之后，几乎一致决定：让孩子保持现状，他们放弃孩子的抚养权。

莫澜这才真的松了口气。两家最主要的诉求其实都已经满足了，剩下的就是医院的补偿问题。医院固然有错，但她把袁家夫妇当年插队的事摆出来，据理力争，连带着孩子的抚养权问题时不时拿出来唬一唬他们，终于让他们松口签下协议：医院就当年的错误向他们道歉，并免费为小安进行这次心脏手术，他们不再追究其他。而李家小两口有软弱也有朴实的一面，条件更加宽松——只希望将来继续在生殖遗传科做试管婴儿不要再排队了。

莫澜啼笑皆非，对医务处张处长道："我都不好意思讨价还价了，您自己看着办吧！"

"我知道我知道。我跟生殖科主任都商量好了，给他们减免费用，直到怀上为止。"

她点头："对孩子来说，这也是最好的结果了。"

"嗯，那孩子今天做手术，程东主刀，你要去看看吗？"

当然是要去的。不过小安有生他养他的父母疼爱，有没见过面的血亲牵挂，有这么好的医生主刀手术，手术一定会顺利的。

她要去等的只是程东而已。

他们有约在先，是时候履行了。

程东从手术台上下来，写完手术记录，一回头就看到莫澜倚在门边看着他笑。

他其实已经知道结果，所以不问，她也照例不问他手术做得怎么样，上来揪了揪他的衣襟道："换衣服吧，请我吃饭。"

做完手术或许是他最放松的时刻，她的笑容，她弯弯的眉眼，就像小刷子似的在他心上扫啊扫，扫得他痒痒的。

她太懂得乘虚而入了，不给他一点反悔的空间，拉起他道："快点，不要要赖。"

"我没打算要赖。"他跟着她走，"你想吃什么，我先订位子。"

她喜欢他这种郑重的态度，笑道："是不是吃什么都行？"

"嗯。"

"这可是你说的，到了地方可别后悔。"

她开车一路风驰电掣，下车后把他推进超市，哗啦拉过一辆购物车塞给他："呐，买吧！"

程东又皱起眉头："你要我做饭？"

"是啊，不行吗？是你说吃什么都行的，说话不算的是小狗。"她在他面前仰起头，"千万别扫兴啊，今天是我生日。"

生日两个字说得很轻，他却听得很清楚。他沉默地看了她一会儿，推起车子道："走吧。"

两人推着车子在超市里边走边看，就像所有采买油盐酱醋茶的普通夫妻。莫澜胃口很大，翻翻切好的猪肉和肋排，拿一包装好的鸡翅，又指着鱼缸里游来游去的活鱼道："再烧条鱼，好不好？"

程东还来不及回答，她已经叫人拿网兜捞了条鱼杀好了。她拎着装鱼的袋子在他眼前晃了晃说："看，鱼杀好了，这样就不会手忙脚乱了。"

他们都还记得，高中文理分班前的那个暑假，班主任把同学都请到家里去聚餐，饭菜得由他们自己来烧。女生们都叽叽喳喳围着师母包蛋饺；莫澜不合群，被分配到厨房去打杂，首要的任务就是把要用来烧汤的几条活鲫鱼开膛破肚。别人觉得她无父无母一个人生活了那么久家务活早就不在话下，其实她自己开火就是随便应付，冻鱼都吃不起了，更别提杀活鱼。她咬紧牙关伸手去抓，滑溜溜的鱼扑腾两下就又从她手中落回盆子里，或者干脆掉到地上。她得到灵感，先把它们一个个砸晕了再去鳞挖腮。

可毕竟是女孩子，刀拎在手里就像有千斤重，怎么也下不去手。她就站在那里跟一堆鱼大眼瞪小眼，直到程东走过来说："把刀给我，我来。"

他穿着干净的白衬衫，很贵的运动鞋，却毫不含糊地从她手里把刀拿过来，蹲在地上杀鱼。其实他也不得要领，鳞片刮得到处飞，挖鱼鳃的时候鱼大概醒了，甩了他们一脸又腥又黏的水珠子。然而学医的人大概对解剖也有天赋，他渐渐摸到门道，刀子灵活地把鱼内脏都去掉，而且很小心地没有弄破苦胆。

莫澜看着他白衬衫被溅到的星星点点直皱眉，他却说："你的手流血了。"

她低头看自己的手指，不知什么时候被鱼鳍给刺到，这会儿才见血流出来。他拉过她的手指放到冷水下冲，她却发现他手上被刺破的地方更多。

那天那锅鱼汤真的不好喝，很腥很淡，但莫澜却一个人喝了两大碗。

结婚以后，程东已经能做一手好菜，切肉杀鱼都难不倒他，动作麻利精准，像做精细的手术。有时莫澜痛经不舒服，他就用鲫鱼烧奶白色的鱼汤给她喝，或者拿鱼汤煮一点面，慢慢哄她吃掉。

她开他玩笑，在床上或轻或重地吮吻他手指，问他说："你帮我杀鱼那次，看到我手指流血了，为什么不含进嘴里呀？"

"不卫生。"

她噘了噘嘴："可电视里都是这么演的，听说会像过电一样。"

他反客为主把她压到身下，拉过她的手一个手指一个手指地吻过去，吻过掌心，最后把唇贴在她的手腕内侧，喘息着说："……像这样？"

她败给他，在这种销魂蚀骨的缠绵里，在他们懵懵懂懂一路携手走来的感情路上……她从来都不是他的对手。

程东看了看购物车里的东西，都太家常，不够隆重，于是又去拿了些海鲜。莫澜拍手道："太好了，我们可以做西班牙海鲜饭。"

"那个太花时间。"他买海鲜其实只是拿来白灼或爆炒。

"花点时间怕什么，你要是觉得累的话，我来帮忙好了。"时间越长越好，这样他们才有更多的时间相处啊！

他不说话就是答应了，反正今天都听她的，请客吃饭总要让客人满意。

买齐了食材，快要付账的时候，莫澜哎呀一声，说道："还有锅，我们还没买锅！"

程东拧眉道："什么锅？"

"炒菜的锅呀，还有做海鲜饭要用的焖烧锅，要不买套双立人？还有电饭煲也没有，买哪种好？"

实际上是锅碗瓢盆都要买，她到现在也还是不开火，平时都在外面吃。家里只有微波炉和一口奶锅，顶多自己煮个面。

"你是打算到你那儿去做饭？"

"是啊，不然呢？"

程东长吁一口气，重新推起购物车道："不用麻烦，跟我来。"

莫澜跟着他，再次回到两人曾经共同生活的房子里。她看着一应俱全的厨房，笑嘻嘻地说："还是你厉害，一个人也天天做饭。"

厨房里的东西每一样都很眼熟，她忍不住用手件件摸过来。

程东一边把食物拿出来，一边说："我也不是天天做，值班都在医院里吃，周末有时回家陪陪我妈。只有轮休的时候会做，比你好一点。"

莫澜完美 got 了他的鄙视，却还是心情大好地说："我是不能跟你比啦，不过我这几年也还是学了几个菜的，不信我做给你看啊！"

程东像没听到，自顾自地说："这里我来就行，你出去等吧！"

"我是说真的，我去留学这几年也不是光吃炸鱼薯条的，哎你别推我……喂喂喂……"

她话没说完已经被他推出厨房，门在眼前砰的一声关上。

她叹口气，心里却泛着蜜一样的甜。她扑进沙发，抱住一个靠枕，本来是想欢呼的，眼泪却筛沙似的落下来。

"傻子，哭什么啊，他带你回家，还给你做饭，哭什么……笑，一定要笑！"她小声自言自语，飞快地抹掉眼泪，开始里里外外地打转。

上回太匆忙，身体不舒服，还有不速之客，她都没来得及好好看看他们的家。非黑即白的色调让空荡荡的房子看起来就是单身男人的窝，但她还是特地拉开衣柜，又跑进洗手间看了看。

嗯，一把牙刷，也不见女式衣服，应该没有女人在这里过夜。

卧室的梳妆台上东西也少得可怜，所以她一眼就看到了那个红丝绒的盒子。她有些迟疑地打开，里面果然是他们结婚时的对戒。

她心跳快得厉害，不由自主地拿起其中一个，内侧有他们姓氏的缩写，是他们曾经戴的那对没错。

她的那只也在这里，跟程东的男戒并排放在一起，也就是说当初她还到程家去的东西已经回到了程东手里。秦江月从一开始就反对他们的婚事，直到他们婚后也不喜欢她。但要不是上回因为饭卡的事引发误会，莫澜也不会想到最后交给程东的东西都被她扣在手里。

戒指在这里，那其他的东西他也看到了吧？

她把戒盒放回去，手心里已经冒出汗，站在原地有些无措。

她重新走到客厅去，拉开阳台门想透透气，发现这里还有个花架，大大小小的多肉植物整齐地排着队，最上面的是两盆密密麻麻的绿色刺株。

她蹲下来，伸手轻轻碰了碰长长的、有些骇人的刺，喃喃道："是你们吧？原来在这里……"

难怪上回她没看见，原来已经成了规模，客厅里原本那个小花架放不下了，不得不搬了新家，挪到阳台来。

程东为她种的两盆火龙果，居然长这么大了。

"你在干什么？"

嘶……莫澜手一抖，指尖被戳出一颗血珠，疼得倒吸一口气。

程东连忙上前抓住她的手，她正好抬眼对上他的目光，像是有所期待似的看着他。

这是只有他们俩才懂的期待，她指尖的血珠子已经滚落下来。两人这样对峙着，他到了嘴边的话硬是又咽了回去。

他把她拉到水池边冲洗伤口，拭干后给她贴了个 ok 绷。

"我从来都没见过有人不干活都能弄伤自己。"他还是忍不住讽刺她一句。

"谁让你突然出声吓唬我？"莫澜吹了吹手指，很快又愉悦起来，"原来那两盆火龙果还在啊，怎么，舍不得扔？"

程东道："拜托你有点儿常识好不好？植物也是有生命周期的，你都离开多长时间了，还指望它们在这里等你？"

"可它们明明就还在啊……"

"那不是火龙果，是犀牛角。火龙果在那边，"他随手一指，"是新的，以前的死了，后来吃火龙果的时候就留了新的种子又种的。"

包括其他那些大大小小的多肉，都在她不在的时候跟他做伴。

莫澜的眸色微微一黯："是吗？"

空气里弥漫着食物的香气，她抽了抽鼻子，终于又欢欣雀跃起来："可以吃饭了？"

"哪有那么快？"程东抱着手看她："不是说会做菜吗？现在轮到你了。"

烤箱里炙烤着刷好了烧烤酱料的鸡翅，海鲜饭闷在锅子里咕噜咕噜加热，铺好了姜片和葱段的鳜鱼和浸在佐料中腌渍的小排正留待下锅……莫澜看了一圈，不知道自己可以做什么，只能硬着头皮说："那……我来做糖醋小排吧？"

能有多难呢，她也是看过《舌尖上的中国》的，烧菜不也就那么两下子吗？

程东站在一旁作壁上观，完全不打算帮忙，也不给提示。好在她还知道排骨要先炸，起了油锅要等油热。只不过他还是太乐观了，油热之后她毫不犹豫把所有排骨都倒进去，油锅里噼啪乱响，她啊地惊叫一声拿着锅铲跳开一丈远。

程东摇头，不得不提醒她："翻动，把小排一块块分开，现在不会再炸了。"

她惊魂未定地照做，那些排骨却完全不听她使唤，在锅里乱窜。油还在噼里啪啦往外溅，她手背上挨了几下，咬紧牙才没丢开锅铲。

程东终于看不下去了，走过去直接握住她的手挥动锅铲："我来吧！"

这样可以哎！莫澜偷笑，握紧了锅铲不肯放开手。一盘排骨炸得有的焦有的生，炒糖色他就说什么都不让她来了，麻利地下料、翻炒、大火收汁。

"你怎么这么会做菜呢？真的都是邱夜教你的吗？"她拿着筷子一边尝菜一边问。

邱夜是程东的好朋友，酷酷的，话不多，听说早早开始独自闯荡，后来做了顶级大厨。

他不答反问："怎么，你想学？"

其实这个问题以前她就问过他的，她大概不信那个答案，所以根本没放在心上。

他的女人对烹饪一窍不通，他不做，谁做？

程东最后把鱼从蒸锅端出来，一桌饭菜就齐全了。莫澜拿出一支白葡萄酒，他看了问道："哪儿来的？"

他不记得家里有这样的酒，他们在超市也并没有买酒，只有做西班牙海鲜饭的那一瓶，是用的他自己的存货。

"我车里的，一瓶白一瓶红，看今天的菜色好像还是白酒更搭一些。当然，如果你想两瓶都喝完，我也奉陪。"她不打无准备之仗。生日嘛，不醉不归。

程东蹙起眉："你是好了伤疤忘了疼？肠胃炎刚好就喝酒？"

"都那么久了，不要紧的。"看了看程东脸色，她意识到这种问题上还是不要跟医生讨价还价的好，于是笑道，"好吧，那就一杯，意思一下就好。"

美酒配佳肴，对面的人也是那个人，然而莫澜端起酒杯却不知该说什么，只好打哈哈地说："啊，有酒有菜，要是有生日蛋糕就更好了。"

"你还是小孩子吗？"

她嘿嘿一笑，不说话了。

还是程东言简意赅："生日快乐。"

"嗯，生日快乐。"

两只水晶杯轻轻碰到一起，就像她和他的生日也紧挨在一起……愿年年有今日，岁岁有今朝。

程东做的菜很好吃，尤其是那锅海鲜饭，莫澜吃完又盛了一碗，他不忘提醒道："不要贪嘴。"

她就喜欢口味重的东西，清蒸的鱼就不见她怎么动筷子。她还一个劲儿地鼓动他："哎，你多吃点呀，这鱼可是我蒸的，给点面子。"

程东一晒："你把鱼放进蒸锅，就算是你蒸的了？"

"这你就不懂了吧？蒸鱼最重要的是什么，是火候呀！铺姜片啊，葱段啊，最后淋豉油啊……都没这个步骤来的重要，所以当然算是我蒸的了。难得我也做了个菜，你真的要多吃几口才行。"

他看了看她夹到他碗里的鱼肉，郑重道："这次要谢谢你，试管婴儿这个案子能够不上法庭，多亏了有你。"

莫澜笑："又不是你的事，你谢我干什么？"

"骆敬之是我的朋友，他拜托我，我才来拜托你。现在事情圆满解决了，不只是我，敬之、高薇，还有肖护士长，都很感激你。"

"我可没想帮骆敬之，我也不要他们感激。受人之托终人之事，律师的工作本来就是这样。我从头到尾在意的是什么，你应该知道吧？"

她其实在意的只有他的看法。

见他不吭声，她撑着下巴看他："定纷止争，你肯定觉得我这回终于做了件像样的事，对吧？我知道，你嘴上不说，心里肯定是这么想的。但是程东，你也说自己的孩子不叫其他人爸爸妈妈是为人父母最基本的心愿，看起来天经地义的事有时候要实现可不容易。站在袁家和李家的立场，如果是你你会怎么办？还有那个孩子，长大以后迟早也会知道自己的身世，不是简简单单一句弄错了就能搪塞过去的。他们的利益怎么保障，帮他们的律师难道就是十恶不赦吗？"

"我没这么想过，犯了错的人为做错的事付出代价是应该的。肖护士长因为这件事扣发半年奖金，暂时免去护士长的职务，这就是惩罚。但像高薇这样无辜受牵连的医务人员被自己没做过的事困扰，影响正常工作和声誉难道就是应该的吗？"

"当然不应该，但在事情进入正常调查程序之前，谁该罚谁无辜没人说得清楚。我们不是法官，不能审判任何人。我作为律师只是维护委托人的正常权益罢了，不管委托人是医院，还是病患。"

程东没再接话，仔细地去掉鱼肉里的刺，把鱼肉重新夹给她，才说："鱼肉蛋白质高，也容易消化，你多吃点。"

莫澜看着他："生气了？"

"为什么生气？"

"以前跟你说这些，你总是生气啊，然后我们就会吵架，吵到后来，你都不肯理我了。"

辩来辩去，道理无非就是那些，过去他们也争论过，却每次都不欢而散。像现在这样心平气和地就事论事，印象中还真没有过。

程东也看她："在你眼里，我真的是个这么不讲道理的人吗？"

"嗯，有时候是啊！"

"……"

原来他也有词穷的时候。莫澜偷乐，帮他收拾桌上吃剩的饭菜："啊，这个那个……放哪里？你亲自下厨请我吃饭辛苦了，歇着吧，剩下的我来收就行了。"

"不用，不差最后这点功夫，这些盘和碗我今后还要用的。"

什么意思，怕她打烂还是怕她洗不干净啊？她不服气，却见程东看表，忍不住问："你晚上还有事？"

"没事，不过时间不早了。一年只有一天生日，你确定要把时间浪费在洗碗刷锅上面吗？"

"那这些怎么办？"她看着堆在水槽里的锅碗瓢盆，有点心疼程医生。

他把电视的遥控器扔给她："你先找点电影看，我很快就收拾好。"

哈，居然没赶她走？莫澜觉得周身血液小小沸腾了一下，忍不住得寸进尺，拉住他道："你陪我一起看，就当是……生日礼物吧！"

程东没有拒绝，这实在太出乎她意料了。莫澜几乎要开心得原地转上三圈，拿着遥控器摁来摁去，都不知要看点什么才好。

其实她的心思全在厨房里，最想做的事还是像上回那样从身后抱住他，他不动她也不动，他一旦走动起来她就像个腰部挂件似的被他拖来拖去。

为了分散注意力，她只好偷偷给自己又倒了杯葡萄酒，反正还剩大半的酒瓶就放在桌上，程东完全没有防备她会偷喝。

这酒太容易入口，莫澜不知不觉又喝掉一半，脸上开始有隐隐发烧的感觉，脑子也开始有点迷迷瞪瞪。

孟西城的品位不错，送的酒也是好酒，她这大概是酒不醉人人自醉了。

她清醒时程东已经收拾妥当了，还换了身衣服，头发也湿湿的，看起来好像刚洗过澡，皱着眉不解地盯着她瞧。

她睁大眼睛，下意识地用手摸了摸嘴角，还好没流口水。

"你洗澡啦？"她懵懂地问了一句，意识到这么问不妥，才改口道，"都收拾好了？"

"嗯，身上沾了油烟味，我换了身衣服。"他依旧看着她，"你脸怎么这么红？"

"啊？噢……没有啦，可能刚才喝的酒有点上头吧！"

程东跟她喝的一样多，丝毫没觉得有什么不舒服，见她这样，问道："我送你回去？"

她连忙摆手："说好看电影的，还没看呢！"

程东又抬头看了看墙上的钟。莫澜觉得他今天一直很在意时间，不由拈酸道："你还有约就说有约，总这么心不在焉的很不尊重人知道吗？"

他似乎叹了口气，拿起遥控器道："你想看什么，我帮你找。"

"不用不用，我自己找就好。"她一把将遥控器又抢过去，"看什么好呢？爱情文艺片怎么样，《色戒》？"

"……换一个。"

"那《肉蒲团》？"

"……"

程东把遥控器夺过去，随便摁一下就摁到了恐怖片上。他不是故意的，不过这样似乎也不错，她害怕不想看了，就会主动喊停，他正好送她回去。

只是……他又看了看钟，怎么还不来呢？

阴森压抑的音乐声飘飘荡荡，莫澜把灯关了，只剩一个又白又亮的电视屏幕，两人紧挨着坐在一块儿，倒是很有看恐怖片的气氛。情侣一起看电影，恐怖片是很不错的选择，女生害怕往男生怀里躲，多好的亲近机会。可莫澜哪有一点害怕的样子，一脸兴味盎然，看到逗趣的地方还忍不住哈哈哈。

程东忍不住问她："你不害怕吗？"

"哪里可怕了，你不觉得搞笑吗？"她指着屏幕，丝毫没有身为女生的自觉。

他们以前也曾一起看电影。上学的时候学校组织的集体活动，她不知用了什么法子刚好拿到他邻座的票，规规矩矩地坐在他旁边。电影讲的什么他已经忘了，只记得情节很煽情，很多同学都哭了，影院里一片抽泣声。他回头看她，却发现她也正好扭过头看他，笼在荧幕光线里的侧脸干干净净却似乎带着笑意。他那时觉得她的情感阈值可能比一般人要高一些，毕竟她的人生经历跟大多数人都不太一样。

然而后来恋爱结婚后问起来，她却告诉他，她笑是因为他拿错了放在座位扶手里的瓶子，黑暗中一直喝的是她那瓶水。

原来她跟他一样，注意力都没完全投入到电影里去。可是若干年后不经意地说起来，竟然是他先脸红。她凑过来亲他："干吗，害羞啊？别别别，这是相濡以沫啊。虽然早了点，但兜兜转转，不还是你吗？"

是吗？是的，于千万人之中，于时间无涯的荒野里，没有早一步，也没有晚一步，恰好你也在这里。

程东闭了闭眼，莫澜看见了，咦了一声，笑道："怎么了，你害怕？都说不要看这个了，还是看爱情文艺片比较好。"

她果断切换到《肉蒲团》，满眼的活色生香。

程东深深呼吸，站起来道："你先看，我去打个电话。"

莫澜也跟着站起来："哎，你别走啊，说好陪我一起看的。不闹了，我们看《通天帝国》总行了吧？"

她起得太猛，惯性地往前两步，程东没想到她离得那么近，一转身嘴唇几乎碰到她的额头。两个人都是一愣，在黑暗中面对面地站着，电视屏幕里活色生香的画面一直没有停止，裹挟着夸张的喘息声撞击而来。程东的喉结微微一动，别开眼刚要走开，就被她拽住了。

她喝了酒，气息是滚烫的，声音有些沙哑发颤，叫他名字："程东……"

他没醉，但这一刻也感到意乱神迷，眼里只看到她的嘴唇轻轻张合。呼吸渐渐粗浊，他听到有个声音叫她："澜澜。"

不知是在心里叫的，还是不自觉地已经溜出口，他自己也不能够确定。

CHAPTER 7

情难自禁

她自有一股不达目的不罢休的力量，
如旋涡般将他卷入。那种温热濡湿的
触感太过熟悉，这么多年来却都只在
梦里出现过。

门铃在这时响起，再次惊醒一对有情人。莫澜像被人兜头泼了一盆冷水，四肢都无力地耷拉下来："不是吧，又来？"

这回要再是那个林初蕊，她真要不客气了。

程东定了定神去开门，门外站的人却是殷长安。

"你是……咖啡店的那个……"莫澜惊讶极了，"你怎么会在这里？"

殷长安满头大汗，把手里的盒子递给他们："我来送蛋糕的。这个地址我找不到……找了好久，绕了好几圈。对不起，是不是耽误你过生日了？我脑子不太好，对不起……"

她一个劲儿地道歉，莫澜见她眼睛都红了，安慰她道："没关系的，这儿是不太好找，而且这么晚了还麻烦你送东西过来，我们才不好意思呢！"

"蛋糕是程医生临时定做的，我就让店里其他人先回去了，没想到我会找不到路。"

程东避开莫澜意味深长的目光，往门边让了让说："先进来休息一会儿，等下我送你回去。"

长安连忙摆手："不用了，谢谢，敬之还在楼下等我。"

莫澜蹙眉："骆敬之？他也来了？"

"嗯，我刚才找不到路只好又折回去，是敬之送我来的。"

莫澜还想说来者是客，要不让他也上来坐坐，又想到这里不是她的家轮不到她做主，于是又看向程东。

程东明白她的意思，摇头道："他不会上来的。"

"你们快吃蛋糕吧！"长安急匆匆的，临走前赧然地笑了笑，"我刚才看过了，蛋糕没有坏。"

坏了又有什么关系，心意才是最重要的。莫澜掂量着手里装蛋糕的纸盒，似笑非笑地对程东道："你什么时候订的蛋糕，我怎么不知道？"

原来他之前频频看表，是在等蛋糕。

"不是你说要有生日蛋糕的吗？而且听长安说，你上回在她店里点的蛋糕被其他人买走了，今天就当补偿。只不过我没想到她会一个人送过来。"

"他们夫妻是怎么回事？骆敬之人都来了，怎么让她一个人上来。"

程东沉默了一刹，回答说："长安虽然心智不全，执拗起来也跟你一样。"

莫澜喊了一声说："你别避重就轻啊，要不是那天你的相亲对象买走了我点好的蛋糕，我也不至于念念不忘了。"

"谁告诉你那是我的相亲对象？"程东道，"她是我妈朋友的女儿，医学院刚毕业，正犹豫是考研还是工作，所以见面聊一聊。"

莫澜嘟哝道："这还不算相亲……"

程东没理她，把蛋糕从纸盒里拿出来放在桌上，点上蜡烛说："还吃不吃蛋糕了？"

刚才那点旖旎的气氛已经被冲散了，还好有荧荧烛火，还是挺温馨的。

莫澜坐在桌边，谁说长安心智不全就不能做自己想做的事呢，这黑森林蛋糕做得精致，不输给任何一家西饼店，看起来就很好吃。

程东道："我打电话去的时候已经很晚了，她只来得及准备这么小的。我猜你也吃不下太多，这样应该正好。"

"嗯，不错啊。"莫澜笑，"我现在说谢谢，会不会显得太生分了？"

程东扬眉："吹蜡烛吧！"

"先许愿。"莫澜在胸前握起双手，一脸虔诚地闭上眼。

程东在一旁静静地看着她。

她吹熄蜡烛之后，房间里又只剩微弱的光亮，刚刚能看清他们彼此的面孔。程东伸手要去开灯，被她拉住："你怎么不问我许了什么愿？"

"不是说愿望说出来就不灵了？"

莫澜弯起嘴角："谁说的？"

她凑过来，出其不意地吻住他，似乎不满意仅仅是唇瓣贴在一块儿，还伸出舌尖在他唇上扫了扫。

程东身子一僵，却没推开她。

这个吻来得快去得也快，蜻蜓点水似的。她放开他，眼睛还是迷迷蒙蒙的，像有水要漾出来："看，我的愿望已经实现了。"

程东又听到自己的心脏鼓噪起来，心跳又快又急，动静大得仿佛只要站在这屋子里就能听见。他下意识就要后退拉开跟她的距离，却被她的手臂勾住脖子，熟悉的气息又欺上来，他听到她说："程东，其实我什么都不想要，我只想要你。今天……你就当是场梦吧！"

她不给他任何说不的机会，重新又吻上他。这回不再是点到即止的触碰，而是热烈的辗转和占有。她的唇枪舌剑不仅在法庭上、在谈判桌上用来击溃对手，也在耳鬓厮磨间一而再再而三地击溃他。

她自有一股不达目的不罢休的力量，如旋涡般将他卷入。那种温热濡湿的触感太过熟悉，这么多年来却都只在梦里出现过。

她说得对，今天这一切，就像一场梦——一场三年前就该醒他却一直沉溺其中的大梦。

他闭上眼,感觉到她的舌头闯进来,熟练地四处游走。他抵了一下,本意只是想让她出去的,一碰却缠在了一起。他的气息乱了,一切都乱了,开始不由自主地去回应,拼命地吸住她的唇舌,倒像是怕她中途跑了。

等意识重回大脑,两人已经倒在大床上,衣服早不知扔在了哪里。他的手放在绝不该放的地方,稍稍用力握拢,她就弓起身子更加贴近他。

全是他熟悉的反应,她的身体对他还有记忆,他也一样。于是纠缠在一起的就不只是唇舌了,还有手指、四肢,甚至整个身体。

他的影子笼着她,居高临下地压住她,她却咻咻地喘着气:"让我到上面……"

程东似乎笑了一下,把她两只手臂拉过头顶,让她的身体更充分地展开,唇贴着她的下颌骨线条慢慢下移:"在我的梦里,由我做主。"

莫澜偏过脑袋,轻轻颤抖,等着他细致耐心地一路吻过去,就像以前一样。没想到他却突然粗野起来,她身上最后那点遮蔽很快不见踪影。她的手搭在他肩上,摸到他身上的汗,不忘挑衅般说:"我来吧?"

程东很快就让她说不出话了,这样直奔主题,他们似乎还不曾体验过。莫澜额头也冒出汗来,狠狠咬了下唇,暗忖道:以为这样我就会怕你?

她忍着疼,猛地翻身骑到他身上,伏在他胸口又舔又咬,很快挺过了刚开始的不适,大开大合地动作起来。

威风不了多久,程东又反身扑倒她,用了点力气制住她,摇头道:"这么多年,你一点都没变……"

"是啊,我还是那么喜欢在上面。"她调笑着,用手指摸他的嘴唇,让他咬她的手指,另一手绕到他颈后把他拉近,"可这样我也很舒服……"

程东觉得有些恼恨,却又不知恨什么,停下动作,胸膛剧烈起伏着:"你回答我一个问题。"

"什么？"莫澜的声音都水汪汪的，真怕他这时候问扫兴的问题败了兴致。

程东的手缠住她的手指，身体也往下压，在她耳边道："你临走之前送到我家去的那个信封，除了那些钥匙、卡片和首饰，还有什么？"

莫澜一怔："你没看到？"

程东摇头："你写了信？是什么，信上写了什么？"

她忽然明白了，之前几次他欲言又止，其实想问的也是这个。

她却笑起来："原来你没看到啊……"

程东觉得她还有些庆幸的意思，更加疑惑她当年到底写了什么给他，他又错过了什么。然而无论他再使什么手段，她都不肯再说了，反反复复只有一句："没看到就算了呀，不是更好。"

往事不可追，当年犯的傻，他不知道才好。

纵情声色，常常难以控制，尤其是莫澜喝了酒，折腾起来更是没完。到最后两个人都累，怎么睡着的都不知道，只感觉怀里抱着的，就是自己想要的。

第二天程东醒来的时候，莫澜已经不在身边了，床铺已经没有温度，她大概天没亮就起身走了。

他走到客厅去，看到昨晚放在桌上的那个蛋糕被吃掉一角，留下一张字条压在下面：梦醒了，昨天谢谢你。带走一盆小植物做纪念。莫澜。

这是什么意思？他手里捏着纸条，来回看了好多遍。她怎么就这样走了，而他竟然……有种生生被人欺骗的感觉。

阳台上的花架，少了一小盆乙女心。他不明白她带走这个干什么，她根本都养不活。

反倒是他，像被遗弃的东西，随手扔在这里，她甚至连句像样的道别都吝于对他讲。

程东把字条揉成团，看了看桌上的生日蛋糕，掰下一小块放进嘴里。

樱桃果酱的美味，隔了一夜，口感竟有淡淡的苦涩……

生日之后，程东将近半个月都没再看见莫澜。

医院从试管婴儿的事件之后太平了一阵子，小打小闹的纠纷还是有，但往往噱头十足的案子才能惊动莫澜，她最近在他们医院大概也没有新的业务。工作上碰不到面，私下里也不见她到医院来看病。她的慢性胃炎不知道调理得怎么样，有没有复发；那天又喝了酒，虽然酒不烈，但她后来有没有不舒服的感觉，他也无从知晓。

他发觉他还总会想起那天晚上的情形，努力去回忆一切是怎么发生的，回忆她说你就把今天当作一场梦。

他甚至每次去食堂吃饭都会留意一下，看会不会偶然遇到她。

没有，都没有。她完全没再出现过，像是有意识地躲着他。他打过她的电话，转到了她的小助理那里，只公事公办地回复他一句"澜姐最近工作很忙"就挂断了。

他开车到她公寓楼下去，想问个究竟，却意外地看到她从楼上下来，手里拎着旅行包，上了孟西城的车。

他有一刹那的恍惚，忽然不太确定那晚发生的事是真实存在的还是真就仅仅是个梦。

她潇潇洒洒地走，不带走一片云彩，是不是只想用这种方式跟他来个了断？这就是她想要的吗，或者终究……还是他太傻？

秦江月看出儿子近来异常沉默，在饭桌上问他："上回杨阿姨家那个小姑娘你见到人了吗？"

"嗯，见到了。"程东答道。

"那你跟她怎么说的？"

"她成绩不错，也有想要钻研的方向，我建议她考研继续深造。"

秦江月啧了一声："谁问你这个呀！我是说你觉得小姑娘人怎么样，能不能说到一块儿去。她也是我从小看到大的孩子，人品、家世都过得去，将来当了医生，你们也有共同话题和奋斗目标。而且啊，他们家还有双胞胎基因，以后生孩子一胎生两个，多好。"

"妈！"程东停下筷子，"不是说好了不是相亲吗，您怎么都想到生孩子上头去了？"

"不是刻意的相亲，但也可以见见面，合适就发展发展，这有什么不行的？那要不你就跟小蕊凑一对儿，我巴不得呢！不是你说打小就认识，两人太熟了对她没那种感觉吗？要我说，什么感觉都是虚的，结了婚能好好过日子就行，别像之前那个……"

"哎，好啦，孩子难得回来一趟，你就让他好好吃个饭嘛！"钟稼禾见程东已经放下碗筷，连忙打断她，"小蕊现在实习，比阿东他们还忙，整天三班倒的，也没心思想这个。他们年轻人要相处总有机会的，就让他们自己去处理吧！"

秦江月还想再说什么，他已经另起话题，对程东道："明天星期六了，有没有别的安排？没有的话，跟我到荔河去会个诊啊？"

程东道："什么人请得动您跑这么远去会诊？"

"噢，荔河市医院的胸外科主任以前也是我带过的学生，他们现在有条件做心脏移植手术了，第一例，心里也没底，让我去坐镇，帮忙看看。"

程东垂眸道："前几天我的手术请您来看您都不来，帮外人倒不含糊。"

钟稼禾摇头，笑道："老啦，别的本事没有，当个吉祥物还是可以的。你是我手把手带出来的，我毕生功力都在你身上，还用得着我当吉祥物吗？"

程东沉默片刻，说："好，明天我跟您一块儿去。"

荔河市距南城几十公里，是南城下辖的一个地级市，有高速公路连通，单程不过一小时车程。城市虽然不大，但依山傍水，经济发达，风景怡人，是个宜居小城，被南城人当作后花园。

　　程东开车载钟稼禾前往荔河市，先在对方安排好的宾馆入住，然后到医院跟当地的医生开术前会议。他万万没想到的是，居然在这里遇到了莫澜和孟西城。

　　莫澜看到他却好像一点都不意外，笑眯眯地说："真的是你呀？"

　　孟西城仍是儒雅地跟他们握手致意："两位专家到了，我们也放心一点。"

　　程东蹙眉："这是怎么回事？"为什么他们会在这里？

　　钟稼禾拍拍他的肩膀："进来开会，你就会明白了。"

　　原来心脏的捐赠者是荔河监狱的一名服刑因犯，在得知身患重病康复无望之后，表示愿意捐赠有用的身体器官，算是弥补曾经犯下的过错。器官移植的技术难关之一就是器官的保存，从捐赠者身上取下到放入受体只有区区几个小时时间，超过这几个小时，器官就不能用了。不是每个等待移植的人都这么幸运，可以等到匹配的器官且克服时间和空间的约束。这回荔河正好就有合用这颗心脏的患者，这才从南城邀请专家来协助手术，把握对病人而言来之不易的一点生机。

　　同时因为捐赠者还在服刑期内，身份敏感，于是由检察官到场监督，算是法律程序和医学伦理方面的需要。

　　程东弄清了事情的来龙去脉，一抬眼却见莫澜朝他眨眼做鬼脸。他心里憋着气，趁着其他人不注意，将她拉到角落，问道："孟西城来工作，你来干什么？"

　　"我也是来工作啊！"她依旧仰起脸笑，"不然你以为我来干什么？"

　　程东仿佛被她窥见内心那点小小的阴影，别开眼道："你来干什么都跟我没关系，别给手术添乱就行了。"

　　"这么看得起我？就算我想添乱，孟检也不会允许啊！"她扭头看了看，孟西城在楼梯口朝她招手，她笑笑，对程东道，"我得先走了，你们忙吧，希望明天手术顺顺利利的。"

她走了几步又回过头，朝他扬了扬手里的东西。程东看清了那是他们住的那家宾馆的门卡，原来她和孟西城也住那里。

他都不知道这算是邀约还是挑衅。

孟西城跟莫澜并肩走在一起，问她道："跟程东说你到这儿来干什么了吗？"

她摇头。

"怎么不说呢？"

她笑了笑："要知道总会知道的，我不想让他明天在手术台上分心。"

孟西城长吁一口气，看向远处，笑道："虽然你们分开了，我说这话有点不合适，不过有时候真的挺羡慕他的。有人为他着想，又这么理解他的工作。"

"咦，我好像听出了一丝哀怨的味道。大叔，你最近很寂寞呀！你的红粉知己们呢，难道都不理解你的工作？"

"哪有什么红粉知己？"孟西城笑容淡了些，"我是说真的。"

"我也是说真的呀！孟检，你也是时候找个人安定下来了，要是没有合适的，不如我给你介绍？"

孟西城的眼里有一抹复杂的情绪："还是不要耽误别人了。"

"男婚女嫁怎么能说是耽误呢？该不会……你喜欢的是男人？"

这么一说还真有可能。莫澜仔细想想，认识孟西城这么多年，还没跟他讨论过他的取向问题。她毕竟是腐国留学回来的，对帅哥都有男朋友了这回事见怪不怪，像他这样儒雅沉稳事业有成的帅大叔，妥妥就是年上啊！

她越分析越觉得有理，孟西城在她脑袋上轻拍了一下："小丫头，想什么呢？我有喜欢的人，只不过……我们不应该在一起。"

这话听着就更像那么回事儿了，喜欢的人可以是男也可以是女啊！莫澜本来还想再开两句玩笑，但瞥见孟西城脸上淡淡的落寞，又什么都说不出来了。

晚上他们在外面吃完饭回来，正好碰到程东和钟稼禾也回宾馆休息。他们的房间都在同一层楼，莫澜却没再多说什么，只朝他们笑了笑就跟孟西城一起进了他的房间。

关上门孟西城才无奈道："你可以先回你自己的房间的，这样不是让人家又误会了吗？"

莫澜道："现在天还没黑呢，不想人家误会得更深，就赶紧把案卷资料给我看嘛！"这个人家当然是特指的程东。

钟稼禾也有点看不懂了，问道："哎？小辣椒跟那个检察官关系很好吗？你们……不是发生了点什么吗？"

他大半辈子阅人无数，难道也有看走眼的时候？

程东不置可否，收回视线，道："时间不早了，您早点休息。"

"明天手术的事，都有数了吧？"

"嗯，您放心。"

钟稼禾点头："我起得早，明天你不用叫我，我们直接在医院汇合。你啊，难得有这样的机会，约人家一起吃个早饭，到附近山上去走走。听说这鸳鸯山上有个庙，求姻缘很灵的，你们信不信都好，可以去看看。"

程东轻轻笑了笑："您还信这个？"

"心诚则灵，你看我不是跟你妈妈在一起了？"钟稼禾半开玩笑地拍了拍他，"好了，我去睡了，你也早点休息。"

程东又看一眼莫澜跟孟西城一起走进的那个房间，房门仿佛被封死了一样纹丝不动，根本不知道她什么时候会出来，甚至她今晚还会不会出来。

他深深呼吸，终于回到自己的房间，重重甩上了门。

多年值班养成的习惯，让程东睡眠很浅，换了个新的环境就更是睡不着。

他整晚辗转反侧，似乎总在有意无意听门外的动静，只要有脚步声或者开关门的声音他就立马清醒了。

莫澜昨晚到底有没有回房？

第二天他醒得很早，到对面敲钟稼禾的房门，人不在屋内。如他所说，大概已经出去晨跑锻炼了。

程东看向另一侧莫澜的房门，那门竟像有感应似的开了，她从里面走出来，看到他微微一怔，笑道："早啊！"

他莫名有种松了口气的感觉，说："早。"

她今天穿了一条乔其纱的连衣裙，长发绾了起来，脚上难得地穿了一双平底鞋，显得比平时工作时的装束活泼轻快些。见程东站在那里看她，转了半圈，笑道："新裙子，好看吗？"

程东敛眸，问道："下去吃早饭？"

她笑意更深了："好啊！"

孟西城大概听到门外有人说话，也开门走出来。莫澜扭头看到他，大方地说："孟检也起来啦？一起去吃早饭啊？"

于是原本打算一个人吃的早餐变成三个人围坐在一起，程东要说的话没法开口，只能低头默默地喝着碗里的粥。

孟西城就坐他对面，莫澜倒了杯咖啡回来，两个男人异口同声地说："你不能喝咖啡。"

"哎，我就是闻闻味道嘛，别紧张。"她看看这个又看看那个，好笑地说，"没想到你们意见这么统一。"

孟西城道："这叫英雄所见略同。"

程东不接话，只问她："你到底来这儿干什么？"

"旅游啊！"莫澜咬一口三明治，嘴里包着食物，含含混混地说，"荔河风景好，最适合周末来自驾游了。"

是吗？程东忍了又忍才没把那天亲眼看到她从楼上下来、上了孟西城的车的情形说出来，胸口却堵得一口食物都吃不下了。

孟西城好笑，看了她一眼示意她别再胡说八道，这才对程东解释道："这回是我请她来的。之前荔河市医院外科做了一起肾脏移植的手术，捐赠者跟受体患者本来是三代内的旁系血亲，符合捐赠条件才做的手术。没想到手术成功后发现这层关系是伪造的，接受器官的一方给对方付了钱，这就涉嫌器官买卖了。"

程东一听就明白："所以医院也有麻烦了？"

"既然立案调查肯定跳不过医院这一关，不过后来确认医院的伦理委员会已经尽到了审查义务，双方有意伪造的全套身份关系证明医院方面难以证伪，不承担任何责任。不过再实施器官移植手术的时候，他们就更加谨慎了，所以这回聘请了专业律师到场，希望万无一失。"

医学上没有万无一失的手术这一说，但院方的这份谨慎程东完全能够理解。

他看了看身旁的莫澜，问道："之前怎么没听你提过？"

他强调的"之前"自然指的是两人缠绵悱恻的那一晚。床笫间她热情似火，不肯多说半句无关的话，但在他陪她吃饭喝酒的时候他们都多少提到些最近工作上的事，像朋友间的闲聊。那之后她就玩了大半个月的人间蒸发，两人都再没机会说话了。

莫澜却仿佛完全没有 get 他这个点，不在意似的说："反正我也是临时起意才决定接这个案子的，那时候也不知道你和钟老师是参加会诊的专家呀！"

如果她是临时起意，那么他也是，本来钟稼禾叫他跟着一起来也是很偶然的事，她不可能提前知道。但荔河市医院在确定要做心脏移植手术的时候就已经决定了要请哪位专家，钟稼禾的名字是应该早就在参与手术的专家名单上的，她应该能看到。

她接这个案子，站在医院这方，维护医院的合法权益不受侵害、不受质疑，从某种程度上来说也是保护参加手术的医务人员。

她是那么怕麻烦的一个人，特地跑到另一个地方来接一个可有可无的案子实在不太像她做事的风格，但如果是为了特定的人和目的，就另当别论。

程东的表情和心情一样变得有些微妙，看她的目光也就复杂起来。

她却还在没心没肺地臭美她那条新裙子。

他趁孟西城走开，拦住她道："有意保护钟老师，为什么不跟我说？在你眼里，我是个善恶不分的人吗？"

莫澜道："你在说什么呢，我哪有这么高尚，就是凑巧罢了。之前不跟你说，是不想影响你们做手术的心情。"

她等着孟西城回来，轻巧一笑："现在医学昌明得像黑科技似的，换心……以前简直是聊斋里的情节，现在都能实现了。希望你们今天手术顺利啊，待会儿在医院里见。"

程东扬了扬唇角，现在她倒当他是玻璃心了，这样的事也会影响他做手术？

不过她说得对，反正待会儿还要再见的，等他做完手术，他们俩的事是该好好谈谈了。

程东跟莫澜他们差不多时间到荔河市医院，却迟迟不见钟稼禾，问了一圈都说今早没见他来过。

捐赠者已经脑死亡，多脏器衰竭，完整摘除心脏的手术已经在进行中。荔河市医院胸外科的黄主任正是钟稼禾提过的学生，这会儿比谁都更焦急："钟老师呢，还没来吗？"

程东抬手看表，已经超过原定的时间将近四十分钟，这是从未有过的情况。钟稼禾对学生严格，对自身是近乎严苛，手术迟到，对他来说是不可想象的事，一辈子也没发生过。

他现在更担心的是老师是不是出了什么事。

"怎么回事，钟老师没来吗？"莫澜也过来关切地问。

程东眉心高高拢起，对黄主任他们道："没时间了，病人等不起，手术我跟你们一起上，老师这边要麻烦其他人去找找。他一大清早就出去了，我怕他出事。"

黄主任道："嗯，那就拜托了，我会请科室其他人全都出去找人。"

孟西城上前一步，说："我们也来帮忙。钟教授会去哪里，事先有没有跟程医生你们提过？"

程东想了想："他之前提过附近的鸳鸯山，不知道会不会上山去了，他有晨练的习惯。"

孟西城点头，莫澜沉默片刻，对程东道："没事的，钟老师绝对不会有事。你放心去做手术，我们一定把人找回来。"

这已经是她今天第二次，怕他手术分心。

这回他不再觉得她是在质疑，反而有种奇妙的感觉——仿佛背后生出一股无形的力量在支撑着他。

他抿紧了唇，上下打量她一番："天气入了冬，山上已经有点冷了，你……不要逞强。"

莫澜撇嘴："能有多冷，走动走动不就暖和了？你快别担心我了，进去吧，别让人家等。"

她喜欢他担心她，但更喜欢看他穿上手术服、戴上口罩，只剩一双眼睛露在外面，目光坚定自信，后顾无忧地走进手术室的模样。他穿手术服总是很快，像武林高手，衣服沾身，转上半圈，就已然换了身装扮；他步伐也总是很大，从手术室那扇门进出，仿佛一步就跨越生死。

他有时候总说医生能做的很有限，但在她看来，他们能为病患做的很多，倒是站在门外如她这般等待的人，可以做的太少。

走廊上有一个电子表牌，红色的数字，每分每秒都在跳动变化，多看一眼，就仿佛看到生命的流逝。

钟老师不是无缘无故会不见人影的那种人，程东的担心不是没有道理，所以她一定要跟其他人一起尽快找到人。

鸳鸯山就在市区，离他们住的宾馆很近，纵深很广，风景优美却不是景区，山腰有零星的别墅住宅，是当地人晨练和踏青最常去的地方。黄主任派出的人把莫澜他们带到半山的位置，建议大家分散去找。

孟西城有点不放心莫澜："你一个人行不行，我跟你一路吧？"

她摇头道："光天化日的，也不是深山老林，怕什么？分头找吧，效率高一点。"

孟西城只得叮嘱她道："那你小心点，要是有应付不了的情况，千万别逞强，手机保持联络。"

莫澜点头。然而再走出一段她就发现要保持联络并不容易，这半山八成是因为建住宅的时候那些大爷没什么科学理念地吵过闹过了，就没移动基站，手机信号时有时无。

钟稼禾很有可能就是在这山里迷了路，手机又不通，才找不到人。

这么一想，她心里有些不好的预感涌上来，脚下加快几步，边走边将手拢在嘴边喊："钟老师！钟稼禾……你在哪里，回答！"

走得越远，声音传得越远，回声也越响。莫澜渐渐只听到自己的脚步声和呼喊，在这四面环山的地方漫无目的地找一个人，感觉又彷徨又渺小。

CHAPTER 8

清风不解语

有的人说不清哪里好，就是谁都替代不了。而没经历过的人也永远不懂——失而复得，我幸；得而复失，我命。

　　她一心祈祷钟稼禾没事，也有奇怪的预感，觉得她会第一个找到他。

　　果然，走过一段羊肠小道，她的呼喊得到了回应，只不过声音很小，也看不到人，像是从一段陡坡下面传上来。她连忙跑过去，终于看到钟稼禾的身影。

　　"钟老师！"她弯身叫他，"你有没有受伤？"

　　钟稼禾整个身体都贴着山坡，两手紧紧抓着一棵树旁伸出去的枯枝，脚蹬在土疙瘩上，摇摇欲坠。抬头看见是莫澜，他一边艰难地维持着平衡，一边吃力抬头跟她对话："是你啊小莫，有没有绳子之类的东西，拉我一把！"

　　莫澜身边没带绳子，于是跑去捡了两根又粗又长的树枝，一枝自己拄着，一枝扔给钟稼禾道："我下来拉你。"

　　"别下来别下来，下边危险！"钟稼禾用她丢下来的树枝撑住身体往上爬，"你在上面拉我一把就行。"

　　莫澜却还是手脚并用地顺着山势往下，把树枝往土里深深一插固定住，仰着身子伸出手道："拉住我！"

　　两人试了几次都差那么一点点，旁边的树枝拉拉杂杂，虽然先前钟稼禾就靠拉住这些树枝才能站稳，这会儿它们却成了救人的障碍。试了几次，她的手腕就被划伤了，火辣辣地疼。

她有点后悔今天穿了这条裙子出来，碍手碍脚地使不上劲，白色的底子也蹭的全是泥。

钟稼禾把手里的树枝递给她，两人分别拉着一端，才终于慢慢把他给拽了上来。

钟稼禾的围巾挂在树梢，他不得不回身，莫澜用手里的树枝挑了几次，冒险给他捡了回来。

"呼……幸亏我平时经常锻炼身体，不然今天就得交代在这儿了。"钟稼禾爬上坡顶，浑身脱力地靠着树坐下，抱着围巾道："这是程东他妈妈送我的生日礼物，谢谢你帮我捡回来，不然回去又得被她念叨好久。"

"有没有哪里受伤？"

他指了指脚踝："可能扭伤了，疼得厉害，走不了。"

莫澜探头往坡下看了看："您怎么会掉下去的？"这里已经很偏了，一般人不太会走到这么深的地方来。

"围巾被风吹下去了嘛，想去捡，就这样了。"

莫澜看他一眼，他才摇了摇头，笑道："你跟阿东真像，有时候神态都一模一样。"遇到什么事儿，想打马虎眼蒙混过去是行不通的。

他说起来，莫澜才知道原来他是在山道上散步的时候遇到了抢劫，照相机的带子被扯断了，手机和钱包也被抢走；他一路跟着那人追进来，发现手机和空的皮夹都被扔到了山坡下面，才冒险下去捡，没想到下去就上不来，自己倒被困住了。

他才叹口气说："我本来是不想惊动你们的，才自己追过来，没想到还是大意了。"

莫澜道："手机和钱包也是程东他妈妈送给你的？"

"咦，你怎么知道？"钟稼禾一副遇到知音的表情，语气却很温和，"他妈妈线条粗得很，自己的生日都不记得，更别提给我送礼物了。总共就送过那么几样东西，我都随身带着。相机里还有我们前段时间到夏威夷去旅行的照片，都没来得及导出来，就被那混球抢走了，我真是生气。"

莫澜想到妈妈留给她的那张饭卡，笑了笑："我明白。"

她当时在罗马街头要是抓到那个偷她钱包的小偷，非把他暴打一顿不可。

"就是耽误了手术，我心里过意不去。"钟稼禾试着站起来，"程东呢，代替我上手术台了没有？"

莫澜点头，他欣慰道："那我就放心了。"

他们师徒的确是情同父子，什么时候对方会做什么样的选择，好像心里都很有数。

她抬头看看天，看起来要下雨了，山里没地方避雨，只能尽快出去，可这里手机信号又不好……

她对钟稼禾道："这里手机打不通，要往前走一段。我扶着你，我们走慢一点。"

钟稼禾道："马上要下雨了，你先出去，叫其他人来找我就好，我在这里等着。"

她却说什么都不肯把他一个人留在这里，重新找了粗长的树枝给他做支撑，半扶半架地引着他往山下走。半途果然下起大雨，山路湿滑，钟稼禾脚下不稳好几次险些滑倒都是莫澜扶住他。他似乎有些感慨，不止一次地对她说："小莫啊，谢谢你。"

莫澜没什么反应，也不知有没有听进去。这样艰难地不知走了多远，到半山腰别墅区的时候，终于遇见了其他找来的人。

两个人都是一身狼狈，孟西城大步迎上来，关切地问莫澜道："怎么样，你没事吧？"

她摇头："钟老师脚扭伤了，先送他去医院处理吧。我想先回宾馆去洗个澡，这一身难受死了。"

孟西城道："我送你回去。"

"不用，我搭他们的车。"她朝不远处努了努嘴，又想到什么似的，问他，"孟检，你认识荔河公安的人吗？"

"嗯，认识一些。"

"那麻烦你，跟他们打个招呼，带钟老师去报案吧。那个混蛋抢了他的相机，希望破案能找回来。"

孟西城点头说没问题，却还是放心不下她。莫澜笑道："我真的没事，就想回宾馆去洗个澡换身衣服，你非得跟来啊？"

他脸色微微一红，又把外衣脱下来披在她肩上："那你小心点，累了就睡会儿，晚上我来叫你吃饭。"

他衣服上还带着他的体温，莫澜拽紧襟口："好。"

她看着钟稼禾他们上了车驶往医院，心里揣度着那台换心的手术结束没有。

她独自回到宾馆洗了个澡，吹干了头发，浑身才舒服多了。她拎起那条乔其纱的新裙子，看到又黄又湿的泥浆染得到处都是，皱了皱眉头，随手就揉成一团扔进了洗手间装换洗衣服的黑筐里。

她烧了壶热水想给自己泡点热茶喝，还没等水烧开，就累得倒在床上睡着了。闭眼之前看到墙上的挂钟，时针指向下午五点，程东的手术大概要做完了。

程东脱下白大褂就从医院赶过来，宾馆的走道上异常安静，他重重地敲门，拍打声显得特别突兀。

莫澜意识混沌，喉咙干渴，似乎这才想起来自己还烧了壶水，勉强睁开眼睛，却发现有人在敲门。

她瞥一眼钟面，已经七点了。原来她睡了这么久，手术也该结束了吧？

孟西城说要来找她一块儿吃饭的……她揉了揉眼睛，穿着拖鞋去开门。

程东站在门外，目光灼灼地看着她，开口就问："你哪里受伤了？"

莫澜一时反应不过来，下意识地碰了碰自己的手腕，疼痛终于让她想起来，被粗糙的树枝划伤的那一块还没有处理；洗完澡表皮渗出的血都被洗掉了，她就没去管它，倒头就睡。

很多伤和病，睡一觉就会好很多。她习惯了，从小都是这么扛过来的。

"你……"她脑子还有点钝，想问他怎么跑来的，手术成功与否，开口却只说，"你怎么知道我受伤了？"

程东其实是屏着怒气的，下了手术听到老师说她可能受了伤还不肯来医院，眼前都是一黑。然而见了面却看到她这样一副慵懒又无所谓的样子，仿佛一切都是他庸人自扰。

"我问你到底哪里受伤？"他拔高了声调，语气不善，见她直愣愣看着他不答话，干脆直接拉过她的手臂，焦虑地上下打量。

莫澜的伤口就被他握在掌中，疼得一缩，用力挣开他："你干什么……你弄疼我了！"

推挤间房门又打开了些，程东一眼就看到她随手丢在床边的男士外套，正是孟西城今早穿在身上的那一件。

他终于明白她开门的刹那看到他时脸上的错愕是怎么回事——原来她等的人不是他。

这最后一点火星引爆了他憋在心里的那些复杂情绪，大火如燎原之势烧掉了他所有的理智和冷静。他听到自己的声音不无尖刻地说："孟西城来过了？他对你还真好，怪不得你这么多天都找不见人，原来是以工作为借口得到了其他男人的关心！可他年纪不小了，你从他那里能得到什么，父爱吗？那我呢，你又把我当成什么？煞费苦心一趟又一趟地撩拨，呼之即来挥之即去，就为了满足你那点可笑的自尊心吗？"

莫澜都懵了，反应过来立马吼回去："程东……你他妈知不知道你在说什么？"

"我说什么你心里清楚！"

"我不清楚！"她向来是吃软不吃硬的性子，这么一吵已经要气炸了，浑身的汗毛都竖起来似的，拼了命地把他往外推，"我现在不想见到你，你给我滚！"

程东死死抵着门，他其实已经很累了，大半天的手术，站了好几个小时没落过座儿、没喝过一口水，腿脚僵直发酸，眼里也满是血丝，可现在不知道哪儿来的力气，跟她吵闹完，还抵着同一扇门对峙。

拼力气，莫澜敌不过他，气得干脆撒手往外走："你要在这儿是吧？好，我走！"

还没跨出房门已经被他拦回来："你要去哪儿？"

"能去哪儿？"她冷笑着回应，"当然是去找孟西城。"

这句戳中他的死穴，有些忍耐已绷紧到极限。程东一把将她拉回来推回房间里，狠狠朝她嘴上吻了下去。

他随手关上了门，两个人的恩怨就被关在这一方不怎么宽绰的空间里，纠纠缠缠。

莫澜用力挣扎，这个亲吻不是太顺利，他只好用了力道将她摁在墙边，又一手掀高了她的衣服，露出腰间雪白的一段和胸前若隐若现的曲线。

他的手贪恋地抚着她光滑的皮肤，用了温柔入骨的力道，像要抚慰一头发怒的小狮子。可她气急了根本不吃这一套，捉住他的手把他推下去，又伸出手来推他、打他。

程东制住她的手，胸口剧烈起伏着："你疯了？"

"你才疯了呢！程东你个王八蛋……"

她面红耳赤，是真的生气，可程东却笑了。他喜欢她这样的真实和耍性子时的模样，知道她不会在其他男人面前轻易流露这一面。

他又重新吻她，她依然桀骜地扭头挣扎，很快两人嘴里都尝到了血腥味。她被他扑倒在床上，要逃已经是不可能了，于是曲起膝盖去蹬他。

程东紧紧压着她，有点无奈地在她唇边叫道："澜澜……"

平平无奇的两个字，却像一个神奇的开关，让她的攻击失了准头，也让她身体里原本蓄满的能量仿佛一瞬间流泻殆尽。

他的吻换了更温柔缠绵的劲道，诱她慢慢张开嘴，然后再挪向耳边、脖子……

她像被一张巨大的网罩住，动弹不得，任他为所欲为，等到再感觉到疼，他已经在她的身体里了。

他的眼睛温柔得仿佛可以滴出水来，很多年前就是这样。"不舒服就告诉我。"他这样说着，却远不及他的眼神和身体带给她的安慰。那是他们的第一次，也是在旅馆里，不知道怎么就发生了。熟悉人体构造的大医生在情场却是个生涩的新手，两个人彼此摸索探究，窃窃欢喜，轻声低笑。

她那时也是菜鸟，去外地见委托人，在动车上碰到有小朋友被玩具小球堵住气管，偶然出手施救的医生就是他。一把浸过高度白酒的裁纸刀片，一支黑色的圆珠笔管，他就用这么简陋的临时装备完成了一次气管切开术，救回一条小小的生命。整个车厢的人都为他鼓掌，她胸腔里竟也盈满自豪，不怕羞地上前跟他搭讪："还记得我吗？我是莫澜。"

后来她问他动刀的时候害不害怕，他笑笑说："怎么不怕，救得回是英雄，救不回是狗熊，那孩子要是有个三长两短，我就吃定官司了。可医生救人是天职，我没有选择。"

"嗯，以后你不用怕，有官司我帮你打。"他勇敢，她也不逊色。初生牛犊不怕虎，她心里想的全是怎么维护他。

那也是高中毕业后他们第一次见面。这么巧，乘同一趟车，住同样的酒店。他们并没有比上学时变得更世故更圆滑，只是变得开朗健谈了些，尤其是莫澜，已经学会用时光来掩藏伤痛。他们说了很多很多话，比高中三年加起来说的还要多，然后一切仿佛就是水到渠成的——他为她吹干湿漉漉的长发，放下吹风机后，低头吻了她的发顶，情难自禁。

莫澜弓起身体，感官的刺激来得太过强烈，她控制不住所有本能的反应。他俯身把她抱在怀里，脸颊边刚冒出的短短青髭摩挲着她的颈窝，痒痒的，以前总能逗得她笑，现在却让她眼睛发酸。

她早就放弃挣扎，可最后还是筋疲力尽。

她迷迷糊糊地又睡了一会儿，醒来的时候发现床边坐着人。程东不知道是又回来了，还是压根儿就没离开过；目光沉沉，动作却很轻柔，托着她的手，细心为她清创上药。

外科医生的动作麻利又精细，连纱布条上打的结都特别好看。她趴在床上，只是呆呆地盯着自己那只手，不动也不说话。

"还好只是皮外伤，过两天结痂就好了。"他把滑到她腰间的被子拉高一些，缓缓地说，"以后不管是为了帮谁，都不要再弄伤自己。"

这不是命令，这是请求。

她依旧没有反应，他在她裸露的肩上轻轻一吻，抱她起来："我烧水泡了茶，你喝一点，然后我们出去吃饭。"

他不知从哪里弄来切好的老姜，跟房间里劣质的红茶包泡在一起，蒸腾起一片又辣又苦的雾气。莫澜只喝了一小口，就拧开脸："拿走，我不喝。"

他吁出一口气，沉沉的，像是叹息，却还是耐心地劝她："你今天淋了雨，喝点热的发发汗，才不至于感冒。"

她回过头来，目光终于聚焦在他身上，停了几秒钟，猛地扬手将他手里的杯子打落到地上。

"我不要你管，不要你可怜。程东，你给我听好了，不管今天遇到麻烦的是不是钟老师，我都会爬到山下去救人，这跟对方是谁没有关系。你不用觉得我是为了讨好你，我也不是为了以前的事要做什么补偿。当年的事我对得起自己的良心，对得起职业操守和行为规范！你要看不惯我，就去律师协会投诉我，去我的律所叫他们解雇我！不要羞辱我以后又喂个甜枣招招手，我不吃你这一套！"

深色的茶汤泼了一地，溅得他鞋面上都是，茶杯咕噜噜滚出好远，像他的思绪一样，被她这番话震得半晌回不了神。

他垂手站在那里，脸上神色寂寥，多半是隐忍，过了好久才说："我没想羞辱你。"

如果说羞辱，从头到尾他羞辱的都只有他自己。

"我来找你，也不是因为你救了谁，而是因为你受伤了……你受伤了，我才来找你。"他来回重复一句话，仿佛这样才能确定自己的心意。

莫澜却已经不再看他，坐在床上，冷漠地说："我不想看到你，出去。"

"澜澜。"他叫她名字，她却躺回床上，拉起被子蒙住自己的头。

两人已经没法继续谈下去，程东又看了她一会儿，才捡起地上的杯子，默默走出房间。

莫澜到医院去看望刚刚做完心脏移植手术的病人。

程东参与的这个手术很成功，这是荔河市医院第一例成功的心脏移植手术，大家都很兴奋。

捐赠者的遗体躺在太平间，孟西城低头看莫澜手腕上的伤："手还疼吗？"

莫澜摇摇头，另一只手摸到纱布上绑的那个结，上面仿佛还留有程东指尖的温度。

黄主任做东非要请大家一起去吃饭庆祝一下，莫澜推托道："不了，我还有事没做完，想早点回去。"

她这次的任务，不过是配合荔河市医院医疗伦理委员会；如今流程走完，手术成功，也就没她什么事了，万一将来有纠纷又另说。

然而盛情难却，黄主任很激动地表示："手术能成功不只是因为我们这些上了手术台的人，每个人都努力尽了心。我自己掏腰包请大家吃顿饭，没别的意思，就是高兴，想谢谢大家。"

这台手术活下来的并不是黄主任的什么人，他们之间不过是最普通的医生和病患的关系，他却这样由衷地为之感到高兴。医生的这种情结很容易感染其他人，加上他言辞恳切，也确实让人难以拒绝。

莫澜还在犹豫，举目看向四周，不见程东的影子。

"不用看了，阿东已经回去了，今天吃饭他不来。"钟稼禾一瘸一拐地走过来，一眼就看穿她的顾虑。

"谁看他了，不知你在说什么。"

钟稼禾哈哈一笑，她问道："你脚上的伤怎么样了？"

"小事，就是扭了，休养两天就能好。倒是你啊，为了帮我吃了不少苦头，我昨天让阿东给你送药过去，他去了没？"回来问他他也不说，一副心事重重的样子，连夜就回南城去了。三棍子打不出两个冷屁来，他怎么就收了这么个徒弟！

昨晚的事莫澜提都不想提，嗯了一声算是回答。

钟稼禾道："今早派出所打电话给我，说昨天抢劫的家伙已经抓到了，相机也追回来了，很快就能还给我。效率这么高，我知道你们也出了不少力。小莫啊，谢谢你。等我回到南城，也好好请你吃顿饭。"

"不用客气，是孟检的功劳，我没做什么。"莫澜抬头看一眼孟西城，又对他道，"您今天不回南城？"

"程东这小子不是一个人跑了吗？刚好我脚受了伤也不方便走动，就在这里待几天休息一下，顺便跟小黄他们聊聊天、钓钓鱼，过几天再回去也是一样的。你们万一……我是说万一啊，见到阿东他妈妈千万别说我受伤了，其实我就是休闲游，放松两天。"

说来说去，就是不想让程东妈妈知道他受了伤。他们是半路夫妻，钟稼禾却在乎秦江月的感受到了令人惊叹的地步。对他人的相处之道莫澜不予置评，她只是好奇："她有那么重要吗？随身带着她送的东西，被抢了也要追回来，受伤了也不敢让她知道……万一您人出了事，值得吗？"

钟稼禾知道她的意思，笑了笑，说："你要是经历过我们那个年代，两个人分开大半辈子又重新走到一起，就会明白什么都是值得的。"

有的人说不清哪里好，就是谁都替代不了。而没经历过的人也永远不懂——失而复得，我幸；得而复失，我命。

莫澜回到南城，小优开车来接她，盯着她手上的纱布看："受伤的地方没事吧？"

"没事。"莫澜也抬手看了看，皮外伤而已，不说她都已经没什么感觉了。

"不过你怎么知道我受伤了？"她问小优。

"好事不出门，坏事传千里，想知道总能知道的。"

跟在莫澜身后的孟西城笑了笑："对不住，是我没看好她。"

莫澜摆摆手："跟你有什么关系，是我自己要逞英雄，最后还没落着好。"想到跟程东的争执，她冷哼一声，"算了，不说这个。有什么好吃的没，我快饿死了！"

"回去吃吧，家里什么都有。"小优又看孟西城一眼，"孟检到哪里，我先送你。"

"不用了，你们不顺路，我自己回去就好。"他弯腰撑在车窗，对莫澜道，"回去好好休养，有什么事记得打给我。"

她点头。

其实她真的好累，这趟去荔河市，简直比她以前旅行横穿整个欧洲还要累。可她也只能硬撑着，没人能帮得上忙。

小优开车送她回家，陪她一起上楼。刚踏进家门，就有异香扑鼻，她抽了抽鼻子："是鸡汤？"

小优说是，从厨房舀了一碗出来给她。莫澜盯着汤面上黄澄澄的油花，没吭声。

"汤凉一会儿再喝，我先给你伤口换个药吧？"

小优拿出换药的纱布和碘伏，在她对面坐下，小心地解开她手上的结。

空气里是药水和鸡汤混在一起的复杂气味，跟莫澜眼下纷杂的心绪差不多。她又看了眼茶几上盛汤的碗，问道："程东来过了？"

小优动作顿了一下："你知道？"

莫澜冷哼，这有什么不知道的？她家里从来就没准备过纱布棉条这类处理外伤的东西，一定是有人嘱托小优买来备用，因为她受了伤要换药。还有这鸡汤，小优是很贴心细致的好助理，唯有这厨艺一项技能跟她不相上下——不相上下的难吃，哪里烧得出这么色香味美的鸡汤来。

莫澜不懂烧菜，但她懂吃。程东炖的汤，光是味道她也能闻得出来。

"鸡汤也是他炖的吧？"

唐小优没有一点挣扎就全承认了，原本还准备了一堆用来圆谎的说辞，也全都没用上。

"我看他挺用心的，特意打电话跟我说你受伤的事，又煲了鸡汤亲自送过来，跟之前对你的态度简直判若两人。你们俩……是不是发生了什么？"

小优问得暧昧，可是莫澜不搭腔，脸上表情也看不出喜怒。小优多少还是有点忐忑，又问："那鸡汤要不要？不要的话就倒掉。"

莫澜却把汤碗拨到自己面前："干吗倒掉，有的喝别浪费。"

唐小优这才像松了口气似的，语气也轻快起来："厨房里还有一大罐，要不我拿来给你煮点面？"

"嗯，好。"

她煮了一锅鸡汤挂面，放了两颗鸡蛋和小青菜，两个人吃得酣畅淋漓。莫澜把最后一口汤喝完，扔开碗筷，往沙发上一摊："啊……好饱！"

小优拉开冰箱问她："要吃点餐后水果吗？有甜橙、红提、猕猴桃……"

莫澜看着塞满冷藏室的食物，诧异道："这也是程东买的？"

小优挑了两个猕猴桃，每个拦腰剖开，拿两个勺子跟莫澜一起挖着吃。边挖边说得有几分语重心长："我以前觉得他对你挺苛刻的，还纳闷你当年到底看上他哪一点了。没想到那都是伪装啊，实际上是这样温暖居家的 style。说实话，我觉得这样的男人比较适合你，细心体贴，可以好好照顾你。"

莫澜眼都不抬："你现在是吃人嘴软吧，当然帮着他说话。"

"那你又不肯告诉我你们究竟发生什么事，我当然只好根据自己看到的来做判断了。"

莫澜想了想，停下手里的动作，说："小优，你要记住，将来找男人，唯一要确定的就是他对你的感情。你跟他在一起，是因为你喜欢他，他也喜欢你，百分之百纯粹，而不是因为其他的什么原因。"

小优笑了笑："大概每个人追求的都不一样吧，我倒觉得，我喜欢的人只要愿意跟我在一起就好，其他都不重要。我以前看心理医生，人家还像模像样地说我这样的女生容易爱上渣男呢，哪怕对方一次次冷漠地伤害我、利用我，我也不会离开。因为我只是想从他身上得到关注，就像我从小想得到父母的关注和认可一样，而他们的'爱'就是那样的。你知道吗？我觉得他说得对。所以我宁可单身一个人，至于将来会遇到什么人，是喜欢我的身体还是内在，是可怜我还是被我感动，或者是出于歉疚、崇拜甚至控制欲……都没关系，只要是那个人就行了。"

爱情的定义是什么，每个人都有自己的理论。有人想要一杯高纯度的伏特加，她却只求一杯能入口的杂酒。

莫澜轻拍她的手："你一定会遇到珍惜你的那个人。"

"你比我好运，澜姐，你已经遇到了。"

好多天过去，莫澜手上的伤都好得差不多了，小优这句话还一直在她脑海里回响。她也明白程东就是真命天子，这世上没有比他更适合她的人，可是在错误的时间遇见对的人，不也注定是一种遗憾？

程东没再出现过，也没有电话打来。她有时站在窗边看着从他那里拿来的那盆小小的乙女心，心想或许他的耐心也就到此为止。

莫澜到律所点卯，发现今年的业绩已经超额完成，剩下的时间只要把应收的账款催收到位就行，她可以轻松一段日子了。

律所的老主任找她谈话，有意来年升她做合伙人。莫澜却有些心不在焉地翻阅着手机 app 里的度假套餐，考虑是不是趁新年的工作没开始先出去旅游一趟散散心。

海边泡腻了，日本欧洲都去过了……冬天还是去温暖的地方比较好，她在赤道回归线附近划了一圈，最后选定了柬埔寨。

古老又神秘的国度，一点点危险元素，没有比这个更吸引人的了。

老主任见她看柬埔寨的风光资料，笑说："你们年轻人就喜欢这些地方，小孟他们当初也去过。"他检察官出身，在市检工作将近二十年才出来经营律所，曾经是孟西城的前辈，到今天还称呼他小孟。

也好，说不定大叔能给她一些实用建议。

她开始认真做功课准备行程，给小优也订了酒店机票，让她跟她一起去，算是犒劳她这一年来的辛苦工作。孟西城听说她们两个女孩子打算去柬埔寨自由行，也多少有些不放心，于是约好出来见面聊聊他的见闻。

没想到莫澜却突然接到钟稼禾的电话，他的声音听起来精神饱满："小莫啊，今天有时间吗？说好了请你吃饭的，谢谢你上回在荔河救我一命。"

他回南城了？扭伤的脚好了没有？莫澜把到了嘴边的问题又咽回去，只抬手看了看表："今天？"

"是啊，你不方便吗？"

"我晚上已经约了人。"

"噢，这样啊……那下午呢？喝个下午茶也行啊，最要紧的是我准备了一份礼物要给你，搬来搬去挺不方便的。"

莫澜本来也没想真的吃他这顿饭，听他这么一说反而不好不去了。她看了看自己所在的位置，说了个地点，道："下午四点半见。"

他们约在长安的咖啡馆，离她待会儿要去见孟西城和小优的餐厅也不远。几天不见，钟稼禾果然气色好了，腿脚也利索了，在她对面坐下，笑道："这地方不错，我在医院上班那会儿怎么不知道还有这么方便的小店？"

"刚开的。"莫澜招手叫服务员，长安亲自跑过来招呼她。

"热美式和草莓松饼。"她言简意赅地点完单，钟稼禾只要了一杯乌龙茶。

时间有限，他也不绕弯子，坦诚地说："小莫啊，其实我一直以来都很想谢谢你，却找不到合适的机会。在荔河你又救我一次，我想这也许就叫作天意。所以这回说什么我都得把这句谢谢说出来。"

长安冲的咖啡很香，莫澜端起马克杯挡住大半张脸："不用客气，换作是其他人遇到这样的事，我也会这么做。"

钟稼禾笑："你知道我说的不只是这次。"

"我说的也不只是这一次。"

钟稼禾不愿再跟她打机锋，敛下眸色道："那……能不能看在我的面子上再给程东一次机会？虽然我不知道你们在荔河发生什么事，但你们肯定都还放不下对方。看阿东就明白了，我从来没见他沮丧伤心成那个样子。"

莫澜笑容涩涩的："是吗？我以为是他不肯给我机会。过去的事，是他心里永远也过不去的坎。"

"我去跟他说。"

莫澜还是摇头，并不想多谈，站起来说："没其他事的话我先走了，我晚上还约了人。"

"哎，等一等，我准备的礼物……"

她像没听到，急匆匆地往外走，刚推开咖啡店的门，就看到了程东。

CHAPTER 9

怎知风光恋

他的无常,他的失态,都只因为一个人。
而那个从十六岁就开始牵动他心弦,
占尽先机的人, 除了莫澜还会有谁?

外面下起小雨，他手里拿着伞，但不知怎么搞的，发丝和肩头都还是沾了雨水，看起来有点憔悴，在台阶下也不知站了多久，仿佛就等着她出来。

"你又要走了，是不是？"

他突然没头没脑地问这么一句，莫澜有短暂的错愕，却只当作没听到也没看到，绕开他就要走。

钟稼禾追出来，看见程东终于松口气笑道："啊，我带的礼物来了，赶得真及时。哎呀，怎么下雨了，我得赶紧回去啦。你们聊啊，你们聊。"

说着他抽走程东手里的伞撑过头顶，大步迈进雨里。

雨势渐渐大了，程东对莫澜道："能不能进去聊两句？"

她只好又退回咖啡馆，还是刚才那个位置，对面坐的人换成了程东。

长安见她回来，程东也来了，很高兴，跑过来问他们："下雨了是不是？没关系，你们在我店里躲雨，我请你们吃下午茶。"

店里新推出的下午茶套餐，很英式的三层骨瓷盘点心配伯爵茶或拿铁，长安免费送给他们品尝。

莫澜问："你这样做生意，不会亏本吗？"

"可以赚到一点点钱。"长安脸红，连忙解释道，"这个不是每个人都送的，敬之说你们帮了他很大的忙，我想谢谢你们才请你们吃。"

莫澜忽然有些恨铁不成钢的怨气："你知道我们帮他的是什么事吗就代他谢我们？"

长安诚实地摇头："不管是什么，你们都是帮敬之。"

莫澜不吭声了，程东这时才说："谢谢你长安。"

她蹦蹦跳跳走开了，莫澜说："难怪小优说，她这样的人反而比较容易快乐。"

她这话像是自言自语，程东却听进去了。她说得对，或许有的事本来就很简单，发生得极其偶然，是他们想得太过复杂，所以才那么不快乐。

他看着她，似乎酝酿很久，才沉声道："那天的事，对不起。"

莫澜扬眉："哪天的事？"

"那天在荔河宾馆。"

莫澜嗤笑："怎么，后悔了，当时你的表现可不是这样的。"

他抬起头来，目光如炬："莫澜，你不要总是曲解我话里的意思。我从来没后悔过跟你在一起，很多年前不后悔，现在也不会后悔。"

不悔梦归处，只恨太匆匆。

莫澜这才稍稍软了些："那你道歉干什么？"

又斟酌半晌，他才说："那天有没有弄疼你？"

他一开始明明是冲着确认她有没有受伤去的，结果发生那样的误会，两个人一言不合就又亲又打；他被妒火烧得只剩最原始的冲动和占有欲，知道她是吃软不吃硬的性子还硬来。等到平静下来，再看到她手腕上的伤口，都心疼得不知该如何是好了。

他是医者，却伤害了自己最在意的人，偏偏连嘘寒问暖都不能。

莫澜没受过这样的委屈，当然也没被人公然大剌剌地问过这样的问题，脸上也飞起红晕，错了错牙道："你说呢？"

"对不起。"

"你要是只为说这个，可以不用说了。"

她心里窝着火，虽说爱情来来去去不过我爱你、对不起和没关系，但假如她跟他除此之外真没其他话好说，她还是趁早从这种悲哀的困境里抽身比较好。

她作势起身，却被程东拉住："你又要走了，这回又是走到哪儿去，又要去多久才会回来？"

她莫名其妙，不懂他为什么这样问，刚刚在门外他也问了同样的问题。她看一眼墙上的时钟，离晚饭约定的时间只有半个钟头了，于是她毫不含糊地说："我晚上还约了孟检他们，再不走要迟到了。"

她发现男人比女人还善妒，在他面前提起孟西城总是特别管用，他果然神情萧瑟地松开了手。

外面雨还在下，她没带伞，顶着包包冲进雨里；看到有人跟她一样狼狈地弓着身子从眼前跑过去，又有那么一刹那的茫然。

胳膊被人从后面猛地带了一下，她回过头，程东就站在她身后，淋着雨，声音也像浸透了雨水："你为什么都不肯听我把话说完？"

她看着他气急的模样，仿佛看到高考放榜的那一天，他也是从台阶上跑下来质问她："你不是说跟我一样要报上海的吗？为什么没有报？"

她淡漠地往前走："我分数不够。"

程东冷笑："撒谎！"

名校分数线也分大小年，那年她的分数便是报复旦也足够了。

她终于停下脚步："我读不起，可以吗？南城也有重点大学，法学院排名在全国都名列前茅，我何必要舍近求远？"

他一定要理由，她就给他理由，哪怕看到他受伤也不要紧。长痛不如短痛，他应该知道青春的誓言都不算誓言。

那天好像也下着雨，他手足无措站在雨里有点狼狈的模样一直深深印刻在她脑海中，跟现在眼前的这个程东渐渐重合起来。

"我知道老师今天约了你，天气预报说下午会下雨，我猜你一定没带伞，就到你们律所楼下去接你。唐小优说你最近白天都在办公室，可我到那里的时候前台说你从今天开始休假，可能要离开好一段时间。你知道我听到这话的时候是什么样的心情吗？"他拽着她的手臂，用力得指尖都微微发白，"我到底是做了什么不可饶恕的事情……你还想让我怎么样？"

她觉得自己的工作他不谅解，他就学着谅解；她痛了哭了，想听他道歉，他就道歉；她遇事喜欢独处的空间，他就给她空间……可到头来横亘在他们中间的问题非但没有解决的迹象，她反而又要走了。

这一走又是多久？一年两年，三年五年？人生有多少个三年五年呢？

"我不是……"

"我知道你不是为了补偿什么才去救人，当年的事我也不怪你了。"他忽然感到灰心，语气反而变得坦然，"不管你信不信，我早就不怪你了。"

天色越来越沉，雨丝也越来越密。路边有车子飞快地开过去，水花四溅，空气中连汽油的味道都是潮湿的。

他已经没法再说得更多，转身回到自己的车子上，"砰"的一声关上门，仿佛这样就能把自己隔绝在另一个世界。

然而旁边的副驾驶座上很快也坐上来一个人，呼吸里有草莓的香甜和咖啡的清苦，看着他说："你说的是不是真的？"

程东把头扭向一边，视线落在窗外。

"问你话呢，你说不再因为当初钟老师的案子生我气了，是不是真的？"

程东还是不答，她就不问了，手却缠上来，抚着他的胳膊，小蛇似的游进他的掌心，握住。

"我离开几天只是去休假，打算去柬埔寨旅游一趟。那边暖和嘛，你又不是不知道，我怕冷。"她的手在他掌心摩挲，掰着他的五指把玩，低着头说，"你要是也有时间，我就帮你也买张机票。酒店都不用另外订了，跟我住同一个房间，怎么样？"

或许是住同一个房间的提议太妙，程东脸上的表情起了变化，莫澜看个侧脸就知道他要怒还是要笑。

"看来你是不想去了。"她故作低落地说，"那好吧，那我就找个男伴游吧，要 180×180 那种，白天陪吃陪玩，晚上陪……"

"你敢！"他终于转过头来，抿紧了嘴瞪她。

"那你是答应陪我去喽？"她伸手揽住他脖子，"说是不气我了，怎么还是像孩子一样，这么禁不起激？"

他皱眉："到底是谁像小孩子？"

车子就停在路边，车外还有人来人往，好像是不宜撒娇亲热。

莫澜撇撇嘴就要放手，他却倾身把她抱紧了，呼吸埋在她肩窝，带了丝痛楚地说："我们不要再闹了……"

无论是三年前，还是三年后的今天，每次跟她吵完架，他都像呕血一样难受。伤了她，他心里也一点都不快活，有时事后甚至想不起究竟是为什么跟她吵架。

她心里一震，软下身子，任由他抱着，抚慰似的在他背上拍了拍："好，不闹了。"

他终于笑起来，是发自肺腑的、由衷的笑意。

"那你现在可以回答我的问题了吗？"她问。

"什么问题？"

"当年钟老师那个案子，你真的不怪我了？"

"刚才在外面我就说得明明白白了，你没听见。"

"那不算，雨太大，我耳背，你再说一次。"

程东喜欢她这样小小的无赖。他看了看前后左右的车窗，确定没有人偷窥，才捧住她的脸，深深吻下去。

她懂的，这就是他的回答。

夜阑人静，屋里的人不负良辰美景。

程东翻身起来去倒水，莫澜手肘撑在枕头上，支起身看他后背的线条，垂涎三尺地说："你的腰真好看。"

不宽不窄，曲线微凹，肤色也很健康。

他随手套了件衣服在身上，倒了杯温水回来，到床边抱她起来喂水："口渴还这么多话。"

她喝够了，他才把杯子放到嘴边，喝完杯里剩下的水。

莫澜咂咂嘴，道："是不是该给我准备个专属的杯子呀，以后常常都要过来，总不至于连个喝水的杯子都没有。"

程东躺上床来，重新把她揽进怀里，亲了亲她额角："杯子都在碗橱旁边的柜子里，都是干净的，你来了就自己拿出来倒水喝。"

莫澜把脑袋搁在他胸口，手揽着他的腰："我要以前那种，底下写了我们名字的。"

"都在，我的是黑白菱格，你的是粉色小猪那个。我现在去给你拿？"

莫澜这时候怎么舍得让他走开，赶紧抱紧他，摇头道："我自己能找到。我只是没想到，你还留着我买的东西，还以为……你早就全都扔掉了。"

"我也想扔，"他语气似有些无奈，"可最后还是舍不得，扔了又去捡回来。"

"啊？这么说那些杯子进过垃圾桶？好恶心，我不要用了！"

"我洗干净了，消过毒的。"

"还是不要，买新的，我不要粉色小猪了，要豹纹或者比基尼，我现在是熟女。你还扔过我什么东西，我的浴巾呢，拖鞋呢，是不是也进过垃圾桶又被捡回来了？"

程东是真无奈："……那些东西捡回来也不能再用了吧？"

"哼，就知道你！"

他摸着她的长发笑了笑，拿过一样东西放进她手心里："那你看看还缺什么，我买了送家里来。或者你有用顺手的，自己带过来也行，你做主。"

他放入她手心的是这里的大门钥匙，沉甸甸的，很有分量。

莫澜舌头打结："啊？这个……我不是这个意思，我只是想自在一点，不然总感觉好像在偷情……"

"我知道。所以我把钥匙给你，就是不希望你有这种感觉。"

他坦荡荡地看她，仿佛这么做是天经地义的事。

她愣了一下，有点急地起身："不不不，我们不是说好了要来的时候再约，不拿你的钥匙吗？万一你妈过来，还有钟老师，我……"

程东包住她的手把钥匙握紧："我妈不喜欢这房子，几乎不到这儿来。至于老师，我们之间的事他心里都清楚，也会帮我们在我妈那儿打圆场。我暂时能做的只有这些，等我找到机会跟她好好谈，我们再说将来的事。"

小小的金属棱角仿佛有灼人的温度，硌得她手心疼。时隔三年，绕了一大圈，它终究又回到她手里。

莫澜眼圈红了，他心里有点慌，伸手帮她抹眼泪："好好的，怎么又哭了？"

刚刚亲热到一半，她也哭了一回，他姑且认为是他让她太舒服了。可现在这样，他怕她是感觉受了委屈。

莫澜背转身，哑着嗓子说："谁哭了？我才没有哭。"

他从身后抱住她，亲她眼角："好，没哭，那笑一下就睡觉了好不好？时间不早了。"

"你明早还要做手术吗？"

程东点点头。

两人又躺回床上，她顺从地窝进他怀里，手指在他胸口画圈："好可惜呢，要不是你安排了手术走不开，我们现在都应该在吴哥窟了吧？"

"这份工作就是这样，总有人在生病受伤，我们总也休不了假。等过完年，天气暖和一点，我再休假陪你去。"

"那我们不要去柬埔寨了，难得你休假，我们去远一点的地方。埃及我还没去过……就去埃及好不好？躺在尼罗河边看看日出日落，看看金字塔，多惬意。"

程东点头："好，你说去哪儿就去哪儿。夏天去北海道也可以，那边我熟，你就不用请男伴游了。"

啧，还记着这个呢？男人真记仇。

莫澜画圈圈的手开始不老实地往下，边挪边说："男伴游可以不请，不过我觉得挺对不起孟检的。那天爽约没去跟他见面，害他白等，而且这回去不成柬埔寨，听他说说见闻也好呀！"

她话里话外颇多可惜，程东翻身把她压住："你这是身在曹营心在汉，人都躺在我身边了，心里还想着其他男人？"

莫澜咯咯笑："你吃醋啊？快说你吃醋，不然我可不保证还想不想其他人。"

程东鼻腔里哼了一声，四手四脚缠住她，把她脑袋往怀里按："睡觉！"

莫澜唔唔地挣扎，好不容易从他胸口抬起头来，看到他闭着眼睛，就亲他的下巴，又亲他的喉结，试探地叫他名字："程东？"

"嗯？"他声音瓮瓮的，"刚才还不尽兴，还想再来一次？"

她摇头，手指描绘着他五官，轻声道："我觉得我们这样也挺好的。要是有什么不方便的，到我那儿去也可以。你……千万别勉强。"

她指的是他家里的事，她很清楚固执的父母没那么容易被说服。

程东道："你放心，我心里有数。"

她深深呼吸，像是下定极大的决心，鼓起勇气道："还有……"

程东这时却睁开了眼睛，低头找到她喋喋不休的小嘴咬了又咬："你现在有两个选择：一是睡觉；二是我们再来一次……"

"好了好了，我睡觉！"她现在其实浑身发软，今天是折腾不动了，赶紧乖乖抱住他闭上眼。

内心深处却还在沸腾着，有些事没有机会跟他说清楚，一直闷在心里发酵。倘若有一天被他发现了，她只希望他始终记得，她是爱他的，便足够了。

没有接新的工作，小优又抛弃她独自跑去了柬埔寨，莫澜一个人突然闲得有些不习惯了。程东虽然也会陪她，但他的工作三班倒，又常常要站手术台，脱下白大褂的那一刻其实就已经很累了。她也不要求他陪她逛街购物或者去哪里玩，只是一起窝在沙发上看看电影、打打游戏就很满足。

她拿着他住处的钥匙，但他偶尔也到她那里去。她终于买了全套的锅碗瓢盆，到了吃饭的时间，两个人也会一块儿烧饭做菜。说是一块儿，其实大部分都是程东在掌勺，她连打下手的机会都没有，顶多最后烧一锅番茄蛋汤。

番茄炒蛋，番茄蛋汤，真正的换汤不换药，大概是她唯一拿得出手的菜式了。

虽然这样的日子并不陌生，过去两人恋爱结婚时也跟现在这样差不多，但莫澜多少还是觉得有点歉疚。他工作那么辛苦，回到家里还要做饭，多个人远不只是多双筷子多个碗这么简单。他常常要烧三菜一汤，有荤有素，要花不少精力和心血。

年轻不懂事时有些看作理所当然的事，时过境迁才知其珍贵，会心疼，会自省，会琢磨着自己可以为他做点什么。

莫澜知道程东经常手术后没时间吃饭，饿过了头也就作罢了，他的肠胃其实只怕比她也好不到哪儿去。于是她想给他做点吃的带到医院去，最好是下了手术热一热就能吃的那种便当，顺便也能想起她。

男女感情不可能永远一往无前，炽烈宛如初恋，但他们如今确是好得蜜里调油，仿佛又回到曾经最甜蜜快乐的日子。只不过这样的甜是在明面以下的，他们像保护神秘恋情的大明星，谁也不能高调地做些什么，她就算要对他好，最好也是润物细无声的。

做吃的她是真不在行，买了整套的烘焙模具和寿司工具回来，看着食谱也完全不知从何入手。还好殷长安擅长做这些，又纯真好骗，她只诱哄说要不要玩老师学生的游戏让你当老师，长安就欣然同意教她做蛋糕和寿司。

程东下了手术，有外卖小哥在办公室门口探头探脑："哪位是程东医生？有你的外卖。"

精美的纸盒子，印着咖啡馆的 logo，打开是一盒泡芙，每个大小都有参差，切口也七歪八扭，有的被奶油和鲜果粒撑得老高，有的烤发不够没有塞馅儿的空间，硬塞的奶油都流出来了，蔫蔫的好像一张原本饱满的小脸被揉扁了一样。

程东失笑，拿起一个端详半天，最后只能蘸着奶油吃下去。白色的奶油沾了些在嘴边，像软绵绵的白胡子，又像甜蜜柔软的亲吻；他仿佛能看到莫澜就站在跟前，仰高了脸，一脸期待地问："好不好吃？"

他把最后一点奶油也吃掉，忍不住抿嘴轻笑。

林初蕊好奇地凑过来："看你笑得这么浪荡……昨天是寿司，今天又是什么好吃的？"

喊，不过是几个歪歪斜斜的泡芙，看起来不怎么样嘛！

她以迅雷不及掩耳之势拿了一个，被程东瞪了，于是边吃边说："有情况呀，这是哪个小情儿送的，这么宝贝？"

他个动声色地把纸盒上的 logo 翻给她看，林初蕊表示不信："这是肿瘤科那个骆医生家的店吧？听说他太太，唔……这里有点问题。"

她用食指在脑袋旁边转了转，"不过那店里的甜品和咖啡做得挺好的，我又不是没吃过，怎么会有这么倒招牌的次品流出？你确定不是送错了？"

程东懒得跟她解释，正好手机响了，就起身出去接电话。

林初蕊趁机吃掉盒子里最后一个泡芙，发现奶油居然要蘸着吃，忍不住仰天长叹。

电话是莫澜打来的，果然满怀期待地问："怎么样怎么样，泡芙好不好吃？"

程东只嗯了一声表示回答。

"嗯是什么意思，好还是不好，一百分的满分你给几分啊？"

"那要看你出了几分力，不会又是长安帮你的吧？"

前几天看到她做的戚风蛋糕似模似样，他还大大惊艳了一把，心想说不定她下厨的天赋表现在西点烘焙上，毕竟餐饮也分红案厨师和白案厨师。谁知仔细一问才知道，有时上帝关上一扇门的同时顺手把窗也给关上了——这戚风蛋糕基本全是殷长安做的，她只负责筛了筛面粉并且把面糊放进烤箱而已。

寿司稍微好一点，好歹最后卷的步骤是她完成的，只是卷得有些松散，一路吃一路往下掉蟹肉和蔬菜。

长安是个好心肠的老师，学生太顽劣教不会，大部分步骤干脆就代劳了。

莫澜给他发了个图片过来，嚷嚷道："你看看长安做的什么样，她给我做了示范，剩下的全是我自己做的。为了把面糊调好我已经用尽了洪荒之力，你感觉不到吗？"

程东想到生平第一次吃到要蘸着奶油吃的泡芙，笑道："嗯，感觉到了。"

殷长安做的成品跟她的放在一起，简直就像卖家秀和买家秀。

"所以呀，你给我打几分？"

"九十九，剩下一分怕你骄傲。"

"那……有没有什么奖励？"

程东想了想："你想要什么？"

她在那头笑得要多暧昧有多暧昧，隔着手机电波仿佛都能感受到她眼里的春色："哎，还用说吗？你懂的。"

"我不懂。"程东看着大楼窗下人来人往，温柔里带了丝不羁，"晚上早点过来。"

"过来干什么，好让你做坏事？"

"我今天炖了鸽子汤。"

"咦，这么快就要炖补汤？难道是我最近太凶猛，让你感觉身体被掏空？"

程东嘴上污不过她，不过最后总有法子能让桀骜不驯的小野猫服服帖帖躺在他怀里就对了。

他有点期待即将要到来的周末，既然莫澜没有工作任务，他正好带她出去放松放松。

她在电话那头对着麦克风用力么么几下，程东才收了线，脸上的笑意却收不住，一回头正对上林初蕊探究的目光。

她问："是莫律师？"

其实她很肯定，这甚至不算是一个问题。男人都有孩子般稚气的一面，只展露于最亲昵的人面前，而程东并不是一个很容易跟别人建立亲密关系的人。他的无常，他的失态，都只因为一个人，而那个人从十六岁就开始牵动他心弦，占尽先机，除了莫澜还会有谁？

他也并没有谨慎防备她的意思，只是淡淡地说："你心里明白就好，不要跟其他人说。"

林初蕊耸肩："这个其他人指的一定是你妈妈喽？"

程东不置可否。

她笑了笑："你这么信任我，我都不知该表现出感动还是失落。"

"你是手术室之花，还用得着为我失落？"

林初蕊叹口气："什么手术室之花，我只想赶紧找个人嫁了。"

他挑了挑眉："你的座右铭不是宁可错过一千不可将就一个？"

"跟你不算将就。"

程东脸上的表情认真起来："如果我心里还想着其他人，那就是将就。"他不愿将话说到山穷水尽，微微敛眸，"何况我一直当你是家人。"

林初蕊虽然喜欢他，但也是足够骄傲的人，被发了这样一张好人卡就不再多说什么了，有点认命似的说："你放心，你妈威严犹在，我可不敢到她跟前去嚼舌根，你跟莫律师的事我不会跟她说的。不过你要知道这世上没有不透风的墙，你们俩要真打算在一起，她迟早会发现，只是时间问题。你还是趁早想好对策比较好，必要的时候还是得请舅舅帮忙。"

"我明白。"道理他都懂，只是需要合适的时机。

周末，天气晴好，他带莫澜去爬山。驱车四十分钟，爬了一个钟头，莫澜就两手撑着膝盖弯腰道："呼……爬不动了，还有多远啊？"

她前些天不该笑话他身体闹亏空，其实她才是被吸干的那一个。

程东折回来牵住她的手，教她抬头看："远处那个塔顶看到没，走到那里就到了。你多久没锻炼了？以前你耐力很好的，至少不会走到半山腰就叫苦叫累。"

当年会考结束就将迎来地狱般的高三年级。学校组织大家去爬山，一是磨炼意志，二是放松心情。莫澜穿着他送的运动鞋走在队伍最前面，书包照例挎到腰间，其实空空荡荡的没装什么东西。很多女生背了太多零食和水，走到半途就走不动了，纷纷找树荫休息顺便吃饭，她却头也不抬地继续往山顶走。程东就跟在她后面，想看她到底能坚持多久。

结果他跟她是最早爬到山顶的人，她俯瞰群山苍翠，闭眼深深呼吸一回就露出几分意兴阑珊的神色。

"一览众山小也不过就是这样，没什么了不起的。"

或许那时她已有远超同龄人的练达和智慧，懂得过早攀越高峰不见得就是好事，站在高处茫然四顾，四周都是下坡路。

她找了个隐蔽的角落开始吃午饭，一个干巴巴的面包和一瓶水似乎就是全部。

程东终于明白为什么中途都不见她喝水，不是不渴，只是因为舍不得。一往无前，避开众人，也是因为她不想让这样简陋的一顿午饭显得过于格格不入。

他走过去，把自己带的矿泉水分给她，又跟她分享火腿肠和饭团，知道她的脾性，特意强调："是我家里做的，花钱也买不到。"

火腿肠躺在干净透明的饭盒里，没有花花绿绿的包装皮，样子比寻常见的好像要粗一些，颜色也深一点，已经切好了，整整齐齐跟饭团码在一起。她有意挑衅："这是什么做的啊？你家里全是医生，该不会是拿……人肉做的吧？"

他冷峻地回应："是啊，人肉做的，你敢吃吗？"

她立马拿一块放进嘴里："这有什么不敢吃？呐，看好啊，我吃了。"

她就是禁不起激。不过自制的火腿肠没加那么多淀粉，能吃到真材实料的肉，她忍不住多吃了两块；饭团也挑了个小小的吃，里面包的是花生碎、肉松和咸蛋黄，确实是她从没吃过的口味。她当时不知道饭团是程东亲手做的，他那时还不懂下厨，这是少数他能动手做来果腹的东西。他父母工作太忙，父亲的公司风生水起常常在外应酬顾不上家，母亲一台接一台地做手术也无暇管他太多。有时他觉得自己跟莫澜也没有太大差别，大部分时间学习和生活都靠自己。不同的是他家里请得起钟点工。

那时钟稼禾就时不时常到他家里来，火腿肠就是他自己灌好给他们送来的，借着逢年过节馈赠亲友的名义，实际上是怕他和妈妈妹妹照顾不好自个儿。

无论如何他拥有的东西还是比莫澜多得多，所以总想分一些给她。就像黑暗中擎着烛火的人，想把锁在角落的那一个拢到自己身旁这个小小的光圈里来。

很多年过去，他仍然记得他们在山顶一起野餐，她也从来不曾忘记。只不过他现在有更多愿望，大多跟她有关，担心不能顺利达成，甚至有求于神佛。

莫澜终于看清那座宝塔的塔身时，又已经走了一大半的山路。她气喘吁吁道："好端端的，怎么到庙里来了？"

程东笑笑："闻到香烛的味道没有？这里香火很盛的，也算是名刹了。"

"什么名刹啊……"她累得挂在他肩膀上，"求什么的？"

"姻缘。"

莫澜听到这两个字顿时恢复神采："真的？求姻缘很灵验吗？"

"嗯。"据钟老师讲，是很有灵的。

她回忆了下："等一下啊，我怎么觉得最近好像也听谁说过哪里有个寺庙求姻缘很灵的来着？"

"鸳鸯山？"

"对对对，就是荔河的那座山。"

程东又笑："你以为我们现在脚下的是什么？不过是换个方向，从另一边上来，你就不认得了？"

怪不得了，她一路上来就觉得山景有些熟悉，只不过这一侧山麓还不到荔河市境内，离寺庙更近的同时山路也更荒凉原始一点。

CHAPTER 10

初 心 如 一

他只是爱她，从头到尾，爱的都是那
个桀骜、自我，又善良可爱的莫澜。
他不需要她为他改变什么，她只要做
她自己就好。

　　莫澜逗他:"又是荔河,这么快就想鸳梦重温?"

　　两人关系的拐点在此,荔河也变成一个有回忆的地方。

　　"想什么呢?我最近没法陪你到远的地方去,只能带你就近走走。荔河是南城的后花园,车程近,风景又好,当然是首选。"关键是离南城有一段距离,不至于遇上熟人。

　　莫澜牵起他的手,笑道:"开个玩笑嘛,这么认真。走吧,今天一定要求个上上签!"

　　"这寺里的斋菜听说也很不错。"

　　"真的?"她一听有好吃的就两眼放光,"那还等什么,快走快走。"

　　两人十指紧扣入山门,程东不时伸手为她拉拉鸭舌帽、捋一捋被风吹乱的发丝,体贴入微。

　　苍松翠柏,晨钟暮鼓,山中时日好像比俗世慢很多。刚好遇到一场法事,香烟袅袅,住持和罗汉们神情肃穆地念经唱佛歌,莫澜跟程东就坐在大殿的廊下观摩。日头的光亮斑斑驳驳落在青白石阶上,她就靠在他肩上,手指在他掌心画圈。

　　一场法事做完,僧人们从大殿里出来,住持戴着眼镜走在最前头,取下唐僧似的高帽，一脑门子都是汗。莫澜觉得有趣，拉着程东就跟在他们后面慢慢往后头走。这寺庙山门看着不大，里面却别有洞天，殿宇都依山而建，台阶又高又长，气势巍峨。走到满是鲤鱼和乌龟的放生池边，她又走不动了，趴在石栏边看藏在石头下面缩头缩脑的乌龟。

"我们也养两个乌龟吧，看着挺可爱的。"

程东笑她："你从我那儿拿的那盆乙女心养活了没？植物养活了再考虑动物。"

莫澜白他一眼："养得好着呢，在我房间的飘窗上摆着，每天都能看见。多肉怎么会养不活，都不用天天浇水。"

"就算不浇水也会有病虫害的。就像这乌龟，虽然一个玻璃缸盛一点点水就能养，但它也会得肺炎，而且还是致命的。"

"这小家伙也会得肺炎？"莫澜咋舌，想了想又乐观起来，"不怕，这不是有你在吗？反正你也会到我那儿去，看到花啊草的要浇水施肥就料理一下，看到宠物病了就给他们治病，反正医学原理是相通的嘛！"

程东道："那这些活儿我都做完了，你做什么呢？"

"我就负责观赏和陪它们玩嘛，可以跟它们说话，培养下感情。我看过一个报道，说动植物这样的生命体也是有感情的，你天天跟它们说话、放音乐，陪伴它们，它们也会长得比较健康比较快。"

"那就是我负责物质，你负责情感？"程东笑了笑，"听起来倒是跟养孩子差不多。那不如考虑直接要个孩子？"

莫澜心头一震，幸而她俯身池边，又有帽子遮挡，脸上的表情他看不见。

她拍拍手直起身，已经恢复了笑容，勾住他臂弯半撒娇地说："我感觉自己都还没长大，你养我不就行了？"

"嗯，难得你有这样的自觉。我也觉得现在养你一个就足够了。"

程东没有察觉她情绪的波动，揽着她一路上到大雄宝殿。莫澜罕见地在殿前跪下，闭上眼双手合十，虔心许愿。她向来不信鬼神，模样对程东来说也是陌生的。上回见她露出这么虔诚的表情，还是她过生日那一天。

那天她的愿望实现了，今天的不知会怎么样。

三拜九叩之后，她站起来去拿签筒，旁边却有人比她快了一步，一脸凶神恶煞的模样，抢了签筒交给刚刚跪在她身旁的男人。

莫澜最讨厌抢东西，她不抢别人的，别人最好也别跟她抢。于是她单手叉腰，柳眉一挑，眼看就要开撕。

程东把手搭在她肩上摁住她，示意少安毋躁。

旁边原本跪着的男人站起来，表情和煦地将签筒递给她："女士优先。"

将撕未撕，莫澜一口气哽在胸口不上不下的，反而有点不适应了。

对方依然绅士地保持微笑，她这才接过来："谢了。"

谁知用力太猛，对方松手的瞬间她还没有拿稳，签筒掉在地上，竹签撒了一地。她手忙脚乱地去捡，程东弯身帮她一起，旁边的男人说了声罪过，将落在脚边的竹签捡起来放进签筒，就让到一旁，跟同行的人说："回去吧！"

或许觉得触了霉头，今天是求不到好签了。

莫澜抿了抿唇，却还是决定摇一支签出来。

殷郊遇师，下下之签。

"啊……一定是刚才掉在地上沾了灰，不算不算，我重新摇。"

她把竹签放回签筒，闭眼唰唰重新晃出一支。

居然还是跟刚才的一样。

程东心疼她的倔强，劝道："今天算了，我们先去斋堂吃饭吧。"

其实这种东西，信则有，不信则无，随心而已。

莫澜却还是坚持去取了签文，认真地问解签的僧人，这签问姻缘有什么含义。回答充满禅机，只告诉她时机未到。

什么样的时机？相爱还是相守，还是真正的冰释前嫌？令人琢磨不透。

两人穿过无相门，沿回廊一路往下，一直走到斋堂，莫澜都沉默不语，脸上神情寥寥。程东点的斋菜陆续端上来，她闻到食物的香气，才露出点笑意，看着桌上的饭菜道："好丰盛。"

"这是供应给香客吃的，僧人吃的可没这么丰盛。"他给她夹素鸡和素火腿，"趁热吃，凉了就不好了。"

斋菜味道不错，莫澜喜欢尝新，吃素算是个新鲜尝试，所以胃口大开吃了不少，看起来像是把刚才下下签的不快给冲淡了。

他给她舀汤："多吃点，吃完我们就下山。附近有个湖，我们还可以去湖边走走。"

"会不会太晚了？你明天不是还要值班？"

"不要紧。"

"那等会儿我来开车。"

程东点头。

临出山门的时候，他找她要签文："刚才那张写了签文的纸呢？"

莫澜从口袋里翻出来递给他，不解地问："要干什么？"

他不答，到香炉跟前的时候，将纸条扔了进去。

莫澜瞪目："你怎么把它给烧了？"

程东把她倒扣的鸭舌帽给转回来，解释道："你不懂，摇到不好的签，离开寺庙之前要就地烧掉，不能带出去。"

"还有这种说法？"她狐疑。

他点头："我不想你被这么一支签影响心情。我跟你已经错过了这么多，什么时机不能把握？事在人为而已。"

"你真的这么想？"

"你有更好的理由说服我吗？"

没有，所以只能被他说服——她一直都很相信他。莫澜终于也露出笑："那我听你的。其实刚刚就应该听你的，签筒掉在地上，今天就该算了。"

她想想，还是刚刚跟她有小摩擦的那个男人够果断。

"那个是什么人啊，还挺有气势的？"想起来就问问。

"应该就是今天做法事的人家吧，后来我看到住持出来跟他们说话。"

"噢，难怪。"

莫澜抿了抿唇，看着冬日的暮霭很快将群山笼于怀中，说："不早了，咱们下山吧！"

她依然牵着他的手往山下走，就像来时那样，那张签文仿佛已完全被抛在身后。

程东下意识地回了下头，似乎看到有熟悉的身影在石阶高处的天王殿门前远远打量他们，心里暗暗一惊，再想看仔细一些，那个身影又不见了。

莫澜见状也回头看了看，问他怎么了，他也只是摇头："以为是熟人，大概看错了。"

秦江月在天王殿门前看了又看，非常肯定刚才从台阶往山门走的人就是程东。

自己的儿子，绝不会看错。

他有感应似的回头看过来，恰好殿内有老姐妹叫她进去，两人视线刚好错开了，所以她不确定他有没有也发现她。

没看到最好，要是看到了，她真怕自己立马就忍不住要好好质问他——他身旁手牵手的那个女人是谁。

其实不问也很清楚，毕竟也曾在一个屋檐下生活过的，看个背影也知道，肯定是莫澜无疑。

她真是气得太阳穴都隐隐作痛。这么多年了，远隔时光山海，已经离婚的两个人居然还能走到一起，这是什么道理？

今天她本来是到荔河去跟几个老姐妹聚会见面的，其中有一位家里要做一场法事，就在鸳鸯山上的寺庙，听说风景不错，以前也听钟稼禾跟她提起，她就顺道跟着来看看。要不是这样，她不会这么巧看到程东，也不会发现他还跟莫澜在一起了。

她几乎立马就什么心情都没有了，打电话给钟稼禾，说她今晚就回去。

程东接到钟稼禾电话的时候，莫澜驾着车，刚刚上了回南城的城际高架。钟稼禾难得语气里带了几分严肃："阿东啊，你在哪儿呢？你妈妈说今天好像看见你跟个女孩子在一起，不会刚好是小辣椒吧？她今天都不在南城，你们是怎么遇见的啊？"

程东瞥了莫澜一眼，她戴着大大的太阳镜，朝他笑了笑。他镇定地对着手机道："你不是说鸳鸯山上有个庙很灵吗？我今天带莫澜到这边来爬山，顺便上去吃顿斋饭。"

"怎么刚好是今天去呢？早知道我该跟你通报下你妈的行程。"钟稼禾叹口气，"唉，她那个急脾气，我怕她过不了多久就会找你对质了，你最好有个心理准备。啊，最好跟小辣椒也提个醒……"

他拉拉杂杂又交代了一堆，程东只简单地回答嗯和是，莫澜都没搞清楚他跟谁打电话，等他挂了才问："是谁啊？林初蕊？"

他目不斜视："钟老师打电话来，没什么事。好好开你的车，别胡思乱想。"

红尘俗世，总有风雨在前方等着他们。

等待时机……说不定现在就正是时机。

莫澜做完自己的事情，从律所开车过来，停在医院的地下停车库。

程东值完班下楼取车，就看到她恰好停在他车子的旁边，闪了两下车灯冲他打招呼。

他索性不开自己的车了，打开门坐进她的副驾："过来怎么也不说一声？"

"突击查岗啊，看看你会不会趁着值班勾搭小姑娘。"

程东好笑："那看出什么来了没有？"

"唔，这么看好像没什么。"她还故意凑过来，揪住他衣服闻了闻，"不过你们医生的工作也有优势啊，身上穿着白大褂，空气里都是消毒药水的味道，就算有香水味什么的也被遮盖掉，闻不出来了。"

"那你该庆幸我没做法医，否则就不只是消毒药水的味道了，你得把鼻子训练成警犬那样才能查岗。"

"好哇，你敢骂我是小狗。"

"我没有。警犬是大型犬，不是小狗。"

莫澜作势扑过来挢他，他笑着握住她的手腕把她往怀里带，两人打闹了一会儿，她看到他眼下的青影才停下来，在他嘴上亲了亲："不闹了，去我那儿吧！"

程东看她一眼："去你那儿吃什么，还得我做饭，做饭还不顺手。"

莫澜一扬脸："别瞧不起人啊，我不仅锅碗瓢盆备齐了，现在还买了烤箱呢！你信不信我做几个烤箱菜给你尝尝看？"

程东扣上安全带："我信，开车吧！"

大概是预备好他要来，莫澜已经提前收拾过，公寓里不像之前那么凌乱，只是她进门的时候鞋子还是胡乱蹬开丢在一边。

"怎么样，是不是整洁很多？你先在沙发上坐一会儿啊，我去看看今天吃点什么菜。"

程东顺手帮她把鞋子摆好，在沙发上坐下，拉住她的手将她抱住："不着急，我们等会儿可以出去吃。"

"难得来我这儿一回，怎么又要出去吃？"她坐在他腿上，整整他衣领，"你是不是真不相信我能做一桌菜出来？"

他摇头，有点困倦似的，靠在她胸口道："我只是不希望你为我改变太多，我们像以前那样就行。"

　　以前争执时他也想过的，他总是迁就她，她为什么就不能迁就他一点？他们不是相爱的吗，她为什么不能为了他改变一些？然而真的等到这一天，她迁就他、体谅他，为他洗手做羹汤，学着做饭、烘焙、收拾房间，从少时就随性惯了的灵魂学着约束自己，甚至不惜为救她在意的人而受伤……他才发现他要的并不是她的改变，从来都不是。

　　他只是爱她，从头到尾，爱的都是那个桀骜、自我，又善良可爱的莫澜。

　　他不需要她为他改变什么，她只要做她自己就好。

　　她手抚着他的头发，慢条斯理地说："我没觉得改变了什么啊，不就是跟以前一样？"

　　他抱住她不说话了，有种恬淡的氛围弥散开来，一切似乎都尽在不言中。

　　相拥一阵，莫澜推开他："都有黑眼圈了，昨晚值班又没睡好吧？被叫起来做手术了？"

　　"嗯。"

　　"起来几次？"

　　程东伸出三个手指。

　　"好可怜，那不就相当于没睡？"她心疼地在他眼睛上亲了亲，"那你靠一会儿，我把吃的弄好了再叫你。"

　　他还是不放心："你真的搞得定？"

　　"哎呀，你就等着吃吧！好歹我也是拜过师的人了，你不相信我也要相信长安啊！"

　　他叹口气。

　　莫澜按住他的肩膀压他在沙发上躺下，跨坐到他身上，俯低身子轻声道："你要么睡一觉等我给你做好吃的，要么就剥光我吃现成的，然后我们再出去吃饭，自己选。"

　　程东揉捻着她的耳垂，顺着她颈部的曲线往下，扯开她柔软宽松的一字领针织衫，露出里面黑色的内衣肩带："我明明感觉有点累，可为什么还是倾向于第二种选择呢？"

莫澜把食指放在他唇上轻轻抚娑："食色，性也。"

他乘势张嘴含住她的指尖，轻轻地咬和吮，灵活的舌也凑上来打转舔舐。温柔又暖昧的力道充满了情欲，她也心猿意马，趴在他身上亲他的额头、脸颊和冒出浅浅青髭的下巴，在他脖子上不轻不重地吮出红印。他终于放开她的手指要来寻她的唇瓣，她却解了他衬衫的纽扣，亲吻一路蜿蜒向下，似乎有大战三百回合的意思。

他挺起身动了动，伸手想来拉她，她却自己起来了，微张着嘴唇道："好了吧，纽扣松开了，可以放松睡一觉了。"

他拿她没办法，眼看着她从他身上翻身下去，抱了薄毯给他盖上，才迤迤然走进厨房。

他确实是累了，脑子里装着昨晚收治的病人，闭上眼仿佛还看到今早刚写完的密密麻麻的手术记录。不能放空就更没有心力跟莫澜商量他们俩的事，乱哄哄的，越想越疲倦，眼皮也越来越重。

他终于还是睡了过去，莫澜这里的沙发很软很宽，薄毯上有她的气味，他很快放松下来，恍惚间听到厨房里忙乱的动静，竟也感到安心。

莫澜叫醒他的时候，天已经黑了，他被她拉到桌边，烤的培根卷和肋排摆在盘子里，点缀了圣女果和西兰花，还真挺像那么回事。

她问他："你笑什么？"

我笑了吗？程东摸摸自己的脸，清了清嗓子："嗯，也没什么，就是有种吾家有女初长成的错觉。"

莫澜就当他夸她了，乐呵呵地给他舀了饭："尝尝味道吧！"

这种东西，有人手把手地教过，总归不会太难吃，而且对莫澜来说能做到这样的程度已经很不容易了。

他很给面子地把盘子里的菜都吃光，汤也喝了一大碗。

莫澜自己没吃多少，伏在桌边倾身看他笑："你知道吗？赢一个大

case 我都没这么有成就感。"

虽然她还是不爱做饭，但有人分享和欣赏自己的厨艺原来也是挺不错的体验呀！

饭后她随便收拾了一下就跑进房间，看到程东给乙女心浇水，也弯腰去看："怎么样，长得不错吧？"

"嗯，不错，你平时不要浇水，到时间我会帮你。"

"它没有生病吧？"

"没有，现在看来很健康。"

莫澜点点头。他站起来道："继续努力，等过完新年，就可以养乌龟了。"

"真的？"

"反正也是我来料理，你负责陪它们玩、跟它们聊天就好了。"

莫澜兴奋地跳起来抱他："一言为定，到时候可不许反悔。我要养两个，还要看它们交配产卵！"

程东啧了一声："别得寸进尺啊！"

她不管，反正他已经答应了。她扒在他背上不肯下来，高兴地在他鬓边吻来吻去。

程东驮着她，任她放肆一会儿，才去掰她圈在他颈上的手臂道："时间不早了，我该回去了。"

她诧异道："咦，不留下来过夜吗？"

最近无论他们到谁的住处约会，都会留下来过夜。有时候热情厮杀，有时候什么都不做，仅仅是相拥而眠；像这样气氛好好的，他还被她撩拨得不要不要的，突然就说要回去，还从没发生过。

她绕到他身前："出了什么事吗？"

程东摇头："没有，就是工作上调到点难题，要回去翻翻书。"

他这么说，她也不好再拦他，但还是有些将信将疑："真的，没骗我？真的不是去跟小美眉约下半场？"

他无奈，抬起手摸她头发："我要是有那精力，也被你榨取干净了。"

"今天还没榨过，不如来一次再走？"

她两手抓住他腰侧的衣服，又磨蹭着撒起骄来。

程东顺势抱住她，脸贴着她的脸，像是喃喃自语了一句什么，恋恋不舍。

他最终还是放开她："今天太晚了，你忙活一天也辛苦了，早点睡觉。我明天再打电话给你。"

她说好，送他到门口，却不肯关门。等他走出门又追上去，踮起脚亲他，一字一句地说："程东，我爱你。"

不是第一次表白，可悸动一如最初。

他闭上眼又睁开，清晰回应："我也是。"

爱情里的三字箴言，比任何上上签都更安人心。

可他知道那还远远不够。

每次跟她道别都让他想到两人从相识至今的每一次离散，他也不知道他们是怎么了，普普通通的一段感情，却要经历这么多大大小小的波折。

他回到自己的住处，在楼下看到客厅的灯亮着，就有了心理准备。一开门果不其然就见秦江月抱手坐在沙发上，看起来已经等他回来等了有好一阵子了。

令他感到意外的是，林初蕊也在，见他回来就跑过来："你回来啦？"

她故意提高了嗓门，还不停地朝他眨眼使眼色。

程东却像没看到，平静地脱下外套挂起，走到秦江月跟前道："妈，过来怎么也不说一声？"

秦江月也不废话，直截了当地问："你到哪儿去了，这么晚才回来？"

程东笑了笑："我又不是小孩子，什么时候回来都很正常啊！再说平时我经常回来得都比今天这个时间晚，怎么不见你问？"

"你一个人好好的我才不问你！"

他轻描淡写地说："我现在也好好的，值完班，在外边吃了饭才
回来。"

林初蕊眼见秦江月要发火，赶紧坐到程东身边打圆场道："哎，舅
妈，我都跟您说了您不信。程东昨天跟我一起值的班，下班本来说好
他开车送我到我家去吃饭的，可他车子临时抛锚了要送修，我实在困
得不行才先回去的。他这几天都跟我在一起，您这么急吼吼地逼问他，
让他怎么说呀！"

"小蕊说的是真的吗？最近你们俩都在一起？"秦江月问道，"那
天我到荔河的鸳鸯山去见一个朋友，刚好看到你牵着一个女孩子下山，
我看着可不像小蕊。"

林初蕊笑得有点僵："那个……我们是几个同事一起去的。下山路
滑，他应该就是顺手扶一把，不是您想的那样。"

她的手在暗处使劲扯他衣服，示意他配合一下，蒙混过关。

秦江月耐着性子道："小蕊，你不用帮他，让他自己说。"

其实她也不愿相信他又跟莫澜走到了一起，摆出架势，只要他肯
亲口否认，她哪怕自欺欺人也愿意相信他。

可程东沉默半晌，却坦然地说："没错，我那天也在鸳鸯山，不过
不是跟小蕊，也不是跟其他同事在一起。我是跟莫澜一起去的，我跟她，
打算复合。"

"什么叫你们打算复合？"秦江月怒气冲冲地站起来，"你也会说
你不是小孩子了，说话做事怎么这么不计后果？当初闹得满城风雨，
铁了心地要离婚。她倒好一走了之，留下你一个承受了多少不堪，你
全忘了是不是？现在她一回来你就要复合……你还有没有自尊心了？
我到底是怎么教你的？你有没有考虑过我的感受，有没有考虑过老钟
的感受啊，啊？"

程东垂眸坐在那里："我没忘。不只是那时候发生的事，还有之前

跟她在一起经历的大大小小的事也没忘，想忘都忘不了。所以我也不想再勉强自己做我做不到的事情，就这一次，妈，就这一次，你让我任性一回，我要跟她在一起。"

"你、你真是……"秦江月气得发抖，"你们兄妹都是被鬼迷了心窍，存心要气死我！你妹妹当年不听我的劝，非要嫁给梁沉那种花花公子，后来被坑成什么样了？你更本事，撞了南墙都不肯回头，离完婚又要复合，你这是把婚姻当儿戏！"

"莫澜跟梁沉不一样，不要相提并论。"

"在我看来就是一样！"

程东知道争辩也没用，索性不说话了，只是安静地坐着。

林初蕊在一旁有点焦虑地看看他，又看看秦江月，想劝和，却又完全不知从何说起。

秦江月深吸一口气，抬头看了看天花板，道："你非要固执己见是吗？好，你有你的坚持，我也有我的坚持。这个家只要有我在一天，莫澜就别想再进我们家的门。你要学雯雯，那就彻底一点，学她那样抛开这个家，抛开我这个当妈的，去追求你自己想要的东西！"

这话就严重了，林初蕊连忙拉住她："有话好好商量嘛，程东哥刚值完班肯定累坏了，您等他休息好了，脑子清醒一点了再说，好不好？要不……要不我叫舅舅过来接您？"

这局面她已经 hold 不住了，唯一能想到的就是搬救兵。

秦江月铁青着脸要走，程东这时终于站起来说："妈，婚姻从来就不是一个人的事，就像你跟爸爸当年要分开，他工作忙顾不了家固然是一方面，你不也有自己的苦衷吗？我从来没有质疑过你们的选择，为什么现在你不能尊重一下我的选择呢？"

"你说什么？"她简直不敢相信这样忤逆的说辞出自最引以为傲的长子之口，嗫嚅着，逼近他道，"你再说一遍。"

程东也深深呼吸："我意思是，当初我跟莫澜离婚不单是她的错，我也有错。"

秦江月抬手就给了他一巴掌。

林初蕊都吓坏了，可程东没躲没避，生生挨了这一下，也只是沉默地站在原地。

"你自甘堕落是你的事，但我跟你爸爸的事，轮不到你来发表意见。"

程东盯着她垂在身侧微微发颤的手，沉声道："妈，我知道你向来都不喜欢莫澜。可钟老师的事已经平息那么多年了，他自己现在都放下了。莫澜也改变很多，为什么还反应这么激烈？"

记事以后，父母从来没有打过他。现在因为一段已经过去多年的往事，因为莫澜，母亲竟然毫不犹豫地给了他一耳光。

这一下还真疼，脸上火辣辣的，心里有些怀疑的火种也被重新点燃。

他固执地想要一个答案，秦江月却晕倒了。

莫澜替同事跑了一趟检察院，孟西城不在，对接的检察官是个新面孔，花了她不少时间。

她这才意识到从那天爽约之后，几乎就没再联系过孟西城，他也没打过电话来。他同事说他休假了，似乎去了国外，手机也关机。

她心里多少有些歉疚不安，慢慢踱回办公室，发现林初蕊在前台接待处等她。

"你怎么会找到这儿来的，有什么事吗？"

林初蕊道："是私事，我们能不能另外找个地方谈谈？"

她们到律所大楼对面的城市绿地找了个长椅坐下，莫澜道："说吧，什么事？不会又是让我把程东让给你吧？"

她现在可是重新在他身上盖了章了，所有权期限顺延，出让什么的，免谈。

林初蕊一改之前嘻嘻哈哈看好戏的模样，脸上带了几分严肃，问道："你跟程东又在一起了，听说你们打算复合，是真的吗？"

莫澜愣了一下，随即笑道："你从哪儿听来的？"

"他本人亲自说的。"

莫澜敛起笑容："他亲自跟你说的？"

"没错，不只跟我说了，还有他妈妈。"

莫澜有些惊讶："什么时候的事？"

林初蕊不答反问："你先告诉我，是真的吗？如果是真的，这回你有几分认真？还是说仅仅是因为不甘心，只想找回以前的那种感觉，将来怎么样根本无所谓？"

莫澜觉得她的问题荒谬极了："你是以什么身份来问我这样的问题的？谁叫你来的，程东他妈妈？"

程东本人不可能叫她来，她更像是代表长辈来谈判的。

莫澜掏出手机："算了，我们这样问来问去也不会有什么结果，我自己打电话给程东。"

她才按了一个键，林初蕊就说："他不会接的，他妈妈住院了，今天上午要做 CT 检查，他要陪着她。"

莫澜拧眉："住院了？"

林初蕊点头，把那晚母子争执的情形跟她简单说了说，又停顿一会儿，才道："我不否认我喜欢过他，甚至曾经抱着侥幸的心理以为他终有一天也会看到身边的人而忘记你。直到前天晚上看到他为你据理力争，不管不顾的样子，我才明白真正爱一个人可以到什么样的程度。我从没见过他那个样子……我是到那一刻才确信，也许他和你之间，根本插不进其他人。"

莫澜内心深处也翻腾着，无法形容自己的震撼："你说，他妈妈打他？"

"是啊，很不可思议吧？"林初蕊讽笑道，"狠狠一巴掌，我都替他疼。我本来是想去帮他解围的，跟他演场戏，就说他正跟我恋爱，混淆一下视线这事儿也就过去了。谁知他根本就不需要，他是想好了要跟家里摊牌的，早就做好了豁出一切的准备。"

她一点也不后悔自己的自作多情，她只是担心他们母子，担心舅舅好不容易拥有的家庭就此分崩离析。

莫澜双手在身前握紧："那他妈妈呢，医生怎么说？"

"没有生命危险，不过要住院观察。"

莫澜买了鲜花和果篮赶到医院去，本来想打给程东请他代为问候，但转念一想，还是自己找到病房去了。

感情里的一往无前，很容易感染另一个人。程东那么勇敢，她没道理永远逃避下去。

秦江月本人也是医院里少数拿特殊津贴的专家，住院安排在高干病房，非常安静的单人间，在走廊的最里侧。房门是虚掩的，程东和钟稼禾都不在，莫澜轻轻敲门进去，才发现秦江月在睡觉。

她缓步走到床前，把花放在床头的柜子上。秦江月仍闭着眼不声不响，可她并没有松了口气的感觉，反倒是两人多年不见，这周遭的空气仍像是凝固一般沉重。

她站了一会儿，想了想，还是悄悄从病房退了出来。没想到刚出门，就刚好遇上钟稼禾。

CHAPTER 11

岁 月 如 驰

选择不该是承受，而应该是承担。她
在乎的只有程东，所以这回不打算放
手，拼了命也要爱他、跟他在一起。

两人站在走廊的转角处说话。

钟稼禾道："谢谢你来探望她，有心了。"

莫澜摇了摇头，问道："病情怎么样，严重吗？"

"还好。"他似乎叹了口气，"高血压、冠心病，基本都是老年人会得的病，要注意休养，不能大动肝火。"

莫澜垂眸："对不起，我没想到程东会这么快跟家里摊牌。"

钟稼禾笑了笑："还快啊，不快了。有些话他虽然现在才说出来，但在心里已经闷了好多年了。"

"三年前的事……"

"不完全是因为那件事，你不要太放在心上。"他轻声道，"不只是三年，过完这个新年，就是第四个年头了。事情都过了这么长时间，我现在闲云野鹤也过得挺好，还有什么放不下的？我也常跟程东他妈妈说，塞翁失马焉知非福，要不是我早点退下来，哪有这么多时间陪她呢？你不知道，我们年轻的时候蹉跎的光阴太多，幸好有这几年，一起到处走走看看，弥补了很多遗憾。"

莫澜苦笑："您是为了安慰我才这么说的吧？"

钟稼禾看着她，正色道："其实我从来没有责怪过你，你也不过是做好本职工作而已。我相信阿东和他妈妈也不是不明白这个道理，只是从感情上来说有点不好接受。"他顿了一下，继续道，"何况当时你接那个案子，也是为了阿东着想。"

莫澜心头猛地一震："你知道？"

"毕竟我是真正的当事人，前因后果没人比我更清楚了。"他脸上的神色有些微妙，感情复杂地说了句，"其实我该谢谢你才对。"

莫澜低头："有时候，我也不知道自己做得对不对。我是想过把真相告诉程东的。"

"就是当年你出国前送到家里来的东西？"

她自嘲地笑了笑："原来什么都瞒不过你。"

钟稼禾摇头道："我也是最近听他妈妈说起才知道有这么回事。这件事是她做得不对，无论如何，你给程东的东西不该由她来处置。"

"你不怕程东知道真相吗？"

"我本来就没想瞒他，总觉得他迟早都会知道的。"

莫澜耸了耸肩膀："无所谓了，反正后来我也反悔了。既然已经付出这么大代价，那不如继续守住秘密，否则多不合算。"

"你要守住什么秘密？"程东突然走出来，莫澜他们才意识到，拐角的另一侧是他们的视线盲区，就算有人站在那里，他们也看不到。

"你什么时候来的？"莫澜笑着迎上去，"我正想找你呢，时间差不多了，先去吃饭吧。"

她拉住他的衣服一心把他往外推，他却执拗地不肯动："你还没回答我，你要保守什么秘密，你们有什么事情瞒着我？"

钟稼禾上前一步想要拉开他："程东啊，你听我说……"

"老师，这是我跟她之间的事，请你让我们单独谈一谈。"

钟稼禾到了嘴边的话又咽回去，沉默了几秒，放手转身离开了。

只剩下莫澜和程东两个人，他的目光一瞬不瞬地盯着她："现在可以告诉我了，到底有什么事是我不知道的？你们要保守的秘密究竟是什么？"

原来他的直觉是对的，事情的来龙去脉里似乎总是少了点什么，就像偌大一张拼图缺了一块，不管怎么用力拼凑都仍不完整。

莫澜深吸一口气："你不是说不计较当初的事了吗？既然不计较，又何必问这么多？"

"这是两回事！"

她笑笑："其实是一回事，无非就是你没办法彻底放下，非得刨根问底。"

"你讲点道理好不好？我不是要责怪你，我是问你究竟隐瞒了我什么事？是不是跟我妈有关，是不是跟你当初送到我家里来的那封信有关？如果是的话，你最好原原本本地告诉我！"

"我没往你家里送过信。"她挣开他的手，"我送去的只是一个日记本，跟了我很多年，记录的大多是跟你有关的事。我也没别的意思，就是觉得不甘心，所以想挽回，以为你看到了总会有些感动，谁知道被你妈妈抢先了。"

她嘲弄地笑了笑："她大概觉得我不要脸吧，从十几岁开始就想她的儿子，一心想着高攀，最后竟然还让我得逞了。她不让你看那本日记也很正常，我们好不容易决定离婚，你终于可以摆脱我了，她肯定乐见其成。"

她像在说别人的事，然而程东觉得不对，一定有什么地方不对。他能感觉到母亲因为某种原因，比他们当初结婚时更不待见莫澜，但绝不仅仅是因为她日记本里的少女心事，一定还有别的……还有别的什么，是她避重就轻不肯正面回答的真正内容。

他知道这样问也问不出什么来，她不想谈的事，谁都无法勉强她开口。他冷静下来，垂下手道："好，你不肯说，我自己去查。"

无论事情过去多久，只要想查，总有蛛丝马迹的。不是说真相从不缺席，只是喜欢迟到吗？

莫澜看着他，眼里泛起苦涩："程东，你这是何必呢？"

他为什么就不肯相信，她苦心隐瞒的事，总有她的道理？

程东心头的苦涩不逊于她："你真的不知道我这么做是为什么吗？"

他要消除母亲对她的成见，要去掉横亘在两人中间多年的心结。他不是纠缠于过去，而恰恰是为了两人的未来。

"随便你。"她有不同寻常的冷漠，大概也是因为有山雨欲来风满楼的预感。

莫澜一个人在殷长安的咖啡馆待到很晚。

长安有点担心她："你看起来不太开心，要不要叫程医生来接你？"

她摇头，笑了笑说："我约了小优，她今天刚从柬埔寨旅游回来，大概飞机又晚点了，路上要耽误点时间。"

"啊……她现在过来吗？"长安抬头看了一眼钟，"可是我们都快打烊了。"

莫澜举了举手里空掉的咖啡杯，压低声音跟她说悄悄话："我知道你这里藏了好酒，打烊以后能不能卖给我喝？"

长安惊讶道："你怎么知道我这里藏了酒呀？"

"上回我看到你拿出来给程东和骆敬之开小灶嘛！"

像被人窥见小秘密，长安脸红："那是敬之朋友送来的，敬之说他没搞清我开的是咖啡馆还是酒吧……"

莫澜哈哈笑："反正也差不多啦，白天有客人的时候是咖啡店，打烊后悄悄变身酒吧。你是不是长这么大还没喝过酒？这样吧，今晚是lady's night，我诚心邀请你加入我们。"

长安连连摆手："我不能喝酒的。"

"谁说的，骆敬之？"

她点头。

莫澜一笑："你已经是成年人了，用不着事事都听他的。这酒没什么度数，稍微喝一点没事的。"

唐小优赶到的时候，咖啡店果然刚好到了打烊的时间。长安让其他员工下班先走，她留下来招呼莫澜她们，最后果然经不住诱惑加入了她们。

三个女生围着吧台坐，顶上只留了两盏小灯，台子上另外点了蜡烛，气氛静谧安逸。长安给三只杯子里都倒了酒，用当天最后一炉剩下的玛格丽特饼干和什锦果仁下酒。

唐小优一口气就干完一杯，空杯啪地往桌上一放，大呼过瘾。

莫澜眯眼打量她："好像晒黑了不少啊？怎么样，旅行感觉好吗？"

"你还说！明明是你说要去的，行程都订好了还临时取消，重色轻友。"

莫澜抚着杯沿笑："对不住啊，这回确实是我不对。不过往好处想，这也是给你创造机会啊，单身上路容易有艳遇嘛！你有拳脚功夫防身，我不担心男人欺负你，只好奇你有没有撩到个把鲜肉？"

唐小优喉咙里低低哼了一声，不想多说，扬了扬下巴道："长安还在这儿呢，别胡说八道，当心把人家教坏了。"

莫澜嗤笑："谁教坏谁呀，她都是人妻了，什么大场面没经历过，又不是小朋友。对吧，长安？"

长安其实不是很明白她们在说什么，她刚鼓起勇气喝了一大口酒，舌头上辣得像着了火，手忙脚乱往嘴里塞饼干。

莫澜陪她一起喝，只两口，杯子就见了底。她抓过酒瓶又满满倒上一杯。

"说说你吧，重色轻友的下文是什么？"唐小优看出端倪——她刚下飞机就被抓过来，肯定是莫澜心里苦闷想找人聊天排解。何况假如莫澜跟程东好得如胶似漆，哪有闲情这么晚了还跟她们在这里喝酒？

"好着呢！"莫澜捧了捧脸，"你不觉得我皮肤又白又细，气色也好了很多，这都是程东浇灌滋润的。其他的嘛……等我先喝两杯再跟你们说。"

"德行！"

她果然喝得很猛，长安有点焦急，想拦却拦不住："澜姐，你这么喝很容易醉的！"

小优却冷静地说："没关系，让她喝吧！"

有的事，她大概非得喝醉才有勇气说出口。

然而喝到最后，莫澜也并没有讲什么很特别的事，一直都在听小优说游柬埔寨的见闻，偶尔在长安的惊叹里插几句话。

她清醒时参与的最后一个话题，是问长安为什么还不生孩子。

"你跟骆敬之……结婚有几年了？嗝……你不喜欢小朋友吗？"

"不是的，我很喜欢小朋友，以前还想过做幼儿园老师。"想到曾经的愿望，长安脸上浮现出憧憬之色，但很快就被难掩的低落所取代，"不过……敬之说我连自己都照顾不好，更不可能照顾好小朋友。"

"那你们是打算做丁克，永远享受二人世界？"

"我也说不好……我想做妈妈，可我怕宝宝会像我一样。"

莫澜拧眉道："我听程东说，你的病是后天意外造成的，不会遗传给孩子。"

这样的道理她或许不懂，骆敬之作为医生不应该不懂啊？

长安头垂得更低了："敬之也觉得我们不要宝宝比较好。"

唐小优听了摇摇头。莫澜冷笑一声，看来男人薄情的下限是可以不断被刷新的。

不愉快的话题就这样很快带过。莫澜本来酒量不错，但正所谓借酒浇愁愁更愁，心事重重地喝到最后，也是昏昏沉沉，嘴里还在喃喃自语。

唐小优本来打算自己送她回去，但听到她一直絮絮喊程东的名字，想了想，还是打电话把程东给找来了。

程东自己开车过来，在门口碰到骆敬之。

长安跌跌撞撞扑进骆敬之怀里，他闻到她身上的酒气，还没说话就先皱起眉头。倒是程东看到醉醺醺的莫澜并不意外，只对小优和长安说了句麻烦你们了，就横抱起她往外走。

小优跟在他后面："我跟你一起送她回去。"

因为唐小优没喝酒，程东把车钥匙扔给她："那麻烦你来开车。"

他抱莫澜坐在后座，脱下自己的外套裹住她，让她靠在怀里。

莫澜还不至于醉得不省人事，就是觉得热，上车就焦躁地拉扯衣服，睁开眼睛看到程东，愣了一下，笑着摸他脸："你来了？"

他抿紧唇，把她的脑袋按在自己肩窝上，降下一点车窗透气。

"睡一觉，到了我叫你。"

"我不去你那里，我要回我自己家。"

她喝了酒之后总是任性，程东没说话，前排掌握方向盘的唐小优已经按她所说的把车开往她的公寓。

其实在程东心里没有这里和那里的差别，她的就是他的。

深夜的城市，空旷的街道，安静得仿佛之前的吵闹和不愉快都是幻影。

"到了。"小优停稳车子，下来拉开后座的门，帮程东一起扶莫澜下车。

走了没两步，路过公寓楼下的垃圾桶，莫澜还是没屏住，弯身大吐特吐了一回。

"吐完就没事了。"小优反而像松了口气，把车钥匙还给程东，"今晚要辛苦你，我就不上去了。"

程东点头："谢谢你。"

小优偏着头看她："你们发生了什么事吗？我去柬埔寨之前你们刚和好，我以为这回是天长地久呢！"

程东苦笑："我也不知道发生了什么。"

他也以为最大的阻碍不过是母亲那一关，却意外地发现似乎并不是这样。

小优思索片刻："我觉得澜姐可能隐瞒了一些事，我可以帮你查一查。"

"可以吗？"他有些惊讶，没想到她会主动提出来帮忙。

"当然可以。"小优瞥了一眼抱着垃圾桶呕得撕心裂肺的莫澜说，"她应该憋在心里很久了，再这么下去，我怕她会受不了。"

今晚她一定是想要找人倾诉的，但即使喝醉了也没办法说出来。心事找不到宣泄的出口，她终有一天会不堪重负。

"那就拜托你了。"

"不用客气。你好好照顾她。"

唐小优当莫澜如亲姐，真心诚意地希望她能幸福快乐。

程东等莫澜吐到再也吐不出任何东西来，才扶她上楼。她眼花走不稳，搂住他脖子撒娇道："你背我。"

他看一眼不远处的电梯："别闹，马上就到了。"

她摇头，揪着他的衣服："既然要到了，就背一下嘛！我晕得很，等会儿又要吐了。"

他长吁一口气，在她面前蹲下，示意她："上来吧！"

莫澜喜滋滋地伏到他背上，揽紧他。

正好有人进了电梯间，程东把她往身上托了托，转身进了一旁的楼道。

楼层不高，他就背着她一层层爬上去。

莫澜在他背上，跟随他的脚步轻轻颠荡，更是搂紧了他，脸颊贴在他颈边道："你还记不记得上一次背我，是什么时候？"

她好像又轻了，背在背上并不是那么吃力。程东走在空无一人的楼梯上，抬头看到明晃晃的灯光，也试着回忆："记得，是结婚的时候。"

迎新娘的风俗，要求他把她从娘家背出来，背进他和她共同营建的新家里。

她家里那时已经没什么人，从小生活的那个小居室也被她转手卖掉。她有依附的资本，却不愿做凌霄花，连婚后共住的新房都一定要凑一份子。他悄悄为她把那笔钱存起来，想等她将来事业有成，打算单打独斗开律所的时候拿出来用作起步的资本，或是有了宝宝，可以当作孩子的教育基金。

然而最后他们却等不到那一天就不得不分开，他留下房子，把钱还给她，然后她用那笔钱去了国外深造。

她穿着红底金线的传统褂裙，由他背着一步步走向新的生活时，心中有没有跟他同样的憧憬和期待？

莫澜此时靠在他肩上，也同样好奇："那当时你心里想的是什么呢？"

程东在楼梯的转角处稍稍停了停，抓住她腿弯处的手紧了紧，淡淡地回答："没想什么。"

后来他听到有人说，唯愿我身边的人与我所求相同，才终于明白自己那时的心境。

无论顺境还是逆境，无论富有还是贫穷，无论健康还是疾病，无论青春还是年老，都风雨同舟，不离不弃。

他终于把她背回家，给她倒水、洗脸，扶她躺下，像对待自己的病人一样耐心。她像个孩子似的依偎在他身边，不无心疼地在他脸颊来回抚："听说你挨了一巴掌？"

他还来不及开口，她又说："真傻……不知道躲的吗？"

他拉住她的手："喝多的人没资格说别人傻，快点躺下休息。"

她却拉着他的手不肯放开："那你答应我，下次……要是还有下次，别再这样了。"

即使是生他养他的亲妈动手给他一下子，她也心疼。

"这句话应该我来说，要是下次再喝酒，别再这样了。我不是每次都刚好能赶上去接你。"

"我又不是买醉。在长安那里，不要紧的……"

"你可以在家里喝。"

莫澜娇笑："那不是成一个人喝闷酒了？多没劲啊，我不要。"

程东帮她脱掉外面的衣服，解开贴身衬衫的纽扣，指尖碰到她的锁骨，流连不去，沉声道："我可以陪你。"

"你？"她都躺下去了又撑坐起来，一把抱住他，"你要陪我做其他事，还是不要喝酒比较好。"

喝了酒的人力气也特别大，程东被她拉得倒下去，胳膊用力撑了一下才没压到她。两人挨着不到一掌的距离，他看到她眼里泛起泪光，几乎以为是错觉。

"哭什么？我不是怪你……"他用手指抹她眼角，顺势在她身后躺下来圈住她。

莫澜吸了吸鼻子，抱紧他横在她身前的胳膊："我害怕。"

"我在这里，怕什么？"

"……你不懂的。"她就是怕他离开，怕醒来发现这又是一场大梦。

程东收紧手臂："就是因为我不懂，才要你来告诉我。澜澜，你有什么事都不要瞒着我，一定要告诉我。"

除了要跟她分道扬镳这件事，其他不管发生什么都不至于让他接受不了。

她像没听进去，仍自顾自地说："小优回来了，说了好多柬埔寨的趣事，还有照片……真羡慕她啊，年轻就是好，来一场说走就走的旅行，去那么远的地方……"

他抚着她的头发："等忙完这一阵子，你想去哪里，我都陪你去。"

"以后都不回来了，也可以吗？"

南城这地方，说是家乡，但从小到大她有太多不好的回忆，想抛都抛不开。

程东不说话，只是愈发抱紧她。她笑了笑："开玩笑的，你还要上班的嘛！你们最近在评职称是吧，就快成副教授了，我还没恭喜你……"

她声音渐渐低下去，直到完全听不见，只剩均匀而平静的呼吸声。

他为她拉好被子，让她蜷在他怀里睡，然后盯着她的脸庞半晌，才轻声回答道："……可以。"

莫澜宿醉醒来的第二早晨，程东已经不在她的公寓。餐桌上照例有煮好的粥和白煮蛋，盘子下面压着字条，是程东的笔迹：好好吃饭，爱你。

她在纸条上啵地亲一下，随手在后面写——我也爱你，然后把字条放进钱包的夹层，权当合影，带在身边。

她蓦然发现两人已经很久没有拍过合影照片了。在数字图像的时代，即使拍照也全都留存在手机里；不像过去恋爱的时候，他们还拍过花花绿绿的大头贴，虽然俗气又粗糙，但那种亲密感仿佛唾手可得，感觉还是不一样的。

不知是因为酒精的作用还是他的怀抱太暖，醉完一场，即使什么都没说，她心里也舒服很多。

与其患得患失，不如珍惜眼下的时光，放开怀抱好好爱一场。

转眼就是农历新年，程东因为职称的事情很忙了一阵子，好在结果如意，跟骆敬之一样，成为医院最年轻的副教授。

少年得志，他却不骄不躁。不过到底是值得高兴的事，他第一时间想到的就是跟莫澜分享。

"恭喜呀程教授，咦，我发现我还挺喜欢你这个新称呼的，有种斯文败类的感觉。"

程东不理她的调侃，只说："恭喜的话你前两天已经说过了。"

"啊？什么时候，我怎么不知道。"

"喝醉的那一天。"

"是吗，我都不记得了。"她抿了抿唇，"我还说什么没有？"

"你还应该说什么吗？"程东反问她。

虽然在电话中看不到对方，但莫澜眼前几乎都浮现出他迫人的神色。

她不说话了，程东才继续道："你明天有没有安排？几个要好的同事非要闹着让我请客，我想带你一块儿去。"

她放松身体靠在椅背上，终于有了开玩笑的心情，转动着手里的一支笔，笑道："带我去干吗，埋单吗？"

"单我会埋，你负责貌美如花就行了。"

"噢，原来是做花瓶啊！我什么都做过了，还真就没做过花瓶，我考虑一下。"

"嗯，认真考虑一下，我很有诚意的。"

"没看出来。"

他压低了声音在那头说："那我今晚过来找你？好让你看看我的诚意。"

莫澜笑着，拿手里的笔在桌面上画圈："那不如我们单独庆祝，我给你准备点特别的。"

"我很期待，不过聚会你也得来。晚上六点，我来接你。"

他有时候也霸道，不容置疑。

午休时间，莫澜去了律所附近的百货商场，千挑万选，挑中一套性感内衣。她在更衣室看了看镜中的自己，很满意上身效果，相信程东也会喜欢。

自从那天两人在医院病房门外不欢而散，有小半个月都没好好享受鱼水之欢，她其实也很想他。

付完账，她脚步轻快地拎着袋子走出来，还没过马路，就看到秦江月在律所楼下等她。

莫澜给秦江月的茶杯里倒茶。

她跟钟稼禾一样，只喝乌龙茶。两人坐在附近的茶室里，隔着一张方桌，半晌都不开口。

秦江月瞥了一眼她手边的内衣纸袋，说道："好久不见了，你好像还是跟以前一样。"

莫澜笑了笑，这句话听不出褒贬，她姑且不接话。但她时刻牢记着，对方是程东的母亲，而且刚刚病愈出院。

秦江月也没有大动干戈的意思，依旧语气平平："我今天来不是找你麻烦，只不过既然你跟阿东又走到一起，有些事有必要说清楚。"

莫澜听出一丝妥协的意味："请说，我听着呢。"

秦江月拿出一样东西放到桌面上："这是你当年夹在日记本的最后一页送来的东西，还记得吗？"

莫澜只扫了一眼，就说："记得。"

"很好，那你应该知道程东看到之后会有什么样的后果，会给我们这个家造成什么样的影响。"

是的，知道，说天翻地覆也不为过。

莫澜微微偏头："没错，所以我没把东西直接交到他手里，不是吗？"

"你就这么笃定托我转交，我就一定会看？"

"事实胜于雄辩。"

秦江月脸色变了变："所以你是故意让我来做决定？"

莫澜看着她："难道不应该吗？我尊重你是程东的妈妈，是他的家人，但说到底我在乎的只有他一个人而已。我被逼到那个分上，眼看要失去程东，当然什么都要试一试。选择不该是承受，而应该是承担，对你，对我，对程东，都是一样。"

秦江月胸口起伏着，捧起茶杯喝水，才慢慢把情绪压制下去。

"你刚出院，身体不好，还是不要太过激动。"莫澜道，"如果你是因为这件事千方百计要阻止程东跟我在一起，真的没那个必要。他不是小孩子了，内心比你想象得要强大得多。以前你可能觉得我配不上他，我自己也是这么认为的，所以努力了很久要变成更好更优秀的人来靠近他，当年甚至发誓不惜一切保护他，我也做到了。我知道你一直都不喜欢我，我并没有打算改变这个事实，就像我刚才说的，我在乎的只有程东。这几年我一个人在外面飘来飘去也想得很明白了，所以我这回不打算放手，拼了命也要爱他、跟他在一起。我不会伤害他，你可以放心。"

秦江月道："我只想确定，当年你隐瞒的事，现在也不会对他说。"

莫澜笑了笑："这你也可以放心，不过程东不是傻子，他也早就怀疑了，难保不会自己查出点什么来。"

"那就是他的事了。他自己查，跟从你嘴里听说，完全不一样。"

秦江月站起来要走，又想到什么似的，问道："他晋了职称，明天要跟同事聚餐，你知道吧？"

莫澜点头。

"他一定叫你一起去了？"知子莫若母，秦江月并不是一点都不了解儿子，"我跟老钟也会去。别的场合都算了，但三年前的事明面上毕竟是闹成了那个样子，我不希望明天大家因为你在场而尴尬，你明白吗？"

莫澜当然明白，但倔强地问："说不定程东和钟老师都不介意呢？"

"他们不介意，其他人也会议论！"她拔高了音调，耐着性子解释道，"阿东这么年轻就晋升副高，背后多少眼睛看着，多少人等着看笑话、揪小辫，人言可畏你懂吗？三年前的事，他用了多大的勇气才走出来，我不想再看他经历一次！"

其实莫澜也不想，她也知道程东是有些急了，匆忙间要把她带回生活圈子里，大概是害怕再次一败涂地的伤害吧？

第二天，莫澜见完委托人回到律所，发现办公室里有不同寻常的热闹。老主任乐呵呵地叫她："莫澜，孟检来了，快问问他有没有给你带礼物。"

孟西城依然西装革履，儒雅沉稳，一段时间不见似乎晒黑了不少，从主任办公室走出来朝她笑："好久不见。"

莫澜勉强牵动唇角："你回来了。"

"快过年了，赶回来写总结。"

"不是赶回来吃尾牙和参加团拜吗？"

孟西城轻轻敲她头："现在都提倡勤政节约，我们内部是一顿聚餐都没有。不过我们处今天跟你们所有场球赛，晚上可以一起吃个饭。"

"好啊好啊，年轻人就该多出去玩玩，别像我们似的整天坐在办公室。莫澜你下午也去给比赛加加油，晚上跟孟检他们一起吃顿好的。"老主任看好这对郎才女貌的年轻人，月老上身似的，在旁边一个劲儿鼓动他们出去。

莫澜皱了皱眉头："今天？"

"是啊，你没见孟检专程跑一趟吗？"

孟西城问她："晚上有事？"

"噢，没有，本来有点事，取消了。"她踟蹰再三，还是做了这样的选择。

检察官跟律师们的篮球赛每个月一场，到了这个时候已经是旧年的最后一场收官战。打球是次要的，球场上热络轻松的气氛才是新年所必须。也只有到这一场球，看台上才有这么多观战的女生——有的是家属，有的是女同事。

莫澜几乎没参加过这样的活动，她已经过了做啦啦队的年纪。

"小优呢，怎么不见她人？"

她最近真的是有点心不在焉，自己的助理去了哪里反而要问其他人。

"她今天出去了，好像到哪个医院去了，说是有个什么材料要查。"

莫澜点头，也没多想。手机在包里嗡嗡震动，来电显示是程东。

她顿了一下，还是接起来："喂？"

程东值完白班，从住院楼出来，打电话问道："你在哪里？我现在过来接你。"

"对不起啊，今天单位有事，我不能去了。"

程东停住脚步："为什么？我们昨天说好的。"

"我们没说好，我只是说会考虑。"莫澜尽可能使自己表现得自然，"年底了应酬什么的也很多，我今天真的没法过去。"

"澜澜……"

"莫澜，到这边来坐！"孟西城在看台一侧的声音打断了程东没来得及出口的话。

莫澜不想在电话里多解释，匆匆说了句"我先挂了"，就挂断了电话。

她走到孟西城身边，看到他换好的运动服，忍不住调侃："真没想到啊，大叔你还能上场打球？"

"别小瞧人，我当年代表学校打比赛的时候，你还没上幼儿园呢！"

她喊了一声："现在好像不是倚老卖老的时候吧？"

孟西城笑了笑："那你就老老实实在看台上坐着，看看我的实力。"

"好啊，别太拼了，小心受伤。"

她转身坐上看台，手里紧紧握着手机，想到程东，心思仍然摇摆不定。

程东也不明白怎么回事，但当他听到电话那头传来孟西城的声音时，胸口就像挨了一拳似的，又闷又疼。

他知道不该怀疑什么，可就是忍不住心底泛酸。

他对等会儿的请客庆祝几乎都提不起什么兴致了，一心都牵念着莫澜，总觉得他们之间发生了什么，可又无法证实。

这种感觉很糟，也很熟悉，他们三年前离婚前夕就是这样的情形。

他想去找她问问清楚，走到车子面前，发现唐小优倚在车门边等他。

"你没跟莫澜在一起吗？她说今天你们律所有事，是什么事，你知道吗？"

唐小优摇头："你一下子这么多问题，我该回答哪一个？"

程东道："那我只问，这会儿在哪里可以找到她？"

她不答，拿出薄薄一份文件递给他："你先看看这个，冷静一下，然后再看什么时候去找她。"

"这是什么？"

"我答应帮你查的事情，不记得了？"唐小优苦笑，"我真希望当时没自告奋勇帮这个忙……你先看看再说，如果看完除了心疼和惋惜不会有其他任何不好的想法，你才有资格去找她。"

她手指在那个文件袋上弹了弹，其实要说的话都在里面，懂的人不需要解释，不懂的即使解释了也没必要。

其实这还不是真相的全部，她只是觉得，这件事有必要让程东先知道。

几页纸拿在手，仿佛重有千斤，程东坐在车上默默看完，等受伤最初瞬间的惊与痛过去，才拿出手机给钟稼禾打电话说："老师，今天的晚饭我赶不过来了，麻烦你……帮我招呼一下大家。"

"噢，好好。"钟稼禾听出他不太对劲，避到安静的角落问他，"怎么了，出什么事了吗？还是临时有病人？"

"我要去一个地方，回头再跟你们解释。今晚就麻烦你跟敬之帮我，还有我妈……"

他已经说不出完整的句子，手机几乎是从手里滑落下来，被他扔到一边。

57：48。莫澜看到场边记分牌上的数字又翻过一页，孟西城他们把领先优势又扩大了一些，比赛只剩最后几分钟了。

场边有年轻的女孩子大声地喊加油，气氛热烈。球从另一边的篮下传过来，到了孟西城手中，他三分线外起跳投篮，把最后的得分锁定在 60。

场下一片叫好声，他回过头来，正好对上她的目光，朝她竖起两个拇指笑了笑。

莫澜没有笑，她思绪飘得太远，眼前的人和事仅仅是空洞的画面印入脑海，根本没有真正看进去。

她记得的，学生时代的程东也很会打球，高一入选学校篮球队，高二代表学校打过市里的比赛。他外形好，又是学霸，放学后参加篮球队训练，总有不少女生去围观。她也悄悄去看过，他每次起跳投篮，她的心仿佛也跟着往上一提。

她不太喜欢那种感觉，拼命地想要克制，就不再去了。

后来学校搞啦啦队去为他们加油，体育老师选人不知怎么的选到她头上，大概还把这任务当成对她的特别照顾，叮嘱她必须入队练舞。

其实一开始也挺好的，青春期无穷的精力有处宣泄，啦啦队员又全是身高体态相当的漂亮女孩，说起来也是光鲜耀眼，惹人羡慕的。

直到她偶然听到篮球队某个队员说："……怎么挑这种人来给我们加油，多不吉利啊！难怪最近比赛都打得不顺。"

"是啊，听说她妈妈是自杀的，爸爸也早就不在了。"

"没错，是事实。"

"不过长得挺漂亮的。"

"没看化了妆吗？卸了妆还指不定什么样呢……"

不用点名道姓，她也知道他们说的人是她。

"你们说够了没，今天还练不练了？跟附中打的比赛能顺手就怪了，他们平时的训练量就是我们的一倍，天道酬勤，赢不了就怪到女生身上算什么？"要不是程东这时开口，她都没意识到原来他也在休息室里。

"说什么呢你！"

"哎，算了算了，自己人别动手伤和气。"

里边传来男生之间推搡的动静和劝架的声音，后来他们又说了些什么她就没再听下去。

那之后不久，她就故意考了个全班倒数的期中成绩，硬是从啦啦队退了出来。

放学路上，她被人拦下来，正是在休息室里说她不吉利的篮球队大个子。她留意到对方脸上好大一块瘀青，冷淡地问："你想干什么？"

没想到大个子先脸红："他们说你退出啦啦队是因为没考好，你要是想补习，我、我可以介绍我的补课老师给你。"

"不用了，我怕我不吉利，害得你也考不好。"

十六七岁的少年愣了一下，脸上顿时写满手足无措四个大字，骑上车头也不回地跑了。

她在不远处碰到程东，脸上竟然也带着伤，唇角又红又肿，冷笑地看着刚刚远去的那个背影："噢，原来是这么回事。"

她却歪着脑袋看他笑，伸手想碰他嘴边的伤，明知故问道："这是被谁打了呀？"

他躲开她的触碰，倔强地扭头道："球场上撞的。"

"噢，原来是这么回事。"她学他说话的腔调，终于让他也红了脸。

那是她第一次意识到他也会为了维护某个人而失控，而她那么幸运，正好是他想要维护的那一个。

场上哨声响，比赛结束，人群三三两两地散了，她还陷在回忆里。

孟西城换了衣服出来，看到她还坐在那里，走到身边问她："怎么不跟主任他们一起先走？吃饭的位子已经订好了，可以先过去的。"

她恍然清醒，定了定神看着他："啊……你不是也还没去吗？"

"我总要换个衣服，收拾一下。"他在她身边坐下，打开运动拎包，拿出一个精美的盒子递给她，"这是给你的礼物，礼轻情意重。"

"谢谢，有礼物收我就很满足了。对了，还没问你，你这回是到哪里去玩儿？"

"东南亚。"他含糊地说，"冬天去那边，比较暖和。"

莫澜拿着那个盒子在手中把玩，想到跟程东去埃及看金字塔的约定，心里躁动又不安。

"走吧，去吃饭吧！年底最后一顿，要吃好一点，别错过了。"

他拉她站起来，她却突然说："我不去了，你帮我跟主任和你们处长说一声，我找时间再请你们一顿赔罪。"

孟西城道："怎么了，发生什么事了吗？"

她摇头："没事，我就是……想一个人安静一会儿，晚些时候大概还要去找个人。"

"找人？程东吗？"

她没否认，只是思绪好像又飘忽起来。

孟西城放开手，笑了笑说："看来我离开这一趟，真的错过很多。总觉得好像跟你生疏了，可又不知道是从哪里开始的。"

莫澜听出他话里有话，有点疑惑地看着他。

这不是一个好的时机，孟西城好像也并不打算多说什么，只是在她肩膀上虚揽了一把："刚打完球，我也不太想跟一大群人围在一起吃饭。你要去哪里，我送你去吧！"

"不用了……"

她的拒绝还没说完，就看到程东从球场门口冲进来，目光直刺刺地落在她身上。

他好像赶得很急，就像是从很远的地方专程跑来找她的。南城刚迎来一场冷空气，外面那么冷的天，他硬是出了一身汗，额前的发丝凌乱，衬领带和衬衫的第一颗纽扣也扯开了，胸膛剧烈起伏，隔着不远不近的距离盯着她瞧。

她被他看得无处藏身，忽然有种想逃的冲动。孟西城大概也看出来了，把她拨到身后，对程东道："程医生，有什么事吗？"

程东上前几步，哑声对莫澜道："跟我走……我有话要跟你说。"

她被他眼里的痛苦吓到了，讷讷道："程东……"

孟西城固执地拦住他："有什么话，不急在这一时，你先冷静一下再说。"

程东苦涩地笑了笑。冷静？今天已经是第几个人叫他冷静了？他表现得很癫狂吗，那么为什么明明知道他会有这样的表现，有些事还故意隐瞒他？

"我很冷静。"他深深呼吸，重复一次，"莫澜，跟我走。"

莫澜不动，他大步上前，拉起她就走。

委托人
DOCTOR

下

福禄丸子

著

四川文艺出版社

CONTENTS
目录

CHAPTER 12

倾我一生

两个人相互依偎着，像缺失的半个圆
终于找到契合的另一半，内心的空洞
也终于被填满。

孟西城没有追上来。

莫澜试图挣脱程东，未果，被他一路拖着走到他的车子旁边，才狠狠甩开他，揉着手腕道："你放开我，痛啊！"

"上车，我有话想问你。"

她仍然是被他眼里的痛楚震慑，不自觉地按照他所说的去做。

两人坐在密闭的空间里，程东握着方向盘，眼睛直直看着前方，却不发动车子，也不说要去哪里。莫澜忍不住问他："你怎么知道我在这里，你今晚不是要请同事吃饭吗？"

他不答，似乎压根儿就没听她说了什么。他这样沉默不语，通常就代表在生气，莫澜以为他又乱吃飞醋，耐着性子跟他解释道："孟检他们跟我们所今天有场球赛，早就订好的时间场地，我也是刚刚才知道。主任叫我们来加油，我就只好来了，真的不是你想的那样。"

程东还是不说话，她的解释好像没起到任何作用。

她也气闷，焦躁，在几乎快要丧失耐心的时候才听到他说："为什么不告诉我……这么大的事，为什么不让我知道？"

像是质问，又像是自言自语。

她心脏漏跳一拍，声音低下去："你在说什么？"

他苦涩地笑了笑："到了这个时候，你还打算瞒着我吗？"

他把那个文件袋拿过来，抖落里面的两张纸，指着其中一张纸上模糊的影像道："我是医生，看得出这里……这个高亮的区域是一个胚胎着床发育的地方。你不认得这个 B 超检查结果吗？有没有一点眼熟？这是你三年前在医院检查时的记录，病患的姓名处清清楚楚写着你的名字，你不认得吗？"

莫澜盯着那一团黑乎乎的图案，提不起勇气回答一句是或不是。但她竟有种松了口气的感觉，很快平静下来，别开视线看向窗外："那你也应该看得出来，胚胎并没有怀在子宫里面，本来就不可能发育成活的。"

"你想说的，就只有这个吗？"

"不然呢？都已经过去那么久的事，孩子也没了，你让我说什么？"

他握着纸张的手渐渐垂下去，莫澜自嘲般笑笑："其实就算告诉你又能怎么样呢，会有什么不同吗？"

他们还是会分开，在没有孩子的情况下，他们经历的那些曲折和明暗仍是真实而直接的；假如只是因为这个新的牵绊不得不继续绑在一起，感情只会更加千疮百孔。

何况也太迟了，不管是怨怼还是关切，都来得太迟了。

"如果你只是想来问这个，那我没什么好说的。"莫澜的手已经搭在车门把手上，"孩子是自然流产的，也怪我自己糊涂，没造成大出血已经算是幸运了。你放心，医生说即使做了手术，切掉了一侧的输卵管，也不会影响我今后生儿育女，只是受孕的概率会小一些。"

"别说了。"

"你也别怪其他任何人，我们那时没有做父母的缘分，强求不来的。"

"我叫你别说了！"

程东红着眼睛，失控地朝她吼。她却愈发平静，点点头，就要拉开车门下车。

身体却在这时被困住——程东的手臂从身后围拢来，紧紧抱住她。

她感觉到身后传来的热度和分不清来自谁的心跳，特别大力地跳动着，震得她脑海里有刹那的空白。

"疼吗？"

言简意赅的两个字，只有她明白他问的是什么。

是的，很疼。就算打了麻药，但冰冷器械穿过血肉的那种疼痛她这辈子都忘不了，但她不会跟他说。

他是外科医生，是除了病患之外离创伤最近的人，一定听过无数倾诉和哀号。

她只是身体僵了僵，他已感同身受，痛苦地闭上眼睛，呼吸埋在她肩上，手臂一而再地收紧，声音发颤："你为什么觉得我会怪你？我谴责我自己都来不及，怎么会怪你？"

他怪他自己，重逢之后也有肌肤之亲，却从来没留意到她身体上多出来的伤疤。到底是她掩饰得太好，还是他太过粗心，那明明是他熟悉的一切……是他的莫澜啊！

她怔住，嵌在他怀里，听他继续喃喃自语地说着："我竟然一点都不知道，隔了这么久才想起要查……"

仔细想想，他们重逢至今，每次提到跟孩子有关的话题，她的反应都不够自然，他竟然也没放在心上。在鸳鸯山求签的时候，他还那么无所顾忌地提议生养一个孩子……

她那时一定很痛苦吧？还要隐忍着，独自承受着曾经失去过的痛楚。

"不怪你想不到，我自己那时候也没想到。"

吵到要离婚了才发现身体里有个小豆芽，她是个糊涂的准妈妈。直到身体出现了不好的征兆，她才意识到那是一个小孩子来过的轨迹。

程东扳转她的身体，跟她面对面的，问道："医生怎么说的，你自己有没有好好休养？"

他责怪她、跟她大吵一架，或许她还不至于那么难过。他一说安慰关心的话，她的眼睛反倒红了："能怎么说，才那么一丁点大，位置也不对……大概是太调皮了吧，从一开始就跑偏了。"

她是坐着轮椅被推上手术室的，医生说万幸没有大出血晕倒在外面。

她被他重新抱进怀里，两个人抱紧对方，竟无声啜泣。

一切不过是恰逢其会，只有这个拥抱才是真正应到而迟到的。

她从来没见程东哭过，这次他也不准备给她看到。她只得拍怕他的肩膀："宝宝知道我们没准备好才自己悄悄离开，以后……他还会回来的。"

他喜欢听她在这时候说起"以后"——至少，他跟她还能有以后。

这种久违的悲伤，莫澜也花了不少时间去克制，好不容易才走出来，所以才有这样的冷静。但对于程东来说就没那么轻巧了，说是晴天霹雳也不为过。

她跟他躺在她的公寓里，两个人都像是耗尽了全部力气，相互依偎着取暖。

她问他："升职加薪，大家都等着帮你庆祝，你不去真的好吗？"

"钟老师会处理，他是老主任，大家都会卖他面子。等过几天我再补请一顿。"

现在跟两人曾经历的那些比起来，任何事他都不在乎。

他握着她的手，十指紧扣，却什么话都不讲。莫澜绷不住，扬起头来看他的表情："你千万不要从今往后都这样小心翼翼地跟我相处，当初我就是不想看到你这样，才什么都不告诉你。"

他已经过了最初受惊又受伤的阶段，轻轻按她肩膀让她重新躺回他胸口："是因为孩子的事，你才去英国的吗？"

"不是。"她回答得斩钉截铁，"学校我早就申请好了，怀孕是后来才发现的。我想过放弃留学的机会，可惜宝宝不愿意。"

想来孩子是真的懂事，仿佛知晓那时不是好的时机，干脆不到这世间来受罪，让他们做两难选择。

"你之前是不是怀疑我为了出国才不要他？"

程东摇头："我没这么想过。"

他如今对她足够坦诚，生怕又错过什么。他了解她的为人，就算她再好强、再不甘，也不会扼杀他们共同的孩子。

他只是在想，假如孩子好好的，没有出什么意外，她是不是就会把他生下来，那他们还会不会蹉跎这几年时光？

莫澜像是猜到他的心思，自言自语道："要是真能把孩子生下来，我大概也会生的。只是大概用不了多久我们就会再见面的。我人在国内，很容易就会被你发现，一大一小，很难瞒得住。"

然而两人之间的问题没有解决，即使再见也是冤家，不能化解的矛盾在日积月累中仍会成为定时炸弹，再加上无辜的孩子……那对他们的关系有害无益。

他知道她说得对，撇开自己那点可笑的自尊，行动仍然受内心真实欲望的驱使。假如她这三年都在国内，他一定会打听她的下落，不管有意还是无意。

他爱她，从十六岁到现在，从未停止过。

"当初你是不是也打算要把事情告诉我？你到我家去，送回那些东西和你的日记，是因为孩子的事吗？"

人言可畏，当时事情闹得沸沸扬扬，正好北京有个短期进修的机会，他签好离婚协议就去了，回来才跟她办妥手续，没想到中间竟然发生这么多事。

夜深了，莫澜抵不住强大的困意，本来已经半梦半醒地闭上眼睛，听到他的话，又骤然惊醒。

"……不，流产是在那之后。"她不知要怎么跟他说。

程东也就不问了，抱紧她的肩膀："你累了，睡吧！"

过去的事，就让它过去，他其实是不打算再拿它来伤害任何人。但也正因为这陈年旧伤，他不允许再有其他任何人来伤害莫澜。

程东照常上班，下了手术遇见林初蕊。

她追着他瞧："你怎么看起来这么憔悴，是欲求不满还是纵欲过度啊？"

程东不睬他，领了盒饭回办公室。她也捧着饭盒跟在他后头，往他办公桌前一坐，抢了他的位置。

他也不生气，在另外一边空置的桌子面前坐下，慢条斯理地开始吃饭。

林初蕊也打开自己那份盒饭，忽然看到他桌上多出来的东西，惊喜道："哎，你这什么时候养了乌龟啊？好可爱！"

她撮了几粒米饭打算投喂，程东动作敏捷，唰的一下就把装乌龟的盒子从她面前拎走，放到了自己那边。

"小气，看一下都不行啊？"

"龟还小，不能随便喂食，现在生的小鱼小虾都得剁细了喂给它们。你别乱来，把水给我弄脏了。"

林初蕊看他宝贝的样子，好奇地问："你不是身边方圆百米生人勿近的吗？怎么突然养起活物来了，难不成这也是给莫澜的？"

他不说话就等于默认，林初蕊啧啧几声："你对她还真是没得说，爱干净到发指的人居然都养起小动物来了。她肯定感动死了吧？"

"我不要她感动，她只要喜欢就行了。"

说这话的时候，他眼里的温柔遮都遮不住。林初蕊轻轻叹口气："那天约好请大家吃饭的，你没来，是不是她遇到什么事了？"

"你又知道？"

她撇了撇嘴："我还从来没见过你爽约的。要不是为了她，你会把大家晾在那儿让舅舅帮你善后吗？猜也猜到了，而且你妈妈肯定也是这么想的，你知不知道她有多生气？"

嗯，其实她不提，他也能想象。

"不是我说啊，你这样只会让你妈妈对她的成见越来越深，你们将来的路就更难走了。"

"我明白，我会慢慢跟我妈解释。"

"解释得通吗？她要是固执己见，就是不肯改变看法，那怎么办？"

"她不能改变，就只有我自己改变了。"他语调平淡，态度却极为坚决。

林初蕊皱了皱眉头："你不会要闹得像雯雯当年那样吧？她离开家这么多年，你妈面上不说，其实应该是挺想她的。你要再这么来一回，她真该伤心了。"

还有一条，程雯雯当初不听家人劝告，远嫁北京，结果遇人不淑，婚姻失败，仿佛印证了俗话说的"不听老人言吃亏在眼前"；那么到了程东这里，秦江月就会更加坚定自己的想法没有错。

程东道："放心，我有分寸。"

转眼就是农历新年，除夕的前一天，不算危重的病人基本都回家过年了。程东一间间病房看过来，遇到正好收拾完东西打算出院的病人和家属，都客气地跟他打招呼。

他也微笑着一一回应："过年好。回家休息也要注意一点，不要把伤口又崩开了。""这次不要随便发脾气了，钱财、房子都是身外物，心脏是自己的。""放宽心，记得按时吃药。"

一年到头，大概也只有这几天能看到病房像这样空荡荡的，说话大声一点都能听到回声。

除夕当天，程东回到母亲家里，一进门就看到林初蕊和爸妈都来了，秦江月正陪着他们说话，空气里满是食物的香气。

自从母亲再婚，这个家里就完全是男人掌勺——节假日或是来了客人，都是他跟钟稼禾在厨房忙碌。

林初蕊的妈妈是钟老师的亲妹，往年也曾有跟他们一起过年的时候。人多图个热闹，更有年味儿，看来今年也是一样。

年夜饭照例是钟稼禾准备，秦江月陪着林氏夫妇，见儿子回来也只是抬了抬眼，什么也没说。

林初蕊又使劲朝他使眼色，他放下手里的年货，跟他们寒暄两句，脱了外套就要往厨房走："我去帮老师的忙。"

林初蕊松了口气，她挤眉弄眼半天，就是这个意思。

然而林妈妈非常喜欢程东，起身拉住他坐到林初蕊身边，笑眯眯地说："哎，你们辛苦工作一整年，也就过年这两天稍微轻松一点，做饭烧菜这种事就让我老哥发挥余热就好，你就别去凑热闹啦！陪我们说说话，给我们讲讲小蕊在医院的表现是不是真像她说得那么好。"

程东看了林初蕊一眼，笑道："她说好，那肯定就是好的。她是您亲生女儿，您还信不过她吗？"

"就是因为亲生的，从小看到大，太了解她了。这丫头从来就是报喜不报忧，谁知道是不是真是那么回事？规培结束也不知道是个什么状况，她好像还不着急似的，也是心大。你现在也是领导了，多关照关照她，有什么做得不对的，多提点，或者告诉我们当爹妈的来教育教育她。"

"妈……"

程东谦逊地笑笑："什么领导，我跟她一样是年轻医生。提点什么的说不上，她要是遇到问题，能帮的我一定帮她。她虽然还在规培期，不过确实表现不错，手术科室的医生都夸她的。"

林初蕊双手合十向他揖了揖，表示感激。

"你不是刚晋了职称吗？现在人家也要叫你一声主任了，这么年轻有为，还这么谦虚，真的很难得了。"林妈妈越看越欢喜，拍拍秦江月的手道："大嫂，还是你教导有方。孩子成器，父母才能安心，这是多少人求都求不来的。"

"是啊。"秦江月随口应了一句，目光凌厉地看向程东。

他垂眸，没有看她。

"什么时候再把终身大事敲定就更好了。"林妈妈叹口气，"我家现在也是愁这个，你说这两个孩子条件都挺好的，又做的是医生这么受人尊重的工作，白衣天使啊，怎么就没个合适的对象呢？"

感叹之余，当然是有遗憾的意思，明明这么般配的两个人，近在眼前竟然没能凑成一对、亲上加亲，怎么想都觉得惋惜。

程东只是微笑，没有接话。

林初蕊眼见话题态势不对，连忙拉住母亲道："哎呀，妈，你平时念我就算了，大过年的就让我消停两天吧！你不也说程东哥现在是领导了，在领导面前说我的个人问题会被领导嘲笑的。万一领导是个大嘴巴，到处宣扬我嫁不出去，好好的手术室之花变成'剩斗士'，就贬值更快了。你上回不是说舅舅给舅妈打的那个新梳妆柜好看吗？我带你上去瞧瞧，你喜欢的话，回头发了奖金我出钱，让我爸给你也打一个。"

她生拉硬拽地把爸妈拉起来到楼上房间去了，只留下程东和秦江月母子两个人。

秦江月身姿笔直，端起茶杯喝水，一点也没有要软化和解的意思。母子俩的关系好像从来就没像今天这样尴尬过。

程东问她："这几天身体还好吗？有没有按时吃药和监测血压。"

她嗯了一声，说："我跟老钟好歹也当了一辈子医生，这种事还用你来提醒吗？"

"医不自医，总是小心点好。"

眼看她又要发脾气，程东把带来的东西交到她手上："过年拿药不方便，我给你开了点药备着。记得按时吃，有什么不舒服要及时去医院。你血糖也控制得不好，过年饮食尤其要注意，大鱼大肉都不要吃。年夜饭老师肯定会做最拿手的八宝饭，我知道你爱吃那个，但里面放了很多猪油和糖，尤其要忌口。我也会跟老师说，让他管着你一点。"

秦江月看他一眼："你什么意思？交代得这么清楚，是年夜饭都不打算在家里吃了？你要去哪儿，陪那个莫澜？"

程东摇摇头："不是，我今天值班，等会儿就去交接。"

听说他是为了工作而不是那个女人，秦江月的脸色稍稍缓和了一些。

程东却接着道："妈，三年前，莫澜送到家里来的那个日记本里，究竟写了些什么？"

秦江月一震："好端端的，怎么又问这个？"

"她有没有提到怀孕的事？"

"什么？"

"她为我怀了一个孩子，没能留住，流产了。时间大概就是在她送东西过来的前后，我居然到现在才知道。"

虽然已决意让事情过去，但再次提起，他话里仍然充满懊悔和遗憾。

秦江月一时不知该如何反应，怔怔地坐在那里，好半晌才开口道："怎么，你怀疑是我动了手脚，逼她流掉孩子……或是故意隐瞒不让你知道？"

"我不是这个意思。"程东摇头，"过去的事谁对谁错，现在来追究也不能挽回什么。妈，我只希望你明白，我这辈子只为一个人动过心，就是莫澜，而且她做过我太太，为我怀过一个孩子。您记住这些，就够了。"

钟稼禾从厨房出来，一边在围裙上擦手一边道："阿东来了？我刚架着油锅走不开，像是听到你声音才赶紧关火。你来得正好，我还想让你帮帮我的手呢！饿了没，要不要先吃点东西？"

程东道："不了，今天我值班，马上得过去交接。您让小蕊帮帮忙，自己别太辛苦了。"

"噢，好。"钟稼禾看看他，又看看怔在当场的秦江月，不太明白发生了什么。

程东要说的话都说完了，站起身拿了外套就转身离开。

医院的除夕非常冷清，也没人希望会热闹起来。

程东巡了一遍病房，几位实在无法出院的病人跟他一样，只能在医院里过年，好在都有家人陪伴，过年的气氛让他们脸上多少有了点欢喜的神采。

有年轻的护士在护士站挂了几个红色的中国结，有病人家属带了新年的生肖玩偶来送给他们，摆在办公桌上，中和了白色的单调，倒是挺可爱的。

肖若华换班前特意问程东："看来你今天是不打算回家吃年夜饭了，晚上想吃点什么，姐给你送来。"

程东笑道："听说食堂的大师傅今天给每个值班的人都配个鸡大腿，我吃那个就行。"

"你也太好养活了，年夜饭总要吃得丰盛点啊！等着啊，我现在回去帮我们家那位张罗，晚点给你送好吃的过来。"她刚刚再婚不久，新任丈夫是位老师，理解她的工作，待她很好。

程东对吃什么倒是无所谓，他从小生活优渥，每逢过年过节不乏好酒好菜。可过去这几年，他心里始终是空落落的，终于体会到年关难过年年过的滋味儿，无论多少热闹都填不满那个空洞。

他猜莫澜大概也是一样。

下午肖若华果然送了好多吃的过来，白切鸡、汆丸子、梅菜扣肉、蒸年糕……都是扎扎实实的大菜，一份给程东，一份给值班的护士。用她的话说，那都是她带的兵，辛苦了一年，辞旧迎新的时候一定要吃点儿好的。

跟程东一起值班的进修医生是北方人，饺子包得特别好，煮好了带过来，也特地准备了程东的那一份。

原本除夕值班的人并不是程东，是他临时跟人换的。能回家过节的人当然求之不得，为了表示感谢，定了一个蛋糕送过来给他，往桌上一摆，程东的办公桌就被各种美食给堆满了。

他有些无奈地笑了笑，心头却涌上暖流。

门外有人大喊程医生，他以为又有家属非要来送年夜饭，赶紧跑出去，却看到莫澜提着大包小包的东西站在门外冲他笑。

"看什么啊程医生，还不快来帮忙接一把？我手都酸了。"

她一手拎着个大大的无纺布袋，里面好几个饭盒摞在一起，全是吃的；另一手却只是个包裹，里面是装乌龟的盒子，下面还垫了暖宝宝。

程东接过来，失笑："你怎么还把它们也带来了？"

"还说呢，你龟儿子可金贵着呢，带着它们我开车都不敢开快，还得随时准备暖宝宝，怕它们一言不合就冬眠。"

他把这两个小家伙送给她的时候，她可高兴了，不过很快就发现养宠物真的不是你想养，想养就能养的。两个小家伙吃得比她精细，经常都得换水；遇到冷空气南下，程东说它们还太小了最好不要让它们冬眠，就时不时都要靠热水袋和暖宝宝给它们捂着。

她要出个差回来，这俩估计就得嗝屁了。

也是幸好有程东，很宝贝它们，好像生怕养不活给她造成心理阴影，一直小心翼翼地饲养。她开玩笑说这是龟儿子，他就曲起手指敲她脑门："你怎么骂人呢？"

两个小龟，一个是公的，一个是母的，她说要等它们长大一点了交配产卵，他都记着呢，挑乌龟的时候，特意叫老板给了他一对。

过年当然也不能把它们单独留在家里。莫澜开完今年的最后一个庭，皆大欢喜地跟对方谈妥了和解的条件，向法官大人和书记员拜了早年，就匆匆忙忙赶回公寓去，忙活她的烤箱菜和寿司。虽然过年吃这些东西好像简陋了些，但毕竟是她亲手做的，程东应该不会嫌弃才对。从长安那里学来的三脚猫烘焙技能，竟然不知不觉也能撑撑场面了。过程是有点手忙脚乱的，但好歹还是全都完成了，她把所有的东西打包好，带上小龟就马不停蹄地赶往医院来见程东。

她有好多年没有过一个像样的年，在国外飘零的日子就不提了；单说以前十几岁的时候，妈妈出事之后，她就习惯了一个人过年。

直到后来又遇到程东，恋爱，结婚。

他既是她的爱人，也是她的亲人，满足了她对爱情、婚姻和家庭的全部想象。

程东的办公桌已满，只好把她带来的东西放到旁边的桌子上。莫澜看到他那一桌子好吃的，咋舌道："哇，你这都是哪儿来的啊？"

感觉加她一个也吃不了啊！

程东一一罗列给她听："那个是肖护士长送的，那个是王医生给的，饺子是进修医生带来的，还有这个……"

简直琳琅满目！莫澜开了一盒扣肉，使劲闻了闻，长舒一口气，眯眼感慨道："好香……好像小时候家里做的味道。"

程东目光柔和，拿了双筷子夹起一片肉喂她："不怕肥的话就吃一点，这些就当我们今晚的年夜饭了。"

莫澜生平最爱五花肉，才不怕肥，也不担心自己长胖，反正她是吃不胖体质，而且平时也有练瑜伽和健身操。

她把肉吞下去，像小猫似的露出心满意足的表情。程东问她："好吃吗？"

"好吃。不过……"

"怎么？"

她稍稍有点惆怅地说："早知道你这儿有这么多好吃的，我就不做了。人比人，气死人呐！"她那点手艺，跟人家没法比。

程东揽住她肩膀："谁说的？我就觉得你做的好吃。"

"真的？"

"真的。中国有八大菜系，其实我觉得无非就分两种，一种是你做的，一种是其他人做的。如果非要我选的话，我肯定选第一种。"

莫澜被逗笑了，捶他一拳道："你什么时候学会这种花言巧语的？"

程东一脸正经，只挑了挑眉毛说："还需要学吗？我一向觉得所有事都要靠天分的，不管是学医、下厨还是撩妹。"

"可我觉得实践才出真知呢，看来你这几年是没少撩妹，不然怎么能过个除夕都有这么多人给你送好吃好喝的呢？"

"你刚才吃的肉可是肖护士长送的，你不是连她的醋都吃吧？"他顿了顿，"而且我觉得，她是知道你今天会过来陪我才特意送吃的过来。上回试管婴儿那个案子你帮了她很多，她一直想找机会感谢你。我是沾了你的光。"

"她知道我要来？"

"嗯，难不成我真的就该孤家寡人过除夕？"

莫澜摇头。只不过，外人都能想到她会来陪他一起过年，他的家人又怎么会想不到。

程东知道她想什么，笑了笑："你放心，我妈最不喜欢过年的时候给自己添堵，我这已经是折中方案，她不会来有意为难。何况又是在医院里，她总要顾着自己的面子。"

家丑不可外扬，秦江月尤其在意这个。

他跟她坐下来吃饭，莫澜道："现在就可以开动了吗？会不会耽误你今年的最后一天工作？"

程东道："今天可能是一年当中病人最少的一天，但也未必。趁有时间，该干吗干吗，万一有突发情况，就连年夜饭都吃不上了。"

也是。莫澜跟他一起把饭菜饺子都用微波炉加热，她做的烤鸡翅和肋排都还带着余温，寿司比之前做得漂亮整齐了，切开也不会松散了。

饭菜热热闹闹地摆满两张桌子，两人却还是紧挨着坐在一块儿，程东把白大褂脱了，举杯道："今天值班不能碰酒，下回一定补上。"

莫澜挽住他胳膊："喝什么都无所谓，关键是看对面坐的人是谁。人家干杯，我们交杯，一样的。"

他想笑的，可是看到她眼里的认真，也眸色一深："好。"

他们不是第一次喝交杯酒，每次的感受却都差不多。就是她说的，只要对面这个人是他，就够了。

丰盛的年夜饭两个人吃了很久，直到外面已完全被黑幕笼罩，零零星星有鞭炮声响起。莫澜收拾完桌面上的东西，洗了把脸，发现程东不见了。

刚才好像有病人按铃，他过去了，这会儿不知处理完了没有。

她悄悄溜进他的值班室，这回跟上回不一样，是他默许她进来的。她今晚缠定他了，并不打算回去。

她把长发放下来，换下身上厚重的工装外套，只穿一件宽松柔软的兔毛一字领毛衣，里面就是黑色蕾丝内衣和小裤。她冲完澡换了衣服才出门，这会儿身上还有沐浴露的香气，跟医院消毒水的气味混在一起，那是属于程东的味道。

她带了平板电脑来，下好了适合除夕夜看的爱情喜剧和好莱坞大片，本来是打算跟程东躺在一块儿看看电影打发时间的，要不看看春晚参与全民吐槽也行啊。然而她窝在值班室的床上，等得快要睡着了也没见程东出现。

只有两只小龟陪着她，大概是值班室里暖风很足，两个小家伙很有活力地又蹬又爬，把铺在盒子底部的石子弄得哗哗响。

她心里有点惴惴的，这大过年的别又有什么危重病人才好。

她起身走出去，想去问问护士程东去哪儿了，没承想刚走出值班室就看到他从电梯间走回来。

"你去哪儿了，没什么事吧？"她问。

"没事，刚有个会诊，这会儿刚做完手术。"

莫澜瞠目结舌："不是吧，就这么一会儿工夫，你就做了一台手术？"

她之前几天出差加班太累了，眯了一会儿而已，没有很久吧？

程东笑笑："我没动刀。病人是产妇，32周剖宫早产，产妇本人小时候曾经动过心脏手术，以防万一，家属要求胸外科医生会诊，我就跟上手术台去看看。现在手术做完了，大人孩子都挺好，我就回来了。"

莫澜从他脸上看出微妙情绪，拉住他的手，道："既然手术顺利，为什么你看起来还是心事重重的样子，是有什么疑问吗？"

他摇摇头，关上值班室的门，吁了口气才说："没有，我应该高兴的，因为产妇的家属是我爸。"

莫澜愣了一下："什么……什么意思？"

"我爸也组建了新的家庭，这个产妇就是他的第二任太太，今晚这个新生儿……是我弟弟。"

人生的际遇就是这么奇妙，他从小带着妹妹打打闹闹地长大，从没想过到了这个年纪还会再做一次人家的哥哥，而且还站在手术台，亲眼见证这孩子的出生。

他其实心情挺复杂的，真正的五味杂陈，说不上来是什么感觉。

莫澜也从最初的震惊中反应过来。她一笑，勾住他的脖子说："老来得子，怎么也算件喜事。老实说，你是不是很羡慕你爸啊？"

程东低头看她，露出几分诧异的神色。

以前不知道也就罢了，自从知道他们曾经失去一个孩子，他就有意识地避免在她面前谈起关于孩子的话题，就怕又惹得她伤心。本以为在他们真正拥有孩子之前，这话题都会是个禁区，没想到她却能这么坦然轻松地说出来。

"怎么了，以为我听到孩子的事就会想起过去的事，伤心难过？在你眼里，我有这么脆弱敏感吗？"她轻轻揪着他衬衫的前襟，仰起头看他，"你应该知道的，我向来是说到做到。说好了要让它过去的事，我就不会再耿耿于怀。过去听到你不经意提起孩子的事，我会难过，是因为那时候你不知道这件事，多少让我觉得有点悲哀，以后不会了。"

程东合起手臂圈抱住她，下巴抵在她发际："那是我想太多了。"

她回抱住他："所以呢，是不是羡慕？"

"嗯。"

她听到他轻轻叹了口气，又笑起来，仰头咬他嘴唇，又亲他的下巴、喉结。

他拉住她，气息不稳地说："这是在值班室……"

"所以呢，你不想要吗？"

她媚眼如丝，笑着，一边咬唇看着他，一边翘起小腿把高跟鞋脱了，光着脚踩在他的鞋面上。两人挨得更近了，她抱得也更紧，拉扯着他的衣服，逼他回应。

其实怎么会不想要？谁都多少有过这样的幻想，制服的诱惑，禁忌的快乐，可能被人发现的紧张……何况眼前又是心心相印的爱人，把持不住才是人之常情。

他很快亲回去，把她逼到墙角，像她对待他那样从嘴唇开始，下巴、颈边，然后是他最喜欢的她的耳垂，一丝一毫都不肯放过。她的毛衣领口很宽，露出雪白的肩膀和锁骨，他看得眼底发热，忍不住伸手拉扯。

他不得要领的时候，她比他更加着急，索性自己把衣服褪下来扔到一边，露出一身白皙皮肤，衬着黑色的内在美。而他几乎还是衣冠整洁的模样，只有衬衫领口被她扯开了，白大褂披在身上，白色已不见往日的纯净肃杀，倒像是一种装饰。

她大概是有意的，要让他穿戴得这样整齐来抱她。情人间心照不宣的那点小情趣被放大，幻想成真，两个人都兴奋得不能自已，她拼命忍耐才不让自己叫出声。

程东也是第一次有这样的体验，两个人甚至都还站着，却已经合二为一，感官和心理上的满足都不是一两个词语可以形容的。

他喜欢她这样环在他腰上，搂着他、抱着他、在他耳畔说那些令人脸红心跳的情话，浪荡却不轻佻，只做他一个人的坏女孩儿。

最后他还是抱她到床上，她挣扎着不肯，被他搂住："墙边太凉了，让我来。"

他用熟悉的方式让她舒服得要上天，却又温柔体贴，跟她十指交缠着，亲吻她、安抚她。

走廊上偶尔还有脚步声经过，但他们都知道今晚不会有人进来了。

零点的钟声还没有敲响，窗外的鞭炮声却越发密集起来，腾空的光芒有一下没一下地照亮夜空。她看着他笑，他也笑，最后她身体里仿佛也有烟花绽放，她抿紧唇，听到他在耳边颤声道："澜澜，我们也生个孩子吧！"

这个作为新年愿望，会不会显得太过奢侈？

莫澜没有回答，只是一味地抱紧他，过后再抚着他背上被挠出来的红印咻咻笑："谁让你说那样的话！"

他咬她手指："我是认真的。"

"男人在床上说的话，哪有认真的？"

他知道她是故意抬杠，哼道："你不信我也无所谓，反正目的我已经达成了，你自己看着办。"

他悄悄瞥她腹部，即使她用被单盖住，也不影响他想象有个小生命在她体内成型。于是忍不住内心窃喜，却又不好让她看出来。

她跟他并排躺着，很快又被他揽入怀中，听着他胸口的心跳，问道："如果真的有了宝宝，你想要男孩还是女孩？"

"女孩，小棉袄。"其实男孩女孩他都喜欢，只要孩子的妈妈是她就行。

"我也觉得女孩好，我可以给她梳小辫、穿裙子，教她自拍、化妆、打耳洞……"

他啧了一声："你就不能教她点好的？"

"这有什么不好，爱美才是女人的天性呢，这都是实用技能！"她想了想，靠在他胸口笑道："再说不是还有你吗？你可以教她画画、认字，给她最好的基因，让她也像你一样做学霸，当医生。"

"唔，做医生太辛苦了，我觉得跟妈妈一样当律师也不错，或者当法官、检察官，只要她喜欢。"

莫澜抬眼看他："哟，你以前可不是这么说的。"她还记得在试管婴儿那个案子时跟他聊起来，他说将来有孩子也不让她当律师。

"人的想法是会变的，我还没有那么顽固。"

她赞同地笑："你会是个好爸爸。"想了想又补充道，"也是好哥哥。"

先前那点惆怅还没有完全消散，但他已懂得解嘲地笑，轻轻抚摸她的长发，将她又抱紧一些："不早了，睡吧！"

"这么早睡啊，今天要守岁呢！"她坐起来，拿过平板电脑放到两人中间，"挑一个电影吧，不然就看看春晚好了。"

他随手点了一个，零点的钟声恰好在这时敲响。她凑过来在他脸上亲了亲："过年好。"

"过年好。"

两个人相互依偎着，像缺失的半个圆终于找到契合的另一半，内心的空洞也终于被填满。

大年初一，程东脱下白大褂，洗手消毒，准备下班。护士抱了红鸡蛋进来，同在洗手的进修医生问："哪儿来的红蛋啊？有谁在除夕夜生孩子了吗？"

"是程医生昨晚会诊的那个病人家属送来的。孩子还住在新生儿病房，说是给产科、儿科和所有昨天参加会诊的科室都送了。母子平安，表示感谢，过年也图个吉利。"

红蛋并不是真的鸡蛋，只是做成蛋的形状，拧开来，里面是进口的巧克力。

还真是父亲的风格。

程东拿着一颗喜蛋站在那里出神，莫澜探头进来："洗好手了吗？可以下班了吗？"

他随手把东西放进衣服口袋里："嗯，走吧！"

莫澜跟他手牵手并肩走进电梯，见他垂眸沉默，说："喂，大年初一可不能愁眉苦脸的。怎么了，是不是没收到压岁钱不开心？"她从钱包里摸出一张百元大钞塞给他："呐，给你压岁钱，意思意思，别嫌少啊！"

"你这可不像给压岁钱，倒像给的夜度资。"他故意冷着脸，把钱又塞回给她，"小姐，不知你对我昨晚的服务还满意吗？"

莫澜笑得靠在他肩上："满意是满意，不过没有保持微笑，差评。"

他摇摇头："其实没什么，我就是在想……不知昨天那孩子怎么样了。"

"想知道？去看看不就行了。"

她示意他抬头看电梯楼层，原来她根本就没按1楼的按钮，而是按了新生儿病房所在的7楼。她从一开始就知道他心里想的是什么，他脸上一点细微的情绪变化都瞒不过她。

CHAPTER 13

木秀于林

程东就是那个有本事的人，可木秀于林，总被推到风口浪尖上，未必就是好事。她失去什么都可以，就是不能再失去程东。

"来都来了，进去看看呗！"莫澜轻轻推了他一把。

程东叹口气，放弃最后的踟蹰，踏入新生儿病房。

儿科的值班医生认识他，走过来说："程医生，来看昨晚的那个宝宝？"

"嗯，他情况还好吗？"

"还好，在温箱里，你可以进来看看。"

程东和莫澜穿上无菌衣帽和鞋套，放缓了脚步，慢慢走进去。新生儿病房里不止一个患儿，大多都躺在温箱里，有些出生就身体状况不好的孩子要么腹胀如鼓，要么呼吸困难，每呼吸一次胸口都大起大落，像是用尽全身力气，偶尔还有奶声奶气的啼哭声。莫澜抓住程东的衣袖，有些戚戚然地说："看看这些宝宝，我们成年人还有什么理由不好好活着？"

命运多舛的小生命从出生起就学着与命运抗争了。

程东牵住她的，径直走到挂着程一一牌子的小床前。

"就是这个了。"

莫澜凑过去，眉眼含笑："哎哟，挺可爱的嘛，比你的小邻居们好多了。"

至少没什么奇形怪状的病症，顶多是比正常的新生儿看着要瘦弱一些。

"嗯。"程东解释道，"他只是早产，肺部发育不完全，所以要在这里住一段时间，等肺部发育好，就可以出院了。"

"可怜的小家伙，这么小就要打针。疼不疼啊？"莫澜不自觉地把说话的声音都放低，生怕一不小心就惊扰到小宝贝。他看起来实在太脆弱了，手脚细小得就像玩具，她不由感叹道："这手脚好小，针要怎么才能埋进血管啊？"

"所以通常都是从头部打进去，也避免他手脚乱动而脱针。"

"这样啊……"她左看右看，怎么看都欢喜，忍不住碰了碰他脚上挂的小牌子，自言自语道："你叫程——啊？"

程东无奈轻笑："这是我爸的习惯。孩子没想好名字的时候，就用横线代替，我那时候是一条横线，雯雯是两条横线，我们都叫过程——。"

"是吗？"温馨可乐的段子，莫澜却没有笑，她低头看着孩子，眼里的复杂一闪而过。

新生儿病房的护士拿了奶瓶过来，递给程东道："该喂奶了，今天他可以吃一点点配方奶，程医生你要不要试试喂他？"

"可以吗？"程东有些意外。

"可以，小心一点，慢慢喂就好。"

程东跟莫澜对视一眼，两人都感到新奇和惊喜。那奶瓶只有半个巴掌那么大，里面的奶水大概还不够成年人一口的分量，却是小家伙一顿口粮。

程东小心翼翼地接过来，把奶嘴试探地放到程——的嘴边。在觅食本能的驱使下，小家伙叼住了橡皮奶嘴，吮吸的力道不大，却还是让程东小小惊讶了一把："这么能吃？"

身旁的护士笑了："大概是真的饿了。"

程东弯起唇角，极有耐心地哄道："慢点吃，小心呛。"

莫澜在一旁看他，忽然眼眶发热，忍不住把脸撇向一边。

他察觉了，以为她多少又想到失去孩子的遗憾，拉过她的手道："还有一点奶，你来喂喂看。"

"我？我……"

她想说我不行的，话还没说完，迷你奶瓶已经到了她手里，小家伙对食物的渴望也通过这个小小的奶瓶传到她掌心。她曾经以为自己是没有什么母亲情怀的女人，甚至几年前那次流产，她躺在手术床上，除了一开始的疼痛和刹那间跟着鲜血一起涌出来的惋惜，并没有真正感觉到是母子之间的联系被切断，还不如十五岁时她跟妈妈阴阳永隔时的冲击来得强烈。

但她现在懂了，她不是没有母性，她只是没有机会拥有类似这样直观的感受——跟自己最爱的男人并肩站在一起，给一个还没长开的、面目不清的小婴儿喂食。

这时如果有人强行把这孩子夺走，她大概会跟人拼命的。

几毫升奶水，小家伙也喝了半天才喝完，最后还不舍地拖住奶嘴不肯放。护士过来抱他做后续的护理，莫澜跟程东悄悄退了出来。

"你觉得怎么样？"程东问她。

"什么？噢，你说程——啊，挺可爱的。希望他能快点好起来。"

他看着她："我是问你，你觉得我昨晚的提议怎么样？"

他们要一个孩子，做孩子的爸爸妈妈，怎么样？

莫澜背着手，仰头装傻："啊，什么，你昨晚说什么了，我怎么不记得？"

他恼了，伸手哈她痒，她边笑边跑着躲闪，没留意身后，正好撞到其他人身上。

"对不起对不起！"她连忙道歉，然而看清来人，却不由怔住。

程东也敛起笑，垂手站在她身边，看着她身后的人："爸。"

程越峰淡淡地回应："嗯。"

程东不苟言笑的样子跟他如出一辙。

莫澜努力让自己放松一些，笑了笑道："程总，你来看孩子？"

她跟程东的父母本就不亲近，离婚后更是自觉变更称呼。

"嗯，有点不放心，所以过来看看。你们进去看过了？他情况怎么样？"

"还好。"程东答道，"刚吃了点奶，等会儿还要打针。小家伙精神挺好的，要不我陪你进去看看？"

程越峰摇头："不用，我晚点再进去看他。正好你在这里，到产科病房来一趟吧，小媛听说昨晚你也上了手术台，想当面谢谢你。"

赵媛是他的现任妻子，程一一的生母。

程东犹豫了半晌，没有推辞，跟莫澜一起，跟着程越峰去了赵媛住的病房。

单人病房里堆满了鲜花、果篮和婴儿用品，虽是大年初一，但显然已经有很多人来探视过了。赵媛做完手术还不能下床，躺在床上，面色稍稍有些苍白，见了程东他们，打起精神，笑道："程医生来了？昨天真是谢谢你，快坐吧。这里东西多，挪到地上没关系的，你们找地方坐。"

"不用客气了，我们很快就走。"程东站在离病床不远不近的位置，语气也十分疏离。

其实说起来，这才是他第三次见赵媛本人，第一次是在父亲再婚的婚礼上，第二次是在昨天的手术台。

她只比他大三岁，辈分上却整整高出一辈。

她也无意跟他热络，称谓上就看得出来，不是阿东，也不是程东，只是程医生。

他们的关系，大概也比普通的医患关系亲近不了多少。

莫澜是第一回见赵媛，一边留心观察，一边还不忘自我介绍："你好，我是莫澜。"

假如程越峰有意跟赵媛谈家里的事，听到这个名字她应该就明白她是什么人了。

果然，赵媛了然地笑笑，依旧客气："你好，莫律师。"

非常得体，做 PR 出身的女人果真气度和心思都不同于一般人，难怪没几年就成功上位成为程太太。

程东只问了问她术后有没有什么不舒服，麻药过了伤口疼不疼，帮助子宫复位的催产素有没有让她觉得心脏不舒服等等；就像每日医生的例行查房，只不过这个医生没有穿白大褂。

赵媛回答得很具体，时不时去看程越峰，他并不多说什么，只是在一旁听他们聊。

莫澜的注意力有大半都放在他身上，其实这些问题，该注意的他肯定早就问过了，毕竟他也做了十年的外科医生，才下海经商。

缺少更多话题，这样的"家庭"聚会很快就会冷场、尴尬。程东道："没什么事的话，我们就先走了，以后有机会再来看你们。"

程越峰似乎没什么异议：只说："有空到家里来坐。"

"嗯。"

赵媛却叫住他："你们去看过你弟弟了吗？他好不好，长什么样子？我让老程拍照片给我看的，他说人家那里面不让拍照……唉，我可想看了。"

弟弟这个词不知怎么的，此时听来有点刺耳。

"医院有医院的规矩。"程越峰轻描淡写地说了一句。

莫澜摸出手机："不要紧，我刚刚正好偷拍了一张，给你看。"

赵媛高兴地接过去，看到孩子的小脸，喜不自胜。

高价聘请的月嫂来为产妇通奶做保养了，她才恋恋不舍地把手机还给莫澜，终于有几分诚心地说："等孩子满月了，到家里来玩吧。我存了几瓶好酒，到时请你们品尝。"

莫澜朝她笑了笑。

程越峰送他们到病房外面，父子俩面对面的，这才多聊了几句："听说你刚晋了职称，比我那时候还早，不错。"

程东微微低头，脸上隐约有笑意，虽然是很谦逊的，但从成功升职之后，莫澜还是第一次看到别人当面提起这件事时他露出真正由衷的笑容。

"不过老林是怎么回事，这么快晋职的医生，还安排你大年夜值夜班？"

"不关林主任的事，是我自己要求的。"他悄悄攥紧莫澜的手，这点私心，一两句话也跟长辈说不清楚。

程越峰沉吟半晌，拍拍他的肩膀："学医作为志向是不错，但现在这个大环境你也看到了，当医生又清苦又得不到尊重，你要不要考虑出来帮我？薪水和职位都好商量。"

程东几乎没有犹豫就摇头："我还是喜欢拿手术刀，做生意不适合我。"

父子间显然不是第一次发生这样的对话了，程越峰似乎也预料到会得到这样的答案，拧了拧眉头，并没有多说什么。

莫澜一直安静地站在程东身边，直到程越峰目光移到她身上，有几分探究地问："小莫什么时候从国外回来的？听说，你们俩又走到一起了，是不是真的？"

程东回头看她，手握住她的："是真的。"

跟母亲的逼问和刁难相比，父亲的随口一问反而让他更紧张一些——莫澜能感觉到他手心微微出汗。

程越峰不动声色，只是看着莫澜的眼神有点微妙："噢，是吗？"

看样子似乎固执地想听她的回答。

莫澜笑了笑，反握住程东的手："是啊，没错，我们打算复合。过去的事就让它过去，眼下和将来才是真正要把握的嘛！"

"你还在做律师？"

"嗯，我也做不来别的。"

程越峰难得地露出笑意："你太谦虚了，你的能力可比自己想象的要高得多。程东不愿意来公司帮我，你呢？要不要考虑一下？"

莫澜道："我自由散漫惯了，到了大公司要守的规矩太多，我怕自己适应不了。还是算了，我也没什么太大的野心，就守着现在的一亩三分地，赚的够花就行。"

程越峰微微眯眼，带了点探究地说："我记得几年前你好像不是这么说的。"

"人是会变的嘛，几年前我也不知道会发生这么多事。"

两人跟程越峰道别，手牵着手从住院大楼里出来，换做程东用探究的目光看她。

她摸摸脸，问道："怎么这么看我，我妆花了吗？"

"没有，我只是没想到，原来我爸这么欣赏你。"

他成年后父母就离婚了，他跟母亲、妹妹一起生活，父亲独自搬出去，除了每月付数目可观的生活费时一家人会见面吃个饭之外，并不常联系。到母亲跟钟老师结婚，妹妹远嫁，这样形式上的相聚都几乎没有了。在他印象中，父亲跟莫澜也就是在他们刚结婚那会儿见过几次面，都没认真说过几句话，更谈不上了解。没想到今天居然会突然说出让她到公司去帮忙这种话来，哪怕只是客套也足以让他吃惊了。

莫澜不在意地一挥手："这有什么，你爸爸现在是生意人，又做的是医药方面的生意，难免会遇到法律问题和纠纷，听说过我这个小律师也不奇怪啊！我大学同学很多都进了企业，也陆陆续续都做到中层了，说不定提起过呢，他就记住了。他记性好，你又不是不知道。"

程东道："我觉得你好像对他也挺了解的。"

言多必失。莫澜暗自叹口气，说："这哪算得上什么了解。其实我觉得他还是想说服你才故意那么说的。假如有机会跟我一起开个夫妻店，你会不会考虑他的提议？"

程东不为所动："我觉得夫妻在一个屋檐下过日子就好，在同一个地方工作，未必是好事。你看我爸妈，曾经还在同一层楼的不同科室，最后还不是分开了。"

"但你妈妈跟钟老师也是同医院的专家啊，还有你爸和赵女士，也是同事，不也在一起。这叫近水楼台先得月。"

"事情总有两面的，我不否认这种可能性，但还是觉得我们现在这样就挺好的。"

莫澜笑着缠住他胳膊："我也觉得挺好，所以刚刚拒绝了一个高薪offer呢！快说，你是不是很感动？"

他亲她头发："嗯，感动，所以打算回去给你做顿好吃的。"

"真的吗？我要吃龙虾，有没有？"

"你别说，我还真买了。给你用黄油焗，放西兰花和口蘑，虾头虾尾煲粥。"

"哇……快别说了，我的口水……别磨磨蹭蹭了，回家回家！"

她在他背后推着他上车，两人一路笑闹着回他的住处。

本以为接下来的几天可以安逸地休息一下，顶多再想想怎么应付秦江月那边。莫澜连策略都想好了，买了巴宝莉的围巾和Maxmara（麦丝玛拉）的经典款大衣，让他带回去："喏，新年礼物，你妈妈应该会喜欢的。她要不肯收，你就跪在地上双手奉上，我连下跪的垫子都给你准备了，说不定她一高兴还给你包点压岁钱。"

她果然从高端大气的购物纸袋里翻出个花花绿绿的软垫来，继续道："要实在不行，还有 plan B。你给你妈洗一次脚呗，我买了新款的洗脚盆，全自动的，已经快递到你们家去了，请钟老帅收着，就等做秘密武器派上用场呢！"

百善孝为先，做了大医生的亲儿子为她洗脚，肯定心情大好，再谈什么都不是问题。

程东睨她："想得可真周道，那你干什么？"要知道他没在家过年可是因为她啊，要是不能带她回去获得母亲谅解，那这 plan A、plan B 的有什么意义？

莫澜摊手："我就负责出谋划策呀，把你们母子的关系修补好了，别让你妈觉得你是被我给抢走的，我们的将来才有指望。"

程东直摇头。她把手机扔给他："好了，别倔了，好歹打电话拜个年吧！万一你妈杀上门来就更不可收拾了。"

其实她说的都在情在理，程东握着手机踟蹰片刻，还是拨通了秦江月的手机。

电话是钟稼禾接的，他似乎走得很急，气喘吁吁的："阿东啊，我在去医院的路上，你妈手机忘拿就忙着上手术去了。你今天没值班是吧？有空的话也到医院来一趟吧，有点紧急的情况……"

程东耐心听他说完，挂了电话就拿上大衣要出门。莫澜跟出来，问道："怎么了，没事儿吧？"

"是赵媛，术后子宫收缩不良，大出血，又上了手术台抢救。我得去一趟。"

他面色凝重，莫澜也是一惊，随即反应过来："我陪你一起去。"

他们都没想到，这么快又见到程越峰。他一改往日仿佛面对一切都波澜不惊的镇定模样，焦躁地在手术室外走来走去。

程东和莫澜赶到时，钟稼禾也到了，坐在一旁的椅子上，不时抬头安慰几句。

当然他们都知道，此时任何安慰都是徒劳的。

程东上前问道："现在情况怎么样，哪些医生在手术台上？"

钟稼禾说："产科、妇科、胸外都上了，血库的血也已经到位了。他们请了你妈妈来主刀，放心。"

程东吁了口气："子宫能保住吗？"

钟稼禾轻轻摇了摇头。

程越峰大声道："保住什么都不如保住命来得重要！"

这是家事，也是三位医生之间的对话。他们甚至不需要提问为什么会发生这种情况，那些特定情境下会发生的意外、那些专业术语、那些抢救过程中可能遇到的危险和之后可能发生的结果，没人比他们更了解。

程东安抚程越峰几句，就转身道："我上去看看，你们别太担心。"

秦江月做了三十多年妇产科医生，术后抢救、子宫切除不知道做过多少例，甚至救活过死亡率几乎百分百的羊水栓塞病人，在全国都是颇有名气的专家。要不是这样，也不会大过年的还特意将她从家里请过来。

只是作为家属的心情总不会太好，不敢想象最糟糕的后果，又不得不做悲观的假设。

莫澜买了饮料来给程越峰和钟稼禾，安抚他们坐下来等。

仅仅一面之缘的人，现在危在旦夕，她竟然也牵心动脉般难受。这么看来女人真是伟大的，生个孩子都有可能在生死边界走一遭。

她看到程越峰手里的病危通知书，作为一位医者，为最亲近的人收下这个，心里的滋味一定比普通人更难受。

那种无能为力的挫败感和愧疚，在等待的每一秒里都是折磨。

她不愿想象，今后也不愿程东承受这样的痛苦。

可生活总是无常，没有什么是恒久不变的。事业和婚姻都焕发第二春的程越峰也算是人生赢家了，又何曾想过会有今天这样的遭遇？

好在最后有惊无险，手术结束，又输了血，赵媛的命是救回来了，只是子宫没有保住。

秦江月摘了口罩，跟程东一起走出来，看到莫澜也在，皱了皱眉。

程越峰连忙迎上去，焦急地问："怎么样？"

秦江月长舒了口气，看他一眼，说："子宫摘除了，也输了血，过了这24小时应该就没什么问题了。好好护理，好好休养，她还年轻，很快会复原的。"

她看起来有点疲倦，程东扶了她一把，钟稼禾忧心道："是不是头晕？你没吃药就出来了，我带了血糖仪来，你先……"

秦江月抬手打断他，扫看了看莫澜，对程东道："你带她到这儿来干什么，还嫌不够乱是不是？带她走，我被人家看笑话已经看得够多了，大过年的让我清静会儿。"

程东胸口猛地一揪："妈……"

"你过年都不着家，也别在我跟前晃了，跟她一起走，看见就心烦。"

他愣了愣，莫澜上前挽住他："你妈妈累了，我们让她休息会儿。走吧，这里有钟老师在，不要紧的。"

她跟钟稼禾目光相触，会意地点了点头，才硬拉着程东离开了。

等他们走了，秦江月绷紧的弦才像完全松弛下来，对程越峰道："孩子们不在我才这么说——救回赵媛这一命，我跟你就算两清了，今后谁也不再欠谁的。"

窗外草地上有孩子们在玩球，大一点的孩子踏着滑板车在一旁你追我赶地疯跑，笑闹声不绝于耳。

程东看得出神，锅里煎的牛排嗞嗞作响，他也忘了去翻动。

莫澜啪的一声关掉火，把一旁调好的酱汁递给他："都煎老了，记得多淋一点酱汁啊！"

他这才回神，拿过盘子，将牛排装盘。

"这块给我，我帮你重新煎一块。"

他重新拿牛排下锅，莫澜从身后抱住他："没关系啊，我喜欢吃煎得熟一点的。"

"菲力还是嫩的好吃，超过五分就嫌老了。"

她却已经用手指蘸了盘子里的酱汁含进嘴里："盖章喽，是我的了。别跟我抢啊，你自己煎块三分熟的就好，我不喜欢吃肉里带血水的，这块正好。不过你看什么看得出神呀，外面有美女吗？"

她伸长脖子往外看，只看到一群大大小小的孩子，以及照看孩子的爷爷奶奶。

他笑着扭头看她："我要看就看家里这个了，何必舍近求远。"

"这话我爱听。不过我除了观赏之外呢，也可以聊聊天的。与其什么事都闷在心里，做事的时候都心不在焉的，不如跟我说说呗！"

程东把牛排煎好，跟她在餐桌两头坐下，说："其实没什么，就是想到我妈那天的态度，有点奇怪。我长这么大，从有记忆开始还没见她这么烦躁过。"

印象中他还是头一回被母亲嫌烦。

莫澜切着盘子里的牛排道："哎呀，这也是可以理解的嘛！虽然医生没法选择病人，但女人的心眼其实很小。赵媛毕竟是你爸爸现在的太太，那天那种情况换了是谁都会有点尴尬的。你妈面子上过不去，训你几句，就别跟她计较了。"

他看她："你倒是大方。"

其实哪里是他要计较呢，无非是关心她的感受。说好了不让她再受委屈的，可不管怎么样，家人这一关总是避不开。眼见她跟着他东奔西走，母亲却还是给她脸色看，他心里难过。

"那不然怎么办，跟她对战？那对我有什么好处啊？你夹在中间也为难。你妈妈是医生，也是病人，更年期患者心情本来就不好，顺着她一点也就是了。"

秦江月近年身体不太好，又是高血压又是糖尿病，更年期综合征也很严重，他们都知道。

程东伸手过来拉她，两人的手在桌面上交握。他轻声说："澜澜，告诉我，四年前是我错了。"

她心头一跳："什么呀，好好的，怎么又说这个？"

"你那天跟我爸说，人是会变的，你跟四年前不一样了。其实我觉得不是，你一直都懂事，善解人意，只不过你有你自己的方式。所以钟老师那件事，你坚持一定有你的道理，那就是我错了。"

要承认犯错并不容易，尤其他们蹉跎这么多年的光阴，失去许许多多，甚至于她宫外孕手术时他都没有陪在她身边……这些错过假如都是因为他的过错，恐怕他真的很难原谅自己。

莫澜却站起来，走到他身边，侧身往他腿上一坐，揽住他的脖子道："我问你啊，我们俩现在这样，你开不开心？"

他点头："开心。"

"既然开心，那为什么还要说这些有的没的？是非对错，比我们真正在一起还重要吗？"

只要没有伤害到其他人，其实真的不是那么重要的。

"程东，"她抚着他的衣领，低声叫他，"你只要相信我就行了。任何人我都不在乎，我只在乎你。不管我做什么，都是希望你开心，天天都开心。"

他笑了笑，抱紧她道："我本来就是天天开心的，你不知道吗？"

他在她胸口比画，她才反应过来，他说的是做心脏手术的"开心"。

她被他逗笑。程东又说："有句话说得对，开心也是一天，不开心也是一天，何不开开心心地过呢？"

"是啊，人生无常，这回我看到赵媛一天之内上了两次手术台才把命保住，才知道果然除了生死其他都是小事。"她想了想，问道，"赵媛也应该快要出院了吧？我们还要不要去探病？"

程东摇头："只要人在康复就好，该尽的心意都尽到了，还是不要去打扰他们比较好。"

"嗯。"莫澜也同意，毕竟已不是一家人，还是尽量保持距离吧。

农历新年过去，医院又迎来一波看病高峰。有些不是很急的病患已经忍耐了整个长假，而过年过节又特别容易因为短时间内突然改变生活习惯而诱发一些急症。

程东接连做了两台手术，忙得有些头晕眼花，好不容易在值班室里睡了一觉，下午又被肝胆外科叫去会诊。

他到那里的时候，发现骆敬之也在，不由好奇道："什么情况，怎么把你也叫来了？"

旁边的医生连忙介绍情况："45岁男性，有糖尿病史，自己注射胰岛素的时候把针头拗断在腹部皮下了。从县医院辗转到市二院，都说没有条件做手术，就到我们这里来了。初步看位置很深，要拿出来估计很棘手，主任让我们请几位过来会诊，看看有没有合适的方案。"

程东跟骆敬之都是外科系统最出类拔萃的年轻医生，胆大心细，有些病人老专家未必肯冒风险，他们却可以做。

程东仔细研究了X光片，问骆敬之道："你怎么看？"

"针头圆滑，难以确定位置，这两张X光片都不够，要再多做几回。"

"我同意。"程东点头，对旁边的医生道，"照骆医生说的，再多照几个方位的X光片。"

年轻医生去办了，骆敬之才道："就算现在X光片能确定位置，也不能保证针头不移动。上了手术台可能位置又变了，你怎么下刀？"

这正是棘手的原因所在。程东蹙眉沉思，骆敬之拍了拍他的肩膀："既然你来了，就一定有办法。这里就交给你了，我还得回去忙。"

"科室最近病人很多？"

"嗯。"骆敬之顿了一下，"不只是工作上，家里也有些事，不得不分心。"

"什么事，要帮忙吗？"

他摇头，淡淡地说："没什么，是长安。"

程东就不再问了，这个病人由他来想办法。

医学是经验科学，但有时也需要有创造力，有灵感。程东总觉得这个病例的难点是可以攻克的，否则他不会应承下来，只是具体怎么实施，他还需要成功概率中那 1% 的灵感。

他看了一下折断在病人体内的针头，又去病房看了看病人，听谈吐文化程度不高，貌似经济状况不佳。

看来要等更多方位的 X 光片出来，才能再跟其他同事商讨具体的方案。

然而第二天，情势就发生了完全意想不到的变化。不知是患者本人还是家属，将病情捅到了媒体那里，很快就有记者上门采访。如今真正做新闻的媒体已经不多，跟电视上看到采访明星和重大事件的那种蜂拥围堵不同，两三个人，一两台摄像机，就已经足够引人瞩目了。

程东看到病人对着记者一把鼻涕一把泪地诉说病史和异地求医的辛酸，眉头已拢起老高。

"保安呢？去叫保安来，把媒体记者都请出去，我们要对其他病人的隐私负责，不允许拍摄。"

林主任把记者都赶走了，才对程东道："这个病人恐怕没这么简单，要特别留意。我听医务处的张处长说，央视好像也要来采访。"

"央视？"程东感到好笑，"这个病例虽然有难点，但是病人自己造成的，怎么会惊动央视？难道……"

林主任点头："你也想到了吧？问题就出在针头上。专门用于糖尿病人注射的针头居然拗断了，我看病人是想趁机做文章，要求厂家赔偿。"

程东莫名有些心惊，翻看病历之后又找到病人使用的胰岛素注射器，果然——程越峰的公司是这家进口胰岛素注射器的独家代理商。

程东忙，莫澜也没好到哪儿去。年初正是扩大案源的好时机，一年的收成就要看这段时间的播种了。

　　她出去谈了个合同回来，看到主任办公室的门关着，四周玻璃墙的百叶也被放下来，看来是有重要客户来了。

　　大概是发现她从外面回来，老主任打开门冲她吆喝："莫澜啊，来来来，有事跟你商量。"

　　他办公室里果然有贵客，不过莫澜怎么也没想到会是程越峰。

　　"你们都认识了啊，我就不介绍了。"老主任向来是开门见山不爱绕弯子的人，"来，莫澜坐下，程总有业务要委托我们，想听听你的看法。"

　　她满腹狐疑，当着老板的面又只能按捺不发作，问道："程总，贵公司应该有法务可以独当一面，不知道有什么需要我们的？"

　　程越峰已不见过年在医院时的彷徨焦虑，恢复成泰山崩于前而色不变的模样，有条不紊地说："我们的法务只防范和处理合同风险，遇到真正要上法庭的纠纷，我们还是倾向于聘请专业律师。我们有固定合作的律所，这么巧，今年合作到期，我还在接洽其他合适的律所，你们是首要考虑的对象。所以这回的案子，我也想委托你们代理，只要结果令人满意，后续的合作都不是问题。"

　　这是打算先礼后兵吗？

　　莫澜笑了笑："跟公司的合作要看主任的意向，我只是小兵，在前头冲锋陷阵而已。"

　　"你太谦虚了。"程越峰看了看主任，"我想跟莫律师单独聊几句，可以吗？"

　　"当然可以，你们慢慢聊，我去泡杯茶喝。"

　　老主任乐颠颠地出去了，把自己的办公室都留给他们。

　　程越峰道："我早说过你可以争取更好的工作环境，而不是像现在这样，连个自己的办公室都没有。你愿意到我公司来的话，我的邀请依然有效。"

　　莫澜不为所动地说："程总，这个话题我们已经讨论过也已经有结论了，就让它翻过去吧！您有什么事，请直说。"

程越峰笑了笑，说："你不用这么紧张的，我这次来完全是为了公司的事。你知道我们公司有个独家代理的胰岛素注射器，市场表现一直不错。最近遇到病人使用时出了问题，针头断在腹部皮下，要通过手术才能取出来。有人拿这个大肆做文章，为了索取赔偿不惜把事情扩大化，连央视都惊动了，要来做报道。现在各方都很关注这件事，法院也已经受理了患者的起诉，要告侵权损害，我们需要一位这方面有足够经验的律师提供专业意见和应诉。"

"是吗？那主任应该可以，或者我们民商部的合伙人也能胜任。我没怎么跟企业打过交道，没有把握能赢，帮不了你们。"

程越峰沉默了一瞬，眼里浮上几许深意，说："你说得没错，人还真是会变的。你比四年前沉稳多了，也懂得用这种谦虚的说辞来打太极了。"

"您错了，我这不是谦虚，是真心话。律师费好歹也是一大笔支出，我要让您花的值得，就得先把风险明确告知，省得最后大家闹得不愉快。"

"我要的是专业的意见和分析，风险由我自己来评估，这个案子你只要表示接或者不接就行了。"

"我不接，这样回答够明确了吗？"

莫澜站起来要走，却听到他说："帮这个患者把针头取出来的医生是程东。"

脚步顿住，她回过头来："你说什么？"

程越峰指了指椅子，示意她重新坐下，笑了笑说："看来你是真的不知道，我以为你们还是跟以前一样，好得无话不说。"

莫澜轻哼一声，笑道："我们比以前更好，所以才约定在家里不谈工作上的事。"

她这时候一定要沉住气，不能被程越峰牵着鼻子走。他是老江湖，四年前她就败在太躁进、太心急，这回万勿旧事重演。

程越峰道："果然还是只有搬出程东才能说得动你，本性难移啊！"

这话是褒是贬莫澜都懒得深究，只讽笑道："是啊，这世界上几十亿人，我就吃准他一个，跟您不一样。"

"我在乎的人也不多。"

"所以三番五次拿自己的儿子做筹码吗？"

"他不是我儿子。"程越峰敛起所有笑意，语气也变得很硬，"这不是你也清楚的事实吗？"

是的，本不该她知道的真相，她也帮着掩盖了这么多年，仅仅也就是瞒着程东而已了。

她重新在他对面坐下，面无表情地说："这回你又想怎么样？"

程越峰往椅背上一靠，跷起腿，说："我刚才已经说过了，这回的案子想请你做我们的代理律师。"

"为什么是我？市面上有这么多优秀的律师，打医疗官司的也不止我一个，为什么就指定我？"

"因为我觉得有趣。"程越峰双手交握着放在身前，笑得诡谲，"这情形多熟悉，跟四年前是一样的。"

"真亏你还说得出口。"莫澜道，"就算不是亲生的，他也叫你爸爸叫了三十年，把你当榜样、当偶像。他有多尊敬你，每次跟你小聚有多高兴，你难道感觉不到吗？你竟然一心只想着怎么利用他来报复其他人！"

"我这次可真的没想要伤害他，刚好巧合罢了。"

他一脸无所谓的样子激怒了莫澜，她也不再跟他啰唆，直截了当地说："这案子我接不了，你另请高明吧！"

程越峰走后，律所汪主任痛心疾首，对莫澜道："哎呀，买卖不成仁义在嘛，你怎么就这么把人赶走了啊？虽然他儿子是你前夫，但既然已经分开不相往来了，就该把过去的事情放下，着眼未来才对。"

莫澜没好气儿地说:"您什么都不了解,就别劝了,越劝我越不想接。您要觉得可惜,我去帮你把他拉回来,您自己帮他打。"

主任叹口气:"我打有什么用啊,我这是替你着想啊!之前我就跟你说了,过完年几个合伙人要开会决定提名新的合伙人了。我可是看好你的,老早就把你的履历给报上去了,你得给我争口气啊!名额就一个,两三个人竞争,看的是什么?不就是看你们各自能给所里带来多少收益吗?非诉部门的收益本来就高,你这做诉讼的在基数上就吃亏了,好不容易有程越峰这么个大客户送上门,你还把人往门外推,你……让我说你什么好呢你?"

汪主任一激动,肚子上的赘肉都在颤动,已经脱成地中海的几缕花白头发也显得更加稀疏了。莫澜刚毕业时就是到他所在的律所应聘,由他面试招进去,又一路言传身教让她从菜鸟变成可以独当一面的律师。那时律所规模还很小,等她历尽千帆,海外深造回来,小律所经过与大所的兼并整合已经颇具规模了,又是汪主任招她到麾下,施展所学。她从小没有父亲,汪主任的年纪做她爸爸绰绰有余,在工作上对她的关照和提携也像长辈对待晚辈,算是弥补了一部分她人生的缺憾。

职场如战场,她多少也能理解每股力量都致力于打造自己的嫡系部队。她是汪主任这边的人,她也不想辜负伯乐的期待和自己长久以来的努力。

可对方是程越峰就另当别论。她失去什么都可以,就是不能再失去程东。

程东下夜班,莫澜开车到医院去接他,看到守在诊区外的人很像记者,不由得皱了皱眉头,问他们:"你们有什么事吗?"

对方扬了扬手机:"最近微博上沸沸扬扬的胰岛素注射器针头断裂的事您有听说吗?我们是为这个来的。"

果不出所料,还真有媒体关注度。

莫澜没理他们，径直去了病区。

正赶上主任查房，胸外科的林主任带着一众医生从一个病房出来，再进入另一个，在每张病床面前都会说几句。程东也在，穿着白大褂，整整齐齐，清清爽爽的，一点也不像刚刚值完夜班的人，脸上丝毫不见疲态。

莫澜倚在墙角看他，看他侧脸的轮廓，看他自信又谦逊地跟同事和病患说话，看他翻查病历，从白大褂的口袋里随手抽出笔来写写画画。她本来心里还有迷惘和不痛快，可是远远看到这样的他，好像那些负面的情绪暂时都远了——她光是这样看他，就可以看一辈子似的。

肖若华发现她来了，知道她是来找程东的，问她要不要去办公室等。

莫澜摇了摇头，问她道："听说有个针头断在体内的病人，是住在哪间病房？"

"21。"肖若华指给她看，忍不住叹气道，"转来入院的时候挺可怜的，一身都是病，经济条件又不好。程医生愿意想办法给他做手术是医者仁心，没想到会有这么多事。"

"闹得很大吗？"

"据说是挺大，连央视都惊动了不是吗？他父亲之前用这个胰岛素注射器就断过一次针，起诉之后没多久就因为其他病去世了，家属撤诉也没有再深究。没想到这回轮到他，看样子是有专人支招，怂恿他打官司要赔偿。"

"那除了他和他家的人以外，还有其他类似的病例吗？"莫澜问。

"暂时没遇到过。不过也可能有，只是没到我们这儿来。毕竟这不是胸外科的事儿，大家都没辙的手术，只能看整个大外科谁有本事谁来做。"

程东就是那个有本事的人，可木秀于林，总被推到风口浪尖上，未必就是好事。

CHAPTER 14

独看沧海

他是这样的程东，是爱她的男人，只
求她过得舒心，哪怕强压下心头的不
安、为她对抗全世界也甘愿。

他查完房出来，打算洗手下班，看到莫澜，走过来笑道："不是让你不要来的吗？难得休天假，多睡会儿。"

"生前何必久睡，死后自会长眠。"

他给她一记爆栗："整天把生啊死的挂在嘴边。你开车来的？昨晚是不是又熬夜赶合同了？熬了夜就不要开车了，多危险。"

她开车太野，车身的漆又被蹭花了，送去维修。这几天开着他的车到处横冲直撞，加完班也不消停。

他伸手："车钥匙呢，还给我，不能由着你胡来了。"

莫澜撇嘴，一边嘟囔着小气，一边不情不愿地掏出车钥匙放到他手上："喏，拿去！谁稀罕……"

车钥匙上多了个乌龟挂件，一捏还会叽叽响。她嘿嘿笑："像不像龟儿子？我钥匙上也有一个，正好凑一对。"

她就是这样，喜欢买各种好看不实用的东西。钥匙才到她手里没两天，还回来就成了莫氏风格。

他把钥匙握在手里，捏了捏乌龟壳，觉得好笑，正要收起来，忽然想到什么似的，愣愣地看着钥匙出神。

"怎么了，不会响了吗？"

她伸手过来捏，被他握住："我想到了……有办法做手术了！澜澜你在这里等我，我很快就来。"

他兴奋地跑到主任办公室，很快跟林主任一起走出来，又重新进了 21 号床所在的病房。

看样子，他是想明白怎么克服难题进行手术了。

莫澜没想到这一等就是几个小时。程东从她给的钥匙得到灵感，用钥匙圈固定住那个断在病人体内的针头，让它不要滑动移位，根据 X 光片确定的位置就能下刀了。

她替他高兴，不过这等待的时间实在太磨人了，好好的一天假期又泡了汤。

程东从手术室下来，手术的成功让他看起来充满活力，一点都不像值完夜班的人。莫澜买了咖啡给他："提提神，想想等会儿去哪里吃饭。"

他揽住她，抱歉地说："对不起，让你等我这么久。"

"再久都等了，也不差这几小时。不过你得补偿我啊，请我吃好吃的。"

"就这么点追求？"

"当然不止了。"莫澜跟他咬耳朵，"大庭广众，那些不可描述的部分我就不说了，反正回去你要任我发落。"

程东笑着摸她头发："好。"

他们坐在城市高楼顶部的自助西餐厅，车水马龙都在脚下。莫澜拿了一大堆吃的，感慨道："终于可以大吃一顿了。"

这一段太忙，她都没什么食欲，一天三顿都是胡乱打发，塞进嘴里的食物具体是些什么都不知道。

程东细心地帮她剥虾，叮嘱道："工作是做不完的，女人首先要少熬夜，第二要多吃点蛋白质含量高的东西，皮肤才能好。"

她倾身张嘴要他喂："那我要是成了黄脸婆，你是不是就不要我了？"

"难说。所以一定要好好保养。"

"喂，你会不会聊天啊？"

程东笑，把手里最后一个虾也喂进她嘴里，用毛巾擦了擦手，才问她道："最近是不是很忙，还有没有时间接其他案子？"

莫澜听他这么一说，脑海里的某根弦蓦地绷紧："怎么，你遇到麻烦了？是不是断针那个病人纠缠不清？"

他摇头："不是我，是我爸。他今天跟我通过电话，一方面因为患者手术成功了，多少是个好消息；另一方面，事情还是没有解决，病人仍然坚持要走诉讼程序，对产品和公司都会是个不小的打击。"

"你希望我接这个案子？"

程东笑了笑："我爸跟我说的时候，我也吓了一跳。以前我们是夫妻，我还没觉得他这么欣赏你，现在才知道可能还是我忽视了你的才能，其他人都比我发掘得深。"

莫澜觉得讽刺："也许未必是出于欣赏呢？"也极有可能是方便利用。

程东摇头："我爸比我更挑剔，而且向来是用人不疑，疑人不用，所以他想委托你来接这个案子就一定是相信你有这个能力。这一年才开了个头，他就遇到很多事，赵媛的身体是一方面，公司好像也出了些问题，近几个月销售额一直大幅下滑。里外夹击，已经让他焦头烂额了。我很想帮他，可我除了看病做手术，其他的都不会，幸好还有你……澜澜，能不能帮帮他？"

孺慕之思。子女对父母情感上的依赖生来有之，她不能指望程东例外。从十几岁认识他开始，她就能感觉到家庭对他的影响是巨大的，当然这种影响大多是正面的，因为秦江月和程越峰即使感情不睦也努力维持着表面平和的假象，而他们对待事业的认真敬业更是铸就了程东的价值观。程越峰又更特殊一点，在没有明显过错的情况下中途独自离家，而程东仍然跟母亲和继父生活在一起，某种意义上更像是被全家人背叛的那一个。长久以来，程东除了从小积累起的对父亲的感情，还隐含了不少愧疚吧。

莫澜发现自己再一次陷入进退维谷的境地，她不想帮程越峰，却又不能一口回绝；否则程东一定要刨根问底，那他的身世就瞒不住了。

她不是小瞧他的心理承受能力，他做了这么多年医生，看多了生离死别和人情冷暖，自己又经历过婚姻和感情的波折，即使再不堪的事实也不至于经受不起。

只是这种事，不该由她来告诉他。

程东见她犹豫，说："是不是最近太忙了？我听小优说起你今年有希望升做合伙人，业务上会很拼。我不想你那么累，如果真的没时间，那……"

"不是。"莫澜握住他的手，"我也不是那么忙，你不用担心。只不过你爸公司这个案子，要考虑的事情比较多，我还在想要不要接。"

"你不要勉强，身体健康和放松心情最重要。"

他不再谈这件事，帮她把羊排剔骨、切好，放到她的盘子里。

莫澜看着他，拿手术刀的手指干净修长，为她剥虾、切羊排，跟在小朋友们后面，为她拿她最爱口味的冰淇淋……他是这样的程东，是爱她的男人，只求她过得舒心，哪怕强压下心头的不安、为她对抗全世界也甘愿。

她总想着能为他做点什么，现在看来其实好像做不了什么呢。

程东见她发呆，说："怎么不吃啊，冷了就不好吃了。"

她的眼睛重新聚焦到他身上，问道："你说你爸公司最近被人暗中做了手脚？"

"嗯，其实不是他说的，我也是听我妈偶然提起才知道。公司以前的财务总监和律师都被炒了鱿鱼，他身边已经没有可以信赖的人了，所以才迫切地想让我或者你去帮他。"

莫澜沉默。

看来这回程越峰要么是太精于算计，张网布局等着他们去跳，要么就是真的遇上了麻烦。

问题是如今跟四年前情势也大不相同，他要报的仇也已经报得差不多了，还有什么值得算计的？

困扰还远不止这些，正当莫澜踟蹰的时候，赵媛找上她，约她到家里小聚。

莫澜有赴鸿门宴的感觉，但按捺不住好奇，还是去了。

近郊的独栋别墅，连地下室和天台足有五层，前后都有草坪花园，环境清幽。赵媛就在客厅摆出咖啡和自己做的蛋糕招待她，孩子有专职的月嫂照看，做家务还有另外的保姆，这样的生活节奏确实跟程东家的不太一样。

莫澜到婴儿房去看孩子，比起在新生儿病房的时候已经长得饱满许多，眉眼开了，一头小卷毛，乖乖含着安抚奶嘴，笑起来像妈妈。

"好可爱啊，我能抱抱他吗？"

"当然可以。"

赵媛很大方地把孩子递到她怀里。或许是有过在病房喂奶的亲密接触，对小小孩向来无感的莫澜对这个小家伙有种亲近感，抱在手里软绵绵的一团，再闻到他身上的奶香，一颗心都好像要融化了。

"取了名字没有？"她问赵媛。

"程诚，诚实的诚。小名还是叫一一，不改了，反正今后应该也不会有其他的程一一了。"

莫澜抬眼看她。这话说得没错，她已摘除了子宫，程越峰年纪也大了，很有可能这就是他的最后一个孩子。

赵媛今天请她来，也不会只是抱抱孩子、喝喝咖啡这么简单。

果然，赵媛很快就步入正题，问她道："听说老程联络过你，打算让你做代理律师？"

莫澜觉得她问得有点奇怪，于是回答也很含糊："我们律所是他公司考虑合作的律所之一。"

赵媛弯了弯唇角，放下杯子，像是下了很大的决心，对她说："莫律师，同样是女人，我就不绕圈子。老程找你，是要处理公司这回的纠纷，还是处理私人的事？请你不要瞒我，照实跟我说，好吗？"

莫澜这下是真的有些不明所以了："胰岛素产品的纠纷我听说了，至于私人的事……不知道你指的是哪一件？"

有什么私人的事需要处理吗？她从程越峰和程东那里都完全没有听说。

赵媛的眼神微微一黯，没有马上回答。

莫澜更感觉蹊跷了，但赵媛不说，她也就沉住气不问，反正她本来也没打算掺和程越峰的事儿。

楼上婴儿房传来——的哭声，月嫂请赵媛上去喂奶。她抱歉地对莫澜说："小家伙就是特别容易饿，两小时就得喂一次。不好意思，你坐一会儿，我很快下来。"

"你去吧，没关系。"

莫澜独自坐在沙发上，四下打量这个富丽堂皇的家。保姆来给杯子里添上咖啡，洒出一些在茶几上，莫澜抽出纸巾帮她擦，状似不经意地跟她聊起来："咖啡煮得很好喝，你们平时也经常煮吗？"

保姆摇头："是太太煮的，她以前常跟先生喝咖啡，先生也说她咖啡煮得香。后来怀孕了就不喝了，生完孩子因为要喂奶也不能喝，但还是会煮，煮完就整壶倒掉，哎……"

想来旁人看着是觉得浪费，几百块买来的咖啡豆，煮完一口不喝就这么倒了。莫澜倒觉得赵媛这一点上跟她还挺像，之前她胃病发作的时候，也是即便不能喝咖啡，闻一闻也好。

"那程总呢，他也不喝？"

保姆还是摇头，低声道："先生最近都不怎么回来，回来了两口子也是分房睡，两人都不大见得着面。"

家是城池堡垒，外人要了解其中的细节，果然问保姆是条捷径。

"本来以前都好好的，就是从太太要生的时候开始，吵过几次架，吵得可凶了。"保姆说起来似乎还心有余悸，"不过生完后又不吵了，女人啊生孩子最遭罪，先生以前是医生，不会不懂的。"

莫澜笑着应是，她亲眼见过程越峰在手术室外焦急等待的模样，那种情绪做戏是做不出来的，何况他也没必要做戏。

关心是真的，那他们又为什么吵？

婴儿的哭声止住了，大概正扑在妈妈胸口大口吮吸。莫澜抬头看了看楼上，问起赵媛的身体状况："她恢复得好吗？奶水够不够？"

"奶水可多了，就是因为这样非要坚持自己喂奶，医生开的药都不吃。倒是先生开始大把大把地吃药，两个人为这事好像也吵过。"

莫澜拧眉："程总生病了？"

保姆说不知道："……没看出来有什么不好，好像就是瘦了一些。太太让他去医院治病的，他不肯去，只每天定时吃药。他自己是医生嘛，肯定知道自己的情况，不会错的。"

那可不一定，医不自医，做医生的人要是真固执起来，旁人更加没辙了。

赵媛给孩子喂完奶，换了套衣服下来，对莫澜道："不好意思让你等这么久，吃了晚饭再走吧，反正我总是一个人吃饭，怪没意思的。"

虽然她并不需要同情，但莫澜还是觉得她有点可怜，像古时候深宫里的女人，守着寂寞生活。

"你不打算回去工作？我听说你以前是PR，像这回胰岛素产品遇到危机，就是你发挥特长的时候了。"

她知道赵媛怀孕以前并不是家庭主妇的角色，她做公关经理出身，后来就一直在程越峰的公司做市场部经理。

"孩子还这么小，至少也要过了半岁不那么依赖母乳了我才能走开。何况老程不同意，我回到公司也没法做事。其实我也想早点回去工作，人这辈子活在世上，靠得住的也只有自己。再这么下去，我怕将来一点保障都没有了。"

莫澜终于问她："你跟程总，有什么问题吗？"

赵媛苦笑："你真的一点都不知道，还是程东没有告诉你？你们以前是夫妻吧？我听老程提过，你们以前感情很好的，后来才分开。那天在医院里见到你们，看样子是要重新在一起了。回头草不好吃，不过也难说，事情总有例外的。"

"好好的，怎么又说到我这儿来了。"莫澜笑了笑，"程东应该知道些什么吗？说不定他还没我知道的多呢！"

赵媛定睛看她，似乎在衡量她是否值得信赖。过了半晌才说："程东跟老程不是亲生父子，这件事……你知道吧？"

机敏如莫澜，听她这么一说就有点回过味儿来了，嗯了一声说："看来程总什么都告诉你了。"

赵媛摇头："他从没全心全意信任过我，应该说我没见他真正信任过什么人。我很久没进公司了，不知道公司现在的状况究竟怎么样，只知道他刚炒掉了公司的两个高管和律师。我已经猜不到他下一步要做什么，唯一能做的只是维护我和孩子的权益。"

"你的想法没错，不过是不是想得太多了？程东不会对你和——构成威胁，这点你可以放心。"

"你让我怎么放心呢？"赵媛自嘲道："我现在都不算是个完整的女人了，老公都已经不跟我同房了，孩子还这么小，他随时都可以抛开我们母子。"

"程总不是那样的人，而且那天你大出血的时候，他的表现我都看在眼里，他是真心对你的。"

程越峰性格里孤绝偏执的成分也有部分影响到程东，但在时代和个人命运的淘洗下又蜕变成不同的模样。只有对待感情这件事情上，他们都是审慎而专一的。

莫澜虽然不喜欢程越峰的为人，但并不认为他是那种因贪慕女色就抛妻弃子的人。

赵媛最大的假想敌还是程东这个没有血缘却养在身边二十年的"便宜儿子"。

"真心能维持多久呢？我必须得给自己谋条后路啊！"赵媛抓住她的手，"我找你来，就是希望你能帮帮我。我不知道你四年前帮过老程什么，但看得出他很信任你，程东就更不用说了。只要程东不跟我们母子抢，我不会亏待你的。"

"我不缺钱。"莫澜笑笑，"我只是好奇，你为什么笃定我会帮你呢？如果我拒绝，你打算怎么办？"

赵媛顿了顿："我想过直接去找程东的。只要把他跟老程没有血缘关系的事告诉他，这件事应该就算解决了吧？"

她当然不像莫澜和真正的家人那样了解程东，对他的认知全都来源于程越峰，但多年职场摸爬滚打的阅历让她很清楚，以程东的个性在得知真相后会做什么样的选择。

莫澜看着她："你这算是威胁我吗？"

赵媛不说话了。

莫澜深吸口气，反而释然地笑道："你这又是威逼又是利诱的，也够费心的。我这个人呢，是吃软不吃硬的，而且作为一个律师最讨厌委托人遮遮掩掩了，你能坦诚把心里的想法说出来，我可以考虑帮你。不过……"

"不过什么？"

"不过你要告诉我，程总的身体到底出了什么状况，他最近在吃什么药？"

莫澜哗啦一下推门闯进程越峰的办公室，秘书小姐紧跟在她身后，一脸惶恐地说："……程总，这位小姐没有预约。"

程越峰挥了挥手，示意她关上门出去。

莫澜从包里拿出文件夹啪地往他办公桌上一拍，说："不是要我帮你们公司打官司吗？这是委托代理合同，麻烦签名盖章，合同生效后我好办事。"

程越峰动也不动地看着她："条件呢？"

莫澜冷淡地笑道："我受够了别人用程东的身世来威胁我。今非昔比，公司的事我可以帮你，但麻烦你亲自告诉他真相。他不是小孩子了，有权知道这一切。"

程越峰直起身，蹙了蹙眉："你确定？"

"对，确定。他迟早要知道的。你也真沉得住气，不是患癌的病人都会更加珍惜时间和生命吗？你现在这样，对谁有好处，不过是浪费大家的时间罢了。"

程越峰看她良久，终于垂下眼睑道："没想到你已经知道了。告诉程东了吗？"

她嗤笑："你们怎么什么都指望由我来说？跟子女有效沟通，真有这么难吗？"

他还是有一刹那的犹豫，好在很快也想通了："好，我可以告诉他真相。但你就不怕他知道了，会因为四年前的事怪你吗？"

"那是我跟他的事，就不劳你老人家操心了。"

"那么你真的明白我请你来的目的了吗？"

虽然不是百分百肯定，但也八九不离十了。莫澜道："不是产品危机吗？不是说还有人暗中做手脚导致销售业绩大幅下滑吗？你需要信得过的律师来帮你止损，我已经知道了。"

"不光是止损。"程越峰坚硬的外壳终于有了一丝裂纹，"我要你帮我守住现有的一切——股份、现金、房子……所有要留给赵媛和

——的东西，全都不能少。她一个人不行，我怕她被人骗。"

夜深了，莫澜还在伏案加班。

手边的马克杯里是程东给她热的牛奶，已经凉了，她只喝了一口。他走进来俯身抱她，她指了指杯子道："能不能给我换杯黑咖啡？"

程东不应，偏过头吻她的耳朵和脖子。

她娇笑着，按住他在她胸口作乱的手，说："别闹，我今晚事情做不完了。"

他却我行我素，不肯听她的。南城的春天已经回暖，她在公寓里只穿着丝质的长睡袍，被他轻轻一扯就露出雪白的肩头。他吻过来，那头再稍稍用力，整件袍子就滑到了腰间，他拥抱她、横在她胸口的手臂反而成了她上半身唯一的遮蔽。

程东伸手在她背上扶了一把，将她按向自己，贴住她的胸口道："要早知道工作量有这么大，就不该让你接这个案子的。"

她手指在他身上画圈，笑道："这哪算多啊？我以前还有案子的案卷资料装满了三个行李箱呢，案情比这复杂多了。"

他深深吸气，嗅到她身上的香味，哑声道："……总之不该让你接。"

她捧住他的脸："别担心，我会赢的。"

"我不是关心输赢。"他拉过她的手放到唇边亲吻，"我是怕你受委屈。"

一朝被蛇咬十年怕井绳，他总有这样不好的预感。

"怎么会呢？倒是你啊，你爸爸的病来得这么突然……你还好吗？"

程东更紧地抱住她："其实从医学上来看，不算突然。他从做生意开始就应酬多，喝酒喝得凶。前两年体检就查出肝功能不好，发展到今天这一步也是迟早的。"

话虽如此，莫澜还是能感受到他的痛苦和低落，一边吻他一边说："别担心，现在医学这么发达，不是还有肝移植吗？也许没有我们想象得那么糟呢？”

程东摇摇头：“我们医生都知道肝癌的预后有多不好，何况还要找到合适的肝源。”

在系统里排队等是肯定等不到的，除非有近亲属的脏器与之相匹配。

“我爸这几天住进医院了，下周一我去做个检查。”

“干吗啊，配型？”

“嗯，如果合适的话……我想捐一部分肝脏给他。”

“啊，那我陪你去，下周一我好像没什么事。”

程东看着她：“你不反对吗？”

虽然已经决定了要这么做，但告诉她的时候还是有些惴惴不安，怕她激烈反对，那他可能还要搬出很多专业知识来向她解释。没想到她却表现得这么平静。

莫澜偏着头笑：“为什么要反对呢？百善孝为先，你这么孝顺，自己又是医生，放着能救命的机会不去试试怎么会甘心？医生做手术的时候也会权衡的吧，总不能影响捐赠者的正常生活嘛，对不对？”

“嗯。”

“那不就行了，只要不影响身体机能，也不能影响我们的性福，我就让你去试试。”她才不怕，反正也不可能配得上。

程东的手掌在她圆而翘的臀上轻轻一拍，在她耳边说：“那你记着现在的感觉，我保证今后也不会比现在差。”

他又把她压到身下好一通吻，拉高她的双臂吻她的胳膊和腋窝，痒得她咯咯笑。等她笑得浑身又酥又软，才把她抱上写字台，电脑、纸笔、案卷资料统统推到一边……

她抱着他，跌跌宕宕中，一切都那么好。他还望着她笑。其实她心里也纷纷扰扰，说一点都不紧张是假的。她知道他们俩又将面临一轮新的考验，不过有些事说开了，也未必是坏事，伤心一阵子，总比心里有个结疙疙瘩瘩一辈子要好。

他会挺过去，只要他挺过去，一定会有其他的好消息来抚慰他。

人生嘛，无非就是由这样一个个的坏消息和好消息组成。

莫澜坐在律所最小的会议室里，一页页翻看唐小优带回来的调查报告。

小优坐在她对面，边等她看完，一双手还边在键盘上噼里啪啦打字。

莫澜从纸堆里抬眼看她："所以说这个胰岛素针头是一次性的，而这个患者用了三十次？"

针头不折断才怪呢！

小优点点头："即便是这样，他还是要诉产品侵权。生产厂商请第三方针对针头做的最新实验报告里已经表明，这种针头只要使用过一次就会产生倒刺，只不过我们肉眼看不到罢了。他就为了省钱，用了三十次，针头在显微镜下已经成狼牙棒了吧！"

莫澜笑："嗯，厂商下了很大功夫嘛！有了这份新的实验报告，还怕官司打不赢吗？"

当然她知道，即使官司能赢，在保护程越峰公司的战役里也只是很小的一部分。

她让小优把现有的资料整理好，准备应付接下来的庭审。她赶往程越峰住院的医院，程东今天也在，肝脏的配型应该已经有了结果。

程越峰果然比她考虑得更周到，也更直接，用这样一种方式来揭开一桩瞒了三十年的错误。

有理有据，比空口无凭令人信服，任谁也不会觉得这是信口胡诌的。

家丑还是需要遮掩，所以程越峰特意选了私立医院，而不是自己曾经工作了近十年的地方，避免熟人间的尴尬和无谓张扬。

偌大的病区，走廊比公立医院的要安静许多。程东坐在长椅上，仰头靠在身后的墙壁上，隔着一段距离看不出脸上有任何情绪。

他不知在这里坐了多久，或许想了很多，或许什么都没想。毕竟不管怎么样，事实都无法改变。

莫澜走到他身旁坐下，没有开口，只是握了握他的手。他转头看她，问了一个他自己都觉得很傻的问题："你说……医学数据出错的概率是多少？"

莫澜答不上来。

他自嘲地笑了笑："其实我也知道，几乎没有这种可能性，可我就是不肯相信。"

"天无绝人之路。"她总算说了一句安慰的话。

他却看着她道："你早就知道了？"

"知道什么？"

"配型结果。你知道我跟我爸没有血缘关系，配型吻合的可能性极低，所以才完全没有反对，对吗？"

莫澜没法否认，他们说好的，今后彼此坦诚，不要再互相隐瞒和欺骗。

程东明白了，继续问："什么时候知道的？是这回代理这个案子他告诉你的，还是更早的时候？"

"更早的时候。但是……"

她想跟他解释，却不知从何说起。其实从她知道这个秘密开始，就无数次在心里演练，想着要怎么把真相告诉他，以及他知道真相后会是什么样的反应。然而真到这一刻，她也不比他好多少，那些演练过的说辞却不知去了哪里，脑海里也只剩整片空白。

"原来你们都知道，只有我一个人当傻瓜。"他的痛苦终于在脸上浮现出来，"很可笑吧？我叫了三十年爸爸的人竟然跟我没有任何血缘关系。自以为是地把他未完成的事业当作自己的理想，在他病重的时候一心想着救他……可到头来却连自己是谁都不知道。"

莫澜试着让自己理清思绪好跟他解释，他却已经不再看她，闭了闭眼道："对不起，我想一个人安静一会儿。"

"程东……"

他岿然不动，老僧入定般坐在那里，好像已经听不到她说话。

莫澜站起来，垂在身侧的手用力握紧，走出几步，又忍不住回头看他，说："你还记得我说过的话吗？不管我曾经做了什么、隐瞒过你什么，都只是因为我爱你。你可能觉得我是强词夺理、刚愎自用，但是，这是真的。"

他还是坐着，闭着眼不知在想什么。那种感觉让她心凉，就像隐隐约约好像又要跟他分开似的。

她的手缓缓松开，长吁一口气，像是下定决心，快步折回来，拉起他的手道："跟我来。"

他蓦然睁眼："去哪里？"

"去找人求证，索性把该说的话全都说完。"

钟稼禾打开门，看到站在门外的莫澜和程东，愣了一下。

"咦，你们怎么来了？快，进来进来。"

他退到门后让出通道，程东却僵在那里不动，还是莫澜硬拉他一把才将他拉进门。

钟稼禾招呼他们在沙发坐下，给他们拿了两瓶饮料，乐呵呵地说："阿东你妈妈这会儿刚好出去了，晚点回来。你们难得过来，我今天炖了汤，吃了饭再走吧！"

程东没吭声，仅以沉默回应。

钟稼禾不明所以地看向莫澜，她也不说话。

他似乎意识到问题的严重性，或者说也有了不同寻常的预感，也安静地在一旁坐下。

程东终于开口道："我的亲生父亲是谁……您知道吗？"

钟稼禾猛地一震，惊异地看着他。

"您看着我长大，工作时带我做第一台手术……您是我的老师，也是我的家人，我一向尊敬您，最信任的人也是您，所以这个问题请您务必如实回答，不要再骗我了。"

这回轮到钟稼禾沉默，过了好一会儿，才问："为什么突然问起这个，谁跟你说了什么吗？"

莫澜道："是程总亲口证实的。他得了肝癌，正等合适的肝脏做移植手术，程东捐肝的时候……什么都知道了。"

钟稼禾愣住："肝癌？什么时候的事，我们怎么一点都没听说？"

"我也是刚刚才知道，"程东苦涩一笑，"知道了又怎么样，也不能改变什么。"

要不是这场病，说不定他要一辈子都被蒙在鼓里。

钟老师果然是知道答案的，甚至那个答案是什么，都已呼之欲出。然而越是这样，越让程东感到受伤。这样的弥天大谎，到最后竟然每个人都知道真相，却唯独瞒着他一个人。

晚霞映红窗外半边天，夕阳只剩最后一丝余晖没来得及收回，仿佛随时都会悄然消失在地平线。秦江月爱花，自从跟钟稼禾结婚，这家里的花瓶里就总是插满了各式各样的应季鲜花，空气里还有肉汤的香气，跟花香混合在一起，是极为家常的味道，可眼下程东只感觉陌生。

到底哪个家才是他真正的家，哪些人才是他真正的家人呢？

钟稼禾垂眸坐在那里，似乎也预料到会有这么一天，并不急于辩解什么，只说："也许都是注定的，我们上一辈做错的事，最后还是报应在你们身上。"

程东道："我只要一个答案。"

钟稼禾终于看向他："阿东啊，你别怪你妈妈，也别怪老程。要怪就怪我，所有的事，都是我一个人的错。"

又是令人窒息的一阵沉默，程东忽然站起来，狠狠将桌上的东西全都扫到地上："现在不是要论谁对谁错，我只想知道我是谁，我亲生爸爸是谁！你们究竟打算瞒我到什么时候？"

饮料哗啦洒了一地，花瓶也在地板上摔得粉碎，花枝和养花的水泼得满地狼藉。

莫澜从没见过这样失控焦躁的程东，一时也怔在原地。

秦江月拿钥匙打开大门，刚踏进客厅就看到这副景象和程东剑拔弩张的模样，急怒道："这是怎么回事？"

钟稼禾上前把她拉到一边，绕过满地的玻璃碎片，才说："阿东他知道了。"

他没说知道了什么，但秦江月却在刹那间就明白他话里的意思。

她感到震惊，难以置信，甚至还有些手足无措；看到莫澜也在场，自然而然地就联想到她是罪魁祸首，怒目瞪向她。

瓜田李下，莫澜拉着程东上这儿来的时候就有了这样的觉悟，所以看清秦江月目光里的含义，她一点也不惊讶。

发生在意料之中的事情反而让她放松下来，笑了笑说："如果迁怒我能让你们好受一点，就尽管来吧，我无所谓。但程东今天想要的是一个答案，而你们欠他一个解释，我没法代劳。"

秦江月胸口起伏着，咬牙道："你有什么资格……什么资格命令我？你早就不是我们家的人了，当年要不是你，我们一家子根本就不会闹到今天这样的地步！"

她歇斯底里，莫澜却已打定主意，无论她说什么都不予回应。

"妈……"程东打断她，声音沙哑，"她没有资格，我总该有吧？我爸爸……到底是谁，我要您亲口告诉我！"

除了母亲说的，别人无论说什么他都不会相信。

秦江月用力抿紧了唇，下颌却微微发抖。钟稼禾在一旁拉住她的手，沉声道："阿东，是我把你带到这个世界来，却没本事照顾好你，别再为难你妈妈，她这几十年已经够难受了。"

程东浑身僵硬，差点站不稳："真的是你？"

"是我。对不起，这么多年，不能以一个父亲的身份守在你身边，是我对不起你。"

所有道歉的话此刻都显得苍白，程东看向母亲，她苍白的脸色和泛红的眼眶就已说明一切，可他仍然无法接受这样一个事实。

满地的碎片和残花枯枝，正如他纷乱的心境，想要梳理，却根本无从下手，唯一能想到的就是逃离。

眼睁睁看着他背身离开，秦江月也再没说过一个字，等大门哐的一声合上，她才虚脱似的瘫坐在沙发上，揪住胸口的衣服。

钟稼禾连忙上前道："不舒服吗？快点平躺下，我帮你拿药。"

秦江月摇头，吃力地抬眼看向莫澜道："快……快去追程东，我怕他有事……他太倔了。"

莫澜对她道："放心吧，他不会有事的。"

任谁遇到这样的事，都需要一个过程来接受。或许在父母眼里程东永远是孩子，但实际上他已是个心智成熟的成年人，只要冷静下来一定能处理好这一切。

秦江月不喜欢她，然而到了这个时候，却宁可托付她这个"外人"也不愿儿子伤心。

倘若今天是她站在秦江月的位置，也未必比她做得更好。

莫澜站在程越峰的病房里。他不喜欢花花草草，知道他脾性的人来探病都不带花束来，病房里没有颜色，多少显得冷清。

"那小子怎么样？"他躺在病床上，问起程东的情况。

"他没事，只是还需要一点时间。"

"我遵守了约定。"

莫澜冷淡地笑笑："难道不是应该的吗？我答应过你的事，也一定做到。胰岛素注射器针头的案子已经有了不错的进展，我一定会赢。借此机会，我看到了公司的财务报表和人员变动情况，很明显是有人背着你把公司的客户和资源拉到外面去想要自立门户，才导致近来销售业绩下滑。具体参与的人是哪些，内鬼是哪些，我相信你心里也有数。公司跟员工签订的雇佣合同里都有明确的竞业禁止条款，凭这一条就能再打一场官司，让他们把吃进去的都吐出来；你要愿意的话，告他们侵犯商业秘密罪，送他们进监狱都不是问题。。"

程越峰点头，似乎很满意："我果然没看错你。"

"倒是你自己，没有合适的肝脏做移植手术，怎么办？"

"生死有命，富贵在天。"他回答得很简单。

他显得有点累，眼睛渐渐合上，莫澜没再说话。

不一会儿，病房的门被推开了，程东走进来，在她身旁的椅子坐下。

程越峰已经睡熟。莫澜仿佛终于等到要等的人，娓娓地低声说起："四年前，也是在医院里，我见到一个患了食道癌的病人，手术成功，病情却一直反反复复。人家告诉我，他的食道被切除了一段，而将上下其余部分连接到一起的吻合器出了问题。那时我还没有小优做帮手，只能靠自己做案件调查，发现为他做手术的主刀医生是钟稼禾。"

"这个名字太熟悉了。我当时就觉得奇怪，吻合器现在的技术已经很成熟，当时却还方兴未艾，完全有可能因为医生的技术不过关，导致病人达不到手术治疗效果。但钟老师是你的恩师，是南城数一数二的胸外科专家，利用吻合器的手术也已经做了不止一例，怎么会出现问题？我查到的结果跟我想得差不多，并不是技术的原因，而是手术中使用的吻合器本身有缺陷；这种缺陷不是偷工减料的质量瑕疵，而是研发中就存在的技术短板，只能依赖科技的发展一步步克服。然而最糟糕的是，这批吻合器是钟老师本人签字引进医院的。如果真要打官司，医院方面很难全身而退，所以当病人打算委托我做代理律师的时候，我是考虑过的。那时候好强嘛，能赢的机会，为什么放过？"

程东默默无言，安静地听着她说。

"可最后我还是拒绝了，再想赢，我也总要考虑你的感受。这时你爸……不，程总找到我，告诉我这个案子没那么简单。钟老师批准引进的吻合器，在他自己的手术台上出了问题，受累的就不仅仅是他一个人，而是整个胸外科，甚至随随便便就能牵扯出医疗贿赂的丑闻，影响所有相关医生的前途，当然也包括你。"

程东看向她，目光如电："老师是清白的。"

"我知道，那又怎么样？丑闻从来就不需要坐实，只要看起来是真的就行了。"

程东看向病卧在床的程越峰，神情复杂，深深吸了口气，道："继续。"

"其实我也是那个时候才知道程总的怨恨那么深，他始终觉得是你妈妈背叛他、对不起他；钟老师就更不提了，两人做了一辈子情敌，还曾经在同一个单位工作，这口气他是无论如何咽不下的。他的公司那时候也代理了吻合器，却在医院招标的时候败给了其他品牌——就是钟老师签字引进的那个。他正好借题发挥，既可以为公司争取利益，又可以狠狠打击情敌，一石二鸟。"

程东的心脏跳得极快，面上却没有太大波澜，只是一味看她："他找你是想叫你帮他？"

莫澜笑笑："你觉得我是个乐于助人的人吗？我答应他的条件，是保证你和你们科室的其他人不会因为这件事而受到牵连。其实钟老师也明白的，总要有人牺牲，才能平息事端——只有他退下来，才不会有人继续找你们的麻烦。所以那个案子表面上大动干戈，实际上并没有费太多周折就让双方达成了和解。整件事里最大的变量就是你的身世，我也没想到你跟程总其实不是亲生父子，他可以肆无忌惮地拿你来威胁我、威胁钟老师。我不能冒险，也没法向你解释，事情就演变成这样了。"

他们站在病房自带的露台上，程东握紧搭在栏杆上的手，硬声道："你以为这样就是对我好吗？"

莫澜摇头："我明白你知道真相一定会很难受，也没指望你会感激我，相信钟老师也是一样。但是程东，感情是超越一切理智的存在，你不要问我为什么会那么做，我自己也不知道。在想不到更好的方法来维护你的时候，也只能两害相权取其轻了。"

"那你送到我家去的东西，也跟这件事有关？"

"嗯，我那本日记的最后一页，贴着一份亲子鉴定的复印件，是程越峰给我看的。你以为我真是铁打钢铸的人吗？对你说出离婚这个词的时候我连寻死的心都有了，别人的感受关我什么事，由始至终有谁可怜过我？我就想……为什么不告诉你真相，说不定你会理解我的，我们的婚姻还可以挽回！可有些事情是注定的，我见不到你人，东西经过你妈妈的手选择权就不在我了。后来的流产手术就像压垮我的最后一根稻草，我甚至会想是不是我真的做错了，这就是报应。"

她流下眼泪，程东整颗心也像浸泡在碱水里，又苦又涩："你不该瞒着我的……为什么要瞒着我？"

他这几年得到的难道比失去的多吗？

"所以我也受到惩罚了不是吗？"莫澜抹掉眼泪，"后来我也想明白了，这种事本来就不该由我来跟你说，你不知道真相，不过是因为时机未到罢了。命运安排好的事，我们谁都无能为力。"

莫澜说的最后这句话，始终在程东脑海里回响。他见惯生老病死，却不肯相信命运之说，从没想过有朝一日莫澜会屈从与命运的安排，并把他们的错过归结于此。

肝癌的病程发展很快，患病的人几乎一天一个样。程越峰形容憔悴，越来越容易疲劳，渐渐离不开医院和病床。

他自嘲地笑道："当初下决心离开医院的时候也没想到，这么快就又回来了。"人总是这样，不管走多远的路，到头来看看脚下，仿佛还是回到原点。

程东帮他调整了一下枕头的位置，让他在床上坐得舒服一点："听说你最近几天都没好好吃东西，想吃什么，我去买来给你。"

"我想吃以前医院大门口的早点铺里卖的蒸饺和红枣糕，刚才还梦见了，我跟你妈妈一人吃半笼，刚好用一张粮票。也就是想想而已，刚做完化疗的人吃得下什么东西，而且那爿店也早没了。"

物是人非事事休。

程东沉默不语，以前难得见到父亲，好像总有话跟他聊，如今不生分也生分了，不知该说什么才好。

程越峰看着他道："莫澜全都告诉你了？"

他点头："嗯。"

"你别怪她，威逼和利诱总有一样会管用，她也没有更好的选择。不过，我对以前做过的事，一点都不后悔。"

程东终于抬起头来，自从知道真相，这么久以来这是他第一次正视这个他几乎叫了一辈子"爸爸"的男人。

程越峰笑道："怎么，觉得我太狠了？阿东啊，你要记着，无毒不丈夫。报仇也好，报恩也好，要狠一点才能得到自己想要的东西。"

"那你得到了什么？"他其实一直都想问这个问题。多年商海沉浮，名利双收，有娇妻稚子，这些就是他真正想要的吗？

程越峰愣了一下。他最近头发白得很快，时常卧床昏睡，反应也有些迟缓，这一愣竟露出几分老态，完全像个迟暮的老人了。

"报复情敌和背叛者，难道不算吗？对不起我的人，我就让他们也不好过。"

程东扯了扯唇角："你指的是我妈和钟老师吗？他们从结婚后就一直住在一起，几乎从没吵架红过脸。这几年旅游差不多走遍了全世界，要不是我妈生病，他们连南极都打算走一趟。就算是生病，我妈喝的汤、吃的药也都是老师亲自端到手边，我妈喜欢的东西，就算外面买不到，他自己亲手做也要做出来送给她。他们也没搬家，婚后一直住在你们以前生活的房子里。这样的两个人，你真的觉得他们日子不好过吗？"

恰恰相反，四年前那场欲加之罪让钟稼禾提前从繁忙的工作中解放出来，有更多时间弥补两人过去缺失的岁月，夫妻感情反而更好了。

与其说是报复，不如说是成全。

程越峰张了张嘴，反驳的话没说出口，先惊天动地呛咳起来。

程东给他倒了杯水，建议道："天气好的话，还是多出去走走，长时间卧床对心肺功能都不好。"

程越峰好不容易理顺这一口气，笑了笑说："说来挺可笑的，我汲汲营营一辈子，到头来还是帮人家养的儿子守在病床跟前关心我。这么看我还是有做对的事儿，不是吗？"

他有一儿一女，女儿背井离乡，儿子还在襁褓之中，要尽孝道是不太可能了；只有程东这个没有血缘的孩子一直在身边，催生出久违的亲情向往。

大概因为心底荒凉，程东也并没有被他这句不加掩饰的"帮人家养的儿子"刺痛，至少没有想象的那么痛。果然有的事最终还是会逼迫你正视既有的现实，而凡事只要正视，就少很多当局者的迷惘和感慨。

他现在反倒担心莫澜，这回起底往事，无疑又伤了她一次。父辈的纠葛本来是他的家事，在他跟她成立新的家庭之前就已然存在的，不该由她来承担，可她偏偏被卷进这旋涡，遍体鳞伤。

他知道了真相，却想不起那天跟她到底聊了些什么，有没有说什么过分的言辞，让她伤心。

其实莫澜忙得像个陀螺一样，时刻不停地转，几乎没有时间伤春悲秋。断针的案子一审有了结果之后就上了央视的节目，果然被炒得沸沸扬扬，她终于明白了手机要被打爆是什么样的体验。

她是这样，作为公司内部人士和老总太太双重身份，赵媛就更不用说了。

她去程越峰的别墅探望赵媛母子俩，意外地发现还有其他人在，对方见她来了就起身告辞。

"那是你们公司之前聘请的律师吧？"莫澜问。

"你们认识？"

"谈不上认识，之前在法庭上打过照面。"

赵媛点点头："他是我同学的哥哥，很久以前是我男朋友。"

她坦率得让人有点惊讶。

莫澜道："我没有别的意思。"

"我知道，我也没有。"

两人相视而笑，赵媛道："他们律所跟我们公司合作的时候我并不知道他在那里工作，后来合作期限满了，老程不想再交给他们做，就没再续约。"

她这样的叙述，中间至少省略了一部国产电视剧的情节，但莫澜却选择相信她。

"老程非常多疑，我觉得早点划清界限也好。"

"嗯。"

"他来看我只是出于朋友的情分，——跟他没有关系。"

莫澜笑了："我知道。"

她们都知道程越峰多疑，有程东这个儿子的前车之鉴，只怕——刚生出来就做过亲子鉴定了。

"你有什么打算吗？"莫澜问。

"打算？老程虽然病得很严重，但我不会丢下他不管的，我会陪他到最后。至于公司的事，我其实不擅长管理和运营，还是要交给专业的经理人去做，当然如果有信得过的人接手就最好了。莫律师，你很聪明，又懂法律，可以考虑到来公司工作，不会像你现在这么辛苦。"

"我还打算跟程东在一起呢，你防着他，没理由不防着我啊！"

"说什么防不防的，只要拿到我们应得的那一份，知道老程有这份心就够了。"

她忽然哽咽垂泪，莫澜轻拍她的肩膀表示安慰，她便接着说："我以前只听说患癌化疗不容易，却没想到真的那么痛苦……我看到老程那样子……就觉得只要他捱过来，那些身外之物要不要都没什么关系。健健康康、平平安安地活着比什么都重要，谁能比谁多带走点什么呢，何必费心去争去抢？"

病的人不是她，她却有这样的大彻大悟，足见她还是珍惜跟程越峰之间的感情和婚姻的。化疗也确实痛苦，程越峰平时那么刚强的一个人，开始化疗后没几天就憔悴得脱形，难受得下不了床。

想到那样的情形，莫澜心里莫名也一阵翻腾，肠胃最先做出反应，酸意一下子就涌到了嘴边。

她甚至来不及冲进洗手间，就对着垃圾桶干呕了一回。

赵媛吓了一跳，连忙叫保姆倒热水来，关切道："你没事吧？"

莫澜冲她摆摆手，喝水咽下酸意，说："我肠胃不太好，大概是胃炎又发作了。"

赵媛缓了口气："那还是去医院看看吧，呕吐也怪难受的。看你这样子，我还以为是怀孕了呢！我刚怀——那会儿，孕吐也很严重。"

莫澜猛地一震，嘴上打哈哈说不可能，心里却努力回忆上次例假是什么时候。她日子一向不太准，工作一忙起来就顾不上记，现在仔细想想好像上个月根本就没来，而眼下连这个月都已经快要过完了。

上个孩子就是这么稀里糊涂没有了，她可不想再来一次。

只是她心里仍然怀有侥幸——事情不会这么巧吧，程东才发愿说要一个孩子……这么快怀上了？

她很难形容自己的心情，雀跃和喜悦居多，却又包含着未知的忧虑和一点惴惴不安。她想打电话给程东，他是医生，也是孩子的父亲，是这世上最该第一时间跟她分享这个消息的人。可她又不想让他空欢喜一场，于是先找药店去买验孕试纸，打算确定之后再告诉他。

CHAPTER 15

命 中 注 定

程东仿佛听到什么东西扑通落进水里
的声响，后来他才知道那是他的一颗
心，重新沉坠，入爱河也好，入油锅
也罢，他这辈子是注定败给她，走不
出来的了。

回到律所，汪主任刚送走了一拨记者，冲她招手道："莫澜回来了？到我办公室来一下。"

莫澜把买来的小纸盒随手扔在办公桌的角落，在主任办公室的沙发上坐下："好消息还是坏消息？"

最近律所也被推到风口浪尖，主任帮她应付了不少外来干扰，虽然她算是拿下了程越峰公司的业务，但媒体的过度关注本来就是双刃剑，就不知律所的其他合伙人怎么想。

汪主任笑道："你表现这么惹眼，还怕会有坏消息吗？"

"这可不一定。"其实她现在都很难说得清什么是好消息，什么是坏消息了。

汪主任推了推鼻梁上的大框眼镜，满怀安慰般说："莫澜啊，恭喜呀，要做我们开疆拓土的功臣了。"

莫澜不解："什么意思？"

"咦，我没跟你说吗？我们这回晋升的合伙人是要跟老刘他们到上海建立分所的，这个机会可不错，上海机会多，业务量大，今后你们就是分所的创始合伙人，地位和价值都不一样的。"

"那不就相当于流放？"

汪主任一吓："这怎么是流放呢？人往高处走，上海那是中国梦的前沿阵地啊，你见过把人往最繁华的地方流放的吗？你这回这个断针的案子做得很漂亮，我们几个老家伙都觉得不错，所以诉讼业务这一块老刘才点名要你去，其他的人他还看不上呢！"

"我不想去。"她第一反应其实就是拒绝，没有多想就说出口了。

汪主任试着说服她："这机会可不是时时都有的。你现在单身，没有家累，正是适合出去闯荡的时候，一个人一辈子有多少种时机呢？现在不把握，今后碰到职场天花板，再想找出路就难了。你这么多年来又是留学又是拼命接案子，为的是什么呀，不就是为了这一天吗？"

不，不是的，她为的不是这一天，她为的只是程东这个人。再难得的机会，跟两个人相知相守一辈子比起来，也无法相提并论。

汪主任道："你也不用急着答复，回去再好好考虑考虑。我知道唐小优那孩子很得力，你赢那么多案子也有她的功劳，我们可以让她跟你一起去上海，还是继续做你的助手。你要是有男朋友，也跟人家好好商量商量，这个我不能给你做主了，不过两个人要是真的感情好，什么问题都能克服的。"

小优就在座位上，看到莫澜出来，连忙迎上来问她："怎么样，主任跟你怎么说？"

她看起来有点紧张，莫澜把外派上海的计划跟她说了，她又接着问："那你打算去吗？"

莫澜道："还没决定。你这么紧张干什么，担心我会辞职？"

小优从自己桌上拿了样东西给她："这是我刚打好的辞职信。前天我就打听到风声说可能会派人去上海，我不知道你会怎么决定。但假如你真的辞职，我就跟你一起走。"

莫澜笑道："傻丫头，你可真豁得出去。我要是不带你走呢？"

"你还找得到比我更好的助理吗？我也不要你加薪水，现在这样就行。"

她看莫澜神情就知道她还没做决定，但她的决心是摆在这里的。

有人对自己这样死心塌地，无论男女，无论是爱人还是朋友，都不会无动于衷。莫澜搭住她肩膀："走，我请你吃大餐去。怎么说也是升职啊，别搞得视死如归似的。"

她请小优去家里吃饭，两个人都不擅长做菜，最简单的办法就是吃火锅，食材都是现成的，煮一锅汤往里头下就行了。

一路上莫澜都不太说话，小优问她："你最近是不是又跟程医生吵架了？"

"你怎么知道的，很明显吗？"

"那还用说？"小优跟她时间不算太长，对她了解却够深。她有什么情绪写在脸上的时候，往往都是跟程东的事情有关。

"其实程医生虽然看起来高冷，不好亲近，但真的很爱你的。你有什么事，记得跟他好好商量。"

"好好的，怎么突然说这个？"

"不是突然，这话我跟程医生也说过。两个人只要相爱，像你们这样，有什么问题解决不了的？这天下的有情人不能终成眷属，无非是我爱你你不爱我，或者我爱你你不够爱我，在你们身上并不适用啊，为什么你们还没有真正在一起呢？"

结个婚，生个孩子，组个家庭，一辈子快快乐乐地生活在一起，不要像她们这样，从童年就开始孤独。

莫澜掌着方向盘，笑道："我们小优真是长大了啊，爱情问题上都能充作半个专家，是不是恋爱了？"

"有些事不需要恋爱也能明白。"

"比如我爱你你不爱我这样的体验吗？"她渐渐敛起笑，"你说得没错，不过不能终成眷属还有一种可能性，就是彼此都爱得太深，太在乎了就容易患得患失，也容易错过。"

"就像你们俩这样吗？"小优诚恳地说，"之前我做了一件事，也不知道做得对不对。我就是不想再看见你在这段感情里患得患失再错失些什么……你不应该是这样的。"

"你是指当年我流产那件事吗？"

"你早就猜到了对吧？"

莫澜看她一眼："你不说，他也总有办法知道。现在看来，这样的事还是不要瞒着比较好，就算孩子没生下来，他也是孩子的爸爸，有权利知道的。"

酿成如程东身世这般的荒唐，难道就算是爱吗？也不过是以爱为名遮掩的一段悲剧罢了。

说到这个，莫澜才想起来之前买的验孕棒扔在办公室忘了带回来。小优在，她也不好直接去药店买，只能先回去再说。

没想到大门没有反锁，两人走到门口就闻到食物的香气，一打开门发现程东穿着围裙，正把一个装满了汤的锅子放在餐桌的电磁炉上。

莫澜和小优都有些意外，程东却只是抬眸看了她们一眼："回来了？今天吃火锅。"

小优问莫澜道："你们……约好了？"

莫澜摇头，她今天才知道异地升职这个决定，吃火锅也完全是临时起意。这段时间因为程东的身世，他需要个人空间和时间去消化过去到现在那么多事，两人多少有些不愉快，像是冷战似的胶着着，她也没料到他会突然出现在她的住处。

"我看冰箱里东西太多，只有煮火锅能尽快吃掉。不过三个人大概有点不够，我再去买一点。"

他作势要摘下围裙，小优却抢着说："我去吧，厨房还要靠你。"

她朝莫澜使个眼色，示意她加油，就匆匆关上门走了。

莫澜觉得累，眼下也完全没有心情应付程东，把脚上的高跟鞋随手一扔，换上拖鞋懒洋洋地走进客厅，往沙发上一坐，问道："你怎么来了？"

"今天下班早，天气又不好，就想吃火锅，我猜你也是一样，所以就过来了。"

这里面其实也有典故。吃火锅时入口的食物过烫，这样不好的饮食习惯容易诱发食道癌。莫澜爱吃火锅，跟程东在一起后，他又是医生，食道癌的手术归他做，见得太多所以特别注意，火锅总不让她多吃。都说一个人吃火锅是孤独的极限，而莫澜以前总是一个人，即使嘴馋也没有太多机会大快朵颐，跟他在一起后倒是有人陪了，又受他限制。

程东心疼她，于是跟她说好，只要天气不好的日子她想吃火锅，他就满足她。

后来分开了，他有时跟同事聚餐吃火锅时还常常会想起她吃火锅时一定要吃花生酱，以及吃到红锅里的牛肉丸后辣得拼命灌水的样子。

几乎每个人吃火锅的时候都有必点的菜品，她不是，她每次都恨不得把所有的菜品都轮番上一遍。真的很难想象她心情要坏到什么样的地步，才会连面对火锅都表现得这么意兴阑珊。

"我今天没什么胃口，本来就只是想跟小优吃顿饭，吃什么都无所谓，这会儿倒好，她先跑了。"

说是去补充食材的人再也没回来。唐小优不仅胆大心细，而且很懂得看人眼色，这时候是绝不会甘愿杵在这里做电灯泡的。

程东却还是把准备好的东西都摆到桌面上，对她说："多少吃一点，三餐不规律又该胃疼了。"

莫澜倒不怕胃疼，她想到的是肚子里可能已经存在的那个小豆芽，虽然还不能百分百确定，但饿自己可以绝对不能饿到孩子。

这件事该怎么跟程东说，好像也是一个问题。

她勉强坐到餐桌旁边，看到一桌琳琅满目的食物，中间那一锅里应该是红烧排骨炖烂之后再加排骨原汤，放了番茄一起煮，鲜香微酸，煮久了也不会觉得腻。

她对程东道："其实你想吃火锅可以去海底捞的，据说他们现在会给单独来吃火锅的客人准备一只玩具大熊，放他对面的座位上陪他一起吃。"

程东没接话，拿碗给她舀汤："我来下肉和丸子，你先喝碗汤。"

她接过来，那碗到她手里，并不非常烫手，味道却非常香，氤氲的香气将她围住，白天有过的恶心呕吐都没发作，像是被这碗热汤给压了下去。

她捧着碗慢慢把汤喝完，程东已经烫好一拨羊肉和鱼片，夹到她碗里。

"趁热吃。"

他另外给她准备了一小碟花生酱，配了一点南乳。她慢慢蘸着吃了，好像才喘匀一口气，问他道："你最近去看过程总吗？"

"嗯。第一期化疗已经结束了，还需要一点时间来恢复。"

"那你应该知道他情况不太乐观，化疗的作用不是很好。"

"现在还说不好。"不知是不是剥离了亲缘这层关系，他显出医者特有的冷静来。

"那你妈那边呢？"

"我没再回去过。"他顿了一下，"不过他们已经知道了肝癌的事，去医院探望过了。"

身世揭穿，不仅是身份变得尴尬，连称谓也变得尴尬了。

程东再没叫过程越峰爸爸。

莫澜这才问他："那你今天到底为什么到我这儿来？能告诉你的，我都已经知无不言言无不尽了。"

程东抬眸看她，隔着桌上锅子里冒出的腾腾热气，白茫茫一片，他眼里的情绪看得不十分分明。她只听到他说："没有其他事，我就不能来找你吗？你希望我们跟上回一样，不欢而散，从此以后就各安天涯，再也不见面？"

他指的上一回是哪一回，他们心里都有数。莫澜看着碗里的油花，笑了笑说："难怪人家总说历史有相似，原来是真的。"

程东仍看着她："什么意思？"

"你知不知道我今天为什么要请小优吃饭？是为了庆祝我升职，就像你前不久晋职称一样。不过这次升职是有条件的，我要被外派到上海去，参与建立分所。"

她不慌不忙地说完，程东脸色却一下就变了："你答应了，非去不可？"

她摇头："他们给了我时间考虑，我还没决定。当然没有什么非去不可的事，大不了重新找份工作，无非是机会成本有多大。"

"所以你还是打算接受这个职位，对吗？"

离开南城，到其他地方去重新生活，其实一直以来是她的愿望，他知道的。

莫澜没有否认，她也不知道自己会怎么选择。她现在脑海里很乱，如果可以的话，她倒希望这时候有人能帮她做这道选择题。

程东也的确如她所愿，说道："那就去吧，我在上海上大学和实习，有很多同学和朋友，对那里也很有感情。如果你打算接受外派的职务，那我们就一起去。"

莫澜愣住了，呆呆地看着对面的程东。他脸色已恢复如常，正色道："怎么了，我说错什么了吗？"

不，他没有错，只是这样的反应跟她想象的情形相差太远。她以为他会发怒，会出言讽刺，甚至像那天在他妈妈家里那样发那么大的脾气，把锅盘碗盏全都扫到地上……可他没有，他竟然只是说去吧——如果你想去的话我们一起去。

她至今仍然记得当初她怒急攻心说出"离婚"这个字眼的时候程东脸上震惊和痛苦的表情，虽然转瞬即逝，却烙印一般深深印刻在她脑海里。然后是她不辞而别到国外留学，她重新回来后两人又重遇，他的身世真相浮出水面……每次都跟她有关，每次一定都有一番惊涛骇浪，他却把那些都拨到一边，平静地对她说：我们一起去。

"你……愿意跟我一起到上海去？你知道这可能不是一天两天，甚至不是一年两年……"

"我知道，那又怎么样？"他不以为意地笑了笑，"当年就说好一起到上海去的，你许了诺言却没实现。现在虽然晚了十年，我可以破例给你这个机会补偿。"

"那你的工作怎么办？医生异地执业比我们麻烦得多，何况你已经是科室的骨干了，是全院最年轻的副教授，说走就走，到一个陌生的环境重新开始，值得吗？"

"我不在乎，我觉得值得就值得。"

从认识他至今，莫澜第一次见识到他的任性："程东，你还是不明白……"

"我明白。"他还是淡淡的，脸上却已经敛尽笑容，"我本来准备这两天就到北京去一趟，找到雯雯，把她带回来，让他们父女见见面。毕竟她是真正姓程的，不管她当年怎么跟家里闹，亲生父亲病入膏肓，无论如何也该再见一面。我知道赵媛找过你，也完全明白她的顾虑是什么，程家的钱和公司全都是雯雯和一一的，我什么都不要。我只要守住对我来说最重要的人就够了，没想到……"

他停了一下，几乎有些凄惶地说："你的计划里根本就没有我的存在，你又打算一走了之，对吗？一直是我白作多情，非要缠着你，十年前是这样，四年前还是这样，现在也是。我自以为最好的安排，你根本就不在乎。"

"程东……"

"有件事你可能不知道，我辞职不是第一次了。四年前我短期进修的单位缺人，愿意接收我到他们那里正式工作。我当时就打好了辞职报告，想着回来之后办妥了手续就带你一起离开南城。别人爱说什么就让他们去说，就算我妈和钟老师怪我我也认了。你总说我不信你，其实我信不信你又有什么关系，就算你真的那么做了，最后我还是没办法跟你分开。"

就是这么疯狂，就是这么可悲。他也问过自己值不值得，然而爱情却是不问值不值得，所以很多问题永远没有答案。

他是天之骄子，从小无忧无虑地长大，从没想过有一天会走到像今天这样一无所有的地步。

身世被瞒，家不成家，都并不能打倒他。只有爱人的离弃，才会让他自暴自弃。

莫澜被他这段话震动得无以复加，拉住他道："你说什么……你再说一遍！"

程东却无动于衷："我不会再说了，你信不信都好，我只说这一次。其实一直以来并不是我信不过你，是你信不过我。"

她不信他爱她，可以像她爱他一样多。

莫澜绞住他衣袖的手收紧，咬牙颤声道："程东……你这个混蛋。"

仿佛恨他，也像爱他那么多。

她忽然流泪，让程东猝不及防，要知道他认识她这么多年，也几乎没怎么见她掉过眼泪。他狠狠心别过眼，逼迫自己对她视而不见，掰开她的手指要走，却听她在身后说："我怀孕了。"

如果世上真有魔咒，这一句对程东来说就是了。他立刻就像是被施了定身的法术，站在原地动都动弹不得。

"你说什么……再说一遍。"他回头看她，说的话跟她刚才说的一模一样。

莫澜脸上还挂着泪，胸口起伏着，刚才吃下去的一点东西在胃里没停多久就哗啦一下子又涌了上来，比之前的任何一次反酸都更让人难受。

她捂住嘴巴，还来不及跑进洗手间，就抱着垃圾桶吐了个干净。

这下程东再也走不掉了，连忙过去扶住她："没事吧？哪里难受……胃疼吗？"

那阵势，仿佛只要她点头说一句疼，下一秒他就要抱起她往医院去了。

可她吐得涕泪直流，却只是一个劲儿地摇头，把他也往外推。

程东又气又急："你都成这样了，还犟什么！你靠着我，靠着我会舒服点。"

他斜跪在她身边，一条胳膊就支撑住她身体绝大部分的重量，对呕吐物的难闻气味也一点都不怵。

这是他见惯了的情形，没有哪个医生会嫌弃一个病人，也不会有哪一个病人比她更难伺候。

莫澜很快倒空了整个胃，虚脱地坐到地上，他扯了纸巾要给她擦，她接过来还没碰到脸就哇的一声哭了。

程东仿佛听到什么东西扑通落进水里的声响，先前所有坚硬的外壳都被瓦解，所有的不忿和委屈都统统消失。后来他才知道那是他的一颗心，重新沉坠，入爱河也好，入油锅也罢，他这辈子是注定败给她，走不出来的了。

莫澜坐在地上，倚靠着他的身体大放悲声。他是真的真的没见过她哭成这样，像个小孩子一样，积蓄了不知多久的委屈全都倾倒出来，几乎将两个人都淹没。

他永远无法想象他转身的一瞬对她意味着什么，无法想象她等一个人——哪怕是一个人，对她说这句靠着我会舒服一点等了多少年。

她的委屈、她的情难，她拿得起却放不下的所有一切，都在这次号啕大哭里，一字一句说给他听。

他也只好坐在地上，抱着她，任由她哭，怎么劝都没用。

其实他反反复复说的也就一句话："……我就在这里陪你，哪里都不去。"

他有时候恨她的决绝，有时候又恨自己的。一个人一生能遇到2900万人，跟相爱的那一个相遇的概率只有两万分之一；很多人一辈子也遇不见，遇见了的，人家互相试探撩拨是情趣；他们却每次都像生离死别。

他也不知道这是怎么了，是性格使然，还是说这就是他们的宿命——毕竟好好爱过一场也是上天的恩赐，总要给些考验，才能携手无悔。

好不容易等她哭够，伏在他怀里抽抽噎噎，他才小心翼翼把她抱上床去，问她道："现在感觉好一点吗？"

莫澜摇头，她一点也不好，嗓子眼被胃酸灼得要冒烟，肚子里空空如也，又饿又连番折腾，胳膊都抬不起来了。

程东给她倒水漱口，又给她热了牛奶端过来。她一闻到那腥味儿又觉得难受，推开杯子道："我要喝果汁。"

她还惦记着刚才吃火锅的时候桌上没喝完的果汁。

程东嘴巴动了动，想说现在这样最好喝点温热养胃的东西，生冷的不要碰，但看到她眼睛红红的样子，终于还是什么都没说，出去给她倒了杯果汁。

莫澜喝了两口果汁，这才稍稍缓过来，睨了一眼坐在床边的人，故意说："你不是要走的吗，怎么还不走？"

程东很沉得住气，不接她话，只问："吐了是不是好一点？还想吃点什么吗，我去给你做。"

他态度这么温煦，莫澜就没法继续恶声恶气了，只是赌气地说："反正不吃粥，别给我熬粥啊！"

"那吃面？好消化。"

"那我要吃乌冬面，火锅乌冬面。"

那一锅番茄排骨炖的底料还在扑腾，煮好的肉丸鱼丸和蘑菇在面上挤得满满当当，不吃真是可惜了。

这时她说什么程东都听她的，把乌冬面放在大漏勺里沉浸到火锅汤里，稍微烫一烫就捞起来，怕煮过了又碎又软影响口感，她又不吃了。

莫澜捧着个小碗呼噜噜又吃掉一小碗面，他就在一旁看着她吃，也不说话。

等她吃完了把碗放下，他才给她掖好被角，说："你躺着休息一会儿，剩下的我来收拾。"

她抬眸看他，欲言又止。他知道她又要说什么，这回认真地回答道："你放心，我哪里都不去，就在这儿陪你。"

莫澜嘟囔了一句："谁稀罕。"

再抬眼，程东已经不见了，饭厅和厨房很快传来哗啦啦收拾碗盘的声音。

她的程医生宜室宜家，要是两个人不吵架就好了。

她也确实累了，到这会儿才终于放松下来。窗外好像下起了雨，雨点噼里啪啦打下来，玻璃上很快就有了水痕。她就坐靠在床上，听着那飒飒的风声，想起张爱玲的《小团圆》里说："宁愿天天下雨，以为你是因为下雨才不来。"

那么他是不是因为下雨才不走的？

刚才惊天动地大哭一场现在回想起来有点丢人，他们两个人是有多缺乏安全感才会孩子都有了还彼此这样揣度对方的心意？她入职从小菜鸟开始做起，在法庭上被检察官和法官骂得狗血淋头时都没这样大哭过，今天算是破了功。

她仔细回味着程东说的那番话，原来四年前他也有秘密瞒着她，原来他也曾有抛下一切的决心要带她离开；如果当初她没那么快收到英国大学的通知书，没有错过这一回，也许今天又是另外一番光景了。

她渐渐恍恍惚惚有了睡意，直到身边的床铺微微下压，有另外的体温靠上来，她才知道程东已经收拾好了。

"怀孕……是什么时候的事？"他问。

莫澜一个激灵清醒过来："你这是打算秋后算账吗？"

程东叹口气："我只是关心你。"

她脸上发烧："我其实也还不确定，买了验孕棒还没用，落在办公室了。"

"那你上回例假是哪天？"

到底是做过夫妻的人，讨论起这样的问题也不会脸红。她回想了一下，说了个日期，程东心算了一下，沉声道："47天。"

才一个多月，就有这么重的妊娠反应，然而她的身体却还没有发生任何明显的变化，想象不出已经有个小豆芽在里面生长。

她一只手搭在小腹上，他的手覆上来："明天跟我去医院检查，看看宝宝和你的身体情况。"

这次跟上次的情况不一样，有妈妈，还有爸爸，小家伙一定好好的。

莫澜眼睛又红了，抽出手道："不要你去，我又没说孩子一定是你的。"

"不是我的，我也当作是我的。"

莫澜一怔，抬起头看他，他一脸认真的样子一点也不像开玩笑。

"我……我不是那个意思。"联系他的身世，这样赌气的话也很伤人。

他却摇头："我知道，你不用解释。"

她永远都用不着向他解释。

他从身后抱紧她，让她靠在他怀里，说："我们把之前说过的那些气话都忘掉，但有的话还是作数的。我先去趟北京，把雯雯找回来，然后你要去上海或者别的什么地方，我都陪你一起去。不用可惜我的这份工作，你只要考虑怎么才是对你和孩子最好的选择。"

莫澜彻底软化了，不无迷惘和脆弱："我就是不知道该怎么选择。"

"那我们就一起想，只要我们好好在一起，其他事情都不重要。"

莫澜也想自私一回，不管不顾地跟他一走了之，但她知道他心里还是放不下的。他跟程越峰不一样，就算没有血缘，父母就是父母，子女对父母的依恋是天性，也是这么多年感情的累积。他一直是家里的长子，一言一行都要考虑父母的感受，在秦江月和程越峰离婚后都在小心地于两人间做平衡。就算现在知道程越峰没有当他是亲生儿子，但秦江月总是他亲妈，又有钟稼禾这个半路出来的爸爸，一家人摆在那里，不可能说割舍就割舍，从此不闻不问。

那不是她认识的程东，倘若他是这样的人，她也就不会死心塌地地爱他了。

她握紧他的手："那我跟你去北京。"

程东一愣："你也去？"

"是啊，怎么说也当过人家大嫂了，雯雯这个妹妹我还没见过。以前听你提，总觉得她应该跟我很合得来。就算当初她叛逆不羁，也已经得到教训了，这两年一个人在外头一定吃了很多苦。我怕你去了还端着大哥的架子，让她下不来台，到时候人没请回来，倒把兄妹感情弄得更糟糕了。"

程东不以为然地嗤笑："好歹小时候也带她翻墙捣蛋，帮她打过架、背过黑锅的，怎么到你嘴里就这么没用了？我不让你去，是担心你肚子里的这个，万一经不起长途奔波……"

"那我们明天就去医院做检查，要是稳稳当当的，你就让我去，我就当放假了。"

律所让她考虑几天给答复，就要准备调职的事宜，暂时也不用接新活打拼了，把手里的事情处理完就好，她正好给自己一个假期放松一下。

程东犹豫了一下，还是答应她道："好。"

医院检查结果显示，莫澜确实是怀孕了。这回胚胎在宫腔内，发育得很好很平稳。

虽然从图片上还看不出一个胎儿的形状，但莫澜还是感觉到骄傲和满足，将检查结果的单子在程东面前撣了撣，说了句："看吧，我就说我闺女没那么脆弱，她好着呢！"

程东其实比她还高兴，却表现得很矜持，直到跟她绕到车库里坐上车了，才伸手道："报告给我看看。"

他还记得上回也是在车库里，他看到唐小优给他的当年那一纸报告时是什么样的心情。同样是一张 A4 大小的纸张，上面是不甚清晰的图像和各种医学数据，他抿着嘴，却几乎忍不住笑出来。

莫澜也凑过来看，喊了一声："这么黑乎乎的一团，你看出什么来了？"

他不答她，好看修长的手指从简短的结论上滑过去，然后扭过头来用力亲了亲她的额头。

"这回要好好的……"他的手摸到她的腹部，话不知是对她说还是对小宝宝说的，"想吃什么尽管说，营养一定要跟上。"

莫澜睨他一眼："会胖的。"

"你不是吃不胖体质吗？都长在孩子身上了，没多少重量。何况你不管胖还是瘦都好看。"

莫澜啧啧几声："果然要升级的人就是不一样啊，嘴都变得这么甜。"

"还有更甜的，以后恭维女儿用。"

"你又知道一定是女儿？万一是儿子呢？"

"我说是就是，儿子太淘气了，我怕你降不住他。"

就算是他这样的，小时候也没少闯祸，打架狠一点把人家揍哭了，父母都少不了要跟人家说不少好话。

其实那个时候不管是母亲还是程越峰还是很疼他的吧？那种关心不是浮在表面的，而是着力于让他成人、成器，发自内心地想给他最好的，把他治得服服帖帖了，不自觉地依赖他们。

是从什么时候开始的呢？或许就是从父母不知不觉分房而睡，隐隐约约闹着要离婚开始的吧。到真的离婚手续办妥、程越峰搬出去了，才成为他与父母关系的一个拐点。这么说也不确切，或许是那时他已成年，或许是这种感情的微妙变化是渐进的。他其实并没有感觉到程越峰太过明显的疏冷，所以从来也没往这个方面去想过。

想到这些，他心头又微微一沉，很快掩饰过去，对莫澜道："走吧，回去收拾东西，准备出发去北京。"

夏天的北京已经开始有些燥热，好在空气还不错，天空瓦蓝，没有遇上京霾。

莫澜一下飞机就喊饿，她好像开始像很多孕妇一样容易犯困了，飞机上一直睡不醒，飞机餐都没吃上一口，脚一沾地整个人就感觉饥肠辘辘。

程东也不知带她去吃什么好。烤鸭太油腻，涮羊肉又是火锅，孕妇吃多了也不好，卤煮火烧也是同理。

莫澜打开手机翻美食评论，最靠前的推荐里找了一家，指给他看道："这家看起来不错，闽菜打底，做创意融合菜的，还有台湾小火锅和汤面，总有我能吃的东西。"

关键是这店的名字也好听啊，叫莲公馆。

程东看了看，说："好，我们就去吃这家。"

他们到酒店放下东西，换了身衣服就直奔莲公馆。

夜幕刚刚降临，饕餮食客们已经开始为晚餐排队。莲公馆是座三层的中式风格小楼，像北京这种历史名城里类似的仿古建筑并不少见，但这座小楼旁边却是很有名气的夜店和酒吧，风格迥异的建筑挨在一起，竟也不觉得违和。

"是这儿了。"莫澜看了看手机上的导航地图，确认是这里无误。她从门口挤进去，发现一楼是个很有情调的小酒吧，要晚上八点以后才开放；吃正餐的地方在楼上，有包间雅座，不过都得提前预订，现在她已经被告知要排队了。

"这么多人啊……"她嘟囔着,"要不我们换一家吧?"

她其实挺遗憾的,人气这么高的店味道应该不错,可她已经饿坏了,要排队等肯定是等不起的。

程东却不动:"你不是想吃这家吗?"

"可人太多了,我好饿,等不了。"

她嘴角朝下一耷,一副苦哈哈的表情。程东就喜欢看她耍无赖撒娇的模样,笑了笑,道:"那就在这儿吃,不用等的。"

他牵起她的手,拨开排队的人群带着她一路往楼上走。莲公馆内部也有复古元素,木质地板和窗棂,连纹样都很讲究,但二楼的灯饰和布局又像西餐厅,连服务员的着装都是衬衫马甲配黑色领结,放在托盘里端上来的菜品摆盘有法餐的风格。

"这里看起来真不错啊!"他们在靠窗的一个小桌旁坐下,莫澜就开始感慨,"不过你是怎么做到不用排队就有座的?"

程东为她要了杯白开水,然后才给自己倒茶,笑而不答。

莫澜凡事都爱寻根究底,不依不饶地问:"快说呀,你是怎么做到的,难道你刚刚瞒着我订了位子?"

"这里的位子至少要提前一天才能订到,不是临时起意能办到的。"

"那是怎么回事啊?"

程东还是笑,含糊地说:"山人自有妙计。你问那么多干什么,点你喜欢吃的就行了。最重要的不是怎么吃上的,而是要吃得好,吃饱了回去好好休息,路上折腾这么久你也累了。"

莫澜也就不跟他客气了,一口气点了一桌菜和点心,包括一盅小火锅。程东本来不让她点的,她说不是给我吃的,你吃,给我分一筷子就行。

最先上的是招牌鱼丸汤,又圆又深的瓷碗里漂着五只乒乓球大小的鱼丸,莫澜咬了一口,又鲜又弹牙,连呼好吃:"这肯定是手打的吧,外面上哪儿买这么好的成品鱼丸去?"

"嗯，要靠手打起胶，黏性和力道都得控制好，否则就影响口感。所以这个鱼丸汤虽然受欢迎，但每天都是限量的，来晚了就吃不到了。"

"你怎么知道的？"

程东指了指墙上贴的一张 Q 版告示，意思是店中几样招牌菜都是限量供应，请顾客们理解。

"这老板也挺懂得饥饿营销的嘛！"莫澜咂了咂嘴，又去揭佛跳墙的盖子，被烫了一下，"哟"的一声缩回手。

程东连忙拉过她的手指吹了吹："没事吧？这么不小心。"

他替她揭了碗盖，并没有垫毛巾或者纸巾，好像不怕烫似的。莫澜就笑他："还是外科医生的手厉害，都不怕烫的。"

他不理她的揶揄，舀了佛跳墙给她："慢点吃，很烫。"

佛跳墙里放了绍兴黄酒调味，压住了食材本身的腥气，揭盖就有异香。浸润在汤汁里的食材有的已看不出原本的模样，却软糯入味，跟平时吃的红烧、清蒸之类的滋味都不太一样。

程东每样都不让她多吃，但每个菜都让她尝一点，甚至台式小火锅里煮的鸭血——一般他们在外吃饭他都不点这个的，怕处理得不干净，算是医生的洁癖——然而在这里却破例让她这个孕妇吃了。

"这里的用料都很新鲜考究，没问题的。"

莫澜不懂他哪里来的信心，就仿佛这地方他已经不是第一次来了，对其中的门道十分熟悉，问他呢他却又不说。

他一心守着她吃喝，自己却没吃什么东西，心思好像有点飘忽，不在这一桌美食上。

窗外天色黑透时，莲公馆楼上楼下都已经很热闹了。莫澜点了一道甜品收尾，竟然是很法式的巧克力熔岩蛋糕。她举着餐叉道："是我的错觉吗？总感觉这个店的厨师好像也很喜欢西餐。"

"你的感觉没错，我最早学的就是西厨。"

突然有人接话，莫澜吓了一跳，回头看到一个肤色黝黑的年轻男人，有点熟悉的影子，却又想不起在哪里见过，不由疑惑地看程东："这是……"

程东露出笑意，起身跟来人握手拍肩，亲热地拥抱。

"不认得了？这是邱夜，初中就跟我是同班同学，高中在我们隔壁班，想起来没？"

程东这么一提，莫澜想起来了，指着他笑道："是那个邱夜吗？据说有个超帅的混血弟弟的那个邱夜？"

邱夜点头："嗯，同母异父，他叫高盛，现在也在北京。"

莫澜点头，悄悄掩嘴笑。她还记得有一回他弟弟到学校来，引发了集体围观，尤其是女孩子们，十六七岁正是情窦初开又想象力丰富的年纪，看到高盛本人简直就像看到了真正的白马王子。其实邱夜也算是齐齐整整的帅哥一枚，但跟混血弟弟一比，立刻就被压了一头。因为他跟程东关系好，所以她多少有留意他一点，围观事件发生时还有点幸灾乐祸看热闹的意思。

CHAPTER 16

笑看繁华

不管命运如何开玩笑，在这一刻，程
东仍然觉得自己是幸运的，因为上天
把莫澜送到了他身边。

邱夜道："你是莫澜吧？后来去了文科班的那个不良少女？"

"咦，你还记得我？"她一点也不介意被称呼为不良少女。

叛逆这样独特的标签并不是每个人都能拥有。

"当然记得。"邱夜又看看程东，"据说你们是早恋终成眷属？"

莫澜哈哈哈笑起来，程东扬眉道："呸，别胡扯，什么早恋，我们在一起的时候都大学毕业了。倒是你，打小就看上雯雯，不声不响这么多年，都追到北京来了。"

莫澜听程东提到雯雯，恍然大悟，对邱夜道："哦……原来是你，程东说的一直守护雯雯的那个人就是你啊！那这个店，是你开的？你不是去法国了吗？"

程东道："你一下子问这么多问题，让他怎么答得上来。"

邱夜在他们桌旁加了个座，说："没关系，慢慢聊就是了。"

他们也算是老同学相聚，不愁没有话聊，又有雯雯这一层关系在，就更显得亲密起来。

"这个店是雯雯的，我只是为她工作而已。"邱夜说起来，他们才知道莲公馆跟旁边这个夜场原本都是雯雯前夫梁沉的财产，两人离婚后作为分割财产的部分给了她。雯雯重新开张之后做了改良，聘请了新的总厨，就是邱夜。没多久也经营得有声有色，她名下还有连锁的美容院要管理，不是天天都会过来，所以才给了他们这样单独相聚的机会。

虽然听起来雯雯目前衣食无忧，也有自己的事业，自强独立，已不再沉湎于前一段失败的婚姻，但程东还是听得频频蹙眉。

邱夜道："我是遗腹子，很小的时候妈妈就改嫁到法国，后来生了弟弟高盛。我中学没毕业也跟着去了法国，继父对我很好，我们兄弟俩一边学厨一边帮他管理自家的餐馆。本来想有了资本就可以回国创立一番事业，再追求自己喜欢的人，谁知道还是晚了一步。"

他话里有苦涩和遗憾，不是心爱的玩具被人抢先夺走的不甘，而是怜惜对方这些年在所托非人之后吃的苦头。

程东道："不是你的错，不要自责。"

雯雯大学时遇上梁沉，死心塌地要嫁给他，奉子成婚。那时在校大学生还不允许结婚，她为了这桩婚姻，毅然决然地退学，然后跟家庭决裂。

莫澜嫁给程东的时候，年轻的程雯雯都已经当了妈妈，因为秦江月不允许，他们的婚礼她都没能出席。后来她应该是悄悄回来过一次的，莫澜还记得那个场景，她下班开车去程东他妈妈家，在家门口跟一辆豪车擦身而过，隔着车窗，车里坐了什么人看不清楚，只隐约听到小孩子的哭声。回家后就见秦江月大发雷霆，声音尖而利，还摔了东西，指责程雯雯这个不孝女不听老人言，有本事就永远都不要回这个家！莫澜虽然知道她脾气不太好，但也从没见她发过这么大火，不仅自己生气，还打电话跟程越峰吵，真真是大动干戈。

可是到最后闹完了，她又忍不住抹泪啜泣。

后来程东才说，豪车里坐的就是雯雯，她是跟梁沉到南城来办事，顺便带孩子来姥姥家看看。孩子满周岁了，还没见过姥姥、姥爷和舅舅、舅妈，甚至从来都没被这个家庭认可过。

本以为小外孙都有了，秦江月能认可她当初的选择，没想到最后还是不欢而散。

莫澜仿佛还一直能听到那个车里的小孩子哇哇的哭声。

即便是这样，也不能阻止那段婚姻的分崩离析，雯雯没有争取到孩子的抚养权，只能独自一个人搬出来过。锦上添花易，雪中送炭难，隔了那么多年，邱夜在这时仍不忘初心守在她身边，真是世间少有的痴情了。

莫澜笑道："难怪程东不用排队就能上来吃饭了，原来还是自己人。"

邱夜说："他本来定的是明天包厢的位子，临时说你刚好今天就要过来吃饭，我来不及安排更好的，只能委屈你们坐这里了。"

莫澜连忙摆手："你太客气了，这里挺好的，就算坐外面也一点都不吵。"

人声鼎沸反而显得热闹。

吃完最后的甜品，三人又喝了点茶才散。临走时，邱夜对程东说："雯雯很久没见家里人了，我也不知道她准备好了没有。她这两年也吃了不少苦头，到时候见了面希望你不要太苛责她。"

程东嗤笑："她好歹是我亲妹妹，这还用你说。我这次来也不是为了教训她。"

他自己的身世都变得不尴不尬，甚至不确定是不是还有资格以大哥的身份跟她说话。

邱夜也大致听说了近来发生在他身上的一些变故，拍拍他的肩膀道："放心，雯雯一直当你是哥哥，这辈子都不会变的。"

还有他这个至交好友，也不会因为这些事而对他有什么偏见，莫澜就更不用说了。

他们都已不是十几岁的孩子，早已过了瞎胡闹的年纪。

莫澜喜欢莲公馆的甜品，特意打包一份带回酒店当夜宵。吃饭的时候胃口还好好的，没多久还是吐了一回，胃里又挪出些地方来，马上又补充能量进去。

孕妇这样吐了吃，吃了又吐本来挺常见的，程东却感到心疼。他圈抱住正捧着果仁酥大快朵颐的莫澜道："明天给你找个药店买点维生素，控制下妊娠反应。我们就生这一个孩子，辛苦你了，生完再也不生了。"

莫澜想笑，酥皮滑到喉咙口呛了一口，说："话可别说死，万一这胎是个儿子，你的小棉袄怎么办，不打算要了？"

"你当我真的在乎生男生女？"

"我知道你不在乎，只要是我生的就好，对不对？"她乐陶陶地掰了一块点心喂他，"那我们就顺其自然嘛，以后要是有了二胎也生下来。一个孩子太孤单了，你看你跟雯雯这样有伴儿一起长大多好，我就一个人。"

她说的一个人，是真的独自一个人。程东抱紧她："不是还有我吗？以后我都陪着你。"

也对啊，年少时最叛逆最孤独的那几年，不也有他在身边？

莫澜抱住他胳膊，摇摇晃晃地说："以后不光有你啊，还有小宝宝，一个两个都行，人多热闹。等我把头几个月的妊娠反应挺过去就好了，以后一定都顺顺当当的。"

"嗯。"

"哎呀，说到宝宝，我有点想龟儿了了，不知道我们不在这两天，它们过得好不好。"

"放心，我把它们寄养在肖护士长家里了，她心细，不会饿着它们的。"

莫澜终于放心去睡了。有时间休息，又是跟程东在一起，她精神头很好。早上起来经历了最惨烈的晨吐，很快又满血复活，打扮得漂漂亮亮的跟程东出门。

她本来想去后海划船，程东怕水上漂漂荡荡的不安全，而且小船太晃，待会儿她又该吐了，于是提议去北大校园逛逛，未名湖边坐坐。莫澜把深栗色的长卷发拢到一侧辫了个长麻花辫，斜斜地从一边肩膀垂下来，身上穿一件荷叶边露肩娃娃衫，腰部蓬蓬的，正好遮住肚子，是一点都看不出来怀孕迹象的。

她往程东面前一站，问他："好不好看？像不像女大学生？"

她为减龄煞费苦心，程东当然点头说好看。其实她五官深刻，随着年龄增长，眉眼间的美已经变得艳丽起来，气质也跟大学生相差十万八千里了；可真正这样装扮起来，也还是很有几分清丽，走在校园里，可能会被当作研究生部的美女学姐吧？

两个人手牵手走在校园里，迎面走过许多年轻鲜活的面孔，看在眼里都有他们当年的影子。

莫澜逗他："你当年就没想过跟我牵牵小手什么的，真的只是纯洁地想做个好同学？"

程东把头扭向一边，不让她看到他脸上的红晕："事实胜于雄辩，你看我占过你便宜吗？"

"是有贼心没贼胆吧？"

"随你怎么说。"

"那……有没有占过其他女生便宜，牵过人家的小手？"

她思维太跳跃，程东都有点跟不上，哼了一声表明态度。

莫澜就咯咯笑，拉着他在未名湖边坐下，靠在他肩上说："我要是说那时候我对你可有想法了，你会不会觉得我很坏？"

"不会。"连杀鱼都无从下手的小女孩，能坏到哪里去。

"那你喜欢我什么？"其实男女都有共性，坏坏的异性更有吸引力。

程东说不上来，可能是喜欢她身上那种故意掩藏起来的活力，或者喜欢她的漂亮、她的矛盾、她的执拗，还有喜欢她那么爱他。

两人依偎在一起，莫澜向他道歉："高考那次我真的很想遵守约定，做梦都梦到跟你一起手牵手走在校园里，然后留在另外的城市，开始新的生活。可我也知道即使那样，也不能改变什么，你家里的阻力不会减小，反而会让你妈妈更不待见我。没有真的在一起过，也就算了；要是开开心心在一起几年，最后还是要分开，我会受不了的。"

"我知道。"程东握紧她的手，眼睛却看着远处，"所以现在补偿，也不晚。"

他不是傻瓜，后来也能想明白这其中的关节。只不过他始终相信，不管她怎么选择，他最终都还是会跟她在一起。

命里认定的人，是不会改变的。

过了两天，程东跟邱夜说好，在莲公馆与程雯雯见面。

正如邱夜所说，兄妹两人那么多年没见过面，心里总要有个准备。如果雯雯会紧张的话，程东也不见得比她好多少，出门前就拿不定主意穿哪件衣服，又担心头发是不是长了点，她会不会认不出来……

莫澜好笑，上前帮他整理好衬衫衣领，说："你这么紧张干什么，从小到大，你还有什么糗样是她没见过的？就算隔了那么多年，你也还是她哥哥，她是你妹妹，至于这样吗？"

程东轻轻叹口气："你不懂，当初她闹得太凶，整个家都天翻地覆的，我们彼此都说了很多绝情的话。现在情况也不同了，我没有把握她一定能够原谅我。"

她明白他口中的情况不同指的是他身世这件事，摇了摇头道："你妹妹才不会这么迂腐呢！再说就算你不是程越峰的儿子，还有你妈妈那一层呢，同母异父也是亲兄妹啊！她都离开家那么多年了，你以为她还会被什么家族名誉这种虚无缥缈的东西左右？你当年对她说狠话也是为她好，她如今想明白了 定不会怪你的。"

道理虽然是这样没错，但程东心里还是有些没底。他跟莫澜比约定的时间早了半小时到莲公馆，邱夜给他们安排了三楼的包厢，服务生泡了白茶上来，给他们杯子里斟满，让他们慢慢等。

听说程雯雯跟邱夜去了一趟外地，水土不服还病了一场，身体刚好一点就来赴约。这下程东的忧心已经变成对她身体的担忧，而不是其他那些有的没的。

这大概是医生的通病，莫澜安慰他："没事的，有邱夜呢！"

邱夜很守时，到了约定的时间就把人给带来了。程雯雯并不知道今天要见的人是程东，因此乍见之下非常意外，震惊、委屈、欢喜汇集成复杂的情绪表现在脸上，回过神来之后，扑进程东怀里一下子就哭了。

莫澜觉得这没见过面的小姑子长得真好看，表情丰富的时候跟程东也很有几分相似。

程东喉咙也有些发硬，任由妹妹抱着，过了一会儿才拍拍她肩膀："好了好了，这么大个人了，还哭。"

程雯雯擦干眼泪，拉着他的胳膊道："大哥……你怎么来了，你是来看我的吗？还是家里有什么事，爸妈身体好吗？"

她果然长大了，不再是天真任性的小姑娘。程东道："我不来找你，难道就等着你跟这个家彻底断绝联系吗？受了委屈为什么不打电话回来？一个人在外面这样硬扛着，人都瘦得走形了。"

程雯雯扁了扁嘴，心想说回去有什么用，以她妈妈的固执，恐怕连门都不会让她进。

莫澜在一旁打圆场道："哎呀，难得见面团聚，你就别这么咄咄逼人了。人家也是做了妈妈的人，身材保持得好有什么不对，哪有你说得这么夸张。"

程雯雯似乎这时才留意到莫澜的存在，有些惊喜地说："你是莫澜吧？是我嫂嫂对不对，我见过你跟我哥结婚时的照片。"

他们结婚时，她跟梁沉夫妻感情还不错，没能回南城去观礼，但梁沉还是想法子给她弄到了婚礼现场的照片，所以她认得莫澜。

这个问题有点尴尬，她应该还不知道两人已经离婚，又历尽许多
波折走回到一起。

程东却不含糊，搭住莫澜的肩膀道："没错，是你嫂子。"

他们时间充裕，可以把这几年来发生的事，慢慢都讲个清楚。

程雯雯还是非常惊讶的，她离家太久，又被有意割断与家人的联
系，这两年因为离婚的事自顾不暇，都没料到哥哥也经历了一轮婚变，
更没料到他跟父亲没有血缘关系。

还有母亲再婚，跟钟稼禾的纠葛等等，要不是程东这回告诉她，
也不知要到什么时候才有机会知道了。

她心疼程东，声音带了丝哽咽："哥，爸不当你是亲儿子，我还当
你是亲哥，你别难过。这么多年我都不在家里，什么破事儿都让你担着，
让你跟嫂子两个人都受那么多委屈，你也是时候为自己想想了。"

程东道："你不怪我当初火上浇油，那么绝情地跟你断绝关系？"

她苦笑道："你们有说错吗？事实证明就是我眼光不行，遇人不淑，
非要撞了南墙才回头。养儿方知父母恩，有些事我也是自己当了妈妈
才明白。"

"孩子现在怎么样？"

"在梁沉那里，家里有保姆，还有他妈看着，吃穿不愁，就是没
亲妈在身边始终是孩子可怜。"

莫澜道："你要不要争取抚养权？"

程雯雯摇了摇头："离婚的时候就为这个争得不可开交，最后官司
还是输了。也怪我自己做得不好，被人家抓住把柄不放。只有等孩子
再大一点，再争取看看。"

"哪天把小嘉抱出来看看，我这个当舅舅的都还没见过小外甥。"

邱夜道："都说外甥像舅，小嘉长得跟你还真有几分相像。"

程雯雯眼中微微一黯："那年我带小嘉回家去，以为妈妈会看在孩
子的分上重新接受我，结果还是被赶出来了。他不单是没见过舅舅，

连姥姥姥爷也没见过。"

程东道："这回我来找你，就是想让你跟我们一块儿回去，如果可以的话，把小嘉也带上。现在你跟梁沉已经分道扬镳，但家人始终是家人，妈妈不会再为难你的。"

雯雯没吭声，她也闹怕了，实在承受不了再一次被家人拒之门外的风险。

邱夜拉住她的手："别担心，我陪你一起回去。你爸妈不是气你，气的是你会被人辜负。现在该经历的你都经历了，跟梁沉也分开了，他们会重新接受你的。"

雯雯惊讶道："你愿意跟我回去？"

"怎么，难不成你以为我跟你在一起就是图一时新鲜，没考虑过未来吗？"

程雯雯被他这么一说，立刻红了脸。莫澜笑道："不用不好意思，丑媳妇也总是要见公婆的嘛，何况邱大厨这么帅，没问题的。"

程东松了口气："这样最好了，以后也经常回去看看，妈妈现在身体也不太好，还有你爸……他的病很不乐观，你也多陪陪他，他公司没人照看也不行，恐怕还要你多费心。"

程雯雯听到那声"你爸"就眼睛发酸："哥，你别这样，你也是他们的孩子……爸爸他只是一时魔怔了，想不明白，等他想通就好了。"

程东摇头，自嘲地笑道："连我自己都不知道自己是谁，又怎么能指望别人？这件事他背负了几十年，不是说放下就能放下的。幸好他现在也是儿女双全，要是你们都能在他身边，他也没什么遗憾了。"

"这么说你不打算待在南城了？你要去哪里，你不当医生了吗？"

"医生还是要当，除了当医生，我也不会做别的。"程东看了看身旁的莫澜，眼里有无限温柔，"你说得没错，现在我也该为自己想，为澜澜和孩子想想了。"

他把跟莫澜到上海去重新开始的计划一说，程雯雯也觉得这样的选择不错，就是有点舍不得："今后回家也见不着你了，还非得去上海。"

"过年过节，我也会抽空回去看你们的。"

中途莫澜跟程雯雯一起去洗手间，雯雯拉着她左看右看："你这是怀孕多久了啊，一点都看不出来。"

"还不到两个月，要是能看出来那就是我胖了。"

程雯雯笑："怀孕多少都会长一点，等卸了货抓紧塑身锻炼很快就恢复了，你别怕。想吃什么就跟我哥说，他可不是除了医生什么都做不了，他烧菜也很好吃的，邱夜还教过他呢！"

"看得出你跟邱夜感情不错，他对你也很用心。"

"谁说不是呢，可惜错过了这么多年。"雯雯忍不住感慨道，"不过我现在也想得很明白了，要是他早早地就出现，我也未必就懂得珍惜。老天爷的安排都有它的道理，我只要相信一切都是最好的安排就行了。"

莫澜道："你真的长大了，跟你哥提起过的那个程雯雯一点也不一样。"

"他在背后怎么编排我来着？"

莫澜连忙笑着说没有，又问她："那你爸的公司，你打算怎么处理？据我所知他已经准备好做股权变更，你会持有 15% 左右的股份。"

"坦白说，我不太想插手，毕竟他又成立了新的家庭，有新太太和孩子；而且我有莲公馆和美容院要打理，已经不太可能再去管理一个公司了；再说医药领域我也很陌生，一个外行容易把事情搞砸。不过你放心，只要他需要我，我不会不理的。我哥替我尽了这么多年的孝道，现在也该轮到我来出份力了。爸妈这边你们不用挂心，倒是我哥，家里的事真的对他打击挺大的，今后不管去哪里，你们都要好好的，请你一定要对他好一点。"

"嗯，我会的。"

北京的行程很短，程雯雯和邱夜安排好店里的事，就跟程东他们一起乘飞机回南城了。临行前梁家的司机把雯雯的儿子小嘉送过来了，同意他们带孩子回一趟姥姥家。

莫澜远远看到黑色轿车上下来的男人，问程东道："那个就是传说中的花花公子梁沉吗？这么看倒看不出来啊！"

程东笑了笑："人不可貌相，他是万花丛中过片叶不沾身的主，刚结婚生孩子的时候我相信他也是想过好好安定下来过日子的。可是本性难移，又是做夜场酒吧生意的，很难管得住自己。雯雯从小就眼睛里揉不进一粒沙子，一旦闹起来就没法回头了。"

莫澜同意，只是现在看梁沉隔着一段距离盯着母子俩的背影不肯离去的模样，恐怕多少是有些悔不当初的吧？

小嘉很可爱，就是从小身体有点不太好，看医生打针弄怕了，一听舅舅是医生就吓得直往妈妈怀里躲。程东耐心地跟他讲道理，又拿出准备好的玩具和糖果送给他，陪他玩小魔术，不一会儿就跟孩子混熟了。

程雯雯跟邱夜都说他以后一定是个好爸爸，这一点莫澜也有十足的信心，以前看他对小患者的耐心呵护就知道，他一定能胜任父亲的角色，不管是程越峰还是他的亲生父亲都不可能有他做得好。

她也会努力做一个好妈妈，跟他一起，把最完整的爱给他们的宝宝。

……

程雯雯没耽误太多时间，就直接赶到医院去见程越峰。这是他第二回入院，化疗对他作用不大，大家都知道他没有多少时间了。

多年不见的女儿突然出现在面前，他还是非常意外的，可能也是对当年强势干涉她婚姻的事不能释怀，他曾以为有生之年再也见不到她了。

其实最难受的是程雯雯，她怎么都无法把眼前这个年老体衰的病人跟印象中那个年富力强的父亲画上等号，伤心地哭出声来。

程越峰也眼眶发红，摸着她的脑袋说："几年不见，长大了，也是当妈妈的人了，怎么还是动不动就哭呢？"

"我来晚了，我应该早点回来的……我来晚了……"

"不晚，回来就好，我不是还在这儿吗？能见着面，就不算晚。"

程越峰不知是安慰她还是安慰自己，说到这里抬头看了看程东，眼里有无声的感激。

他把小嘉拉到床边交给雯雯，然后带着莫澜默默从病房退了出去。

程东不抽烟，但这个时候他却很想给自己点一支。

莫澜像是看出他的心思，问他："要不要陪你去喝一杯？去长安的店里，我现在也悄悄把好酒存在她那里。"

"可你现在怀着宝宝，不能喝酒。"

"谁说我要喝了？你喝，我陪着你，教你什么叫酒不醉人人自醉。"

程东失笑，她踮起脚抱住他脖子："哟，终于笑了。"

不管命运如何开玩笑，在这一刻，程东仍然觉得自己是幸运的，因为上天把莫澜送到了他身边。

程雯雯很快在医院病房见到了秦江月，当然即使没人告诉她，她也能猜到这是程越峰的有意安排。

有位心理专家说在中国所有关系中最难处的，婆媳关系列第一位，母女关系列第二位，这观点在程家人身上得到了充分论证。程雯雯其实已经没有勇气再主动上前一步了，哪怕她内心再渴望回归这个家庭。

好在秦江月这回并没多说什么，大概也是看在程越峰病重的面子上，在病房就像只是关系疏远一些的母女，没什么话聊；临走的时候才淡淡地说："既然回来了，就回家去看看，我给你做炸响铃……现在还爱吃吗？"

不知道她自己也当了妈妈之后，口味是不是也有了变化。

程雯雯答不上来，因为她又没忍住汹涌的眼泪。这是第三次，面对哥哥、父亲和母亲，她才发觉走了那么久的路其实并没有走远，家人手里始终握着一条线，切不开、割不断，最后她还是循着这条线的轨迹回到这里来。

雯雯带着小嘉回家吃饭，一家团聚，钟稼禾叫程东也来，雯雯也缠着他哀求："哥啊，你去吧去吧，就当陪我了。我跟钟叔叔不熟，还有邱夜在，到时万一没话题多尴尬啊！"

程东道："有邱夜在，他不会让你尴尬的。"

"那还有咱妈呢！我跟她那么久没见了，一见面还拖着个邱夜，搞不好又往事重演呢！她一向最听你的，你在旁边敲敲边鼓，我也放心一点。"

程东苦笑，要是妈妈真听得进他说的话，他跟莫澜就不会走那么多弯路了。

最后还是莫澜劝他："你就回去一趟吧，就算真要去上海，你也不可能招呼都不打一声就走了，总要跟家里人说清楚的。何况雯雯这么多年没回来，怎么也该一家人一起吃个饭啊！"

程东却说："那你也跟我一起回去。"

"我？我还是算了吧，来日方长，就不要在这时候去给你家里人添堵了。这回的主角是雯雯和邱夜，你别喧宾夺主啊！"

"那我们的事儿怎么办？"

"什么事啊？"

程东深吸口气："别说你完全没考虑过啊，你肚子里已经有了宝宝，我们这样名不正言不顺的什么时候是个头，难道要让宝宝出生就顶着个非婚生子的头衔吗？"

"噢，这个啊……"莫澜跟他打哈哈，"将来我们去了上海，天高皇帝远，想结婚不就是领个证的事儿嘛！"

看来她是不打算跟他妈正面交锋了。不过也对，这其实是他家里的问题，理应他去争取，给她一个好的结果就行，没必要再拉她受委屈。

"那你自己好好吃饭，打电话叫唐小优来陪你也行，我回去一趟就来。"

他放心不下她和肚子里的宝宝，一天见不到都要叮嘱半天。

"行了行了，你现在快要变成老妈子了，我会照顾好自己的，你就放心去吧！"

她把程东赶走，打小优的电话却显示已关机。这种情况可少见，她们认识这么些年小优的手机几乎都是 24 小时开机的，玩得疯的时候有两个手机，总有一个能找到她。

现在是什么情况？

她又打到律所去，小优的固定电话也无人接听。她只好打电话去问主任，汪主任也说不知道她去了哪里，只在早晨的例会的时候瞄到一眼就不见人了。反正她不在办公室的时候，小优也是神龙见首不见尾，大家都习惯了。

莫澜只要确定她没出什么事就好，不能陪她吃饭倒是次要的，她一个人就去长安的店里点一个套餐吃就行了。

没想到走到半路接到孟西城的电话，问她："莫澜，你现在有没有时间，我有事想跟你商量。"

一个人也是一个人，莫澜没有多想，一口应承下来："我有时间啊，大叔你有什么事过来请我吃个饭，一切好商量。"

"好，那我们待会儿见。"

说起来，也有好一段时间没见孟西城了。他看起来还是那么儒雅沉稳，只是稍微瘦了一点，在她对面坐下，绅士地拿起菜牌问她想吃什么。

她本来想就近去长安的店里吃顿简餐，他却约她在这个小木屋餐厅见面。

他问她："还记不记得，这是我第一次请你吃饭的地方。"

莫澜点头，当然记得，她妈妈出事之后，她很久都没好好吃过一顿饭。孟西城之前就与她见过面，都是公事公办的你问我答，只有最后一次，他向她转达不予起诉的决定之后，问她想吃什么，他请客。

她随手就指了这里，这个外观做成小木屋的川菜馆离她以前住的地方很近，总是生意很好的样子，每天都很多人光顾。她路过后门时，总闻到浓郁的油香和辣椒爆炒之后发出的辛辣香气，可她从来都没进去吃过。虽然是川菜馆，但前往的食客很多人都像孟西城一样西装革履，甚至很热的天也穿长袖衬衫和西裤，她觉得这个地方一定价格不菲。

孟西城却二话不说就答应了。她至今仍记得他点了水煮肉片、宫保鸡丁和麻婆豆腐三个菜，豆汤焖饭是主食，一碗甜豆花是甜点，她吃得非常非常满足。

很多年过去了，附近的街道没有大变样，商铺却来来去去换了一拨又一拨，只有这家小木屋川菜还坚挺地守在原来的位置。内部装潢也重新做过，格局跟以前不一样了，饭菜却还是差不多的味道。

他们仍是点了那几样菜，莫澜加了一份不辣的蹄花汤。

孟西城看着那份乳白色的汤水，笑道："我以为你是无辣不欢，什么时候也懂得要中和了？"

莫澜道："要是我一个人，怎么辣我都撑得住。现在肚子里多了个小的，总要顾着她啊，配点清淡的比较好。"

她说这话时有点赧然，除了程东的家人和小优，她还没跟其他人说起过怀孕的事，孟西城是第一个。

他愣了一下，昏暗光线下，脸色似乎变了变，轻声道："你怀了程东的宝宝？"

"嗯，是不是有点太快了，其实我自己也没想到。"四年前宫外孕之后，医生说她今后怀孕的概率会减小，她也只是抱着顺其自然的态度，这么快有了孩子像是上天的恩赐。

孟西城笑了笑："才多久没跟你见面，怎么感觉好像错过了很多？"

"你是大忙人嘛，最近案子是不是特别多，还是你们内部又有什么考评之类的了？"

他摇头，语气郑重地说："我辞职了。"

　　这回轮到莫澜惊讶了："辞职？好端端的为什么辞职，是出了什么事吗？"

　　"没有，是我个人的决定。"

　　"这可是铁饭碗啊，现在多少人挤破头争一个名额都争不到呢！"

　　他笑笑："话是这么说，但到了一定的时候，人也是会寻求改变的。你看你们汪主任，以前是我的前辈，干了将近二十年，不是也出来自立门户了？"

　　"那不一样，汪主任那时候是面临养家的压力，想送两个孩子出国去读书，才出来做律师，赚得多一点。可你是为什么？你又不缺钱，也没有家庭负担，而且做检察官实现正义不是你的理想吗？"

　　检察官收入并不高，但孟西城家境非常好，从来不太看重这个。他从这份工作当中也得到了相当的成就感，尤其帮助那些刑案孤儿和一时行差踏错的未成年人让他觉得实现了自我价值，她曾以为他会在这个岗位上待一辈子的。

　　她并不是责问什么，只是这个消息来得太突然了，她觉得他没有完全说实话。尤其此时他垂眸沉默不语的样子，就更印证了她的看法。

　　"你约我出来，应该不单单是告诉我你辞职这件事对吧？"她继续道，"那不如干脆有什么话就直说了吧，我们都认识这么多年了，也用不着拐弯抹角的。"

　　"是啊，都认识这么多年了，我算是看着你长大，然后看着你工作、恋爱、结婚，到现在都快做妈妈了，真快。你长大了，我也老了，有些东西错过了，再也没有重来的机会。"

　　他的目光变得柔和，说话时眼角有细细的纹路。可莫澜并不觉得他老，有内涵的男人到了这个年纪只会越发有魅力。她也并非不明白他话里话外的含义，年轻的时候谁都有敏锐的感知，无论面对何种感情也都有忠直的坦诚。只不过到了如今，有些事已无须点破，有些人永远是师长、是朋友，就已经很好了。

"虽然我经常叫你大叔,可从来没有真嫌你老啊!"她撑着下巴看他,等他入正题。

"老不老都要重新开始了。"他似乎也斟酌了很久才开这个口,"我打算自己开一个律所,正在寻找适合的合伙人,如果你愿意的话,我很希望能跟你合作。"

"我?"莫澜有点意外,"你要我加入你的律所?"

"不仅仅是加入,是做真正的创始合伙人。我知道老汪那边给了你去上海分所的 offer,虽然也是开山功臣,但毕竟现阶段也只是授薪合伙人,不参与律所分红。如果你到我这里来,不管是待遇还是地位上都会不一样。当然了,刚刚起步的新所就跟蹒跚学步的孩子一样,没法跟成熟大所相提并论。你要是相信我,自己也想闯一闯,不妨考虑一下我的提议。"

莫澜眉头紧蹙,她真没想到孟西城今天会跟她说这个,一时还真有些难以抉择。他却永远温和而善解人意:"你不用急着答复我,可以多考虑考虑,跟程东……也好好商量一下。"

两个人既然连孩子都有了,就是打算继续走下去的,这样重要的决策当然也有必要参与。

自从妈妈去世,莫澜曾以为自己会凡事以己为先我行我素一辈子的,谁知现在面临事业和人生的岔路,她首先想到的竟然是程东和肚子里的孩子。

假如她加入孟西城的律所,就会留在南城,这样程东的就不用辞掉现在的工作;相应的,宝宝出生后也会有个相对稳定和熟悉的环境供她成长。移居上海的蓝图再美好,刚开始也必定是劳神劳力,光是找合适的住处安顿下来恐怕就要好一阵子。

然而这还不是事情的全部。

小优很快回拨她手机,问道:"澜姐,你找我?"

"噢,本来想找你一起吃饭来着。你有事吗,手机怎么关机了?"

小优在那边沉默了几秒，才说："我没事，不过我也正好有事想跟你说。"

一个个都像是约好了似的，莫澜心里已经有了不好的预感，噢了一声："那来我家，见面聊吧！"

唐小优很快到了，她还是一头非洲人似的小辫子，利落地束在脑后，吊带衫外面套了一件长度直到膝盖的黑色网眼罩衫，脚上是镶了铆钉的黑色罗马凉鞋，朋克风十足的打扮，一看就不是从办公室过来的。

莫澜看着她笑了笑："你是彻底放飞自我了啊，好久没见你穿成这样了。"

她们第一次见面时，小优还在工读学校，头发剪得很短，穿白色衬衫黑色长裤列队在操场跑操。老师拿她入校以前的照片给莫澜看，一头染得枯草似的黄色长发，衣服裤子也剪得全是破洞，满脸桀骜。老师说这个孩子特别聪明，静下心来学习成绩也特别好，出去以后说不定还能考上大学，因为她说以后想做律师。

律师是不能有案底的，莫澜也不确定她这样被送入工读学校的孩子会不会受到影响。但她还是找到唐小优，对她说，只要她考上大学，今后想从事法律专业可以来找她。后来她回国，在律所的求职申请里竟然真的看到唐小优的简历，在其他人对这孩子过去的经历犹犹豫豫时，二话不说就把她招到麾下，做了她的助手。

唐小优个性很强，但已经摆脱了不良少女的影子，只是比较酷。即便是这样，在工作时她仍能服从管束，在办公室她也会穿衬衫和铅笔裙，从不多话，任务却都完成得很漂亮。同事全都羡慕她有个这么好的助理，她自己也庆幸当了一回伯乐，当然最高兴的还是小优是真正的千里马。

可是今天这匹千里马却郑重其事地对她说："澜姐，我可能不能跟你去上海了。"

她把一个信封放在桌上，之前她给莫澜看过的，这是她写好的辞职信。

莫澜抬眼看她："为什么？"

又是沉默。唐小优干脆利落的劲儿很像她，极少有这样沉默以对的时候。

"我找到了新的东家，不能再继续帮你。"

"新东家？哪家所，他们给你开多少薪水，我也给你同样的价钱。"

"不是钱的问题，我说过我不在乎薪水的多少。"她顿了一下，略微挣扎，还是说了，"是孟西城，他从检察院辞职，打算开一家新的律所，我想去帮他。"

其实在她说找到了新东家的时候，莫澜脑海里就灵光一闪，突然有个大胆的猜测，只是没有说出口。她现在这样坦诚地说出来，一下就把她的猜测给坐实了，她反而松了口气似的笑起来。

小优道："你……早就知道了？"

她看起来一点也不惊讶，仿佛早就什么都知道了。

莫澜摇头："没有，我只是瞎猜的，没想到一下就猜中了。孟西城啊？原来你喜欢这样的类型……你不是很怕他的吗，怎么突然就变成生死相随，祸福相依了？"

小优难得一见地红了脸，却还是一如既往地坦率："我不怕他，我只是不知道怎么才能离他更近一点。他这回辞职其实也是因为我，所以我不能丢下他一个人不管，我……我一定要帮他。"

莫澜不解："他辞职是因为你？"

小优笑容有些惨淡："他大概不能忍受跟自己亲手送上被告席的女人上床吧，那不符合他的原则。"

莫澜嗤笑："什么狗屁原则，爱了不就爱了，你那时才十六七岁……"她忽然像想到什么似的，问道，"你以前跟我提过，你被送进工读学校之后，家人也都不管你了，有人资助你一直上完大学，那个人……不会就是孟西城吧？"

"没错，是他。"

那就难怪了。孟西城并不是看不起她，或者仍介意她的过往，而是他曾经资助过她。在他眼里，法律的作用不是万能的，不是实现正义的唯一形式。那些因为某些案件成为孤儿的孩子，或者像小优这样因为家庭原因走到悬崖边缘的少年人也是某种意义上的受害者。他帮助他们，是出于一个检察官的正义感，不求回报，更不允许自己接受回报。

莫澜懂他。长腿叔叔的故事虽然浪漫而美好，但在他看来是不可接受的，他有自己的一套原则，否则就不会一直隐忍着，明明喜欢她，这么多年来却宁可一再与她错过都从不剖白自己的心意。唐小优却让他破功了，她不清楚是怎样的机缘让两人走到现在这一步的，但她喜欢小优眼里那种不顾一切要爱的执着和勇气，大叔这回是遇到对手了。

"我不是故意瞒着你，可又不知道该怎么说。"小优解释道，"本来以为跟你去了上海事情也就过去了，我没想到他会辞职。他没有做错什么，我不能让他一个人背着这种内疚艰难地重新开始，自己一走了之，所以我必须留下来。"

莫澜道："我明白，我觉得他没错，你也没错。工作可以再找，但你在乎的人一旦放手可能就错过了，好好把握才是应该的。"

"那你呢，你一个人去上海？"

"他打算跟我一起去，换个环境重新开始。"

唐小优坐下来，一脸认真地问她："那你有没有想过留下来？孟西城要开律所也得有合作伙伴，如果你能留下来帮他，就再好不过了。"

莫澜逗她："这么快就当上老板娘替他招兵买马啦？"

唐小优喊了一声："我是认真的，大叔肯定也是这么想的。"

莫澜不想瞒她，对她说："他已经找过我了，希望我做他的合伙人。"

"真的？"唐小优喜出望外，"那你怎么说，决定留下来了吗？"

"还没，我也得再考虑一下。"

　　程东愿意陪她走，不知道是否也愿意陪她留。

　　程东在家吃完一顿饭，时钟已指向晚上八点。

　　他看了看雯雯，她从北京带了一只翡翠镯子回来送给妈妈，娘俩正在灯下研究镯子的水头。秦江月戴着老花镜，一丝不苟的表情让他想起曾经在她的手术台上见她研究病患时的那种专注。

　　想象中一言不合就剑拔弩张的情形整晚都没有发生过。也许就如他们所说，既然雯雯跟梁沉已经分道扬镳，那原本的主要矛盾就被拔除了；母女始终是母女，雯雯愿意回家来，眼看又有了真正的好归宿，做妈妈的也舍不得把孩子往外推。

　　何况还有小嘉这么可爱的宝宝在，秦江月和钟稼禾都没做过祖父母，见了这孩子都喜欢得不得了，走到哪儿都抱着，他这会儿也正坐在姥姥膝头，好奇地摆弄装玉镯的盒子。

　　这顿家常饭的大厨是钟稼禾，邱夜没能发挥所长，这时正在厨房帮着切水果摆盘。程东进来打招呼表示要走，钟稼禾放下手里的水果，冲了冲手道："那我送你出去吧，晚上院子里停的车多，我帮你看着点儿。"

　　程东知道他有话要说。

　　果然，出了门钟稼禾就带着他在小区的小路上慢慢走，不急着送他出去。

　　"阿东啊，过了这么一段日子，不知道你心里有没有好受一点？你怨我、恨我都没关系，但不要怪你妈妈，也不要怪老程。现在雯雯回来了，你看你妈多高兴，这是一家团聚的好时候，你忍心让她难过吗？"

　　"您是不是听说了什么？"

　　"嗯，林主任跟我说了，你跟他谈过辞职的事，说是要去上海发展。"他叹口气，"我知道你下定决心要做的事九头牛也拉不回来，但如果这回你是因为你的身世要跟家里赌这口气，那我还是要劝你，慎重考虑。"

"不是这个原因。"程东冷静地回答，"我要辞职到上海去，是因为莫澜有外派的任务，我想陪她一起去。我跟她错过的太多，以后都不想再有什么遗憾了。"

钟稼禾点头表示理解，但还是说："可你有家人在这里，事业也已经有了很好的基础，这时候重新开始，不觉得风险太大了吗？"

程东正色道："您是我的老师，这是表示对自己教出来的学生没有信心吗？"

钟稼禾笑笑："你小子啊，最懂得四两拨千斤。其实我不为别的，就是怕你妈妈难过。她瞒着你这么多年，其实是有苦衷的，你知道真相以后她已经很内疚了，这时候你要走，我真怕她受不了……"

秦江月近来身体状况不佳，尤其血压控制得不好，钟稼禾的忧心不是没有道理的。

"我没有怪她的意思，要去上海的事我还没想好该怎么跟她说。不过现在雯雯回家了，对她来说多少是个安慰。"

程东回头看了看家里亮灯的那个窗口，已经有很多年，他都没感觉过家里有这样暖意融融的温度。

钟稼禾道："我明白了，你要去上海的事我会慢慢想办法让她接受。但是程东，你要记着，不管你走到哪去，这里都是你的家。"

……

程东回到自己的住处，看到莫澜的高跟鞋东歪西倒地横在门口。他弯腰随手收拾好，在客厅没看到她人，就蹑手蹑脚地进了卧室，看到床头微弱的灯光和床上鼓起的一团，才放心地笑了笑，走进浴室去洗澡。

她妊娠反应重，嗜睡，最近晚上都睡得很早。程东洗完澡，擦干了头发，身体还带着微微的水汽就掀开被子钻进去，从她身后抱住她："睡了？"

莫澜其实没睡着，惺忪地眨了眨眼问："现在几点了？"

"快十点了。我回来晚了，对不起。"

她转了个身揽住他脖子："今晚还顺利吗？有没有闹什么不愉快？"

他摇头，俯身去亲她肩头，闷闷地说："我看我妈挺高兴的，要是你也在就好了。"

趁热打铁，说不定所有的事情都解决了。

莫澜懒洋洋地笑："要是我在的话，局面可能就不一样了。这种事急不来的，我已经做好媳妇熬成婆的准备了，你别替我操心。"

他已经在她身后躺下，在她肩上咬了一口："没良心。"

她"哎哟"一声，伸手推他脑袋："那你离我这个没良心的女人远一点儿，找你那些花花草草去。"

"我哪有花花草草？"

"什么初蕊啊，花蕊啊，不是吗？"

程东自嘲地一笑："她现在不是我表妹吗，我跟她还能有什么？"

莫澜愣了一下。他果然也想到这一点了，之前秦江月就一直希望撮合他跟林初蕊，假如他生父是钟老师，他们就是有血缘关系的姑表亲，根本就不能在一起，秦江月不可能不知道。

所以关于他的身世，他们一定还有话没说，而程东似乎也不打算继续深究了。

他趁势把手探进她吊带睡衣里，像要把她的身体揉得更软一些，嘴里还在蛊惑她："你明明知道的，什么花花草草我都不喜欢，我就喜欢你。"

他作乱的手不轻不重地揉得她心猿意马，在他怀里轻扭了几下，说："你别闹啊，我最近荷尔蒙失调，经不起撩拨的。"

"嗯，我也发现了，这里长大了不少。"虽然怀孕月份不大，可在他眼里她已经孕味十足，有点不一样的魅力。

她不说话，缠绵地吻了好久，才哑声说："程东，我这辈子都不想跟你分开。"

他抱住她："当然，孩子都怀了，你还想跑吗？别怕，我都说了要跟你一起去上海的，以后都不会分开了。"

莫澜想到孟西城和唐小优对她说的话，想问问他假如这时有其他的可能性，他愿不愿意接受，但想了想，觉得现在不是最好的时机。

两个人挨得很近，他抱紧她，让她嵌在怀里，调整个舒服的位置给她睡。

如果这样的安逸平静就是一生，该有多好。

辞职报告已经递到科室主任手里，但在人事程序走完之前，程东还是正常上班。

林主任对他说："钟老师来找过我，我告诉他你的辞职报告还在我手里。程东，一定要走吗？你现在后悔都还来得及。"

程东谦逊而坚定："林主任，谢谢你，但这回的决定不是因为我自己一个人。"

"那个姓莫的律师？你们到底是怎么回事，复婚了？还是压根儿就没离婚？"他都已经闹糊涂了。

"我们打算复婚。"

"哎，你们年轻人就是喜欢来回折腾。"林主任无奈地一摊手，"好吧，连钟老师都劝不了你，我也不费这力气了。在正式离开之前这段时间还是要好好工作，善始善终。"

"嗯，我明白。"

"行。"林主任站起来拍了拍他的肩膀，"有个病人，有点特殊，你来看看。"

程东跟着他走进病房。患者是女性，四十多岁，三尖瓣膜狭窄，要做生物瓣置换。从病历上看并没有什么特别，但程东很细心，发现她同时还做了妇科方面的检查，再看病史，发现她五年前在本院妇科做过妇科手术，当时诊断是类癌，切除了部分宫颈。

这在妇科是非常罕见的病例，于是他问了一下当年的医生是谁。果不出所料，主刀医生是他妈妈秦江月。

从病房退出来，程东才问林主任："当初的妇科手术有什么问题吗？"

他能感觉到病人和家属说到这个手术时情绪就变得很不稳定，似乎有很大怨言。

林主任叹口气："就是这个麻烦。病人是体检发现子宫和心脏都有问题才来住院。现在看来妇科的问题还是跟之前一样，类癌发展到子宫里面，整个子宫甚至卵巢都要拿掉。"

"病人不愿意？"

"不愿意是肯定的。之前他们在其他医院也看过，有医生质疑既然五年前就发现宫颈病变，为什么没连着子宫一起拿掉。"

"这种说法是不严谨的。类癌转移和复发的情况都很少见，就算当时子宫也有病变，没能及时拿掉肯定也有正当的理由。"

"我当然明白，也相信你妈妈的专业判断。"林主任道，"但现在还没有充足的理据说服病人，他们已经把当年的手术和这回的妇科检查结果结合起来，要求进行医疗事故认定。"

什么？程东愣住。

"所以啊……"林主任有点一言难尽的样子，"钟老师这个时候不想让你走也是有理由的，都过去这么久的一个手术了，居然还被翻出来，你妈妈肯定也很不好受，你得想想办法，安慰安慰她。"

程东无论如何也没料到会有这样的突发状况。他妈妈一辈子对自己和他人要求都很高，尤其是工作，战战兢兢，几乎不允许出错，没想到临到退休了，居然会出这样的事情。

她因为身体状况不好，已经有近一年时间不上手术台了，最后一台手术大概就是为赵媛做的。关于现在这个陈年旧案，他不知道她还能想起多少，但不管怎么样，他都不能在这时候不闻不问。

程东到秦江月家里去，发现钟稼禾不在家，反倒是林初蕊来了，跟程雯雯一起陪着他妈妈。

雯雯站起来："哥，你总算来了。我明天得回北京一趟，店里有些事要处理，回头我再过来。妈妈的事……"

林初蕊道："你放心，有舅舅，还有我和程东在，没问题的。"

两个年轻女孩儿的目光都集中在他身上，程东只问："我妈人呢？"

"刚还在这儿，聊了一会儿说累，大概上去休息了。"

"钟老师呢？"

"到医大附属医院去了，他说有些疑问要找专家问问。"

其实他和秦江月本身就已是业内专家，手术有没有问题、是不是医疗事故他们心里就有数，哪还需要去问其他人。

但程东完全理解他的心情。

他上楼去，在秦江月的房间门口停下脚步，敲门道："妈，是我。"

"进来吧，门没锁。"

秦江月抱了本书靠在床头，架着老花镜安安静静看书，手边一杯冻顶乌龙，茶汤金黄，香气馥郁，茶叶是她跟钟稼禾之前到台湾去旅行时带回来的。她看起来平静安逸，没有想象中的焦虑和慌乱。

"来了？我以为你已经到上海去了，原来还没走。"

她这么一说，程东就知道钟稼禾把他和莫澜的计划告诉她了，但现在真的不是适当的时机跟她谈这个。

他在旁边的椅子坐下，同样冷静地说："妈，五年前做类癌手术的那个病人，您还有印象吗？当时没有及时摘除子宫，有什么特别的理由吗？"

秦江月翻过一页书，抬眸从镜片上方看他一眼："你是以什么身份来问我？是我儿子，还是青年专家教授？"

"妈……"

"我的病人,我不需要有印象,所有东西都在我的笔记本里记着!"她搁下手里的书,随手拿过床头柜最上面的笔记本给他,"你自己看。"

程东是知道她的习惯的,大大小小的特殊病例她都记录在笔记本里。行医至今三十年,厚厚的硬壳笔记本写满了十几本。上班的时候就堆在办公桌上,后来退休了就拿回来放在家里,时时翻看,翻烂了的本子就用挂历纸重新包好。她的很多研究课题都从这些笔记里来,有的具有遗传因素的疾病,她看到病患本人甚至能联想到对方的母亲也是她的病人,一翻笔记果然印证猜测。

她成为名声斐然的专家并不是偶然的。

好记性不如烂笔头,她向来也是这么教育程东的,所以他也有自己的笔记。他从事医生这个行业的许多本领和好习惯,都是受她和钟稼禾的影响。

他手里的这本笔记,在相应的页码已经做过标记,记录的正是五年前这个患有类癌的患者,切除宫颈后恢复良好,不予切除子宫和卵巢是因为当时并没有手术指征。

"病人当时还很年轻,切除子宫对她来说不容易接受。况且当时的病理学实验也只能看出宫颈部分的病变,已经很难再取到更上面的组织做病检了。如果直接切除子宫和卵巢,只怕这场纠纷当时就会发生。"

程东沉默地翻看着笔记,问道:"当时考虑过手术过程中取材送检?"

"这是大家讨论出来的折中方案,手术切除宫颈后就有足够的组织细胞送检,看子宫有没有病变。但这个方案最后被我否决了,原因是什么还需要我来给你解释吗?"

"因为她的心脏问题?"

秦江月嗯了一声:"你是胸心外科的医生,应该很清楚她这种情况应付任何一场手术都很凶险,她根本没办法在手术台上支撑那么长时间。"

所以她作为主刀医生，没法用子宫病变的那点可能性去搏病人的一条命，孰轻孰重是显而易见的。

程东长出一口气："当时的病历完整吗？麻醉科的医生怎么说？"

"当然是同意我的看法。这个案例在当时也是反复讨论过的，你以为是我一意孤行？"

他从没这么想过，他相信母亲在事业和治学方面的严谨态度。

"我相信你。"程东道，"但病人要追究到底，你有什么打算？"

"要有什么打算？他们最好是追究到底，把事情弄明白、说清楚了，让我好好过退休的安稳日子！"

她脾气里的执拗劲儿上来了，当然不可能在原则问题上让步。

程东无奈道："妈，有些事不是单纯讲道理能讲得通，尤其现在这样的舆论环境，您也知道……"

说起这些年来的医患矛盾，他一个年轻医生有时都觉得心寒。

"还是避避锋芒，这段时间您别到医院去，别让病人和家属找到你，行吗？"

他话里话外都是关切，秦江月知道儿子是关心她，语气也软下来："你放心，我已经听老钟的话，停掉了所有门诊，医院的例会也请假不去了，最近暂时不会到医院去的。"

程东松了口气："那就好，等医疗事故鉴定委员会的结论下来再说。您要不到北京去玩几天？霎霎可能要回去一段时间，您可以跟她一起回去，等事情过去了，我再去接您回来。"

秦江月冷笑："我为什么要走？就算鉴定结论下来我也承担得起，要真是我错了我负责，要不是我的问题就是他们无理取闹！"

她身体不好，情绪不能大起大落，这才是程东真正担心的。但她不肯到别处去，他硬要勉强反而要起反效果，索性不再坚持了，只安抚她保重身体，不要胡思乱想。

临走前，秦江月叫住他说："程东，你把雯雯给我找回来就是为了跟那个莫澜到上海去？你知道你自己在做什么吗？你凭什么觉得我会同意？"

其实他真没想过会得到她的谅解和同意，但很多话原本在心里已经酝酿好了的，现在却没法说出来。他只停住脚步朝她笑了笑，算是另一种安慰，沉声说："妈，我知道自己在做什么。在您这件事解决之前，我不会走的。"

CHAPTER 17

恍 如 一 梦

她抱着他，连安慰也没有，觉得就这
样一觉睡到天亮也没什么不好。她才
是治愈他最好的良药。

　　程东离开的时候，林初蕊追上他，道："顺风车带我一段吧，我今天下班打车过来的。"

　　程东示意她上车。

　　林初蕊摆弄着他车上的挂件，戏谑道："这谁给你挂上去的，是莫澜吧？一看就是她的风格。"

　　他不答反问："我妈这回这个病例你听说了？你有什么看法？"

　　林初蕊想了想："其实我觉得医生的处理没什么问题。说实在的，病人心脏那时都没做过修复，那种情况下上手术都够呛，随时随地都有可能下不了手术台。舅妈给她做的手术挺成功，预后也挺好，现在来说当时怎么没把子宫一道切了那不是马后炮吗？"

　　程东睨她一眼道："你平时跟病人说话也这么糙吗？"

　　"哎呀，我跟病人当然不是这么说啦，跟你不一样嘛！再说话糙理不糙，你想听麻醉医生的意见，这就是了。我可不是信口雌黄的，我也认真看过病程记录，跟我们主任讨论过的，不然我怎么敢在你妈面前随便开口。"

　　"谢谢你。"

"跟我还这么客气。"林初蕊撇了撇嘴，轻轻拍了他一下，"喂，怎么觉得你最近跟我反而生分了？不是大表哥吗，应该更亲近才对啊！"

程东没心思跟她开玩笑，扭转方向盘道："你是回家还是去哪儿，前面要不要左转？"

"行了行了，就把我放在路口。我约了人，别让人家看见你，醋劲儿可大着呢！"

"你谈恋爱了？"

"不行吗，你给我发好人卡的时候不是说我配得上更好的？正好我最后走桃花运呢，遇到了我的真命天子，果然方方面面都比大表哥强多了。"

"你再提大表哥这词儿试试。"

"你看，连玩笑都开不起，一点都不因吹斯听。"林初蕊开他玩笑开够了才说，"不管你是不是我亲表哥，我都当你是一家人，你要去上海去北京我都支持你，只不过你心里有人了，我不能守着你过一辈子嘛！我男朋友人真的不错，你要不要来看看，我们请你吃饭。"

程东心里感动，揉了揉她的脑袋："能让你这铁公鸡开口请我吃饭，我已经相信他是个了不起的人物了。下次吧，等我带上莫澜，我们找个地方好好聚一聚。"

"嗯，行啊！那就这么说，我先走了啊！"

她开门下车，扶了扶脚上的高跟鞋。她个性里有跟莫澜相似的地方，但终究还是不同，平时穿惯了平底鞋的人，难得约会穿个高跟鞋和长裙都歪歪扭扭的，不像莫澜那样自如。

闹市区繁华热闹，大大小小的车辆川流不息，路面状况多少有些拥堵。程东把林初蕊放下之后，慢慢挪动车辆汇入旁边的车流，忽然看到前方人群里有熟悉的身影。

是莫澜，穿一身白色蕾丝连衣裙，露出漂亮的锁骨。大概还嫌热，她束起了长发，斜斜从一侧肩膀垂下来，有点像他们上回在未名湖畔的模样。虽然身体的负担一天重过一天，她却仍然步伐轻盈，神采奕奕，一点也看不出是个怀了宝宝的准妈妈。

程东唇边不自觉地扬起笑，正考虑要不要开车过去顺便接上她，却看到她脚步一转，进了旁边一栋灰扑扑的旧楼。

他这才看清她不是一个人，身旁还跟着孟西城。

孟西城在商业和经济类犯罪方面是专家。前段时间莫澜为程越峰公司的事没少向他请教，用侵犯商业秘密的罪名将牵头损害公司利益的那几个人送上了法庭；又跟现任的职业经理人达成一致，不惜成本地在市场上狙击对方公司，很快就打压得他们没有还手之力，把销售额重新拉回正常水平。

连程越峰也夸莫澜能干得力，她在案件处理上的快、准、狠很大程度上是向孟西城学来的，他们算是亦师亦友的关系，这一点毋庸置疑。

程东也知道自己不该多心，但站在男人的角度，这位孟检看她的眼神和护卫她的姿态一直深深印在他脑海里，这人绝不仅仅是他的假想敌。

他回到家里，躲进书房查资料和文献。莫澜很晚才回来，照样是把鞋子一蹬就光着脚跑进来："我带了甜品回来，快来吃夜宵！"

她心情不错的样子，程东倚在门边看她，蓦然发现她身上穿的不是刚才在闹市街区见到她时穿的那套裙子。他皱了皱眉头，她浑然不觉，把甜品一一摆好，打开盖子，咬着唇朝他笑："还不快来，你不吃我全吃光了啊！"

怀孕的人嘴馋，她想吃甜品，又不知挑哪一个好，干脆想吃的都点了一份。反正每一份量都不大，她过过嘴瘾就好，吃不完还有程东帮她兜底。

她捧着一份芝麻糊小圆子坐下，转眼就吃掉半碗。程东这才走过来，在她对面坐下，目光扫过面前那碗杨枝甘露，问她："今天怎么这么晚，去哪儿了？"

"噢，去见一个客户。聊得投机，就一起吃了饭才回来。"

"是吗？什么客户，最近又有新案子？"

"是啊，集体诉讼。反正是个挺重要的客户，能不能把他搞定，关系到将来一段时间业务能不能发展得好。"

她这不算撒谎，今天跟孟西城去看了几处商务楼，作为律所选址的参考，虽然很累，但也算有些心得。虽然还没给孟西城确定的答复，但她知道自己也总有出来单打独斗的一天，跟他的律所如果真能顺利建立起来，其实是很不错的选择，毕竟再也找不到比他更值得信赖的合伙人了。她跟程东也就不用离开南城，不必逼着他非要在她和家人之间做选择。

走一步看一步，也许反而更容易看清楚自己内心的想法。

程东盯着她的衣服，半晌才问："你早上出门的时候好像不是这套衣服。"

"嗯？噢……中午为了见客户，所以换了衬衫嘛！"

其实是他们下午去看的那楼太旧太破，里面还有单位在装修，把她白色的裙子全蹭脏了，她不得已现买了一套新的衣服换上，那条裙子已经丢在楼下干洗店了。

程东没说什么，莫澜看他面前的甜品完全没动，疑惑道："你不吃吗？你不是最喜欢杨枝甘露？"

她特意绕到杨枝甘露做得最出名那家店去买的。

他摇摇头，站起身道："我还有点资料要看，你自己吃。"

"啊，那我就不客气喽，统统是我的！"

她把他面前的碗抱到跟前来，也不管之前的芝麻糊还没吃完，又开始吃他的。

程东心里别扭着，却还是忍不住交代她："现在时间不早了，吃太多东西会加重胃肠负担的，腹泻对孕妇很危险。"

"知道了知道了，吃完这一点就去睡，好不好？剩下的放进冰箱，明天再吃。"

他"嗯"了一声，转身又回了书房。

莫澜吃好喝好，又洗得香喷喷才摸进书房里去，往他椅子边上一坐，拦腰抱住他："怎么了啊，心事重重的，要不要讲给我听听？"

程东仍低着头翻看手里的期刊，没有回答。

他这样子往往说明他在生气，莫澜有点奇怪地抬起头瞄他——生什么气呢，他们这两天都没吵过架啊？

她坏心地探手往他身下摸，很慢很温柔。程东不动，柳下惠般坐怀不乱，也不理会她，任由她的手乱来。

莫澜撩了一阵，觉得不太对劲，用了点力掐他。程东这才伸手拨开她："别闹，你先去睡。"

不用他说，她其实已经很困了，正经业务要处理，下午又跟孟西城城南城北地跑了一大圈，瞌睡虫早就来了一波又一波了。就是知道自己嗜睡，她连车都没开，打车来回。

接连碰了几回软钉子，她的耐心已经被磨完了，心头火噌地一下就蹿老高，站起来说："我又哪里惹得你不痛快了？我知道你妈妈最近出了点事情，也不是什么解决不了的问题，你说出来我们一起想办法就好了。为什么你总是这样，有什么事都闷在心里不跟我说，非要我去猜。我猜不透你就生气，这是什么道理？"

程东愣了一下："你怎么知道……"

"你妈妈这个事儿，是吧？钟老师来找我咨询法律意见，亲自说给我听的。连他都比你信任我，程东……我有时候真不知道该怎么办了……"

她说到伤心处，哽住声音没法继续说下去，也学他一样转身就走。

她转得太急，不知哪根筋扯住了，疼得她脚步一顿。

程东连忙上前扶住她，紧张地问："你没事吧？哪里疼？"

　　她甩开他手："不要你管！"

　　她越是这样说，他越是不管不顾将她圈抱住："我怎么能不管你，你现在不是一个人了，肚子里还有宝宝。我做错了你要气要骂都冲我来，别折腾自己和宝宝。"

　　他的手交叠捂在她小腹上，莫澜头一偏，把眼泪忍回去："你就只关心宝宝……"

　　他抱她抱得更紧了，叹了口气说："你还说我对你不信任，那你呢？我关心你就是关心你本人，不是因为孩子或发生过别的什么事，你怎么就是不肯信？我们还说好的，今后彼此都要坦诚，那你为什么还对我撒谎？"

　　"我撒谎……撒什么谎了？"

　　他在椅子上坐下，抱她坐在腿上，轻声道："我今天在街上看见你了，你跟孟西城在一起，穿那套白色的连衣裙，进了一栋旧商务楼。"

　　莫澜一怔："所以呢？"

　　"所以你为什么骗我说去见了客户，而不告诉我是跟他在一起？"

　　她总算明白他今晚的不对劲是怎么回事了，原来是吃醋。

　　她吸了吸鼻子，心里却有点小小的高兴："就因为这样，你就认为我背着你劈腿？"

　　程东有些无奈："我不是等着你给我解释吗？可你明明就是睁着眼睛说瞎话，让我怎么想？"

　　莫澜气得用两只手揪他耳朵："程东，你是不是傻？我要劈腿孟西城还用等到现在吗？我都怀着你的孩子了，还能跟他做点什么，啊？你说啊，你倒是说啊！"

　　他扒拉下她的手，咬牙道："我跟你在一起之后，犯的傻还少吗？你也说有事不要放在心里让人去猜，那你和他怎么回事，也别让我猜，我很容易猜歪。"

　　他说得严肃，莫澜却莫名感到好笑，软下身段，摆弄着他衬衫领口的纽扣，小声嘟囔道："噢，原来你自己也知道……"

他深深叹口气："现在可以告诉我是怎么回事了吗？"

"我不是不想告诉你，其实孟西城也让我跟你商量来着，只是我自己也没拿定主意，怕跟你说了反而更加摇摆不定；所以想等事情有点进展，有了明确的想法再跟你商量的。"

他应该了解她，大多数时候，她找人商量什么事，心里其实已经做好了选择，只是需要他人来肯定她的想法罢了，人生大事也不例外。

她的人生早已习惯自己拿主意，走自己的路。

她把孟西城辞职并邀请她入伙开所的打算跟程东说了，他轻轻蹙起眉头："这么说，你打算放弃去上海的机会，跟他合伙开律所？"

莫澜眼中有丝茫然："我也还没决定。本来我是可以没什么顾忌的，上海有什么不好啊，大都市，桥头堡，机会多多，又有好吃好玩的，我去了说不定是如鱼得水，比现在过得还开心。可我现在肚子里有这个小不点，我不能不为她考虑，更熟悉更安稳的环境对她有好处不是吗？还有啊……"

她睨他一眼："你爸妈，钟老师，你妹妹，这一大家子，不是说放就能放的。我们到了上海重新开始也许不难，那以后呢？你家里人有事，你真能不理吗？"

说到他家里的事，他才问她："你说钟老师找过你，什么时候的事？"

"就昨天。"莫澜觉得两个人应该心平气和地坐下来，把最近身边发生的这些事都好好理一理，也许一个人想不通的地方两个人就想明白了。

可她在外奔波一天又闹了一通别扭，现在已经很困了，脑子里乱哄哄的，也不知从何说起。

程东打横抱她："先去睡觉，明天再说，好不好？"

她用手勾着他的脖子："你不生气了？"

"都说了不是生你的气。"

"那是生孟西城的气了？"

"……"

"那我要是真跟他合伙开所，你是不是不赞成啊？"

他把她放在卧室的床上，顺势往她身边一躺，两人的鼻尖几乎碰到一起，她的呼吸里仿佛隐约还有甜品的香气。

"不能换一家别的律所吗？"说实在的，他是不希望她跟孟西城朝夕相处的，哪怕只是工作的名义都不行。

"没有其他更好的选择啊！"现在自己开所哪有那么容易，入伙都要交纳一定比例的股份，这也是相当大的一笔钱，如果对律所本身不够了解，说不定就跳槽跳坑里去了。孟西城至少是她信得过的人。

程东暗自叹口气，将了将她额前的碎发道："先睡觉，睡醒了再说。"

她拧不过他，想睡，又像想起什么，拉住他道："你妈妈的事情，别太担心了。就算对方真要告，我也能应付。这次我站你这边。"

他看着她，终于笑了笑，调暗了灯光道："睡吧！"

其实，她又有哪一次是不站在他这边的呢？

三尖瓣膜狭窄的蔡姓病患闹着要出院，手术也不做了，理由竟然是他们信不过程东做主治医生。

"庸医的儿子也是庸医，能治得好什么病？我们不住了，再住下去我老婆肯定会死在这医院里面！"病人的丈夫陈大实的言辞越来越激烈，院方已经派人跟他解释，五年前妇科手术已经由专业的技术鉴定委员会认定不是医疗事故，而程东的医德和技术也都有保障；他们要还是不肯信，可以为他们更换主治医生。

然而顽石不肯点头，院方说的话他根本一句都听不进去。

林主任觉得对程东很抱歉，临要离职了还给他摊上这么一位刺头。程东保持着一贯的冷静，说："让我跟病人谈谈。"

他趁患者家属不在的时候单独跟蔡正娟谈，话说得很简洁，逻辑也很清晰，不做手术的后果全都明明白白说给她听，最后问她："你想活吗？想要好好活下去，就做完手术好好休养，其他那些争气斗狠的事，有活命重要吗？"

对方就只是哭，来来回回重复的就是家里困难，没钱继续治病了，丈夫是家里的主心骨，什么都听他的吧！

除了怒其不争，哀其不幸，程东已经没法再做什么。

陈大实大概是听说程东趁自己不在的时候跟妻子说了些什么，大发雷霆，气势汹汹地冲进医生办公室叫嚣着要找他算账，仿佛拳头随时都要落在他身上。

打架程东不怕，但他穿着白大褂，意义就不一样了。

好在有其他值班的医生和护士隔开了陈大实，才没有发展成大冲突。院方在给这对夫妇签了若干同意书表示是他们自己拒绝手术治疗并且充分了解会造成什么样的后果之后才给他们办理了出院的手续。

然而出院后不久，蔡正娟就死了，陈大实把她的遗体摆到医院门口，打出白底黑字的横幅，控诉医院草菅人命。

林主任苦笑："我们这是摊上真正的医闹了呢！"

程东冷笑："这年头吃人血馒头的人还少吗？没想到几十年夫妻，到头来尸骨未寒就被人这样利用，就为一笔钱吗？"

而且还是她自己放弃了治病求生的机会，可悲可叹。

事情一闹开，电视台、新媒体全都来了，第一天各路人马就把医院门口围了个水泄不通。莫澜闻讯赶到程东科室，问他道："怎么回事啊，事情怎么闹成这样了？你没什么事吧？"

程东摇头："我能有什么事，倒是你怎么这时候跑来了，到处乱哄哄的，小心不要撞到。"

莫澜显怀早，三个多月小腹已经看得出微微的弧度。她平时风风火火惯了，程东总是担心她会磕了碰了。

她当然是担心他才跑来看情况，死者家属因为对五年前的手术不满已经提起了诉讼，本来以为也就这么闹腾一下算了，没想到演变成这样。

同样担忧的还有钟稼禾，他把程东和莫澜叫到家里去，仍旧是满桌好饭好菜，都是他们爱吃的，招呼他们道："今天没有别人，就我们三个，一起好好吃顿饭，后面还有硬仗要打呢！"

莫澜跟程东对视一眼，道："您要真当我是自己人，就别这么客气，否则我反而不好意思了。上次见面我也跟您说过，不管是您的事儿还是程东妈妈的事儿，需要我的地方，我不会不理的。"

程东问了一句："我妈呢？"

"我还是让她跟雯雯一起到北京去住两天，她们母女好久没见了，她也舍不得小嘉那孩子，去那边住几天散散心有什么不好呢？现在医院的事情闹成这样，她那个急脾气说不定还火上浇油，给自己惹麻烦。"

程东苦笑："也只有您说的话，她才听得进去。"

钟稼禾今天是准备了酒的，但其实他们都没什么喝酒的心情，他也就抿了两口就放下杯子，笑道："我跟你妈妈认识的时间比你的年龄还大了，走过那么特殊的年代，经历了那么多大大小小的事情，好不容易有今天的日子，我们都很珍惜。"

莫澜跟程东都停下筷子，她的手在桌下默默拉住他的，感觉到他手心里沁出薄薄的汗水。

他们的直觉果然是一样的，上一辈人一直遮掩不说的那个秘密此刻要被摆到明面上来了。

钟稼禾来回看两张年轻的面孔，说："其实阿东你的个性真的跟我年轻的时候很像，你跟小莫不管不顾非要在一起的那股劲儿也很像我跟你妈妈当年的情形。只是我们那个年代又跟你们现在不一样，身不由己的事情太多，有些路走着走着就背离了原本要走的方向，想扭回来几乎不可能。个体都太渺小了，不管是在大自然面前还是身处一个大时代中，你们以后也许会感触更深。"

不，他们现在其实就已深有体会，否则他们今天就不会面色沉重地聚在这里。

"我们那时候上大学都不全凭成绩，出了白卷英雄，推选的反而是成绩不好的人去上学，还要看家庭成分。我家里成分不好，第一年考上了清华都没能去，就不想考了，在工厂当工人，以为一辈子也就是这样了。你妈妈出身好，早上大学，我那时候是配不上她的。可她就是倔脾气，也不谈朋友，就一心守着我。后来好不容易等到恢复高考，我就报了她的学校也打算学医，谁知道头两年也还是要政审看成分，通知书都到了就是被扣住不给我。你妈妈着急，到处找人想办法，不惜用自己去交换……"

三十多年前的事，钟稼禾说起来还是忍不住哽咽，调整了一下情绪才继续道："……是她的一个同学，听说家里有点办法，后来通知书确实是到我手里了，我才知道发生了这样的事。你妈是个特别坚强的人，她也相信只有上大学才能改变我们的命运，所以她从没后悔过。只是不久之后她就怀孕了，她那个同学家里是不可能接受她这种小门小户的女孩儿进门的；而我的出身成分摆在那里，她家里也咬死不肯让她嫁给我。最后还是她家做主，让她嫁给了程越峰。"

原来是这样。

本来以为不会有更不堪的真相了，没想到其中还有这样的曲折。莫澜感觉到程东的身体都在微微发颤，忍不住抬眼看他，看到他眼里亮晶晶一层水雾，盯着钟稼禾道："所以……您之前跟我说您就是我亲生爸爸也是骗我的是吗？"

"我没想过要骗你，从知道你妈妈怀了你开始，我就告诉自己把你当作亲生的儿子看待。只是我没有那样的机会守着你长大，老程……也是我们对不起他。"

程东痛苦地闭眼，不知此时此刻的心痛是为自己，为母亲，还是为恩师。

"为什么告诉我……为什么现在才告诉我？"有时他宁可做个傻瓜，被欺瞒一辈子倒也算了。

这样残忍的真相，为什么要告诉他呢？

钟稼禾苦涩地笑了笑："孩子们长大了总是要离开的，就像雏鸟长大了也会离巢重建自己的窝。我知道你是好孩子，独立自主，聪明上进，迟早是会真正离开我们的。无论你们将来去哪里我都会支持你们，但不要是现在……你妈妈很需要你，还有小莫，我知道医疗纠纷方面你是最好的律师，请你们帮帮她——不管她以前说过什么、做过什么伤害到你们，我替她道歉。请你们看在我的面子上站在她这边，帮帮她。"

感情如人饮水冷暖自知，莫澜不是秦江月，也没有经历那个特殊年代，对他们的情感不能说感同身受，但这样情真意切的恳求做不了假，钟稼禾是真的担忧。

不只是担忧这回的医闹，还担忧程东和秦江月的母子关系，就怕嫌隙越来越大，造成难以修补的裂纹。

程东仰头灌了一杯酒进去，心情稍稍平静了些，说道："您放心，就算您不说，她也是我妈，她有事，我不可能不理。"

莫澜一直抓着他的一只手，他的情绪仿佛都透过手心的温度传递给她。她笑了笑，对钟稼禾道："诉讼的事就交给我吧，官司我来帮她打。我保证，事情完全解决之前，我跟程东都不会走。"

程东多喝了几杯，跟莫澜晚上干脆就没有回去，留宿在他妈妈家里。他的房间仍然保留着，还是老样子，陈设都没有变化，那张大大的双人床还是他们结婚后置换的。

他们互相搀扶着上楼，莫澜想给他放水洗澡，却整个被他抱住，顺势滚到床上。

"别动，让我抱一会儿。"

他身体沉沉，心情也不轻松，只有这样抱着她，把呼吸埋在她的颈窝才感觉舒服一点。他很小心，不让自己的沉重过度压覆她，生怕伤到她肚子里的孩子。

莫澜抬手摸他的头发，又黑又密，刚刚修剪过不久，硬硬的有点扎手。她常常想象他还是小朋友时的情形——头发是不是也这样整齐，有了烦恼是不是也往床上一倒，或者到爸妈怀里去撒娇？

被人依赖和需要的感觉其实是很好的。她抱着他，连安慰也没有，觉得就这样一觉睡到天亮也没什么不好。

最后还是程东睁开眼睛，眼里布满血丝，轻声问她：“几点了？”

“九点，要睡了吗？”

他摇头：“我怕睡醒了，更分不清什么是现实什么是梦了……搞不好，连你都只是梦里的。”

莫澜侧过头笑道：“有那么不真实吗？”

他目光里的悲伤和复杂告诉她现在不是开玩笑的时候，但除此之外，她不知道还要怎么做才能让他好受一点。

不是谁都有机会诘问自己我是谁，程东的这个命题来得太出乎意料了些，一而再再而三地给他打击。

尽管他已经不再像刚刚得知身世时那样彷徨，但心里多少还是感到痛苦——谁想出生时就是不被期待的呢？

两人互相拥抱着，莫澜道：“你想去找你亲爸要个说法吗？要不等这回官司了结，我陪你去？”

程东的手抚到她脸上，摸着她的轮廓：“你刚才说的那些话是认真的？”

“哪句啊？”她说了好多话，不知他问哪句。

“你跟钟老师说，帮我妈打这场官司。”

“当然是真的了，都到了这种时候，你以为我只是随口安慰他吗？”她抚娑着他的手背，“我可不是圣母，从来也不信以德报怨那一套，我这么做有我自己的目的。”

“你想趁机改变我妈对你的看法？”

"差不多吧！"她点头，果然没人比程东更了解她，"锦上添花易，雪中送炭难嘛。经历过这一回，你妈对我多少会有点不一样。"

"看来你已经做了决定。"程东坐起来，"那上海呢，你不打算去了？"

"我已经向所里交了辞职信，上海分所我不去了。"

她换上郑重的神情，程东就知道她已经做了决定。

"你不打算跟我商量一下吗？"

"我现在就是要跟你商量。"莫澜看着他，"程东，要是在四年前知道你愿意为我放弃工作和家庭，我一定兴奋得大喊大叫。可现在不一样了，我不想让你放弃这么多去重新开始，不想我们的宝宝生出来就面对这么多不确定因素。我想安稳一点，也想有筹码掌握自己今后的人生。我想自己开所，接自己想接的案子，不想一辈子服从、为别人打工。孟西城是个很好的搭档，除了你之外，就只有他看着我经历了所有的事，我很难再找到一个像他这么靠谱的合伙人了。你妈妈的官司会是我在现在这个律所最后一个案子，打完我就离开。"

果不出所料，她是心里做了决定才来知会他一声。程东用手撑着额头，只觉得头疼欲裂："你知道孟西城对你的感情不单纯吗？"

"我知道，但我也说了，我要是想跟他在一起用不着等到现在。"

"你能控制你自己，可你控制不了他。我也是男人，看他的眼神就知道他对你的感情有多深，不可能这么轻易就放弃。"

而且男人最重要的就是事业，她却浸淫在他的事业里，难保在哪个节点不发生点什么质变。说他小气也好，占有欲强也好，反正他不会用好不容易失而复得的感情来冒险。

两人竟然又因为这件事闹得不欢而散。

其实莫澜是有心理准备的，程东有时候有点大男人，有他自己的固执，不过最后她总是有办法让他妥协。最近发生的事情太多，他心情也不好，还是应该给他多一点空间。

程东默默从人事处撤回了辞职报告，林主任很高兴："终于想通了要跟我们共患难，不走了？"

他扬了扬唇角："这回的事情不仅是我，还牵扯到我妈妈，是大家跟我共患难才对。之前让主任为我费心了，对不起。"

"哎，说什么傻话，没什么比留住人才更让我高兴的。家家有本难念的经，你的难处我也懂，人生都有这样的阶段，过去了也就过去了。"

程东点点头："陈大实还在闹吗？"

"闹哇，媒体报道之后还更来劲了。昨天派出所来了，今天横幅和聚在门诊门口的人倒是都撤了，但他本人还穿着写满字的白 T 恤上蹿下跳到处跑呢！我跟科室所有的男员工都说了，他要再到科室里来闹，就用拖把和板凳把他拦在外头。等法院审完有了判决，就能名正言顺强制不让他来了。"

程东苦笑："那还得很长时间。"

"没办法，那就不是个能讲理的人。你也小心一点，别跟他正面硬碰。"

"嗯，我明白。"

孟西城大概也听说了他不同意莫澜参伙开律所的事，主动找上门来，问他："程医生，有没有时间聊几句？"

程东刚洗完手准备下班，垂眸慢条斯理地把卷起的衬衫袖子抹平："你想聊什么？"

"关于莫澜跟我合伙开律所的事，不会耽误你太多时间。"

他倒是很坦诚。

程东道："看来澜澜已经全都告诉你了。"

"不，是我猜的。上周我们本来已经说好了，这周我却找不到她人，电话里也只说要再考虑。她不是那么优柔寡断的人，所以我想问题的源头应该在你这里。"

"这你就错了，源头是在你这里才对，你应该很清楚我为什么不同意她跟你合伙。"

孟西城沉默了几秒，苦涩一笑："我以为我隐藏得很好，原来已经是司马昭之心路人皆知了吗？"

"你藏了十几年，也不容易。"

谁让莫澜那么好，爱过的人想忘也忘不掉呢？

这么说来，他们两个陪伴她走过大半人生路的男人倒还有点惺惺相惜的意思了。

"时间还早，不如去喝一杯？"程东主动提议，看不出是不是挑衅。

孟西城没有多想就欣然答应："好。"

他们在附近找了个德式的酒吧坐下来，点了肉和酒，还有大份的薯条，碰了杯边喝边聊，竟然也能聊得起来。

程东道："我这辈子没嫉妒过什么人，唯独你一个，上学的时候就总是给她寄东西来，今天是钢笔，明天是书包，她还照单全收。要知道我平时想送她点什么，都要顾及她的自尊心，想方设法去遮掩，最后她还不一定肯收。"

孟西城笑了笑："可你天天都跟她在一起，朝夕相处，青梅竹马，最后也修成了正果，是我嫉妒你才对。"

程东看他一眼："既然这样，为什么还不肯放弃？"

"我放弃过的，在你们结婚以后，可是最后你们又分开了不是吗？我就想，也许是什么地方弄错了，她要幸福的话应该还有其他的方式。"

"可是你也没有挑明？"

孟西城仰起头，吁了口气道："那时候如果有现在这样的决心，可能事情会不一样。"

程东却说："不，还是一样，她只会跟我在一起，不会有别人。"

孟西城又笑："既然这么有自信，为什么不同意她跟我一起开律所？"

程东没吭声，过了一会儿才说："大概是怄气吧，明明知道最后还是会妥协答应她的……我们都说好了会到上海去开始新的生活，计划了那么多，憧憬那么多，突然就变了；我心里没底，就怕像四年前那样，最后又要分开。"

"这能算是杞人忧天吗？至少我完全看不到这样的可能性。"

程东喝光杯子里的酒："你要是失去过一次就会明白，绝对承受不了第二次的。"

孟西城道："我向你保证，不会让你失去她。我跟她要发展感情已经不可能了，我有我自己的责任。只不过事业上还是可以互相做帮手，对我跟莫澜来说，是双赢。"

"那倒是我小气了？"

"我可没这么说，不过你那么在乎她，我也放心了。"

两个人碰杯，以男人对男人的方式，达成默契。

孟西城临走时对他道："莫澜最近好像在忙你们医院那个案子，听说你妈妈也是当事人。你记得跟她多聊聊，别让她负担太重，更别让她受什么委屈。"

他到底年长他们一些，有时候说话的口吻更像是长辈。

其实程东何尝不心疼她呢，一天见不到人心里都空落落的，相比之下他身世给他造成的冲击好像都算不上什么。他只要珍惜眼下就好，而眼下他真正拥有的就是她和她肚子里的宝宝了。

他给她打电话，那头传来喧闹的声音，莫澜大声喂了几句，才说："……我在外面跟同事聚餐呢，很快就回去。"

程东知道她马上要离职，跟原来的同事聚餐也是人之常情，但是她还怀着宝宝，他就有些放心不下，说道："那我过来接你。"

"不用不用，我又不喝酒，自己能回去，而且饭店就在我家对面，我今晚就不到你那儿去了，明天上班我来找你啊！"

程东喜欢听她充满生气的声音，两人之前闹的那些不愉快好像一瞬间烟消云散了。他笑了笑，说："好，那明天见。"

他有点恋恋不舍地挂了电话，这才意识到自己已经妥协了，但好像也没什么不好的。

头一天有新收入院的危重病人，程东放心不下，所以第二天很早就赶到医院去。秦江月昨天也从北京回来了，他正琢磨着如果今天不是太忙的话，或许可以约莫澜一起回那边去吃顿饭。毕竟她现在是这个案子的代理律师，妈妈并非那种不知好歹的人，坐下来听她讲讲案件的进展和开庭时要注意的事项也是应该的。

没想到他一到科室又看到门口挂的横幅，陈大实不知什么时候又挂上去的，昨晚值班的年轻医生大概没敢声张。程东看到就来气，叫了保安来说："把这些乱七八糟的东西都拆掉，他要是再来挂，有多少拆多少，不要怕他，应付不了就报警。"

保安照他说的去做了，陈大实很快冲到科室里来，又是剑拔弩张的样子，挥舞着拳头喊："程东！程东你凭什么扯掉我的横幅，是不是怕你们医院的丑事被人知道？你们这些治不好病的庸医，杀人偿命！"

朝九晚五，这医闹比他们正常上班的医生还敬业。他还在喊："我老婆是被你们害死的，是你妈妈给她做的手术，该切的部位没有切，才害她死得那么快！"

这样的疯子逻辑，程东本来不愿跟他计较，但涉及他妈妈，他怎么都没法忍气吞声，对他道："害死你老婆的是你自己，不要赖在其他人身上！她的心脏千疮百孔，五年前就算要切除子宫她也没法在手术台上坚持那么久！"

"秦江月是你妈，你当然这么说！什么专家鉴定，都是假的，你们互相包庇袒护！就是你害死了我老婆……是你！赔钱，赔我钱！"

程东深吸口气，保安和其他医生护士一起拦住陈大实，把他给架了出去，并且让两名保安在科室正门守着，他再来就坚决报警。

早晨是主任查房，把病房巡完，程东才把今早的事跟林主任汇报。林主任无奈地拍了拍他肩膀："这段时间也难为你了，我看他这几天看到你来上班又开始蹦跶。你要不也跟你妈妈一样休几天假，等风头过去了，再回来。"

最后又补充："你别多心，我是怕你有危险，这种疯子惹不起，咱还躲得起。"

程东点头，回到办公室看到莫澜给他打电话，笑了笑，接起来道："你在哪里？"

莫澜从楼层的大露台外面走进来，笑道："你猜？"

"猜不着，不过如果你肯告诉我的话，我也有个好消息告诉你。"

"那你先说是什么消息。"

"不行，你太狡猾了，还是你先说你在哪里。"

两人幼稚而甜蜜地重复着这样的对话，最后还是莫澜先说："我在你们医院里了，再过五分钟，不，三分钟，你就能看到我了。"

"是吗？这么巧，我就正好想约你一起吃中饭呢！你想吃什么，今天我有空，全天奉陪。"

"咦，为什么，你今天不是白班吗，怎么有空休息？"

"这你就别管了，反正后面几天也休假，你可以想想吃什么大餐，或者去哪里散散心，都可以。"要不他在家里做全职煮夫也不错。

莫澜隐约觉得不寻常，不过听他语调轻松，也就没太往心里去，想了想说："我又想吃蛋糕了，我们去长安店里吃中饭吧。"

"行啊，没问题。"

"我要点两份甜品，一个蛋糕一个派。"

他笑："可以。"

莫澜也笑了，他这样纵容她，说明前几天争执的话题他已经想通了，不会再阻挠她。

她对着手机么么两下，甜蜜地说："那你等我啊，我马上到了。"

"嗯，我先去洗手。"

他脸上也挂着笑，收了线，把手机放在兜里就走出办公室去洗手。

他的办公室对面是一扇侧门，对应一部货梯，专供平时用木质托盘送药箱时用，一般只有医护人员进出，大多时候都是关闭的。

今天却不知这扇门怎么打开了，推门而入的不是送药的工人，也不是护士和医生，而是陈大实。

忙碌的上午，大家都在办公区或者病房里，没人留意到他，更没人看到他从怀里抽出的砍刀。

除了莫澜。

她从科室正门进来，在走廊的尽头，离那扇侧门不远，正好看到程东的背影和拎着屠刀的陈大实。

两个人一前一后，步伐一缓一急，她也很清晰地看到了陈大实脸上扭曲的表情和手背上鼓起的青筋。

她仿佛一下子聋了，周围什么声音都听不到，连自己剧烈的心跳也听不到，白茫茫一片……最后是她自己的声音，声嘶力竭地喊了一声："程东！"

CHAPTER 18

心若悬刀

程东觉得这一生从没有一个夜晚像今晚这么长，长得仿佛黑暗没有尽头，怎么盼都盼不到太阳升起。这是噩梦，他真怕自己永远都醒不来。

程东的背影刚好消失在转角处。

陈大实也听到了她的叫声，脚步顿了一下。

就是这么一刹那，莫澜已经不管不顾地冲了上去。她拦不住屠杀者，唯一能做的就是挡在屠刀面前了。

她挣扎着，用身体把陈大实撞到侧门外的电梯间。他回过头来就捅了她一刀，并不是非常疼，只是有点凉凉的，身体里仿佛有什么东西从哪个血窟窿里慢慢流失掉。然后又一刀，再一刀……男女力量悬殊，她知道拼不过他，唯一想到的就是不能让他拿刀去砍程东，所以死死拖住他的腿，用尽力气把他也扑倒在地上。

"莫澜！"

程东当然听到了她的叫喊，等他回身赶过来，看到的就是这样让人心魂欲裂的场景。水磨石地板上和雪白的墙上全是血迹，陈大实手里的刀刃上也是血，莫澜身上的衣服已看不出本来的颜色。

"保安，保安！快来人！"他一面喊着，一面也冲上去，踢掉了陈大实手里的刀，狠狠在他胸口踩了一脚，确保他爬不起来，才去抱莫澜。

　　她还揪着陈大实的一只裤脚，看到程东，虚弱而迫切地说："小心……"

　　程东全身都在发抖，满身满手都是血，用手捂住她身上一处伤口，又有血从别的伤口涌出来，好像怎么都止不住。

　　"莫澜……莫澜，你看着我，你看着我！不准睡，不能睡，你听到没有？你看着我……求求你！"他也声嘶力竭地喊她，一开始是命令，到后来变成呜咽着恳求。

　　莫澜的目光开始涣散，揪着行凶者的手却始终不肯放开。

　　闻声而来的保安和其他医护人员制服了陈大实，并将现场保护起来。护士抬了担架床过来，帮程东一起把莫澜抬到床上，直奔手术室。

　　程东的白大褂上全是血，跟着床车奔跑，一直叫着她的名字。他从护士手里接过纱布，尽可能地按住她的伤口。而莫澜已经失去意识，没办法再给予任何回应了。

　　林主任跟着他一起上的手术室，在门外把他拦下："程东，我已经要求全院会诊，我们会帮你把人救回来。你现在情绪不稳定，这个手术你不要上，让我来。"

　　程东道："不行，手术我来做，她是为了我才会弄成这样，主任，你让我帮她做手术。"

　　"你的心情我明白，但是……"

　　程东摇头，不，他此时此刻的心情没人能够明白，为莫澜做手术，亲手救回她是他唯一能做的事了。

　　"主任，我从没求过你什么事，就这一次……求你，让我上手术。我很清楚我在做什么，我能做好。"

　　林主任不忍心再多说什么，终于点头。

　　程东换好衣服，做好消毒，手术室门外已经陆续来了很多医生，都是院内各个科室的精英，跟他一样的装束，绿色的手术服、口罩、平底拖鞋，准备好了随时在需要的时候协同手术进行救人。

他此时内心已经被巨大的悲伤给填满，语塞得说不出一句感激的话。

莫澜身上有七处刀伤，大量失血，胸口有一刀非常深，撕裂了心脏的血管，是最致命的伤处。程东为她止了血，头上已冒出密密的汗珠。

助手帮他擦汗，他问："血压脉搏多少？"

"60\30，脉搏50。"

"继续。"顿了一下，又说，"病人怀孕，请妇产科会诊。"

他根本不知道自己是以怎样的心情说出这句话的，也许此时他只是一台高速运转的救人机器，凭借的是医者的本能和日积月累的真才实学，而真正爱着、关心着、富有感情的自我早已游离于躯体之外了。

骆敬之在他对面，跟肝胆外科的医生一起为莫澜修补被刀刺伤的脾脏、肝脏。

程东一直不肯离开手术室，每一处手术他都看着，有时低声跟莫澜说话，叫她的名字，尽管她根本听不到。

妇产科参与手术的专家是秦江月，大概是听到消息就赶过来的。她戴着口罩只露出一双眼睛，看了程东一眼，道："你放松一点，这里有我们。"

程东不知怎么的眼泪就下来了，这才从手术室里出去。

钟稼禾也在门外，还有孟西城、唐小优，都是听说莫澜出事就赶过来的，甚至连住院的程越峰都来了，拍了拍他的肩膀道："没事的，她很坚强，一定能挺过去的。"

他点点头，无力地靠着墙壁滑坐到地上，一直维持着同一姿势，动也不动。

整个抢救手术一直持续到晚上才结束，每个人都尽了力，出来的时候都简短地宽慰程东，让他不要太难过。

秦江月摘了口罩，面色凝重地说："程东，你听好，她大量失血，身体已经不可能负荷得了一个胎儿，而且从现在开始为了抗感染要用很多药，胎儿也受不了，所以孩子已经拿掉了。她现在还没度过危险期，等体征平稳了，尽快把身体养好才是最要紧的。你这几天多费点心陪陪她，让她早点恢复意识，知道吗？"

虽然是早已料到的结果，但程东还是难过得说不出话来。好在他们把莫澜从死神手里抢了回来，没有什么比她活着更重要的。

莫澜被送入重症监护室，麻药的劲儿还没过去，她还在睡。脑外科的医生说她后脑被刀柄重击，造成脑震荡，也有可能一时难以恢复意识，还需要观察。

一定是她拖住陈大实的腿时，被他用刀柄给打的。

那样的场景简直不忍回想和假设，每想一次，程东都觉得胸口像被无形的手给攥紧，痛得喘不过气。

他穿无菌服进去看她，那么爱漂亮的一个人，浑身上下都插满了各种各样的管子，闭着眼睛躺在那里，唇色几乎跟脸一样白，他都快认不出她了。

两情相悦的人，一日不见如隔三秋，他们这才几天没见，怎么竟然就像隔了生死一般？他早上还在跟她打电话，她说她想吃甜品，要一个蛋糕，还要一个派，他们都说好了的，要好好吃一顿，好好谈一谈……

程东垂眸坐在床边，如今他是真的什么都做不了了，只能等她靠自己的意志挺过危险期。参与手术的医生都说她很棒，求生意志很强，一定可以挺过去。

他握着她的手，一动也不动，视线粘在她脸上、身上，生怕一眨眼她就消失不见。

这样不知过了多久，直到钟稼禾和秦江月进来，硬把他从病房里拉出来。

钟稼禾道："我给你买了咖啡和三明治，多少吃一点。你也站了那么久手术，体力消耗很大，这样不吃不喝是不行的。等会儿莫澜没醒，你自己先熬垮了。"

程东摇头，他实在没胃口，连水都喝不进去。

"陈大实呢？"他问。

"被警察带走了。"

程东却腾地一下站起来就往外走，钟稼禾连忙拦住他："你要去哪儿啊？那种猪狗不如的畜生不值得你去犯傻，天网恢恢，自有国家的法律会惩治他！"

"法律？"程东的眼睛都是红的，表情像哭又像笑，"今天如果莫澜死了，法律能把她还给我吗？她肚子里的孩子，我们的孩子……才三个多月，法律能把她还给我吗？"

说到后面他几乎是嘶吼，病房外不宜大声喧哗，可是这时候没人忍心劝阻他。

最后还是孟西城站出来，劝他道："程东，莫澜信奉的就是法律，如果她清醒着，一定也不希望你这么冲动。你先冷静下来，现在最需要你的人，是莫澜。"

他说的对，眼下没有什么人和事，比莫澜更重要。

秦江月要注射胰岛素，不能久坐劳累，孟西城和小优让她跟钟稼禾先回去休息，他们留下来陪着程东。

小优去买水，孟西城坐在程东身边，对他说："你也去楼下值班室睡一觉吧，休息好了，才能继续陪她。"

程东却像没听到，自顾自地说："我不该让她来的，我应该下了班去接她，告诉她我接下来会休几天假，她肯定很高兴。"

"这是意外，没人能预料得到。"

他看了孟西城一眼，似乎笑了一下，说："你知道吗？我觉得自己真的很无聊，竟然因为吃你的醋，不让她跟你合伙开律所。其实有什么关系呢？只要她活着……健康的，好好地活着，她想做什么就去做好了，做她喜欢的事……我再也不会跟她吵了。"

他第一次在孟西城面前低头，竟然像个孩子一样哭出声来。

男儿有泪不轻弹，只因未到伤心处。

"我认识她的时候就已经立志学医了，本科五年，硕士三年，治好了成百上千的病人……我从来不求回报，我甚至不需要他们记住程东这个名字！可是怎么能这样……怎么能这样伤害我最重要的人？七刀啊，七刀……"

孟西城轻拍着他的背，喉咙也像哽了硬块，痛心和惋惜一点都不比他少。

行凶者的屠刀其实每一下都落在了亲者心上，造成永久的伤痕。无论伤者最后是幸存还是身死，这些伤痕都会在那里，永远无法抹去。

程东觉得这一生从没有一个夜晚像今晚这么长，长得仿佛黑暗没有尽头，怎么盼都盼不到太阳升起。

他累极，却整晚都没有合眼，一闭上眼睛就看到莫澜倒在血泊里的样子，周围的地板和墙上也全是血迹。

这是噩梦，他真怕自己永远都醒不来。

莫澜很坚强，扛过了最开始的危险期，生命体征基本平稳，开始向着好的方向发展。

程东自己就是医生，他知道这只是第一步，后面还可能会有继发感染、各种并发症，每一次都会是一个关隘，但最难的部分她都挨过来了，相信之后也没有什么能难得倒她。

闭上眼，又仿佛看到十几岁年纪的莫澜，嚼着口香糖坐在他的自行车后座上，脆生生地说："那当然了，我是谁啊？"

他一定是太累了，累得都出现了幻觉，看到他们都还是十几岁模样——他推着自行车，她松松垮垮地背着书包跟在身后，两个人就这样一前一后地走在林荫道上。

那条路也没有尽头，就像可以永远这样走下去。

科室给程东放了假，医务处甚至为他预约了最好的心理医生，想帮他摆脱极端的经历留下的阴影。

他也试着去跟心理医生聊，但最后发现，其实只要一心一意投入去照顾莫澜，他就没有闲暇去胡思乱想，她才是治愈他最好的良药。

只是她一直都没醒，所有人都劝他不要太担心，多陪她，跟她说说话，也许很快就能恢复意识了。

这些乐观的假设，并不能帮助他更好受一点。有时他会想，要是自己不是医生就好了，索性什么都不懂，安慰的话都可以当真。

他明白的，她昏迷的时间越长，情况就越不好，可能造成更多不可逆的伤害。

莫澜从 ICU 转入普通病房。

程东就坐在她的病房里，还是握着她的手，想把她因为大量输液而变得冰冷的手背搓得暖和一点。她不动，任他揉边搓圆，平时真的很少见她有这么乖的时候，他都有些不习惯了。

医院给她请了最好的护工，但很多事程东都必须亲手来做，比如帮她洗脸，特意为她买她平时用的那种竹纤维的毛巾，很软，一边轻轻帮她擦，一边对护工说："她很爱漂亮的，要是醒过来发现脸没洗干净，一定会生气。"

护工也动容，悄悄对主管的医生说："这么好的男人，现在很难得了，这姑娘命真好。"

程东听到，却只是苦笑。人人都说莫澜命硬，是遇到他才有了幸福的可能。其实他们都错了，如果不是因为遇见他，她根本就不会躺在这里，不会离婚，不会失去宝宝，不会一而再地妥协和放弃自己的事业。她会是一位好太太、好妈妈，说不定已经有了梳着两个小辫、蹦蹦跳跳的"小棉袄"，会教她化妆、打耳洞和自拍，并且跟自己信赖的人开了属于自己的律所，做了合伙人。

无论如何，她都不该躺在这里，靠仪器和一包又一包的液体维持生命。

程东站在新生儿病房外，看着玻璃房里那些小小的家伙乖乖地躺在床上，含着奶嘴盯着天花板看，小手还没有藕节粗，时不时挥舞着，像要抓住什么。

骆敬之不知道什么时候来的，跟他并肩站在一起，问道："你很喜欢孩子？"

"嗯，喜欢。"

骆敬之没说话。

程东看了他一眼，说："你不喜欢？"

他目光里有丝复杂，笑了笑："以前不喜欢，觉得小孩子有什么好，吵闹起来没完没了，不分白天黑夜。万一生病，就更麻烦了。现在觉得，只要生孩子的是我喜欢的人，就算是这样也没关系。"

程东又把视线转回去："我一直很想要个女儿，贴心，很乖，可以把她架在脖子上带她去买冰淇淋，买最大的那种救生圈带她去游泳，怎么宠她都没关系。现在想想……其实儿子也很好，调皮就调皮，可以陪他玩沙子、一起踢球、打球，长大了还可以教教他怎么追女生。他想做什么就去做，只要别再做医生就行了。"

他以前做梦也想不到有一天会说出这样的话来，他引以为傲的职业，竟然成为梦魇。

骆敬之搭住他的肩膀，沉默了一会儿才说："等她好起来了，你们就加油生一个，说不定还赶在我的前面。"

他话里有多少怅惘无奈，只有他自己明白，但除了生死，哪一件不是小事？

程越峰在肝胆外科住院，时不时会来找程东聊聊。曾经亲近的两父子经历了一段无话可说的冰河期，似乎又终于找到了共同的话题。

"听说你又要辞职？"程越峰问。

前一回是为了莫澜，这一回还是一样。

程东点头。

程越峰笑笑："我一直以为你更像老钟，没想到最后竟然要走我这条路。"

程东看向他："那你当时为什么辞职？"

这个问题，这么多年了，他居然没有仔细探究过。

"你想知道？"

"嗯。"

程越峰脸上露出几分骄傲的神色："因为那个时候我的儿子说他想跟我们一样做医生，还要到国外去读书。我觉得很好啊，只要有这样的志向，我创造条件也要送他到美国去读博士，出人头地。但靠我跟你妈那时候的死工资，要实现这样的愿望是很难的。你妈很固执，属于一条道走到黑的人，不可能辞职；我觉得女同志安稳一点也没什么不好，所以我自己辞职了，下海经商。后来知道你不是我亲生的，那种失落感旁人不能体会，就连你也不能，但那样的初衷才让我有后来的成就，未尝不是命运安排好的。"

"你相信命运？"

"以前不信，得了这个病才慢慢信了。我看你也一样，以前是不信的，这回出了这样的事，就以为是命中注定。"他看着他，"终究你还是像我。"

程东按捺下心头的酸楚，站起来道："我进去看看她。"

"阿东，"程越峰叫住他，"要是真不想做医生了，就到公司来帮我。你是我养大的，我不当你是外人，包括莫澜，之前公司的事多亏了有她。但你即使要辞职，也最好不要是现在。亲者痛，仇者快，你明不明白？"

怎么能遂了施暴者的心意，而让对他充满期待和信赖的人们失望？

程东沉默了一会儿，没有回答，径直往病房里去了。

莫澜又挺过了一回感染，退了烧，脸色看起来又稍稍有了点血色。程东帮她换了药，轻轻帮她活动手臂和腿脚的关节，避免肌肉萎缩得厉害。他揉着她的小腿说："今天天气有点冷，看来秋天快要过去了，你再不醒，就穿不了漂亮的裙子了，一出院就得包得像个粽子。天冷了水果也少很多，你不馋吗？都那么久没好好吃东西了，邱夜教了我两招新菜，你好了我就做给你吃。"

这些日子他已经养成习惯，有什么话就跟她聊，当她还醒着，虽然无法得到回应，但他相信她都能听到。

"长安也来看过你，她说他们店里换了新菜单，有两款蛋糕你还没吃过，肯定会喜欢，她每天都给你预留，这样你随时都可以去吃。吴为你还记得吧？他跟老婆分居，本来要离婚的，后来又复合了，前几天也来看过你；还有王老、章家泽的爸妈……大概都是看到新闻赶过来的。现在的媒体也真是无聊，一家又一家地采访，没完没了，其实报道了又能怎么样，什么都改变不了。"

他顿了一下，又摸摸她的头，邀功似的说："不过我没让他们到你的病房来，你这个样子一定不想被太多人看到，所以我不让他们拍，一张照片也没有。"

只有他的手机里存着她卧床时的照片，每天都拍，分了不同的文件夹，注明日期，算是一种记录。

"我跟林主任说，我不当医生了，刚才零零她爸爸还来问，我告诉他是真的。以后我就有时间了，可以陪你到处去看看，到处去玩，环游世界也没问题。你身体吃不消的话我们可以坐邮轮，去新加坡、兰卡威，或者去越南。像我妈和钟老师他们那样去南极和阿拉斯加也可以，只要你喜欢，我都听你的，好不好？"

说到这里他往往就无法继续下去。记不清多少次了，他们对未来的美好憧憬总是被现实的残酷给打断，他实在是怕了。

他怕他不在的时候她一个人孤单，就把两个小龟带来，放在床头的柜子上。盒子里放了玻璃球和石子，它们蹬腿奋力想往外爬的时候，就发出哗啦哗啦的声音，使得病房里不至于那么安静。

"你看龟儿子都长大了，你那盆乙女心也好好的。等你出院了，我们再买新的多肉回来，宠物也可以再多养一个。不如养龙猫吧？我那天在宠物店看到挺可爱的，吃苜蓿草就行，还很干净，你可以陪它玩。"

他不敢提孩子的话题，太伤感，怕她即使意识处于沉睡也会受不了。但新的生命毕竟意味着新的希望，她那么想养小动物，多少会有点动心的吧？

他也不知道他说的话她听进去多少，他的建议她满不满意，但那天她切切实实地踢了他一脚，就在他边给她揉腿边跟她说话的时候。一开始像是神经反射那样的一下，他以为是错觉，但继而是手指，然后是眼睑，很明显的反应。他才确信他没有看错——他的澜澜醒了！

莫澜还很虚弱，醒来的时间也很短，看了看他，很快就又睡着了。

但终归是醒了，主治医生说这是好现象，接下来基本就不会有太大的问题了。

程东心里总算又一块大石落地，越发要在病房守着，就怕她又醒了，身边没有人。

莫澜清醒的时候是早晨，真的就像只是好好睡了一觉，到时间醒过来而已。

程东伏在床边，握住她手，轻声问她："你醒了？"

他声音微微有些沙哑，一夜之间下巴长出的青髭还没来得及处理，看起来多少有些憔悴。

莫澜看了他一会儿，张了张嘴，想要说话。他赶紧用棉球给她湿润嘴唇，又递上吸管，让她先喝水。

她终于缓过来，说的第一句话却是："你是谁？"

程东都懵了，在原地站了好一会儿，才去把值班医生叫来。

逆行性遗忘？他不相信这种小说电影里才有的狗血情节会发生在莫澜身上。

值班医生对莫澜做了例行检查，然后问了她几个最普通的问题："你知道自己叫什么名字吗？"

"莫澜。"

"知道这里是哪里吗？"

"医院。"

"伤口还疼吗？"

"有一点。"

"你以前做什么工作？"

"律师……诉讼律师。"

问完了，医生在病历上哗哗做记录，然后笑着拍了拍程东的肩膀，就跟护士一起走了出去。

程东半天才反应过来，问莫澜道："你……刚刚是骗我的？"

莫澜很费力地扯出一个笑容："谁让你好骗呢……"

"那我叫什么名字？"

"程东。"他们医生可真麻烦，一个问题接一个问题，真当她傻了呀？

程东眼睛都红了："再叫一次……我的名字。"

"程、东。"

他俯身抱住她，声音瓮瓮的："你还有心情恶作剧？我差点以为你真的失忆了。"

这个坏丫头。

她想笑，想抬手抱抱他，可是随便一个简单的动作都会牵扯到伤口，隐隐作痛。

程东抬起头来，抓住她的手贴在脸颊边："现在什么感觉，还有哪里不舒服吗？"

她摇头，其实她也说不上来，但全身都不太舒服这是肯定的。那么多伤口，那么多次感染，用了那么多的药，她现在是个吃喝拉撒都在病床上的半植物人，真的好起来起码得生活能自理吧？

手心的触感却是真实的，她摸着他的脸，舍不得把手拿开，问他："你有没有受伤？"

这是她最想问的问题。

程东摇头："那天的事，你还记得？"

"记得不太清楚了，断断续续的，像做了一个很长的梦。"

梦里有很多人，发生了很多事，她像一个观众，又像亲历其中的演员，虚虚实实她自己也搞不清楚。

她想睁眼的，可是这个梦跟平时做的都不太一样，她努力了好久，怎么都醒不过来。

但她始终相信自己能回来，因为有人拉着她的手，不让她走得太远。

现在她醒了，完全康复还要一段时间，不能说太多话，程东就陪着她，给她放音乐，或者念书给她听，直到她睡着为止。

听说她醒了，钟稼禾和秦江月也到医院来看她。秦江月仔细看了病历，说："到底年轻，算恢复得快的。"

钟稼禾给她舀了汤："这是我自己炖的生鱼汤，对伤口愈合最好。饿了这么久，终于可以吃东西了，急不得，必须从粥和汤开始。你喜欢什么口味，都可以跟我说，我做好了让阿东每天给你送过来。"

"谢谢。"

她还不能完全撑坐起来，但病床可以升降调整角度，勉强让她可以像是坐在他们中间。

躺了那么久，即使能这样动一动，她也觉得高兴。

秦江月临走时问程东："孩子的事，你跟她说了吗？"

"还没有，我想等她好一点，再跟她谈。"

即使不说，莫澜当然也知道孩子不在了，他们只是保有相同的默契都没有提起而已。

秦江月默默叹了口气："迟早还是要敞开来说的，不要让她闷在心里，闷坏了。"

程东点头。这也算是一种关心吧？虽然他没料到这件血案会间接改变母亲对莫澜的态度，但现在这样平和的气氛，是他们多少年来梦寐以求的，终是莫澜用鲜血才换来。

他按住胸口，或许这就是程越峰说的，有些失落和酸楚，除了本人之外，其他任何人都无法想象和体会。

莫澜开始能够正常进食之后，长安就每天都给她送吃的来。有时是千层面，有时是沙拉和蛋糕。

"我听程医生说，你出事之前想吃我们店里的水果派，我给你做了，菠萝和苹果的都有，你想先吃哪个？"

长安捧着纸盒给她选，从她在这病房出现开始，莫澜就总是陷入选择困难症，因为程东不让她多吃，什么都只能吃一点点，胃里最大的空间还是只能留给各式各样的粥和补汤。

她最后选了菠萝派，一咬果肉馅儿都流出来，沾了她一脸。长安手忙脚乱帮她擦，有点不好意思地说："你怎么像我吃东西一样，会被人笑的。"

向来都是别人这样照顾她，她鲜少有机会这样照顾别人，有点新奇，又有点担忧。

"程医生，莫澜她还是好好的对不对？"她悄悄问程东，不敢让莫澜听到。

"嗯，她好起来以后，就会跟以前一样。"

"那就好。"她低头，手指捻着衣角，"我不想她变成我这样。"

"又是敬之跟你说的？"

"嗯，他说昏睡得太久不好……我怕她像我一样。"

程东揽住她的肩膀，像抱妹妹那样轻轻抱了抱她，低下头看着她说："长安，你很好，真的。谢谢你这么关心澜澜，等她好了，到我们家里来玩。"

"可以吗？"

"当然可以，我开车来接你，这样你就不会迷路了。"

长安走了，莫澜躺在床上问他："你跟长安说了什么，她这么开心？"

"你又知道她开心？"

"当然了，走路都蹦蹦跳跳的。"

好羡慕，她现在想好好走两步路都困难。

程东摸摸她的脸："我就说谢谢她关心你，让她等你出院了到家里来玩。"

"我可以出院了？"

"快了，不过就算出了院，也还要回来做康复治疗。"

"你会陪我吗？"

"当然。"

"那就没什么好怕的了，我一定配合。"

两人的手握在一起，程东忽然钦佩她的勇敢，开口道："澜澜，你还记不记得，出事的时候，你肚子里怀着我们的宝宝？"

"记得，我见到她了。"

程东一怔："什么时候？"

莫澜笑道："当然是在梦里，我见到她来跟我告别，很可爱的小女孩子，扎两个小辫子，穿小裙子，漆皮的小皮鞋……跟我说，妈妈你受伤了，我要先去别的地方玩……"

她看到程东的眼泪滑下来，他却伸手来帮她擦眼泪，轻声道："然后呢？"

"然后我说我陪她一起去，她说不行，爸爸还在等你……"

程东抱住她："那她很懂事。"

"我真舍不得她……"

"我知道，我也舍不得。她还会再回来的。"

她反手抱住他，眼泪渐渐不受控制："我想拉住她的，可是我没力气了……全身都很疼，好疼……"

程东抱紧她，她终于在他怀中号啕大哭："真的好疼，程东，我好疼！"

他知道，她有多疼，他痛足十倍。

康复治疗也是一个漫长的过程，莫澜受伤的位置大多在上半身，但有一刀险险擦过她的腰椎，再深一寸她就会下半身瘫痪。好在她走路不成问题，只花了点时间来适应。

麻烦的是她的手臂和肩膀，要完全恢复功能几乎是不可能了。程东请康复治疗师拟订了详细的方案，不管用多长时间，他都决心陪她坚持下去。

这时赵媛找上门来，给他们提供了另外一套方案："去美国治疗，顺便散散心。"

程越峰的公司代理的很多仪器和产品都是美国品牌，有可靠的资源和合作关系，可以为他们提供比国内更先进的医疗条件。

程东说："我以为，你不会想让我跟你们的公司扯上关系。"

赵媛笑了笑："莫澜好歹帮过我，老程以前也是医生，你也是，——也算是医生家属，出了这样的事，我袖手旁观就是没人性了。这也是老程的意思，他希望你到美国去，你忘了？"

他下海经商的初衷一定也跟她提过，没想到现在要用这种方式来实现。

以往他一定不肯承这份情，但为了莫澜，他愿意试一试。

他半蹲在她面前，跟她商量："你昏迷的时候，我答应等你好了就带你周游全世界，不如就先把美国当作起点，怎么样？"

莫澜笑着看他，这才问："你是真的不打算再当医生了吗？"

他也笑："是啊，封刀了，让你当我的最后一个病人，不好吗？"

CHAPTER 19

相逢若初

当初那个与她并肩的少年已经在岁月中打磨出一身稳重和智慧，却仍然一心一意地爱着她。夜空的星星凝视着他们，凝视着他们所有相遇的时光。

事实上，正因为她是他的最后一个病人，他已经没法再拿起手术刀了。

心理医生也建议他们换个环境，把这个可怕的经历慢慢淡忘。

莫澜对孟西城说："抱歉，答应过你的事，又要食言了。"

他摇头："你去国外说不定还有深造机会，见识一下美国的司法体系和律师行业再回来，眼界和能力又不一样了。我的律所永远留着你的位置，等你回来帮我。"

她笑："大叔对我真好。那小优就交给你了，等我把身体养好了回来，她一定也可以独当一面了。"

孟西城点头，握了握她的手道："陈大实的案子下周开庭，庭审你要不要出席？"

如果她不想出庭，用她的口供做证人证言就可以了。但她很坚决地说："当然要去，这人渣，我要亲眼看他有什么下场。"

"这样没关系吗？"他知道创伤后应激障碍会有严重的触景生情的反应，心理医生也建议她和程东要放轻松一些，他怕再跟陈大实有这样直接的接触会刺激到她。

　　但莫澜坚持，他也就随她的意思，以民事律师的身份陪他们一起出席庭审，帮她代理刑事附带民事诉讼的部分。

　　她站在南城中院的台阶下面，仰头的动作都有些吃力。

　　程东在她身旁牵着她的手，问道："还好吗？不要太勉强了。"

　　莫澜点头："我没事，只是没想到自己有一天会以受害人的身份来出庭。"

　　"嗯，就算我是医生也会生病，而且如果病得重一点，还没法给自己治。"

　　他看看她另一侧的孟西城，说："这回真要谢谢你。"

　　其实出事之后有很多人，都给予他们不同程度的帮助，他们心里都很感激。

　　"走吧。"孟西城在莫澜背后虚扶了一把，跟程东一起陪她走进法庭。

　　这起伤害案造成了非常恶劣的社会影响，两位检察官在庭上义正词严，辩论也非常激烈。陈大实坐在被告席，一脸麻木，看到程东他们，仍露出凶恶的神情。

　　莫澜不自觉地握紧程东的手，他轻声安慰她："没事的，有我在。"

　　庭上争论的焦点集中在被告是否有自首情节，是否有悔罪表现，以及被告的代理律师提出的司法精神病鉴定，主张陈大实患有躁郁症，行凶时正处于发病期。

　　法庭择期宣判。

　　莫澜从法庭里出来，没有再跟陈大实有正面接触。孟西城说："宣判时你可能已经在美国了，我会第一时间把结果告诉你。"

　　"好，谢谢。"

　　其实今天能看到他被绳之以法，她已经心满意足了。

　　最后的结局，还要按司法程序走。要追究下来，这将会是很长一条路。假如要她把全副精力都放在这上面，去关注这个人渣，她觉得不值得。

人生苦短，还有很多美好她还没来得及体会，程东跟她说好了的，今后都不要把时间浪费在无谓的人和事上。

他们很快办妥手续，离境前往美国。秦江月这回竟然也没有一点反对的声音，大约也有劫后余生的庆幸，对程东说："也好，做医生太辛苦了，你去做点自己想做的事也未尝不是好事。"

世上最怕认真二字，只要有心，像程越峰那样，在其他领域开辟一番天地也不是没有可能。

莫澜在飞机上握紧他的手，他以为她是害怕长途飞行，拿出为她下载好的电影："路上看这个，不会觉得无聊。"

"那你呢？"

"我啊，我看你就好了。"

她笑了笑，然后说："程东，你一定还可以做医生的。"

她比任何人都了解他，他最想做的事，就是悬壶济世，做一个救死扶伤的好医生。

三年时间，很快就过去了。

莫澜跟程东手牵手从林肯艺术中心出来，忍不住回头看门口的巨幅海报，赞不绝口："太美了，我以前怎么不知道老祖宗留下来的好东西这么美？"

海报上是昆曲《牡丹亭》中的男女主角，华美优雅的水袖和刺绣，婀娜的身段和清丽的扮相，几百年来都是才子佳人的典范，即使在大洋彼岸公演，也是轰动一时。

程东为她拉好大衣的领口："你也会说是老祖宗传下来的，肯定是传世之宝啊！你以前要关注的事情太多，哪有闲情看这样的演出。"

真的，不只是她，他也一样，庸庸碌碌地生活，来不及停下脚步去欣赏这样的艺术瑰宝。迷途的野马也会有陌生的乡愁，在国外休养治疗的这几年，莫澜有意无意地关注中国元素，倒是发现了很多以前压根儿不会留意的好东西。

她还在感慨："演员也好漂亮，你能想象漂亮得这么不真实的人物居然是和美的二嫂吗？"

程东笑起来："你这话是褒还是贬啊？让和美跟穆嵘听见，他们该生气了。"

"和美才没那么小气呢！"她撇了撇嘴，"不过那个穆小五就不好说了……"

"喂，又背地里编排我什么呢？"说曹操，曹操到，没想到穆嵘跟和美也来了，跟他们前后脚出艺术中心大门，立马就发现人群中黄皮肤黑头发的华裔夫妇正用亲切的母语说他坏话。

莫澜转头勾住和美的臂弯，把她从穆嵘怀中抢走，扬了扬下巴道："说你二嫂漂亮呢，怎么，有意见？"

不敢不敢，她二嫂沈念眉确实很美，尤其扮上装，美得像画中人似的，简直满足西方人对东方美人的所有想象。

和美碰到莫澜的手，觉得有点凉，问她道："莫澜姐，你最近身体还好吗？"

"还好，就是天冷了胳膊还是有点使不上劲，不过不提重物好像也没什么太大的影响。"

她跟程东在纽约安顿下来，有自己的小公寓，住得很舒服。程东即将完成博士论文的答辩，她在曼哈顿的律所找到一份合宜的工作，即使只是螺丝钉一样的小角色，也受益匪浅。

他们早已不单单是逃避伤害和求医问药的年轻情侣，而是非常努力地把生活过成了应有的模样。

程东见她搓手，拉过来揣进自己的大衣口袋里。

穆嵘神秘兮兮地靠过来："我二嫂的戏好看吧？你们想不想见见素颜的本人？"

莫澜惊喜道："可以吗？"

"当然了。走，到他们家吃火锅去！"

来者是客，穆家老二穆晋北又是特别热情好客的北京爷们儿。他跟沈念眉在西海岸定居，在纽约也常作停留，因为念眉的《牡丹亭》在美国华人圈都享有盛名，除了公演还会跟华人曲社有交流，这边始终更方便一些。

听说程东他们是穆嵘的好朋友，便立刻请他们到家里来坐，准备的是喜闻乐见的火锅，人多吃着热闹。

素颜的念眉仍然很美，但不似画中仙那样不食人间烟火。莫澜缠着她自拍合影，又问她："你们平时舞台上化那么厚的妆，可你皮肤真的好好哎，怎么做到的？"

"你用什么色号的唇膏？"

"咦，这个眉刷看起来有点不一样呢！"

程东轻声提醒她："你这样，该吓到别人了。"

莫澜拿手肘拐了他一下，哼，他不理解见到爱豆的心情。

不只她问，和美也当好奇宝宝，在一旁虚心请教，念眉脾气好得不得了，也乐意跟她们聊，三个女人就凑在一起叽叽喳喳讨论美容和美妆的问题。

男人们手里各自一瓶啤酒，穆晋北问程东道："听说你以前在国内做医生，内科还是外科？"

程东答："胸心外科，心、肺、食道的手术都做。"

穆晋北点头："我最感谢和尊敬的人就是医生和护士，还有我的康复治疗师，要不是他们，我现在可能已经不在了。"

"我听穆嵘说过，是脑血管瘤？"

"嗯，你是专业人士，应该知道这病有多凶险。我昏迷了很久，差点儿就永远躺床上当植物人。"

念眉走过来，手搭在他肩上，俯身轻轻抱他："不要说这样的话，你那么努力，不可能不醒。"

眉眼间净是如水温柔。

程东这才知道原来他曾面临与莫澜相似甚至更加糟糕的状况。再聊下去，莫澜也很惊讶，因为她跟穆晋北都在同一家医院做过康复治疗。

"不会刚好你的治疗师也是 Ms.Moore 吧？"

莫澜道："对啊，难道你也是？"

穆晋北抿唇笑："她可严格了，不过真的很有帮助。"

这世界原来这么小，他们竟然是病友，亲近感随即又拉近几分。穆晋北听说了程东他们的遭遇也很愤慨，但他近年来心淡，有什么情绪并不表现在面上，反而问程东道："你真的不打算做医生了？"

话里话外颇多可惜。

也许类似的问题听得多了，程东也处之泰然："现在还没想那么多，其实做研究，教书育人也不错。"

穆嵘在旁边剥花生，吃得嘎嘣嘎嘣响，插话道："可你一看就是适合手术台的那种医生，我要是病人，会选你帮我做手术。"

用英文形容的话，程东是很 sharp 的那种人，能力很强，值得信赖，再也不拿手术刀，真的可惜了。

穆晋北想了想，对他说："你说想两个人旅行，有没有考虑过邮轮？我有一位朋友，近两年很喜欢乘邮轮到处跑，你可以跟他聊一聊，说不定会有不一样的启示。"

程东完成博士论文答辩后不久，携莫澜登上"涅浦顿"号，开始他们的邮轮之旅。

这艘以罗马神话中的海王命名的海上大陆，是著名的豪华六星级邮轮，容量丅傘人，实际载客却不足四百，每位登船的游客几乎都可享有私密空间。

莫澜原本还担心船上房间太小太逼仄会不舒服，结果他们被安排在头等舱，全海景套房，不仅有独立卫浴，还有露台。下午侍者端来香槟，他们不用出房间就可以凭海临风小酌一杯。

"喂，会不会太奢侈了？"她轻轻捶了程东一下，心里欢喜，却不得不从实际出发，毕竟他们还得过日子。

程东笑了笑："这可不是我的手笔，我只订了普通套房而已。"

相信是穆晋北的那位朋友，为他们的旅行做了升级。

莫澜很好奇那是位什么样的人物，可是问程东，他也不是很清楚，更没见过面，甚至不太能确定对方是不是也在这艘船上。

傍晚时分，甲板有最美的海上落日，他们就坐在游泳池畔的餐厅伴着日落美景吃晚餐。莫澜抿了一口果汁，撑着下巴看远处的地平线，感慨道："这也太美了，我觉得好不真实，像在电影里似的，总感觉这才是梦。会不会其实我本来已经死了，误以为自己还活着？"

程东把金枪鱼手卷直接塞她嘴里："胡说八道。"

她吧唧吧唧把东西吃完，笑嘻嘻地又张开嘴让他喂。程东好脾气地把鲜虾和鸭胸肉都切好，裹上酱汁喂到她嘴里。

"唔四这样……"她嘴里包着食物，含含糊糊地边说边比画，要他用嘴喂。

程东四下看看，虽然餐厅人不多，但毕竟是公众场合，他可没有西方年轻人的热辣大胆，只能装作没听到，低头继续吃他的小牛扒。

莫澜却叼了一小片切好的橙来喂他，程东被她逼到没退路，她唇色殷红，用力咬着果肉的模样也确实诱人……他把心一横，张嘴接过来吃了。

柳橙多汁，为了不让汁水滴滴答答流得到处都是，他必须连她的小嘴一道接管，一口也不分给她。

这样看来就像沐浴在夕阳余晖中缠绵亲吻的情侣了，不过好在这船上恩爱的不止他们一对，泳池边、餐桌边亲昵无间的男女随处可见。

夜里程东有些躁进，在露台的沙发躺椅上就急切地进入她的身体，身后的海浪吞噬掉两人耳鬓厮磨间的暧昧声响，仿佛推挤着、冲刷着他们，感觉跟以往的体验都不太一样。

莫澜轻抚着他汗湿的鬓角，说："干什么呢，这在外面……"

"刚才你喂我吃东西的时候也在外面。"

"还记着呢，小气。"她娇笑着，"那跟这不一样……嗯……"

他坏心地打断她："有什么不一样？只要你别太大声，现在反而不会被人看见。"

她骨头都软了，抱紧他的脖子，身下这海上"大陆"仿佛也摇摇晃晃起来。她歪着脑袋问他："怎么，跟我秀恩爱被人看到很没面子吗？嫌我人老珠黄，没那么青春可爱了？"

程东也抱紧她，俯低身体问她："我现在这样的表现像是嫌弃吗？"

不像，倒像是欲求不满，好像努力地要证明什么。

莫澜忍得辛苦，咬了咬唇央求道："到房间里去吧……"

程东摸到她皮肤微凉，怕她受不住海风侵袭，才拉开落地门抱她回去。

房间里温暖很多，大床又宽又软，两人陷落其中，程东这才吻着她说："现在感觉是真的了吗？"

"什么？"她有点反应不及。

"你说总怀疑我们是在梦里，弄得我也有点不太确定了。"

莫澜笑笑："对不起啊，又吓到你了。"

他在她颈窝蹭了蹭："以后千万别再说这样的话了，就算是梦，你也要陪我到最后。"

"好，我以后不说了。那现在还要不要继续？"

程东用行动回答她，两人都很快乐。

莫澜悄悄地想，最近已经不再避孕了，什么时候能怀上小宝宝呢？

第二天下午，莫澜在赌场里小赌了一把，其实她也不太懂，就是跟着人家瞎押，有个华裔妹子很厉害，她就跟了几把，赢了点小钱。

程东在楼上玩高尔夫，她上去找他，竟然又看到赌场里的那个女生，于是上前打招呼道："这么巧？"

"不是巧，我们是特意来找你们的。"

旁边跟程东一起打球的男士插了一句，莫澜才意识到他跟那个女生是两夫妻。

"你们是……"

程东轻揽住她的腰："就是穆晋北的朋友。"

莫澜恍然大悟："原来是你们。"

程东为她介绍："这位是贺维庭，我们乘的邮轮是他公司旗下的。这是他太太乔叶，也是一名医生。"

贺维庭微微扬起头："不用说，你一定是莫澜了？"

程东谦逊地笑笑："这是我太太莫澜。"

乔叶上前挽住莫澜道："不用介绍了，我们昨晚都看到了，要不是不忍心打搅你们那么好的气氛，昨天就想过来跟你们打招呼的。"

在池畔餐厅的一幕果然被人家看去了。

莫澜脸上微微一红，程东道："真不好意思，应该是我们来拜访的。"

"用不着这么客气，二北的朋友，就是我的朋友。"

贺维庭不再挥杆，邀他们到酒吧小酌。

乔叶一直紧随左右，有台阶的地方伸手扶他，并叮咛他只能喝一小杯红酒。聊起来才知道，贺维庭早年出过严重的意外，身体不太好，不能运动过劳，饮食也要特别注意。好在太太就是医生，这些年将他照顾得很好。

这跟他们的情形倒有些相似，莫澜忽然明白穆晋北为什么说他们会聊得来。

不只如此，乔叶以前还做过无国界医生，甚至直到如今，有机会仍会申请前往中非和东非国家参加 MSF 的各种项目。她主动向程东提起："MSF 很缺乏你这样技术全面又精湛的外科医生，你有那么丰富的理论功底和临床经验，帮助当地的医疗组织建立真正的医院真的太有用了。你有没有兴趣加入？"

贺维庭道："三句话不离本行，你难不成想把所有医生都拉来做无国界医生？"

"有什么不可以，那些都是最需要基本医疗保障来救命的人啊！"

贺维庭对程东笑笑："她就是这样，不知拉了多少同行下水。她的好姐妹跟她一样，去过非洲之后，跟老公的事业重心都移到那边去了，邮轮的生意才由我来接手。"

乔叶不满道："非洲你也去过啊，我们的工作你也见识过啦，难道不好吗？"

他宠溺地一揽她："好，就是太艰苦了，我心疼。"

程东道："我不怕艰苦，无国界医生的工作很有意义，只是我以前了解得不多。"

乔叶道："你现在有兴趣了解的话，我可以详细跟你说。"

贺维庭瞥了莫澜一眼，对乔叶道："你也不问问人家太太的意见，这么急吼吼的。"

莫澜一改平时的嘻嘻哈哈，神情认真地说："不，我很有兴趣知道，如果可以的话，请尽可能详细地跟我们说一说吧！"

程东握住她的手："澜澜……"

她目光坚定，反手回握他："不是还要继续做医生的吗？这会是个不错的尝试，我们了解一下，好不好？"

她眼里的期待其实很熟悉，让他想到她受伤之初的自己，也是这样渴望能治愈她的伤。

医者之殇，并不是她的错，但因为爱他，她想尽自己所能抚平他的伤口。

相爱的人果然都是相似的。

程东说好，又有些怅然道："可我还想多陪陪你。"

不是说好的，要环游世界去旅行吗？她的身体刚刚复原，他们的旅程才起了个头，他怕又要离开太久，陪伴的时间太少。

贺维庭很理解他的心情，宽慰道："放心，做无国界医生不一定比朝九晚五还要三班倒的住院医生时间少，项目结束了，他们就撤回来了。"

莫澜点头："就算你不回来，我也可以去看你啊！非洲大陆那么美，到处走走看看，不也是旅行？"

程东问："你真的支持我去？"

"你做什么决定我都支持你，最重要的是，你想不想？"

还想不想拿手术刀，治病救人？

程东眼里的神采告诉她，他想，但他还有很多愿望都没实现。都说男人应把事业放在首位，可在他心里，任何东西都没有莫澜来的重要，她才是排第一位的。

"不急，我们还有很多时间。"莫澜最懂他的心思，"但是我们把这当作一种可能性来考虑好吗？"

"好。"既然她是最重要的，那么只要她认为是值得的，他都愿意尝试。

人生本来也是由无数种可能性组成，隐隐可见流动的蓬勃生气和偶然的命运。

结束了在外求学和求医的旅程，莫澜和程东又回到了国内。航班在北京国际机场落地中转，程东怕莫澜耐不住长途飞行转机，特地在北京停留两天，稍作休息再回南城。

他们手牵手走过宽敞的大道和窄窄的胡同，也好几次路过某个大院。莫澜放慢脚步问他："你真的不打算让他知道你的存在？"

程东坚定地摇头："知道了又能怎么样？没人会喜欢突然冒出个人来说是自己的儿女。"

"说不定他一生没结婚呢？"

"他那样的出身，退休的时候已经身在高位，应该不太可能没结婚。"

"万一中年丧子呢？"

"那也不应该由我来抚慰他，毕竟他在我身上没尽过一天父亲的责任，也没管过我妈。"

莫澜笑着挽住他："啧啧，你越来越像我了呢！"

他笑着帮她围好围巾："走吧，外边太冷了，我们去雯雯店里吃顿好的。"

"噢耶！"

他被她蹦蹦跳跳的步伐带得也走快了几步，身世的纠葛真的也就抛在身后，放下了。

这些年他陆陆续续得知生父的消息，在哪里任职，退休后住在哪里都一清二楚，但从没想过要与之相认。

就这样也好。

程雯雯的餐厅生意依旧火爆，美容院的规模更是今非昔比，生意已经做得很大了。她跟邱夜结了婚，又生了一个儿子，小嘉上学了也常到妈妈这儿来跟弟弟玩，两个小家伙虽然有点顽皮，但看得出雯雯是乐在其中的。

她不忘叮嘱老哥："你赶紧加油生个女儿，千万别再生儿子了，否则凑一块儿真是要把屋顶都给拆了。"

程东道："你还年轻，可以再拼一拼，说不定就生女儿了。"

"你饶了我吧，万一再拼个儿子，我不知上哪儿哭去。"

莫澜在旁抿嘴笑，不发表意见。

冬至前夕，程雯雯跟他们一起回南城，为程越峰扫墓。程东他们前往美国后不到半年时间，程越峰就去世，死于消化道大出血，临终前把程东也叫回去匆匆见了一面。

他终归还是顾念这么多年的父子亲情，公司的股份也给程东留了一份，不准他推脱。

程东没有太多精力处理商业的事，全权交给妹妹，自己又飞回美国，这件事似乎就没再提过。转眼竟然也有三年了，时间真是过得快。

养育之恩大过天，程东可以不跟亲生父亲相认，程越峰这边却还是尽心的。

扫墓时遇到赵媛，带着已经上幼儿园的程一一，见了他们，让一一叫哥哥姐姐。

一一奶声奶气地叫人，又有点怕生地躲到妈妈身后。

程东蹲下来，一把抱起他："不认得我是不是？你刚出生还在医院里的时候，我就来看过你，还给你喂过奶。奶瓶只有这么大，"他伸出巴掌比画了一下，又伸直胳膊，"你那时候还没有我胳膊这么长。"

一一笑起来："你骗人。"

"你不信啊？那你问这个漂亮姐姐，她跟我一起喂你吃奶的。"

他把小家伙抱到莫澜面前，她想接，想到受过伤的手臂还是不够力量抱一个小孩子，又收回手，从包里拿出一个蜘蛛侠的小人偶给他："别听哥哥瞎说，我们一一是蜘蛛侠，哪会才那么一丁点大。"

小朋友欢欢喜喜接过玩具，立马变得喜欢这个大姐姐更多。

赵媛笑道："你们哄孩子倒是有一套，一一很皮的，有时候我都管不住他。"

她已经再婚，现任先生不介意她的婚史，对她和孩子都很好。相信程越峰也会感到欣慰，毕竟赵媛还那么年轻，要是后半生都只能守着儿子孤孤单单过，未免太可怜了。

生活富足，未来可期，她也比原先豁达许多，主动邀程东到公司来帮忙，说："你去美国读博是老程的夙愿，到公司做事其实也一样。血缘是一回事，但他始终觉得几个子女当中还是你最像他。"

"你不怕我跟一一抢了？"

　　"公司能有今天，本来就少不了你和莫澜的功劳。"她一笑，"人这一辈子不可能所有东西都捏在手里的，也要看自己吃不吃得下。等将来你们也有了小孩就会明白，你能给他的最好的东西，并不是钱和公司。"

　　"嗯，我知道。"程东回头牵住莫澜。他所能想到的能给孩子最好的东西，就是好好爱宝宝的妈妈。

　　莫澜手心有汗，天这么冷，程东立刻意识到她在出冷汗，这是她身体不舒服的标志，于是赶紧扶住她："是不是太累了，我陪你先回去？"

　　她勉力点了点头，赵媛道："我们也差不多了，一起走吧！"

　　她开车送程东他们回去，半途莫澜就受不了，下车吐了一回，程东大为紧张，干脆直接改道去了医院。

　　检查结果却出乎意料——莫澜没有生病，而是怀孕了。

　　本来是个值得高兴的好消息，包括莫澜自己都非常欣喜，还拉住赵媛道："你真是贵人，上次发现怀孕也是跟你在一起。"

　　"那还用说！"赵媛也很自豪，"孕妇最大，你现在要好好养着，其他的事情都让程东去做。"

　　程东反而愁眉不展，看到检查结果就一直跟妇产科医生低声说着什么。其实他的担忧莫澜完全明白，无非是担心她的身体支撑不了怀胎十月的过程。

　　他甚至考虑过不要孩子，他们就做丁克夫妻也没关系。

　　莫澜却很自信，也很坚定，告诉他道："别担心，我准备好了，这回不会有问题了，真的。"

　　不管天灾还是人祸，他们都挺过去了，这回他们的小棉袄是真的要来了。

　　由于莫澜怀孕，程东放下了原本要申请无国界医生项目的计划，在南城的医学院谋到一份教职，程医生做了程教授。他看上去彬彬有礼，谈吐却诙谐风趣，最重要的是帅气，看起来远比实际年龄年轻，很多学生都慕名来蹭他的课。有情窦初开的女学生三三两两从他办公室门外路过，也会悄悄讨论说：这位教授很帅的，好像还没有结婚，手指上没有婚戒呢！

莫澜挺着大肚子来找他吃午饭，两个人坐在天台上，你一口我一口地吃寿司。很不幸，这么多年莫澜的厨艺还是没有长进，能填饱肚子的东西还是只会做原先长安教她的那几样。

程东问："怎么办？江湖传言我还没结婚，你打算什么时候重新对我负责？"

莫澜仰起头："那不是挺好的么，你可趁机撩妹。"

程东摸她圆滚滚的肚子："说什么呢，影响我在女儿心目中的形象。"

莫澜啧了一声："为了女儿，倒是该给你个名分了。"

她从脖子上扯出一条细细的铂金链子，曾经的两只婚戒都被当作吊坠戴在身上，像一组同心圆。她把程东那只男戒取下来，郑重地戴在他无名指上："呐，刚好，还很合适。"

"这样不算结婚。"

"我们是复婚。低调点就好啦！"

程东有点惆怅地低头看手指那一点晶亮，看起来有点可怜。莫澜叹口气，终于妥协："拿上户口本，周末去办证。不过先声明啊，只是办证，不办仪式。"

她才不要顶着一颗球穿礼服，还只能穿平跟鞋。

怀孕第 38 周，经历了大大小小的考验之后，莫澜生下健康的宝宝，她跟程东的小天使终于又回来了。

程东抱着包得严严实实的小不点，喜极而泣。莫澜帮他擦眼泪，轻声骂他傻瓜。

程小小七岁的时候，程东第三次参加无国界医生项目，派驻乌干达。在这里，他什么手术都做过，包括剖宫产和宫外孕。孩子们身上的伤口常常已经溃烂了才送来医治，他只得在麻药作用下帮他们把坏死的组织剜去，甚至截掉部分肢体。

即使对看惯生老病死的医生来说，那也是极大的冲击。

休息的时候，他一个人看莫澜发给他的视频。小小已经会认字，脆生生地对着镜头念纸上的句子："我最爱爸爸和妈妈，我的爸爸是医生。"

所有的悲悯和伤感都在这样的时刻被治愈，他给她们母女发语音："我也爱宝宝和妈妈，真想快点回来看你们。"

不等他回家，莫澜竟然带着孩子飞到非洲来看他，还要强词夺理："我们来可不是为了你，完全是为了带小小来看动物。"

程东惊讶道："孩子呢？"

"在肯尼亚的国家公园，那里有狮子、花豹、犀牛和羚羊，她早把你给忘了。"

这么说还不只她跟孩子来了，妈妈和钟老师也来了。

莫澜无辜地摊手："是他们二老说要趁着身体还硬朗，到非洲大陆来看看。放心吧，内罗毕有条件很好的酒店，他们在那里很安全。"

其实她才是真正来陪他的。乌干达风景如画。他们坐在树屋边，互相依偎着看远处延绵起伏的山峦，莫澜问他："你有没有发觉，原来我认识你已经二十年了哎？"

是啊，二十年，人生四分之一甚至三分之一的时间，都有他的参与，走过青春，经历过生死，养育了共同的孩子……执子之手，与子偕老，是否就是这样的感受？

"后悔吗？"他问她，那些遗憾，那些伤疤，他想知道她是否也有一时半刻曾后悔生命中遇到他。

她却摇头，把脑袋靠在他肩上："后面还有二十年，四十年，六十年，你也要陪我一起过。"

《圣经》中说：已行之事，后必再行，日光之下并无新事。之于爱人也好，理想也罢，都是相似相通的道理。

远处有 MSF 的工程人员正帮当地部族安扎新的帐篷，整片的白非常扎眼。有了干净的水源和基本健全的健康中心，意味着这个无国界医生项目即将终结，程东也快要回家了。

"走吧，我们回去。"他站起来朝她伸手，当初那个与她并肩的少年已经在岁月中打磨出一身稳重和智慧，却仍然一心一意地爱着她。

"嗯，回去。"她牵住他的手，慢慢往营地走。

夜空的星星凝视着他们，凝视着他们所有相遇的时光。

番外 一

爱着爱着就永远

他的行李箱里仿佛装着全世界——全
世界的仁爱，全世界的希望。

高三的时候，有人给我写情书。

这当然不是我第一次收到情书，但这个家伙习惯装酷，不肯把信丢进学校班级的邮箱里，非要绕一大圈亲自投到我家楼下的邮箱，被我爸爸逮个正着。

爸爸刚从海地回来，我已经记不清这是他的第几次无国界医生任务。我曾经在作文里写，他的行李箱里仿佛装着全世界——全世界的仁爱，全世界的希望。这句话被老师用红笔画出来，大加赞许。

我把这篇得奖的作文拿给爸爸看，他却说，我跟妈妈才是他的全世界。

这回他拖着行李箱回来，看到有人要往他的世界里添抹别的风景。

他静静站在那家伙的身后，等他转过身，才问："小伙子，你几岁？"

"十八。"

"我怎么不知道，现在的邮差都这么年轻了。"

"……"

"还有其他人的信吗？"

"没了。"

这个叫李澄哲的家伙倒也不怵他呢，直到看见他拿出钥匙打开了我家的信箱，把他刚刚投进去的信拿在手里上了楼……

后来我问李澄哲："那时候你紧张吗？"

"有一点。"

"那你怎么不赶紧骑上车离开？"他后来一直在我家楼下站了好久。

他看我一眼："我怕他为难你。"

谁？我爸？他会为难我？

看到我笑，李澄哲把书包甩到肩上，拍了拍他的车后座："上来，我载你回去。"

白衬衫，自行车，在林荫道上歪歪扭扭，迎着风带我回家。

老妈在家研究烤箱菜，鱿鱼鸡翅排骨蔬菜一大堆，形态各异，味道也十分一言难尽。每次爸爸回来她都这样，丢下律所一大帮子人，在家专心伺候他的胃，趁机腻歪撒娇。长安伯母教了她很多，可惜这么多年她的厨艺一直原地踏步，也只有爸爸肯买她账。

网上有帖子讨论，生在父母太恩爱的家庭和家常菜太难吃的家庭是什么样的体验，很不幸，这两样我都很有发言权，但好在我爸爸厨艺精湛，总算顺利地把我养大了。

"小小回来了，快尝尝这排骨，看味道怎么样。"

刚进门就接收到老妈塞给我的一块排骨，除了有点辣，味道竟然还不错，看来是爸爸妙于点睛，从旁协助过了。

"送你回来的人是谁，就是上回来递情书的那小子吗？"老妈压低了音量，却眉飞色舞地凑过来八卦，"我从窗户里都看见了，目测身高180，可惜没有看到脸，怎么样，帅不帅？"

我有点难为情，叼着排骨支支吾吾，眼睛瞟向桌边的爸爸，向他求助。

他正低头给鸡翅刷酱料，戴着手套一只只翻面，把滋味揉进皮肉，认真专注的样子简直跟他在手术台上应付一台外科手术一模一样。

我就知道他跟妈妈之间没有秘密，女儿收到情书也成了夫妻间的谈资。

爸爸："啧，这小子不知道成绩好不好，上不上进？"

妈妈："帅不帅，比得上你吗？"

答案当然是比不上的。不管是李澄哲，或者是别的什么人，在我们心里，都比不上爸爸。

他是医者，他是绅士，连李澄哲都好奇地问我："你爸爸到底是什么样的人？"

我只能用他最常用的身份来回答："他是无国界医生。"

救死扶伤，大爱无疆。

程医生把烤盘里的鸡翅推入烤箱，终于回过头来看我，问："你的高考志愿，最后填了什么？"

我啃完了嘴里的排骨，扔掉骨头，拍拍手，嘴上还残留一圈酱汁，没有一点淑女样。

"医学院。"

"啊，你还是没报法学院啊！"老妈哀号，"我要后继无人了。"

爸爸走过来，把洗干净的手搭在她肩膀上："你们所里那么多新人律师，连小优都是你带出来的，怎么能叫后继无人？"

"他们又不是我女儿。"

"儿孙自有儿孙福。"

"她报考医学院，你当然这么说。"

我把脑袋靠在她肩上："老妈，对不起嘛，虽然法学也挺好的，但我想来想去，还是想成为像爸爸那样的人。"

"哪样，一天到晚不着家吗？"

"我现在不是在家里陪着你？"

老妈傲娇地哼了一声，眼看夫妻俩又要开始秀恩爱，我吐了吐舌头，赶紧掉头回了自己房间。

晚饭后，爸爸来敲门："小小，我可以进来吗？"

他这样郑重其事，我就知道他有话要说。

我摘下耳机，乖乖坐在椅子上。

"学医会很辛苦，你真的想好了吗？"

"想好了。"我很肯定，这世上不是只有学医这一件事辛苦，而我们总要做选择。

他没说别的，只是点了点头："既然想好了，那就照你的意思，好好读。有什么不懂的，可以来问我，家里的书也欢迎你随时拿去读。"

书房里两面墙都摆满书，一半是妈妈的，一半是爸爸的，专业书籍占了大半。

"那个给你写情书的小子……叫什么来着？"

"李澄哲。"

"对，李澄哲。他考得怎么样，打算报什么学校？"

"他是有名的学霸，分比我还高一点。"我脸红了红，"他也报医学院，跟我一样。"

爸爸笑："还是我闺女厉害，比我们当年都厉害多了。"

我也起了八卦的心思："听说你跟妈妈当年也是约好了一起考大学的，怎么没有如愿？"

当年的同学意气，青春往事，我都听说过，但只知道个大概。爸爸和妈妈也是高中同学，朦朦胧胧却心意相通的那种，说好了一起考远一点，去上海读大学，最后却还是天南海北分开了，直到工作以后再重逢。

"你妈妈呀，别看她现在洒脱，没心没肺似的，其实心思最细腻敏感的就是她。那时候她觉得我们各自原生家庭差距太大，如果最终没法走到一起过一辈子，就只能是徒增烦恼，还不如就那么断了。"

"那你没想过要争取吗？"

"想过，但争取的方式不是只有考到同一个地方读大学而已。"

"所以你们后来在火车上遇见的时候，你有什么想法？"

爸爸又笑了，摸摸我的头，说："小小，你相不相信缘分？"

"缘分也是概率。"

"嗯，等你遇到这样的概率，说不定就能体会我们当时的感受了。"

正说着，老妈从门口探头进来："水果要不要吃？"

爸爸看着她笑，眼角眉梢都是爱情的痕迹。

录取通知拿到手，我到医学院报到。爸妈都来送我，车是我自己开的，兜里揣着我刚拿到手的驾照。李澄哲在我宿舍楼下等我，我问他怎么这么早就来，他说不想让学长们趁机献殷勤，然后低调地跟我爸妈打过招呼，就帮我把行李一件件扛上楼。

这是他第一次比较正式地跟爸爸妈妈见面。老妈用手肘轻轻碰我："不错哟，又帅又精神。"

爸爸拍了拍手，搂着她说："还是年轻好。"

"你也不差啊。"

把我安顿好了，贤伉俪就手牵手逛校园去了，没我什么事儿。

后来李澄哲向我求婚的时候，也问过，为什么我会相信这段从学生时代就开始的爱情。

经历了那么多那么多啊，跟时间赛跑，最终还是跑赢了时间。

我说，因为我的爸爸妈妈就是这样走过来的，他们的爱情让我羡慕了一辈子，也教会我怎样去爱一个人。

毕业后，我们先后加入无国界医生组织。我站在非洲高大奇特的猴面包树下，对李澄哲说："你知道吗？我很小的时候，就来过这个地方了。"

"跟你爸妈一起？"

"嗯，确切地说，是跟妈妈一起。她把我丢在国家公园看动物，然后一个人跑来看爸爸。她跟我说这里的星星特别漂亮，尤其是跟爸爸一起看的时候，整片天空都特别深，又特别亮。"

"你觉得呢？"

"我那时候当然还是觉得动物比较好看。"我笑了，把脑袋靠在他肩膀上，"不过现在我也觉得，星空真的很美。"

他握住我的手，手掌干燥温和，让我想到爸爸的手。曾几何时，他是不是也这样牵着妈妈，遥望着他们一路走来的时光，想要把最美好的风景和爱情都珍藏一生一世？

番外二

错了再错

（孟西城 & 唐小优）

有多少曾经相会的人，后来又有过重逢？终于等到你，还好我没放弃。

深夜，唐陆被睡在隔壁床的菲菲摇醒："喂，听见没，外面有动静。好像男生班那边今天有人逃跑了。"

睡在她们上铺的人也醒了，还有另外两个铺的，一个房间八个人，很快全都摸黑起身，窸窸窣窣地悄声讨论："谁这么大本事，这样也能逃？"

男生宿舍在二楼，跟她们一样，窗外都装了铁栅栏。他们所在的这所工读学校在南城远郊，依山而建；以前是当地村子里的小学，废弃之后建成了如今的规模，专收 14 岁以下犯了罪不承担刑事责任的青少年。

唐陆裹紧被子翻了个身："管他是谁，我要睡觉。"明天还要早起。

大家在黑暗中各自呆坐一阵，没有手机，隔绝了跟外面的联系，也搞不清具体的状况，只好又躺下睡了。

菲菲挤过来，隔着床栏悄声问她："会不会是你那个肖飞啊？跟你一起进来那个……听说他很厉害的。"

唐陆动都没动："他是他，我是我，就算真是他逃了，也跟我没关系。"

菲菲撇了撇嘴，扭过身去睡了。

工读学校作息制度很严，早晨六点五十起床，七点跑操，男生要做五十个俯卧撑，女生只跑步。跑圈的时候，有胆子大的男生看到女生队伍过来会吹口哨，肖飞往往是带头的那一个。

今天却没看到他。

早餐每人三个包子、一杯豆浆或者捞不到几粒米的粥，不管食量多少都要吃完，吃到最后的还要受罚，下一顿只能吃白饭，没有菜。

唐陆平时都吃得很快，但今天她肚子不太舒服，变成最后一个。

"要上厕所的，快一点！马上上课了！"班长守在厕所门口督促她们。

唐陆以为自己是拉肚子，结果蹲下去小解就流了很多血，她很害怕，用卫生纸擦了又擦，不敢走出去。

班长见她进去很久都不出来，就把教导主任郑青叫来了。

厕所门口被围住，外面的人大喊："赶紧穿好裤子，跟我们走！"

这里的人说话都是靠喊，呼呼喝喝才能树立威信震慑住他们。唐陆起先不知道他们为什么这副如临大敌的样子，去了办公室才知道，昨晚逃跑的人果然是肖飞。他从床板上卸了根木条下来，撬开了宿舍二楼窗户外的栏杆，顺着水管爬下来，一直跑到大门外才被抓回来。她的名字在这里始终跟肖飞联系在一起，因为他们是一起犯事儿被送进来的，肖飞跑了，别人就觉得她也会跟着跑。

厕所外面是围墙，围墙外面就是自由。

唐陆想笑，却笑不出来，声音发颤："我病得快要死了，跑出去干什么？"

郑青拧眉："什么病得要死了？"

她这才把自己流血的事告诉他。

郑青一个黑脸大汉听到这个有点尴尬，把专管女生的副教导员叫来跟她说。唐陆这才知道她是月经初潮，是长大了，不是生病。

肖飞的事传开了，很多人私下都觉得他很厉害，纷纷来找她打听：

"听说你们以前就认识，他做了什么事被送来的啊？"

其实每个新进来的成员都要忏悔，就是当着众人的面，把自己犯的事儿说一遍，所以男生那边都知道，只不过是女生这边有些不切实际的幻想罢了。

唐陆没什么表情地说："他偷了4s店的越野车，开出去，撞死了人。"

他偷过不止一辆车，以前都是为了追求刺激，那是他偷过最贵的一辆，说要带她去兜风。实际是半夜里带她去撬了一家商店的门，卷了一千多块钱，然后被守夜的人发现了，开车逃跑时太慌张，撞死了一个运垃圾的工人。

她也在车上，成了盗窃和交通肇事的从犯。

其实她只是饿了，想跟着他吃顿夜宵。

工读学校一年要一万块的学费，她不知道家里是怎么给她凑够的这笔钱，但在这里面她至少再也不会饿肚子了。

月末的最后一个周末是家庭日，家人可以来学校探望，送点吃的用的。唐陆并不期待这一天，因为从来没人来看过她。宿舍里八个人，只有两三个人，家里会来人探望，其他的都像是被遗忘了。

菲菲悄悄塞给她两包零食，还有卫生棉，说："我也流血，让我妈多带了一点，这个比教导员发的那种好用，你留着。"

唐陆第一次觉得自己有点可怜，因为她连妈妈的模样都快记不清了，做女孩的那些事自然也就没人教她。

"唐陆，出来，有人来看你。"

听到这句话时，她正倚在床上藏那两包零食，以为自己听错了。来探望的人她不认识，但她毕竟经历过这么多事，一眼就看出来其中两位是便衣。他们拿出照片给她辨认，问她："认不认识照片上这个人？"

她前一刻还觉得记不清妈妈的样子了，看到照片却还是一眼就认出来："认识，她是我妈。"

两位警官对视了一眼，又一起回头看身后。

她这才留意到站在他们身后的男人，西装革履，儒雅温和，弯身问她："陆云云真是你妈妈？"

她真的不愿承认，却不得不点头。

在这学校里，撒谎是不允许的。

对面的三个人神色复杂，像是吁了口气，又接着问："那你知不知道她现在在在哪里？"

"不知道。"她回答得很干脆，又补充一句，"如果你们知道的话，麻烦一定要告诉我，我七八年没见过她了。"

说是去打工赚钱，可是打什么工这么多年都不回家呢？最开始还每月寄钱回来，后来索性音讯全无。好赌的老爸也跑出去避债了，家里就剩她一个。

眼看问不出什么来，两位便衣露出失望的表情，西装男淡淡地说："算了，回去再查吧！"

临走时，唐陆叫住他们："能不能告诉我，她发生什么事了？"

西装男让两位警官到外面等。

"你真的不知道你妈妈在什么地方？她有没有寄过信，或者寄过钱回来？有没有可以联系的手机号码？任何你可以想到的跟她有关的事……有吗？"

她心里有一组数字，有银行卡号。虽然是很多年前的，但她一直记在心里，梦里都在念，生怕会忘了，会错过什么。但她现在不想告诉他，至少不是这样平白无故地告诉他，于是昂起下巴道："告诉你，我有什么好处？"

西装男似乎觉得有趣，反问："你想要什么？"

"先说你叫什么名字？"

"孟西城。"

"你是做什么的？"

"检察官。"似乎怕她不理解，他顿了一下，补充道，"代表国家起诉那些犯了罪的人，让他们得到应有的惩罚。"

唐陆心里一下子凉了半截，声音里的骨气都被抽走："我妈她……犯了什么罪？"

"现在不能告诉你，这是机密。在我们找到她，给她定罪之前，她只是嫌疑人。"

唐陆一屁股坐回椅子上，目光呆愣地盯着桌面。

孟西城把纸和笔推到她面前："你想到什么，都先写下来，包括你知道的事，还有你想要的东西。"

她提不起笔，沉默好半晌，才一个词一个词地往外蹦："……我要衣服、吃的、书、本子、笔。我妈以前用邮政储蓄的卡给我打钱，还有一个手机，不过早就停机了……"

她报上那些数字，孟西城一一记录下来："还有吗？"

她木然地摇头。

"你还想到什么，可以随时找我。"孟西城收好那张纸，示意旁边的警官会面可以结束。

唐陆站起来，垂着眼睑，不知想什么。

他轻轻蹙眉，从那张纸上撕下一块，写上自己的联系方式递给她："你要的东西，我下次带来。有急事的话，用这个可以找到我。"

她把那张纸揉成一团放进口袋里，恨不得当今天的事没有发生过。

周四晚上有一节情绪发泄课，可以站在教学楼对着对面的山坡大喊大叫，发泄情绪和精力。男生们叫得很大声，这也是他们跟住在楼下的女生为数不多的交流机会。

人群里很快就有人喊她的名字："唐陆，我想你，我要带你出去！你等我！"

是肖飞，伴随着哄笑，他越发起劲地喊："璐璐，我爱你！"

发泄情绪的时候喊什么都不会被骂，但他也就喊了这一嗓子就没声儿了。狗屁的爱，他根本连她的名字是哪两个字都没搞清楚，一直以为她叫唐璐，才一厢情愿地叫她"璐璐"。

家里从来没人这样叫她，她是不受期待的家庭成员，就连出生时取名也是报户口时不得不填个学名，父亲才随手填上了夫妻俩的姓氏充数，似乎压根没考虑过这个代号要跟随她一辈子。

肖飞可能嫌害她害得还不够惨，鬼哭狼嚎地让她做了回出头鸟，在这方小天地里也被孤立。

这里谁也不比谁好多少，但因为有个肖飞——那个传说中很厉害的肖飞，她仿佛就变得跟大家不一样了。

劳动的时候没人跟她一组，每次课后都有举报课，以前没人挑她毛病，现在上厕所时间长一点，看新闻联播的时候走神，甚至熄灯前多看了会儿书都被举报。

举报核实后要受罚，她被罚擦干净两个教室的桌椅。临到冬天，这样的劳动很折磨人，一双手在冷水里泡得久了又红又肿。全部桌椅擦完，其他人早就已经回宿舍了。她路过教导员的办公室，听到里面有奇怪的声响，就踮起脚从门上的玻璃窗口往里看。

值班的女老师裹着被子趴在桌上睡觉，旁边是三个女学生，其中一个还是唐陆他们宿舍的，正合力拉住被角死死闷住女老师的头，试图把人给闷死。

她吓了一跳，捂住嘴往后退，碰到手里拎的水桶，发出咔嗒一声。

门开了，里面的人探头出来，三个人一起把她拉进去。

"你们干什么？"唐陆看了一眼趴在桌上已经呼吸微弱的女老师，戒备地瞪着那三个人。

她宿舍的那个叫小芬的室友冷笑了一下："你不都看见了吗？我们要杀人，杀了人就能去监狱了，监狱里至少还能花钱，比这里好。"

"你们疯了？"唐陆终于喊出声来，背上渗出冷汗。

"你不想出去吗？"

唐陆呼吸变得又粗又急："我想，但不是靠杀人……我不想蹲监狱！"

她跟着肖飞撞死了一个人，但那是意外，她从没想过要害人。

另外一个牵头的女生不耐烦了："跟她说那么多干什么，把她捆起来，等会儿事成以后把她也算进来。"

唐陆一听就挣扎起来，拉开嗓门喊："救命……杀人了，救命！"

几个人合力想要制住她，但她毕竟跟她们差不多年纪，没那么容易被按住，挣扎间还咬破了小芬的手。趴在桌上几乎昏死过去的女老师这时缓过劲儿来，那三人见不能得手了，于是撒手放开她，从办公室跑了出去。

这件事，比之前肖飞逃跑的性质还要恶劣，校门口一下子来了好多警察，上面也派了领导来学校了解情况。

郑青大发雷霆，所有人聚在最大的教室里被训话，没人敢出声。

那三个女生一不做二不休，坚决拉唐陆下水，说谋划和参与杀人，她都有份。

她有口难辩，在场的也没人能为她做证，甚至连平时跟她关系不错的菲菲也把头扭向一边，不敢正视她的眼睛。

幸好，那个得救的女老师当时已经恢复了意识，听到她们的对话，知道她是无辜的，从医院带话来证明了她的清白。

这件事给唐陆的冲击很大，一连几天都没开口说过话。

菲菲有一天把自己的零食和衣服都塞给她，有点难过地说："璐璐对不起，我不是故意不相信你，只是我怕得罪她们闹出什么意外。这些东西都给你吧，我要回原学校了，你自己当心点。"

他们各自要在这个工读学校待多久，没有定论。最少六个月，最多三年，这是制度上写的，但每个人情况都不同，还有大约三分之一的人出去了又会再被送回来。

菲菲当初贪玩，烧掉了邻居的别墅，家里赔了很多钱，还好没有人员死伤，她被送进来待了六个月。

唐陆要待多久，她自己也不知道。

劳动的时候，肖飞悄悄从山坡那边摸过来，隔着栅栏对她说："璐璐，你没做就是没做，我相信你。"

他大概以为她会感动，但她心底的荒凉却在扩大。

她已经不需要谁来相信她，至少不需要他的相信。

这个地方，她也不想再待下去了。

她想到了纸团里写着的那个名字和联系方式。

她给孟西城写了封信，没有抱太大的希望，但这点期盼足以支撑她继续熬下去。

月末果然又有人来看她，却不是孟西城本人，而是一个很漂亮的年轻女人，头发是时下流行的大波浪卷，脖子上的一条围巾大概就够她半年的学费。她带了吃的和衣服来，还有书和很多文具，对她说："还需要什么，你可以跟我说。"

唐陆仍然充满戒心："你是谁？"

"我啊，我叫莫澜，是个律师。"

"你怎么会认识我？"

莫澜笑了笑："你别紧张，我是来帮你的。你们学校有位女老师前段时间在医院住院的时候见到我，特意跟我提起你，这些东西都是她让我送来的。"

原来是那位获救的女老师，跟孟西城没关系。

唐陆掩下心头的失落："不用了，我没做什么。"

"怎么会没做什么呢？你救回一条人命。"

她坐着没动，过了好一会儿才说："我回去了。"

这个女人帮不了她什么，他们不过都是随口说说罢了，就连孟西城也一样。在她眼里，穿西服的检察官是人人物，连他都帮不了她，其他人又能奈何？

莫澜找到郑青了解情况，兴致盎然地说："这个姓唐的小姑娘很有骨气嘛，看起来本性不坏的话，上两年学，说不定还有机会考大学。"

"谁说不是呢？"郑青说起来也感慨，"可她家里没人肯来接她，没家长来接我们是不能放的，这么放出去过几天就又得闯祸，到时候还是得送回来。"

"你们不是有文化班吗？不能让她跟着上课？"她看这姑娘挺聪明，就此辍学太可惜了。

郑青啧了一声："巧了，就这两天，有检察院的领导也来说这个事儿。我是打算给她转到文化班去，也算是个好榜样，就是这费用她家里恐怕出不起。"

……

唐陆被通知到文化班去上课的时候，还有点不敢相信。郑青和副教导员亲自带她去的教室，并且下了指示说今后下午的劳动她都可以不参加，改为早晨和下午都跟文化班一起上课。

她有一套新的教材，一个新的书包，文化班的老师让她坐第一排，怕她跟不上进度，还免掉了她的早操，特别为她补课。

等她反应过来，跑去问学费怎么解决的时候，郑青却告诉她："不用发愁，有人替你付了。你争气点，争取早点改好了，出去外面正规的高中上课，今后还能考大学。"

一年两万的学费，说付就付了，她一下子想到那个漂亮的女律师，情绪激动起来："我不要她帮我付钱，我救李老师不是为了钱。"

莫澜只是代理人，如果肯帮她，肯定是那个女老师授意的。

郑青有点莫名："谁说这钱是李老师帮你付的了？别胡思乱想，你要不想辜负人家，就好好读书。"

不是莫澜，那就还是孟西城，她只在那封信里跟他提过想要离开这里的念头。他是司法工作人员，不可能随随便便就把人给放了，那不符合他的原则，他也没那个权力，所以最有可能的就是满足她退而求其次的要求——转到文化班去上课。

一年两万块，不是一个小数目，他图什么呢？难道就为了找证据把她妈妈定罪吗，还是说她之前给他的信息已经派上了用场，这算是一种回报？

她就在这种惴惴不安里度过了大半年，在这段时间里她拼命地学习，以前怎么都读不进去的课本、做不出来的习题现在成了与世隔绝的空间中唯一的消遣，也是唯一的希望。郑青和另外两个副教导员以前都是公立学校的老师，在这半年里也都帮她补过课。

在工读学校待满一年，唐陆无论如何都得离开了。找不到父母来接她，最后签字的人领她离开的人成了孟西城。

临走的时候，她穿过操场，肖飞在楼上看到她，朝她招手："璐璐，你等着我，我出来就去找你！"

不，别来找她，噩梦过去就过去了，她实在不想再重温一次。

她想不到要怎么彻底割裂跟过去的牵连，决定出去之后到派出所把名字都改掉，搬到一个没人认识她的地方去。

孟西城开一辆黑色的宝马，她拘谨地坐在副驾驶座上，扭头看着窗外。这其实只是他们第二次见面，孟西城也不知道该跟她聊些什么，只是温和地问："有什么特别想吃的东西吗？我请客。"

她却只是问他："出来以后，我还有学上吗？"

"有。"他回答得很肯定，"给你联系好了，你想去看看吗？"

他们到那个中学门口去逛了逛，然后在对面的饭馆里吃了两碗馄饨。

唐陆放下筷子才笑了笑说："我一直想吃我妈包的馄饨，就是像这样的味道。"

也没有很特别，但就是想吃，仿佛想了一辈子那么久，今天终于吃上了。

孟西城看着她，只看到少女剪得很短又很乱的头发，以及瘦削的肩膀和深凹的锁骨。

她说："之前帮我转到文化班去上课，又给我送课本和书包来的，是不是你？"

"是我。"他点头，他只是兑现了承诺。

"谢谢你。"

话说到这里，似乎就已经是全部。她背着自己的东西默默地就离开了，没再打算回头。

孟西城还没来得及告诉她，她妈妈已经获罪入狱。她当初给他的那些信息帮助公安机关顺藤摸瓜，把陆云云抓捕归案。

他甚至都没记清这个女孩的长相，因为她总是低着头，垂着眼睫。他只依稀记得是深邃漂亮的五官，倒是跟曾经的莫澜有几分相像。

唐陆在十八岁时改名唐小优，虽然也是个很普通的名字，但她觉得比原来那个好听多了。

这一年还有另外一件事足以改变她的人生，就是考上大学。她从跨入大学校门的那一刻起，甚至感觉那不仅仅是改变，而是重生。

唯一让她不得不想到过去的，就是肖飞。他在工读学校待满两年出来之后就没再上学，去了一个汽车零配件厂打工，周末摸到她的宿舍楼下，像以前那样仰头大喊她的名字："唐陆，璐璐，你下来！"

大家都不知道唐陆是谁，直到小优快步走出来，把他拉走。

"你想干什么？"

肖飞不理她的冷淡态度，从兜里掏出几张百元大钞，咧嘴笑道："我发工资了，想请你吃饭。听说学校食堂的油水还不如我们工厂的食堂，你看你还是那么瘦，跟我出去吃顿好的吧！"

唐小优冷笑："不用了，你自己去吃就好，我减肥。"

他忘性大，或许已经不记得上回说带她出去吃饭时发生了什么。

肖飞手插在破牛仔裤的裤兜里，满不在乎地说："你还记着以前发生的那事儿呢？都说了那是意外，以后不会了。"

小优懒得跟他说，转身就走。

"哎,你别走啊!"他连忙拉住她,又被她挣脱,只得盯着她的背影,喊了一句,"你是嫌我没出息是吗?你读你的大学,等你毕业了,我也一定混出个人样儿来给你看!"

这是他对她的承诺,尽管她并不需要。

他大概是不会明白的,她不想再跟他有瓜葛,是因为那段过去太不堪了,她恨不得连回忆都不要保留。

大学毕业后,找工作成了一个难题。有好几次,用人单位已经通知她被录用,过了一段时间又反悔,让她不用去了。这样的情况一而再地发生,她后来才意识到是她的档案出了问题。

她再不想保留的过去,在档案里也是抹不去的一笔,用人单位多少都会有些顾虑,反正大学生多的是,也并不是非她不可。

唐小优肩上背着助学贷款,没时间耽误,必须尽快找到一份工作把贷款还上,否则个人信用再有污点,她这辈子要走正轨就是寸步难行了。

好在还有莫澜。在她考上大学时莫澜又来见过她一次,借了她一学期的生活费,让她好好读书,将来如果对律所的工作有兴趣,可以去找她。

小优的专业虽然不是法律,但因为她经历特殊,对法律有种特殊的敬畏,大学时辅修了双学位,说不定可以派上用场。

于是她到莫澜工作的律所应聘,成为她的律师助理,负责法律文书和案件调查的工作。

不知是不是年少时也算混过"江湖",她对义气看得很重,懂得滴水之恩涌泉相报的道理。莫澜一而再地施以援手,她也就回馈同样的忠诚,尽心尽力做好她的助手。

莫澜很信任她,对她几乎知无不言言无不尽,过去的经历和情史都讲给她听,有时仿佛在说别人的故事。唐小优这才知道为什么她们会有惺惺相惜的感觉,原来莫澜再往悬崖走一步,就有可能变成她。

她们何其幸运，没有粉身碎骨，还有机会坐在这里，享有另一段人生。

只是她没想到还会再遇见孟西城。世界太小，他跟莫澜也是旧识，被小不了几岁的她称作大叔。

他还是温文尔雅，沉稳持重的模样，但眼角有了细细的纹路，笑起来鼻翼一侧也有了不深的法令纹。

岁月终究还是在他身上留下印记，可她却忘了要挪开眼，直到莫澜提醒她，为她介绍："这是孟检察官，今后可能跟我们的工作会有交集。"

他朝她点头，淡淡地笑，算是打过招呼。

他没认出她来，或许也跟她一样，没料到两人还会有这样的相遇。

他也确实认不出她来了，八年可以让一个女孩脱胎换骨——她脸部的轮廓长得饱满而立体，皮肤细致光滑，长发梳成非洲人似的满头小辫，夏日里紧箍在身上的薄衫勾勒出年轻身体的美好曲线，再加上化妆……如今拿出当年她在工读学校白衣黑裤的照片，她自己也快认不出那是谁。

名字也不一样了，他大概会以为这个叫小优的女生人如其名，有优渥的家境和品格，不是那个背负着一条人命的无知少女。

她开始下意识地想要避开孟西城。说也奇怪，知道她过去的人并不多他一个，他也不介意跟莫澜一起工作，甚至像家人姐妹那样相处，可她却想避开孟西城。

她说不清这种心态是怎么回事，似乎跟她躲避肖飞又不太一样。

孟西城是市检察院的检察官，跟律所有往来，又是莫澜的朋友，想避是避不开的。小优也很清楚，她还欠他一份情，知恩图报是本分，她没得选。

她不知道要怎么报答他。在怎么对人好这一点上她其实很笨拙，对莫澜可以想她所想，为她做所有力所能及的日常琐事，为孟西城她能做点什么呢？

她看出他喜欢莫澜，只要跟莫澜在一起，他的神情总是很温柔很放松，在别处都看不到。只可惜他注定要暗自神伤，因为莫澜的心全都放在那位叫程东的医生身上，他们青梅竹马、做过夫妻，即使暂时分开了，中间也绝对插不进第三个人。

小优觉得孟西城有点可怜，守候了十多年，最后却只能是一场空。

莫澜拉她一同去柬埔寨旅行，行程都订好了，却因为程东而临时改了主意。她奉命到约定的餐厅通知孟西城："抱歉，今天澜姐来不了了，旅行也取消了。"

孟西城去过很多地方，包括柬埔寨，她们原本是打算向他取经的。但小优看得出，假如这趟能够成行，那样也许他跟莫澜还有机会。

现在连这点渺茫的希望也没有了，而且很明显的，莫澜跟程东已经复合，没人能够再分开他们。

孟西城掩饰得很好，但脸上还是有淡淡的失落，看向窗外的雨："是吗？不去了啊……"

小优不忍心这时候抛下他，于是在他对面坐下："你要想去的话，我可以陪你去。"反正她的假是莫澜准的，已经请好了。

孟西城愣了一下，回过头看了她一会儿才笑了笑，说："我们以前是不是见过？"

总觉得这姑娘给人的感觉有点熟悉，之前还有意无意地躲着他，像是怕他似的，这时却又交浅言深。

小优不答，也看了他一会儿，问："你是不是喜欢澜姐？"

孟西城没回答，而男人沉默往往意味着默认。

"如果是真的，我劝你放弃，否则受伤的人是你自己。"她觉得自己说得可能不中听，却是基于她对他们两个人的了解做出的理性判断。

孟西城又看了看她，忽然笑道："我想起来了，你以前是不是叫唐陆？读过南城近郊的那个工读学校？"

小优变了脸色，讽刺道："就算我戳中了你的痛处，也不用这样以牙还牙吧？"

孟西城笑了："没想到你长这么大了，还是那么聪明伶俐。"

他其实并没有嘲讽她的意思，只是真的直到这一刻才认出她来，这么犀利又聪明的女孩，他见过的不多。

小优却并不开心，他认出她来，却又把当作不懂事的小孩子来对待了，她不喜欢这样。

她站起来："要说的我已经说完了，我不想看澜姐为难，相信你也一样。"

他点头："你放心，我尊重她的选择，不会去烦她的。"

她不敢再看他，匆匆转身离开。

天黑以后，小优打车到城北的未央宫夜总会，直奔三楼包厢的休息区。她妈妈陆云云去年才刑满出狱，如今在这里讨生活。

她见到小优很高兴，招呼手下的人给她拿饮料，又殷勤地递烟给她。

平时小优是不会碰她给的任何东西的，但今天她觉得心烦，就抽了一支，问她："你叫我来干什么？"

陆云云脸上堆着笑，使出平时用惯的谄媚功夫道："你是我女儿，没事儿就不能叫你来吗？你看我们一年才见几次面，我这个当妈妈的想你就打个电话给你呗！等会儿下班了，我请你吃夜宵。"

小优笑了笑，朝周围一扬下巴："你说错了，你不是当妈妈是当妈妈桑，平时这么多女儿在身边还不够啊，哪还能想起我？"

她涎着脸笑："那怎么能一样呢……"

"我没钱。"小优吐出烟圈，言简意赅地说。

从陆云云出狱到现在，基本上每次找她都是为了要钱。

陆云云示意周围的人都出去，好脾气地拖了把椅子在她身边坐下，说："我现在这工作做得好好的，哪还会找你要钱呢？我就是关心你，你也老大不小的人了，一个人在外面工作，一个人住，多辛苦啊，就没想找个好男人嫁了？"

小优一听这话就警惕起来："你别自作主张给我介绍什么人，我想要什么我自己心里有数。"

在这种花天酒地里相识的能有什么好人？

陆云云说："哎呀，不是知根知底的人我也不会随随便便介绍给你。这位肖老板你也认识的，都是老相识了，你也不见？"

小优一愣："姓肖？肖飞？"

陆云云合掌道："你看你看，我就说你们认识吧！这位肖老板年轻有为，长得又帅，说以前跟你是校友，一直都记着你。我看他人挺好的，出手又大方，这样的男人在身边你还不好好把握？"

小优想笑却笑不出来："这就是你说的知根知底？你知道他以前干过什么事儿吗，问过他钱从哪儿来的吗？"

"这有什么好问的，只要是到了口袋里能往外花的钱，管他从哪儿来的呢？关键人家心里有你，又不是盲婚哑嫁，相处一下试试有什么不好？总比你现在一个人累死累活拿一份死工资要强。"

"工作得来的钱我拿得安心！"

小优觉得三观不合简直没办法跟她说得清，站起身就要走。

陆云云拦住她，满脸为难地说："我都跟人家说好了，今天要约你来见个面，就当老朋友聊聊天，你可不能就这么走了……我没法交代啊！"

"那是你的事，跟我没关系。"

她从没想过有一天还会要向肖飞交代些什么，而且很显然她妈并不知道他们之前发生过什么。

她坚持要走，陆云云也拦不住她，但这时候她一站起来就感觉到不对劲，脚底下轻飘飘的像踩不到地面，神思恍惚，有点飘飘然。

那是一种很兴奋的感觉，像是喝高了之后不能控制喜怒，明明心里告诫自己要冷静，手脚却不听使唤。

她立马意识到是那支烟里加了东西。

她妈妈真是好样儿的，给亲生女儿上这样的手段，就为把她推进一个男人的怀抱，根本不在意她愿不愿意。

陆云云使了个眼色，身旁两个女孩就架住了小优，往楼上的包厢去。

小优不知道自己是怎么上的楼，路上过眼的人和东西都像一阵烟似的，根本就没看进去，只有那种飘飘然的兴奋感一直如影随形。

然后她看到眼前的门被推开，一堆男男女女聚在一起，肖飞坐在中间。看到她来了，他神色一振，挥手让周围的人安静点，然后走过来拉她："璐璐，总算见到你了。"

小优控制不了地朝他笑，但心里的排斥却一点都不少。周围的人都起哄，闹哄哄的吵得她头疼，心脏也像要超过负荷似的乱蹦乱跳。

她知道被肖飞拉进去，今晚就别想全须全尾地出来了。也不知哪里来的力气，趁带她上来的两个女孩松懈的瞬间，推开她们就往楼下跑。

幸好这个包厢旁边就是消防楼梯，她几乎是连滚带爬地跑下去，推开门就大声地朝马路上喊叫，引来别人注意。

大概是她的样子太狼狈，最后有人帮她报了警，她在警车上抖着手摸出手机想打电话，却不知该打给谁。电话记录里的最后一通电话联系的是孟西城，她就打给了他。

他来得很快，她正窝在派出所的沙发上捧着杯子喝水，双手微微发抖。

他不知道她住哪里，只得把她接回自己家去，她很夸张地笑着说谢谢，还沉浸在莫名的飘飘然中。

他把大衣披在她身上，哄了好久，她才睡着。

醒来的时候，她精神不好，头一天发生的事差不多还记得。她恨得直咬唇，嘴唇都磕破了，一碰还能尝到血腥味。

孟西城端了碗粥给她："吃点粥吧，都晾好了，不烫的。"

　　她还是头一回见他不穿西服的样子，只穿一套浅灰色的家居休闲服，把粥碗递到她面前，就像一个长辈呵护孩子似的体贴。

　　她从没被人这样对待过，父母健在，却都没有这样关心过她。

　　她有点慌，怕他误会，想跟她解释："昨天我不是嗑药……"

　　孟西城摆摆手："你不用说了，我都知道。"派出所的民警认识他，把大致的情况跟他一说，他就猜到是怎么回事。

　　未央宫是什么样的地方他心里有数，陆云云是他曾经亲手送进监狱里的，罪名多得一只手都数不过来，其中最要紧的一条是组织卖淫。所谓江山易改本性难移，出来后不能说是重操旧业，但坑自己亲生女儿的手法也差不多还是以前的套路。

　　过去他只是觉得小优这姑娘不容易，现在简直觉得她有点可怜了。

　　孟西城的住处宽敞明亮，在这样的环境里小优总感觉不自在，没待多久就要走。

　　孟西城问她："你身体还不舒服，休息一阵再走吧？"

　　她仰起脸看他："你是怕我去找我妈算账吧？"

　　还有肖飞，要是让她知道这馊主意是他出的，她非跟他同归于尽不可。

　　孟西城道："你很聪明，我相信你不会去硬碰。但她毕竟是你妈妈，我怕你不去找她，她反而会来找你。"

　　再坑一次，也许她就没那么好运了。

　　小优笑了笑："放心吧，她没那么容易找到我。"这回要不是她大意了，是不可能着她的道儿的。

　　"那你要去哪，我送你。"

　　"我回去收拾一下，下午去机场。"如果他真有心的话，应该记得莫澜木来是订了今天的航班出发去柬埔寨。

　　果然，孟西城一惊："你还要去旅行？"

　　"为什么不去？"她本来就是做好计划要走这一趟的，犯不着为她妈和肖飞这样的人取消。她也看得出来，肖飞是盯上她了，不管他的钱什么来路，有钱有势要找她麻烦就很容易，她正好出去避避，过一阵再想办法。

孟西城却不同意："你一个女孩子去不安全。"

她笑笑："哪里不危险？我在自己长大的地方都差点被亲妈给卖了。"

她觉得这是种耻辱。孟西城赶来帮她，她很感激，但每次她最脆弱、最需要帮助的时候都恰好被他看到，很伤她的自尊，让她在他面前抬不起头。

两人各持己见，僵持不下，最后还是孟西城让步："你一定要去的话，我陪你去。"

反正他本来也做好准备要陪她跟莫澜一起去的，也许是职业病，他总觉得两个女孩单独去不那么让人放心。刚好小优又出了这样的事，就算是他心有余悸吧。

她毕竟是他帮助过的孩子，他不能眼睁睁看着她出事。

柬埔寨不只有高地，也有海滩；不只有饱经风霜的吴哥窟巴戎寺，也有金碧辉煌的皇宫和银塔。

冬天，别的地方寒风凛冽，这里窗外却阳光灿烂，吹来的风很凉，却一点都不冷。

唐小优喜欢金边和暹粒这样的城市，跟国内的城市相比显得混乱而喧嚣，像懵懂的年轻人。她看到路上那些骑着摩托车横冲直撞的人，就想到十几岁时的自己。

孟西城紧紧跟着她，连她去跟小贩讨价还价买点水果，他都寸步不离左右，像是怕一眨眼她就不见了。

她却很喜欢这种感觉——原来她不仅被人需要，也被人呵护着。

他们乘摩的和破旧的客车，摇摇晃晃地经过大片大片的麦田和路边槟榔树，像从一个世界到另一个世界。

除了游客，当地人都是皮肤黝黑且精瘦的模样，这里的阳光很容易就让人脸上褪一层皮。小优蜜色的皮肤和窈窕的身段常被误认为本地或者越南人，车上有小伙子搭讪，也被孟西城不善的目光给挡回去。

她笑着用英文半比画着解释："这是我叔叔，不让我跟陌生人说话。"

小伙子羞涩地笑，也用手比画着什么。孟西城后来问她："他说什么？"

小优笑笑："我觉得他应该是说你好变态吧！"

在旅途称呼孟检有点奇怪，她干脆顺其自然也叫他大叔。

他们终于进入吴哥王城，到处都雕刻着神话传说和各种各样的符号，小优却对远处的碎石山情有独钟，遥遥一指："那就是巴戎寺吗？"

"嗯。"孟西城点头，"远处看不出什么，我们上去再说。"

傍晚游人稀少，在那里游荡的游僧也陆续散去。小优仰头道："为什么我觉得还是有很多人在看着我们？"

孟西城温和地为她解释："这里的佛塔上有 200 多石雕佛像，据说全部都是阇耶跋摩七世的肖像。王朝的统治者通常都有死亡也不能终止的执念，死后也要以某种形式存在着。"

"你以为这么说我会害怕？"

他摇头："高棉的微笑享誉世界，怎么会害怕，应该说是震撼吧？"

小优没看他，自言自语道："不，是自惭形秽，可能像我这样身上背着罪的人才会有这样的感觉吧……"

孟西城深深看她一眼，没有说话。

巴戎寺向着东方，他们绕到相反的方向去，小优道："听说这里的日落跟日出一样美，看来是真的。"

夕阳柔和的光线给所有石雕镀上一层金边，斑驳的遗迹仿佛也有了颜色。

孟西城说："没想到你会喜欢这里。"

她回头看他："你想不到的事还很多。"

因为他还不够了解她。

他们辗转到南部的海边小城，法国建筑留下的浪漫风情随处可见，小优却对崎岖不平的山间公路更感兴趣，问摩的司机这条路通往哪里。

孟西城道："不管这条路通哪里，你都不许去。"

这里甚至没有像样的公交线路，全靠摩的和乡间半大的孩子们拉的那种竹车出行，中途他们也曾路过山间小镇，蛮荒偏僻，并不适合游客。

小优却故意说："可是有山里有雨林，你不想去看吗？"

"我看过了，但现在有你在，还是安全第一。"

她咯咯地笑起来，有点失控，最后连摩的司机也跟着笑了。孟西城问她："你笑什么？"

"笑你老套啊，还安全第一……"她笑够了才说，"我前段不是告诉过你了，我一直在上跆拳道的课，马上就要考黑带了，要说安全的话，我还能保护你，信不信？"

孟西城轻轻摇头，当是小孩子怄气斗狠才说的话。

海边小城风情独特，海岸线保持着原始风貌，海鲜也是新鲜可口的。两人花不多的钱好好享用了一顿，谁知到了晚上，孟西城身上却发了疹子，又红又痒，夜里还发起烧来。

当地医院不熟悉，他也不肯去，小优怕他体温太高，找宾馆要了冰块帮他降温。

"真的不要紧吗？"她关切地问。

孟西城摇头："应该就是过敏，不知道是吃了什么。"

他以前吃海鲜都没事，也许是这边偏泰式的做法用了某种香料，才导致过敏。

小优揶揄道："可能是年纪大了，不适应呢？"

"也有可能，不服老不行。"他依旧温和，指了指行李箱，"我带了些药，帮我拿过来好吗？"

他想得周到，应急的药品一应俱全，小优看到他拿了万爽力，又紧张起来："你心脏不舒服？"

"平时就有一点，所以随身带着药，毕竟老了嘛！"他不忘自嘲。

小优拉过他的手腕摸他脉搏："心跳有点快，可能是发热引起的，保险起见还是去医院吧？"

他不说好也不说不好，只是看着她说："你懂得很多。"

再也不是当初在工读学校里那个自卑又迷茫的小女孩了。

"案件调查需要用到很多知识，接触很多人。"日积月累的，就什么都懂一些。

他欣慰地笑："还真让你说中了，到头来还要你来保护我。"

她不再开他玩笑了，给他换了一轮裹冰块的毛巾，说："你好好休息吧，我在这儿守着，万一很不舒服，一定得去医院。"

她有时候是很迷信的，总觉得自己一语成谶，说了不该说的话才让他病倒。

好在第二天他的症状就缓解很多，热度也退了，只是大餐肯定不能吃了，只能吃宾馆里的清粥小菜。小优却不迁就他，照样到外面的餐馆去买烹制好的海鲜回来，焗烤的龙虾一剖两半，上面堆满丰富的泰式香料，她就抱着餐盒坐他对面大吃特吃。

孟西城看看她，又看看面前的白粥，苦笑："第一次觉得生病这么惨。"

"那你一定没在生病的时候一个人去过医院吊水，那才叫惨。"

"你总是一个人去？你妈妈出来以后没跟你一起生活？"

"她？"小优撇了撇嘴，"你做检察官这么久，应该明白一个道理叫江山易改本性难移。她不让我照顾她就很好了。"

回想她妈妈不顾闺女意愿，宁可下药也要把人推进他人怀抱的行为，孟西城觉得确实也不能对她抱太大希望了。

"以后如果遇到难处，你可以找我。"

小优笑道:"这话听起来好熟悉。"

当年她在工读学校时见到他,他也说过这样的话。

"对不起,当年没有帮上你什么。"孟西城感到抱歉,顿了一下又说,"你妈妈的事……你怪我吗?"

毕竟是从她这里拿到线索,他们才能顺利结案的。

"不怪,她出卖亲生女儿都不手软,可见对别人家的姑娘有多狠心。自己做的事,自己就要承担后果。"小优喝了一口啤酒,继续道,"我不怪你,你也不要觉得亏欠我什么。当年你帮了我很多,因为你给了我希望。"

他不会明白,在那种环境下,有希望和牵念多么重要。

下午孟西城睡了一觉,醒来身上已经舒服多了,疹子也没那么痒了。

小优却不知去了哪里,也没留下只言片语知会他一声,打电话又关机了。他紧张起来,去问宾馆的前台服务人员,人家也说不清她去了哪里,总之是出门了。

这小丫头一心想着无限风光在险峰,万一跑到偏僻的去处遇到危险了怎么办?

他决定再等一个小时,如果太阳落山前还不见她回来,他就请个当地人做向导一起去找人。

太阳落山前,唐小优终于出现了。孟西城黑着脸问:"你上哪儿去了,不是告诉过你不要一个人单独跑出去吗?"

她仰高脸笑道:"我们的行程不是计划今天下午去做暹粒按摩的吗?我看你在睡觉,不好打扰你,就自己去了啊。不然明天就要离开,赶不上多遗憾啊!"

他一愣:"你跑去做按摩了?"

"是啊,就在这附近,过去挺方便的。还有好多老外游客,环境不错,挺干净的。怎么,你担心我出事啊?不会是在这儿如坐针毡地等了一下午吧?"

孟西城转过身去不理她了，他的焦心她根本不能体会。

小优抿着嘴笑，在他肩上拍了拍："我知道你是关心我，但我也告诉过你，我现在有能力保护自己的。这样吧，我保证下次单独行动一定先跟你说，还有啊，我今天跟那个按摩师学了几招，要不要帮你按一按？"

孟西城对着一个小姑娘生气也生不了太久，缓下神色道："不用了，我身上的红疹还没消。"

"按一按，舒筋活络，说不定就好了。"她半推半搡地把他拉到床边，"不用脱衣服，放松一点，我帮你按按，就当是赔罪吧？"

他拿她没办法，身上穿的衣服本来就宽松，往床上一趴还真像来做马杀鸡的。

小优真的很有劲，拳头捶在他背上像是恰到好处地擂到穴位，的确让人很舒服。

他忍不住问："你哪里学来这样的本事？"简直不输专业按摩师。

"就是跟刚才那位大姐学的呀，你别觉得我自夸，我学东西快，教一两次就记住了。按摩最要紧是有力道适中，很多女生不够力气做这个，我却可以。"她翻开手掌给他看，"我是断掌，天生力气大，老人们还说女孩子断掌命苦。"

"那都只是迷信，你现在不是改变了自己的命运？"

小优又笑起来："我发现你真的很正能量啊，大叔。"

这回孟西城也笑了，笑过才郑重地说："你很聪明，又有恒心，有很多优点，将来一定可以过上你想要的生活。过去的事，能弥补的就弥补，无法挽回的……也不要太执着。"

罪孽也好，亲情也好，他相信她能明白他的意思。

小优垂眸，掩下眼中点点星火。

……

孟西城的过敏症状消失，柬埔寨之行也到了尾声。

　　小优提议去喝酒，他还有些犹豫，毕竟身体刚刚恢复，沾酒似乎不是个好主意。

　　小优也不勉强，换了衣服打算自己去，当地的啤酒很吸引她，酒吧的氛围也很特别，她不想错过。

　　孟西城不愿扫她兴，或者再多限制她什么，于是温言道："我陪你一起去。"

　　两人在酒吧落座，周围不少游客，操着各种语言谈笑，背景音乐很有高棉和泰国风格，是神秘的异域情调。在这样的环境下，很容易贪杯，当地的啤酒也温凉好入口，孟西城跟小优都喝了不少。

　　"明天就要回去了，真舍不得。"小优自言自语地说着，也不知是舍不得高棉风情，还是舍不得与身边人相处的时光。

　　回到宾馆，两人的神智似乎都还是清醒的。到了房间门口，理应道别说晚安了，小优却迟迟没有挪步，反而攀住孟西城的肩膀，踮起脚来亲了他的嘴角。

　　她承认她是受了酒精的蛊惑才遵从心里的渴望做出这样的行为。孟西城没动，不是默许，而是这个吻来得太突然，他脑海里有刹那的空白，都不知该如何回应。

　　"你不讨厌我……你是喜欢我的。"她喃喃自语，像是给自己鼓舞和肯定。

　　她再吻他，生涩却大胆地撬开他的唇，既有侵略性，又缠绵悱恻。孟西城推开她，像是难以置信般盯着她瞧，两人都红着脸，她却不管不顾地扑上来抱住他，锲而不舍地吻他。

　　那一刻她有致命的吸引力，像这片高地曾盛产的罂粟花，又像纯度极好的糖，没人能够抗拒。

　　后面的事就完全失控了，事后两人再回想，好像都不太想得起其中细节，不知道究竟是怎么发生的。总之醒来时日已高起，他们相拥躺在同一张床上——是孟西城的房间。

酒能乱性，他到这一刻才肯相信。

在柬埔寨的最后一天，两人都异常沉默，彼此尽可能地不说话，仿佛一开口就不得不提到前一个看似荒唐的夜晚。

临走前到当地市场给朋友家人买礼物，孟西城在几个摊贩面前徘徊，踟蹰不决，小优问他："给澜姐挑礼物？"

"嗯。"她聪明又敏锐，什么都瞒不过她。

她看到他手里的木雕，笑了笑："她肯定不喜欢这个。"

孟西城又看向不远处的珠宝店，她又说："太贵重的东西她也不会收。"

何况男人送女人珠宝，若不是情侣夫妻，就会显得有些突兀。

孟西城黔驴技穷，他不擅长讨女人欢心，给莫澜送礼物，似乎还停留在她做学生的时代，他其实并不了解她真正喜欢的东西是什么。

唐小优拿了一套银质的餐具给她："这个不错，她爱喝咖啡，有时也煎牛排，你送这个给她，她一定喜欢。"

这里的银器也是特产，送人当伴手礼又实用又体面。

她就买新鲜烘焙的咖啡豆给她，正好跟他的礼物配成一套。

她默默地帮两人选好礼物，请人包装好，脸上神情淡淡的，一点也看不出有任何不自在。

孟西城看着她，她是知道他对莫澜的感情的，如今两人有了肌肤之亲，她似乎也没有生出什么独占欲来，好像不难过，也不吃醋。

他有时候觉得她太懂事，心事也藏得人深。

回程的飞机上，两人的座位不在一起。她解释说自助 check-in 的终端已经没有连在一起的位子，但他知道她在说谎。

两人坐同一排，却隔着走道和若干陌生人。起飞不久她就睡着了，孟西城还是与人换了位置，坐到她身边，为她盖上毛毯，又为她留了餐食。

然而下飞机时她除了向他说句谢谢，就再没有其他了。两人恢复到之前的距离，甚至比之前显得更加生分疏离。

连莫澜都看出两人有点不寻常，打趣他道："你跟小优没事吧？现在的年轻人都很有性格，莫非是跟你产生了代沟？"

她收到礼物很高兴，两人像说好了似的一个送银质餐具，一个送咖啡，倒是搭配得很好啊，不过她还没联想到那一层。

孟西城苦笑："没有，她挺好，是我的问题。"

说到底还是他不够坚定，这种事情一厢情愿是不可能成的，怎么说男人都要负大部分责任。

他找到小优，她从跆拳道馆出来，刚出了一身汗，发丝粘在额头，看到他似乎也不意外："你找我？"

"嗯，我们谈谈。"

她却笑了："谈什么？你千万不要很老套地说要对我负责之类的话啊。那晚的事，我是自愿的，不要你负责。"

孟西城深吸口气："所以呢，你就可以当作什么都没发生过吗？"

那些旖旎缠绵原来只是一夜情吗？

小优沉默了刹那，不答反问："你明明喜欢澜姐，为什么从来不肯明明白白地告诉她？"

他怔了怔，小优道："你说不上来，我来说好了。其实是因为她十几岁的时候你帮过她对吗？你觉得男女之情有辱你帮助失足少男少女的高尚初衷，所以宁可封存自己的感情，也不愿跨出这一步。那么对我呢，你会有例外吗？应该也不会吧，那我们还需要谈什么呢？"

孟西城即使在最棘手的案件中也不曾被人这样打乱阵脚，然而这个年轻的姑娘却轻易就拨动了那根弦，犀利地抵住了他的命门。

"我可以辞职。"他居然也平静地说出这样的话来，"我不做这份公职，离了检察官的身份，就没有那么重的道德负担，算是对过去做过的事、帮过的人有个交代。"

"你用不着这样。"小优变了脸色,"我说了不要你负责,你本来就不需要有什么负担。我已经长大了,是成年人了,有自己的思想和意愿,不是你强迫我的,也不是有什么预谋……总之你不要辞职!"

她急了,不知该怎么说才能让他明白。

一辆面包车疾驶而来,在两人跟前猛地停住,车上下来几个人,二话不说就架住唐小优往车上拖。

"你们干什么?"孟西城厉声喝止,但对方根本不理,反而过来将他也拖上车。

唐小优被按在后排座椅上,挣扎得厉害,只听其中一个说:"璐璐姐,是肖哥要见你,你别乱动了,我们也不想伤了你。"

她一听肖飞的名号就不动了,硬声道:"他要见我,你们把其他人绑来干什么?"

那人看一眼前边的孟西城,说:"肖哥说了,跟你在一起的人也一块儿带回去。"

车子开进一家工厂。都说莫欺少年穷,这话果然不假,当年靠偷车和撬卷帘门换零花钱的肖飞竟然真的做起老板,有了自己的工厂。唐小优和孟西城被带进一个空置的厂房内,肖飞已经在那里等候多时了,大概怕唐小优反感,这回他周围没有其他人,就他一个。

但小优也知道,这四面的门内肯定都是他的手下,一呼百应。

见到她,肖飞总是很高兴,一笑就露出白白的牙齿:"璐璐,你来了?"

唐小优极力掩饰自己的反感,表现很镇定:"你要见个人,方式还真特别。我人已经来了,你还把不相干的人带来干什么?"

孟西城皱了皱眉,他不喜欢她将他划分到不相干的人之列。

肖飞看了他一眼,依旧笑着:"也不能算是不相干,最近跟你走得很近的老男人就是他吧?"

她冷笑:"他不老,男人这个年纪才是最好的。"

无论思想还是身体，她都喜欢，甚至她从少时就梦想要成为他这样的人。

肖飞是不会理解的。

果不其然，他点了支烟，轻蔑道："你怎么知道，尝过味儿了？那你更应该跟我试试，有了对比你才知道好歹。"

"你到底想怎么样？"孟西城沉声问道。

"我能怎么样，当然是想跟璐璐处朋友了——让她当我的女人，当我老婆。"他从小就认定自己将来要做一番大事，然而这大事是什么他并不十分确定，都是走一步看一步；唯有唐陆这姑娘是他一眼看中就放在心上想据为己有的，这么多年她就在那里，他的心意也都没变过。

"不可能。"孟西城咬牙替她做了回答。

然而小优自己却沉默了，过了好一会儿才抬起头说："我答应你，考虑一下，你是不是可以放我们走了？"

别说孟西城震惊，连肖飞自己都没想到她会这么说。

"你确定？"

"我不确定，所以我说要考虑一下。"唐小优出奇地冷静，"我们也认识不少日子了，如果你真的喜欢我，是可以考虑在一起相处试试。"

肖飞就这样放他们走了，他了解唐小优，她说考虑，就是真的会考虑。

走出厂区，孟西城生气道："你怎么能许这样的承诺，你知道他是什么样的人吗？"

他查过肖飞，14岁之前没能入刑的案底翻过去，也没消停过。第一桶金是投机倒把外加敲诈勒索得来的钱，后面赚得再多也都不可能干净了。小优好不容易选了一条正道走，他不愿见她又被硬生生拉到旁门左道上去。

她却不以为意："我也不小了，认真考虑下谈个男朋友，也没什么不可以的。肖飞挺喜欢我的，无论什么样的感情坚持了十年，也算长情了。所以我并不是没人喜欢的老姑婆，你真的不用为我牺牲什么。"

她这话不知是说服他还是说服自己，方法也很极端，可是管用——他总不可能心心念念对其他人的女朋友负责。

她真的开始跟肖飞交往，跟他出去吃饭、看电影、泡吧，只差上床。他送她的东西她都不收，肖飞的脑回路她很了解，只要收了，下一步人就也全是他的了。

但她也小看了孟西城的决断力，他还是辞职了，生效后她才知道。

她几乎是气急败坏地找到他："为什么辞职？我都说了不要你负责，你为什么还要自作主张？"

"我以为，辞不辞职是我自己的事，确实只能自作主张。"这回轮到他波澜不惊，"我有我的原则。"

"什么狗屁原则！有本事你去告诉澜姐你爱她！"

孟西城笑了："小优，我知道你是为我着想，但是自己出来开律所、做律师也是我一直想要尝试的。莫澜跟我是不可能的，我们两个没有那样的缘分，就做合作伙伴也不错。"

他已经打算邀请莫澜做他律所的创始合伙人。

唐小优一下子偃旗息鼓，他微微低头："你呢，你愿不愿意来帮我？"

其实不用他开口，她也一定会帮他。她这个人是没有什么原则的，只做自己认为对的事。

但是孟西城反而有条件："断了跟肖飞的来往，我不想看到最得力的帮手跟他那样的人纠葛不清。"

她笑不出来，抬头看了看他："孟西城，你知不知道你很过分？"

这是她第一次叫他的名字，不，或许也不是，那一夜缠绵时她应该也叫过，他的身体还有记忆。

她费了很大的劲儿才跟肖飞分开，她妈妈陆云云当然不乐意到了嘴边的鸭子飞走，明里暗里做了不少小动作，为的就是不让两人分开。

闹到最后，母女俩扯破脸，陆云云指着她的鼻子大骂："我没生过你这么不知好歹的东西！你以为我不知道当初是谁走漏风声给那个检察官害我去坐牢的吗？我真是白养你了，吃里爬外，现在还要跟人家双宿双飞，你也不看看自己是什么货色？"

小优被她骂到一文不值，母女感情决裂。

她苦笑着对孟西城道："我现在什么都没有了，你可一定对我好一点啊，没事儿别开除我，我还要养活自己呢！"

他现在是她的雇主，跟十年前一样，是她的寄托和依靠。

律所运转起来，莫澜却出了事。好在另外几位同事都很给力，业务逐渐上了正轨，小优虽然不是律师，却功不可没。

没有人问过她跟孟西城过去发生过什么，但谁都看得出他对她的仰仗，已超出一般同事的关系。

两年过去，律所赢下一宗轰动全国的大案。孟西城很高兴，在南城最好的自助餐厅包场，请所有同事吃大餐。

如今律所的规模已不可同日而语，女孩子们争奇斗艳，都打扮得漂亮入时，凑在一起喝酒聊天，却唯独不见唐小优。

孟西城沿扶梯走到上面半层的露天平台，果然见她坐在露台边缘，甩着小腿，手里拿一瓶啤酒，自斟自饮。

他在她身旁坐下，喝她打开了还没来得及喝的另一瓶啤酒，问她："怎么一个人？"

"现在不是有你了吗？"

她剪了利落的短发，穿一条缀满亮片的黑色连衣裙，优雅却又有丝野性。她蜕变得很快，不是十余年前的不良少女，也不再是自我挣扎的矛盾体。她是真的成熟了，这个过程有他参与，他似乎才敢真的确信。

"今天来聚餐，是不是很扫兴？"

她不解："为什么这样说？"

"你不记得了？今天是什么日子？"

小优想了一会儿，他才说："你的生日，你总是不记得。生日快乐！"

他特地选在今天请大家吃饭，有这么好的氛围，其实也是出于私心。

她笑笑："谢谢啊，不过……没有礼物吗？"

"有，不过我怕你会觉得太贵重，不肯收。"

"你先拿出来我瞧瞧。"

他拿出一个蓝色丝绒小盒，打开来，是一条手链。

"我记得你教过我，一般男人送女人珠宝，都有另一层含义。"

"那你还送？"

他郑重道："我以为我们之间已经不一样了。"

她又咯咯笑起来："你怎么还是这么老套？"

"那你接不接受呢？"

她把手链搭在手腕上看了看："还挺漂亮的。"

"还有件事……"

"让我先说。"小优打断他，"澜姐回国了，下个月月初就可以来上班。西北角的那间办公室我已经整理好了，视野很好，地方又宽敞，给她用你觉得怎么样？"

孟西城神色淡然："你安排的当然好。"

她听出他话中不易察觉的失落："怎么，澜姐回来你不高兴？"

他们盼她回来都盼了好久了，终于等到这一天。

孟西城却问她："你不吃醋？"

小优笑了笑："我应该吃醋吗？那你嫉妒程东吗？"

他们都知道，莫澜和程东之间已经没有任何其他人容身的空间。

孟西城看着远处的城市灯火，像是感慨："不惑之年，难道你以为我连自己喜欢什么人都还搞不清楚吗？"

小优抿唇笑："不要说得自己很老似的，男人四十一枝花。"

她从来不觉得他老。

"你想说的就是这个?"孟西城问她。

"嗯。到你了,你刚刚想说什么?"

经过刚才这一轮对话,气氛已经不太适合了,但他终究还是说道:"这个生日过后……搬到我那里住吧!"

小优有些意外地看着他:"什么意思?"

他自嘲地笑了笑:"其实珠宝我买了整套,原本今天想送你的不止手链,还有项链和戒指。我怕你觉得太突然,我们连像样的约会都没有,所以……我想先把之前缺失的部分补上。"

这三年他们比肩而立,共同进退,像战友也像朋友,但始终是工作,都没有时间梳理感情。如今他想停一停,也享受一下两情相悦,朝朝暮暮的感觉。

小优不说话,他以为她要拒绝,或者再考验考验他什么的——现在的年轻姑娘不是都喜欢这样吗?

可她却哭了。认识这么久,他还没怎么见她掉过眼泪,一时手忙脚乱,伸手抹他眼泪。

有多少曾经相会的人,后来又有过重逢?终于等到你,还好我没放弃。

永远也不会放弃。